JACK & JILL

Collection « Suspense & Cie »
dirigée par Sibylle ZAVRIEW

Titre original :
JACK & JILL
publié par Little, Brown and Company

© 1996, by James Patterson
© 1997, Éditions Jean-Claude Lattès pour la traduction française

JAMES PATTERSON

JACK & JILL

roman

Traduit de l'américain par Philippe R. Hupp

JC Lattès

DU MÊME AUTEUR

Le Masque de l'araignée, 1993, Lattès.
Et tombent les filles, 1996, Lattès.

A John Keresty

Merci à vous tous : Robin Schwarz – pour la poésie –, Irene Markocki, Barbara Groszewski, Maria Pugatch, Fern Galperin, Julie Goodyear, Diana Gaines, Mary Jordan, Tommy De Feo, Frank Nicolo, Michael Hart, Stephanie Apt, Liz Gruszkievicz, Nancy Temkin, Donald M.

Sans oublier Richard et Artie Pine, Larry Kirshbaum, Charlie Hayward, Mel Parker, Amy Rhodes, Malcolm Edwards. Et surtout Fredrica Friedman.

Nous faisons les mêmes cauchemars. Je m'efforce de les coucher sur le papier et de les éclipser le temps d'un livre.

PROLOGUE

OUVERTURE DES JEUX

1

Sam Harrison sortit prestement de la Ford Aerostar bleu métallisé qu'il venait de garer dans la rue Q, à Georgetown, un quartier de Washington. Il verrouilla la portière, enclencha l'alarme, en se disant : *Ce n'est pas pour rien si les histoires et les jeux d'horreur font un tel malheur. Pas les petites histoires pour boy-scouts et les jeux gentillets qu'on adorait quand on était gosses, mais les vraies, les authentiques histoires d'horreur, celles qui font désormais partie de notre quotidien.*

Et aujourd'hui, je suis moi-même en train d'en vivre une. Je m'apprête à figurer au tableau d'horreur. Facile, rien de plus facile. On passe la marge et bonjour les ténèbres !

Il y avait deux longues semaines qu'il suivait Daniel Fitzpatrick, qu'il le suivait comme son ombre. Il avait fait New York, Londres et Boston pour se retrouver enfin à Washington, D.C. Ce soir, il allait assassiner le sénateur américain. De sang-froid. Une véritable exécution dont nul ne pourrait établir le mobile. Un acte qu'il commettrait sans laisser d'indices capables de gêner la poursuite de ses projets.

Telle était, en effet, la première et principale règle du jeu nommé Jack et Jill[1].

Un jeu qui, à plus d'un titre, tenait du parcours du chasseur d'autographes. Tel un fan tentant d'apercevoir l'une de ses vedettes préférées, Sam se posta donc face au 211, rue Q.

Pourtant, si l'on y regardait de plus près, cela n'avait rien du jeu de piste habituellement pratiqué par les traqueurs de célébrités. Sam n'allait pas se borner à épier le sénateur Fitz-

---

1. *Jack & Jill* est une comptine connue de tous les enfants américains. (N.D.T.)

patrick, à le regarder s'envoyer un nombre indécent de cocktails au Glenlivet dans l'intimité du *Monocle*, son bar favori de Washington. Sam savait que c'était une véritable folie. De la folie pure. Mais il n'avait pas le sentiment d'être fou. Il croyait simplement aux vertus des jeux de risque et de hasard.

Et Daniel Fitzpatrick en personne se matérialisa à une dizaine de mètres de lui, de l'autre côté de la chaussée luisante de pluie. Il était quasiment dans les temps.

Sam regarda le sénateur s'extraire gauchement d'un coupé Jaguar bleu marine éclatant, modèle 1996. Pardessus gris, écharpe de soie à motif cachemire. Il était accompagné d'une svelte et mince jeune femme vêtue d'une robe noire, un Burberrys négligemment jeté sur le bras. Il venait de lui dire quelque chose, elle riait. Elle rejeta la tête en arrière comme un pur-sang enjoué, exhalant un léger panache de vapeur dans la fraîcheur de l'air du soir.

La jeune femme était d'au moins vingt ans plus jeune que le sénateur. Sam savait que ce n'était pas sa femme. Ce bon Daniel Fitzpatrick dormait rarement dans le lit conjugal, quelle que fût son épouse. La jeune femme blonde boitait très légèrement, ce qui rendait le couple encore plus intrigant. Pour ne pas dire mémorable.

Sam Harrison se concentra de toutes ses forces. Ne rien laisser au hasard. Il enregistra une dernière fois le plan dans ses moindres détails. Il était arrivé à Georgetown à onze heures quinze. Dans ce quartier chic, plaisant et branché, il donnait l'impression d'être chez lui. Il avait exactement la tête de l'emploi.

Un rôle de premier plan pour une pièce de première grandeur, l'une des plus importantes de l'histoire des États-Unis. Ou, disons, du théâtre américain.

Un rôle bien évidemment réservé aux grandes pointures.

Et pour lequel il avait décidé de chausser des lunettes à monture d'écaille, très cadre supérieur. En temps normal, il n'en portait jamais. Sa vue était parfaite.

Il était très blond. Ce n'était pas sa couleur de cheveux habituelle.

Il se faisait appeler Sam Harrison. En réalité, il ne s'appelait ni Sam, ni Harrison.

Pour cette soirée tout à fait spéciale, il avait soigneusement sélectionné un pull de cachemire noir à col roulé, un pantalon anthracite à pinces et à revers, ainsi que des chaussures de marche brun clair. D'ordinaire, l'élégance vestimentaire ne figurant pas parmi ses passions, il prêtait beaucoup moins d'importance à ce qu'il portait. Il avait les cheveux drus, coupés court, un peu à la manière de Kevin Costner dans *The Bodyguard*, l'un des films qui lui avaient le moins plu. D'un pas vif, il se dirigea vers le 211. Dans la petite sacoche noire qu'il faisait tournoyer comme une matraque de police, il y avait un caméscope.

Il prévoyait d'enregistrer tout ce qu'il pourrait. L'Histoire était en marche, et le mot n'était pas trop fort. Il s'agissait bien de l'Histoire, celle d'une Amérique en fin de siècle, une Amérique en fin de règne.

A minuit moins le quart, il pénétra au 211 par une entrée de service qui puait l'ammoniaque, la poussière et le moisi. Il monta au troisième, où se trouvaient l'appartement, le bureau, le nid d'amour du sénateur.

A minuit moins dix, il se tenait devant la porte de Daniel Fitzpatrick, le 4J. Il était toujours dans les temps. Pour l'instant, pas de problème. Tout se passait exactement comme il l'avait prévu.

La lourde porte d'acajou lustré s'ouvrit brutalement.

Face à lui, une belle jeune femme aux cheveux blond cendré, mince, soignée. De près, elle perdait cependant de son charme raffiné. C'était elle qui était sortie de la Jaguar en compagnie de Fitzpatrick. La femme qui boitillait.

Dans ses cheveux, une barrette en or représentant une lionne, souvenir d'une visite au musée d'Art moderne de New York. Un tour de cou, en or lui aussi. Elle ne portait rien d'autre et semblait ravie.

– Jack, fit-elle dans un murmure.
– Jill, répondit-il en souriant.

2

Dans un autre quartier de Washington, dans un autre monde, un autre tueur en puissance jouait à un jeu tout aussi terrifiant. Il avait déniché une merveilleuse cachette au milieu des pins au tronc épais et des quelques grands chênes vénérables qui se dressaient au cœur de Garfield Park. Il s'était aménagé un coin assez douillet dans les frondaisons, comme sous une tente.

« Au boulot », chuchota-t-il, bien qu'il n'y eût personne à ses côtés. Il se préparait à vivre une merveilleuse aventure, un rêve extraordinaire. Il y croyait de tout son cœur, de tout son corps, de toute son âme... ou ce qu'il en restait.

Assis en tailleur dans l'herbe humide, il commença par se maquiller le visage et les cheveux. Dans sa tête, un morceau ravageur du groupe rock Hole résonnait à n'en plus finir. C'était vraiment de la musique d'enfer. Il adorait. Les déguisements et les costumes, ça aussi, c'était le pied intégral. Pratiquement le seul truc qui permettait vraiment de s'échapper de la réalité. Et Dieu sait qu'il avait besoin d'évasion !

Lorsqu'il eut enfin peaufiné son accoutrement, il émergea de l'ombre des arbres et ne put s'empêcher de rire. Aujourd'hui, il allait vraiment s'éclater comme jamais. C'était tellement débile que ça en devenait génial. Une plaisanterie lui revint à l'esprit :

Les roses sont rouges, les violettes sont bleues, je suis schizophrène, et moi aussi.

Taïaut !

Maintenant, il avait tout à fait l'air d'un vieux clodo, d'un misérable SDF. Comme le pouilleux du tube rock *Aqualung*. Il s'était affublé d'une tignasse blanche hirsute et d'une barbe poivre et sel qu'il s'était procurées chez un accessoiriste de théâtre. Et pour compenser un éventuel défaut d'imagination ou de maquillage, il avait prévu le sweat-shirt.

Un sweat trop large sur lequel on lisait C'EST LA JOIE, C'EST LE BONHEUR.

Je vais vivre un moment incroyable, extraordinaire, se répétait-il sans cesse. C'EST LA JOIE, C'EST LE BONHEUR. Quelques mots qui résumaient à merveille le programme de sa journée. C'était vraiment trop drôle...

Le futur tueur traversa le parc en hâtant le pas, courant presque. Direction le fleuve, l'Anacostia.

Il commença à voir des gens. Des promeneurs, des petites frappes, des couples d'amoureux, difficile à dire. La plupart étaient des Noirs, mais pas de problème. A la limite, c'était plutôt bien. A Washington, personne ne faisait attention aux Noirs. C'était comme ça.

En marchant, il chantait « *Aqualung, oh oh oh, Aqualung* », le vieux morceau rock d'un ancien groupe génial qui s'appelait Jethro Tull. Du rock, il en écoutait tout le temps, même en dormant. Ses écouteurs ne le quittaient jamais. Il avait gravé dans sa tête toute l'histoire du rock. S'il avait été capable d'écouter Hootie & the Blowfish, il se serait repassé tout le disque de mémoire.

Taïaut! Il riait. Excellente, sa blague sur Hootie... Aujourd'hui, il avait vraiment la pêche. Quel plan d'enfer! Le grand jour était arrivé. Jour de gloire et d'infamie...

Il avait déjà choisi le lieu du meurtre. Un bosquet de sapins et d'épicéas, non loin de l'autoroute. Un endroit touffu, dense, presque idéal.

A la perpendiculaire de cette futaie s'alignaient des *delapo*, maisons de brique jaune mitoyennes, ainsi qu'une *bodega* très fréquentée. La Sixième rue, dans le quartier de Southeast. Il était déjà venu en repérage et avait fini par sélectionner ce coin qui le faisait complètement craquer. Il apercevait déjà les gamins de Sojourner Truth, une école primaire, entrer et sortir en sautillant de la confiserie qui faisait l'angle. Tous ces petits bouts de chou, tellement mignons à cet âge-là.

Et s'il y avait quelque chose qui le faisait gerber, c'étaient bien les petits bouts de chou. De vrais robots miniatures, oui. De sales petits parasites de merde. Putains de marmots! Si *mignons*.

Il s'accroupit, se faufila sous les épais branchages sans prêter attention aux égratignures et passa enfin aux choses sérieuses. Il se mit à gonfler des ballons de baudruche bleus, orange, rouges, jaunes.

De bons gros ballons aux couleurs vives auquel aucun gosse normal ne pouvait résister. Personnellement, il avait toujours eu horreur des ballons, de la gaieté forcée, factice qu'ils étaient censés incarner. Mais presque tous les gamins étaient dingues de ballons, pas vrai?

Il attacha une ficelle de trois mètres et quelques à l'un des ballons, puis noua l'autre bout autour d'une grosse branche.

Le ballon flottait désormais paresseusement au-dessus du vieil arbre. On aurait dit une jolie tête fraîchement décapitée.

Il attendit dans sa hutte de fortune. Toujours tout seul, comme à son habitude.

« Au-jourd'hui, faut que je me fasse quel-qu'un », fredonna-t-il sur un air approximatif. Le texte était tout aussi improvisé. « Il faut, il faut, il faut. » Le refrain ne lui déplaisait pas.

Il entendit quelque chose bouger près de sa cachette. Comme un craquement. Une branche, ou autre chose ? Venait-on lui rendre visite ?

Il tendit l'oreille. Cela ne faisait aucun doute : on écartait, on foulait, on cassait des branches. Chaque bruit paraissait amplifié. C<small>RAC</small>, <small>CRAC</small> !

Il avait l'esprit ailleurs et, pour tout dire, ce bruit l'avait fait sursauter de peur. Ses veines charriaient déjà des torrents d'adrénaline. Il manqua avaler sa pomme d'Adam.

Soudain, le haut d'un visage lui apparut. Rien qu'un front et le blanc de deux yeux.

L<small>E BLANC DE SES YEUX</small> !

Des yeux qui regardaient dans sa direction, à travers les branches.

Il distingua le visage d'une petite fille noire. Cinq ou six ans, mignonne comme tout. Elle l'avait vu. Ils étaient donc à égalité.

J<small>E TE VOIS, MON TRÉSOR</small>. E<small>H OUI, JE TE VOIS</small> !

— Bonjour ! dit-il d'un ton poli et très aimable, comme il pouvait l'être lorsqu'il l'avait décidé.

Il lui lança un sourire ; elle faillit le lui rendre.

D'une voix douce, il enchaîna :

— Tu as envie d'un gros ballon ? J'ai plein d'autres ballons, des tas, des nuées de ballons. Tiens, j'ai même un beau ballon rouge avec ton nom inscrit dessus.

La petite fille le fixait des yeux, sans prononcer une syllabe, sans bouger. Elle avait peur de lui. Incroyable. Sans doute était-elle décontenancée parce qu'il lui avait dit que l'un des ballons portait son nom.

— Bon, d'accord, pas de ballon. Pas de problème. Fini, les ballons gratuits. Pas de ballon pour la petite fille. Moi, je dis d'accord. Pas de ballon gratuit aujourd'hui ! Eh non !

— Oh si, siouplaît, fit-elle brusquement.

Ses yeux bruns s'écarquillaient comme des fleurs en pleine éclosion. De beaux yeux noisette.

— Allons, ne sois pas si timide, petite. Approche, je vais te donner un beau ballon. Voyons ce que j'ai là... rouge vif, bleu ciel, orange, jaune d'or. Tu vois, j'ai toutes les couleurs de l'arc-en-ciel et plus encore.

Il imitait quelqu'un — peut-être ce fêlé de Kevin Bacon dans *The River Wild* dont il avait loué la cassette une semaine plus tôt. Deux semaines plus tôt ? Difficile à dire et d'ailleurs, quel intérêt ? Sa main se crispait peu à peu sur le manche d'une minibatte de base-ball renforcée avec du ruban isolant. Une batte de quarante-cinq centimètres de long, comme celles dont les petits délinquants du coin se servaient pour faire régner l'ordre dans leurs cités.

Il continuait à s'adresser à la petite en chantonnant gaiement chaque mot chargé de sarcasme et d'ironie.

— Un rouge, finit par lâcher la fillette.

Évident. Elle avait un ruban rouge dans les cheveux. Le rouge, la couleur de l'amour.

A petits pas légers et prudents, elle s'avança jusqu'à la trouée au milieu des arbres. Il vit qu'elle avait des pieds minuscules. Taille moins vingt-cinq ? Elle essaya d'attraper les ballons de toutes les couleurs qui, retenus d'une main ferme, s'agitaient au bout de son bras. Sans remarquer qu'il tremblait comme une feuille.

Dans son dos, ses doigts se crispèrent sur la batte si petite et pourtant si redoutable. Et, de toutes ses forces, il frappa.

C'EST LA JOIE, C'EST LE BONHEUR.

3

Pouvaient-ils commettre un meurtre aussi audacieux, assassiner un homme politique de cette dimension sans se faire prendre ? Jack en était intimement convaincu. Nul n'imaginait à quel point il était facile de tuer un autre être humain, voire plusieurs, sans être pris ni même suspecté.

Jill, en revanche, avait du mal à dissimuler sa peur et sa nervosité. Il ne lui en voulait pas. A la ville, elle était une carriériste comme il en existait tant à Washington, brillante et issue d'une bonne famille ; rien à voir avec les meurtrières hallucinées dont la presse faisait régulièrement ses choux gras. On l'imaginait mal en Jill, ce qui faisait justement d'elle l'interprète parfaite du jeu des jeux. Presque aussi parfaite que lui.

— Il a bu, il est dans les vapes, chuchota-t-elle dans la pénombre du vestibule. C'est vraiment un ignoble porc, ce qui me facilite la tâche.

— Tu sais ce qu'on raconte sur notre petit Daniel. Il est très mauvais au Sénat, mais il est encore plus nul au lit.

Esquisse de sourire crispé.

— Moyennement drôle, mais j'approuve. Bon, Jack, au boulot.

Jill fit demi-tour et il la suivit en observant ce léger boitillement qui ajoutait à sa démarche une pointe de charme. Il regarda sa fine silhouette louvoyer au milieu d'un petit salon chichement éclairé par le plafonnier de l'entrée. Il savait qu'elle se dirigeait vers la chambre.

Ils traversèrent sans un bruit le petit living. Près de la cheminée de pierre trônait un drapeau américain dont la vue faillit lui retourner l'estomac. Au mur, les photos en couleurs d'une régate, à Cape Cod sans doute.

– Z'est toi, ma chérie ? roula une voix gorgée d'alcool derrière le mur.
– Qui veux-tu que ce soit ? répondit Jill.
Jack et Jill pénétrèrent ensemble dans la chambre.
– Surprise, annonça Jack, un semi-automatique Beretta pointé sur la tête du sénateur.
Sa main ne tremblait pas et il avait désormais les idées parfaitement claires. *L'Histoire est en marche. A présent, plus question de faire demi-tour.*
Daniel Fitzpatrick se redressa brutalement dans son lit, stupéfait, fou de rage.
– Qu'est-ce que c'est que ce cirque ? Qui êtes-vous, merde ? Comment êtes-vous entré ici ? éructa-t-il d'une voix pâteuse, le visage et la nuque en feu.
En dépit des circonstances, Jack ne put s'empêcher de rire. Sur son lit à baldaquin, le sénateur ressemblait à une baleine échouée, à un morse défraîchi.
– Disons que je suis votre passé peu reluisant, sénateur, et que j'ai fini par vous rattraper. Maintenant, ayez l'obligeance de vous taire, cela nous facilitera la tâche.
Il regarda le sénateur et se souvint d'un commentaire lu récemment dans la presse. Une personne assistant à une allocution publique du sénateur s'était exclamée : « Mon Dieu, mais c'est un vieux, maintenant. » Vrai. Daniel Fitzpatrick n'était qu'un vieux machin grisonnant aux joues flasques, lourd et dégoulinant de partout.
Et c'était l'ennemi.
Jack ouvrit sa sacoche noire et tendit à Jill une paire de menottes :
– Une main à chaque montant. Tu seras bien aimable.
– Mais avec joie, lui répondit-elle.
Toujours cette même élégance mêlée de simplicité dans la voix, les gestes.
– Tu es dans le coup ? hoqueta Fitzpatrick en se tournant vers la blonde qu'il avait levée au bar *La Colline*, comme s'il la voyait pour la première fois.
– Non, non, lui dit Jill en souriant. Ce qui m'attirait chez toi, c'est ton gros bide et ton haleine d'alcoolique.
Jack sortit le caméscope et le tendit à Jill. Sans attendre, elle le braqua sur le sénateur Fitzpatrick, régla la mise au point et se mit à filmer. Elle se débrouillait très bien.

– Mais qu'est-ce que vous foutez, bon Dieu ? glapit Fitzpatrick, le bleu du regard embué, les yeux écarquillés de surprise, puis de terreur. Que voulez-vous ? Qu'est-ce qui se passe ici ? Bon sang, je suis sénateur des États-Unis !

Jill amorça sur l'expression de stupéfaction et de douleur qui se lisait sur le visage, puis élargit le plan. *Aïe, je suis allée un peu vite.* Zoom avant pour retrouver le point.

Cet accès de révolte parfaitement déplacé fit sourire Jack. Fitzpatrick dans toute sa splendeur...

Et soudain, ce fut comme si les vapeurs de whisky qui embrumaient son cerveau venaient de se dissiper. Daniel Fitzpatrick avait enfin saisi.

– Je ne veux pas mourir, souffla-t-il. (Des larmes incongrues se mirent à perler aux coins de ses yeux. C'était étonnamment touchant.) Vous n'êtes pas forcés de me faire mal. Ce n'est pas nécessaire. Je vous en prie, je vous en supplie, écoutez-moi. Vous voulez bien m'écouter ?

Jill avait conscience de tenir là une bande d'une valeur inestimable, digne d'un Oscar. Peut-être le documentaire du siècle. Ils en avaient besoin pour le jeu des jeux, pour l'une des surprises qu'ils avaient programmées.

Jack fit quelques pas, plaça le Beretta à une dizaine de centimètres du front du sénateur.

Voilà. C'était maintenant que le jeu, ce jeu délicieux, commençait réellement. Règle numéro deux : *L'Histoire est en marche. Ce que tu es en train de faire est de la plus haute importance. Ne l'oublie jamais un seul instant.*

– Je vais vous tuer, sénateur Fitzpatrick. Toute discussion serait inutile, car il n'y a pas d'autre issue. Vous étiez catholique, alors si vous croyez en Dieu, dites une prière. Et dites-en également une pour moi, si vous voulez bien. Dites une prière pour Jack et Jill.

C'était l'instant fatidique et il ne s'agissait pas de faiblir. Il remarqua qu'un léger tremblement agitait maintenant sa main. Jill le vit également.

Il s'agit d'une exécution, se dit-il, *une exécution parfaitement légitime. Et me voici bel et bien au cœur d'une véritable histoire d'horreur.*

Il tira une première fois, à quelques centimètres de dis-

tance. La tête de Daniel Fitzpatrick explosa. Il fit feu une nouvelle fois. *Ne rien laisser au hasard.*
  Son geste ferait date.
  Le jeu des jeux avait commencé.
  Jack et Jill.

PREMIÈRE PARTIE

DÉJÀ DEMAIN

1

Oh non, on est déjà demain...
J'avais l'impression de m'être à peine endormi quand j'ai entendu cogner dans la maison. Un vacarme épouvantable, aussi crispant qu'une alarme de voiture. Et ça n'arrêtait pas. Un problème venait faire irruption chez moi ?

Le nez dans les douces crevasses de mon oreiller, j'ai juste eu la force de marmonner : « Oh non, c'est pas vrai, merde. Qu'on me foute la paix. J'ai envie de faire ma nuit comme tout le monde. Tirez-vous. »

En cherchant l'interrupteur de la lampe, j'ai fait tomber les livres empilés sur la table de chevet. *The General's Daughter*, *My American Journey* et *Snow Falling on Cedars*. Cataclysme qui m'a complètement réveillé.

J'ai attrapé mon arme de service dans un tiroir et je me suis précipité vers l'escalier. En passant devant la chambre des gosses, j'ai entendu, ou plutôt j'ai cru entendre, le souffle paisible de leur respiration. La veille au soir, je leur avais lu *Les Histoires de Jeannot Lapin* de Beatrix Potter. « N'allez pas dans le jardin de M. McGregor, votre père y a eu un accident : Mme McGregor l'a mis dans un pâté. »

Ma main droite s'est crispée sur le Glock. Les coups se sont arrêtés. Puis ils ont repris. C'était bien en bas.

Coup d'œil à ma montre-bracelet. Trois heures et demie du matin. Mon Dieu, je vous en supplie. L'heure du crime, une fois de plus. L'heure à laquelle je me réveillais souvent tout seul, sans l'aide de forces extérieures, sans BAM ! BAM ! BAM ! pour me tirer du lit en pleine nuit.

L'escalier était raide, les marches traîtresses. Je descendais lentement, sur le qui-vive. Soudain, plus un bruit.

J'étais aussi discret que possible et dans le noir, j'avais l'impression qu'un courant électrique me parcourait la peau. Ce n'était pas l'idéal pour entamer une journée, ni même une fin de nuit. « N'allez pas dans le jardin de M. McGregor, votre père y a eu un accident. »

Arrivé dans la cuisine, l'arme toujours au poing, j'ai enfin compris d'où venaient les coups. La première énigme de la journée venait d'être résolue.

Mon ami et équipier m'attendait derrière la porte du fond comme un de ces malfrats qui prospèrent dans le quartier, version dopée.

L'auteur de tout ce vacarme n'était autre que John Sampson, l'homme qui m'empoisonnait la vie, l'homme qui n'avait pas son pareil pour me gâcher la journée. Pas loin de deux mètres pour cent vingt kilos. Double John, comme on le surnomme parfois. L'Armoire à glace.

Je déverrouille la porte, j'enlève la chaîne, j'ouvre.

— Il y a eu un meurtre, m'annonce-t-il. Une môme, Alex.

2

— Oh, John, merde. Tu sais quelle heure il est ? As-tu la moindre notion de l'heure ? Fais-moi plaisir, rentre chez toi. Si tu as besoin de taper sur une porte au beau milieu de la nuit, va faire ça chez toi, d'accord ?

Grommelant, dodelinant de la tête, je me massais la nuque et les épaules pour chasser les contractures de cette courte nuit. Je n'étais pas encore vraiment réveillé. Peut-être tout cela n'était-il qu'un mauvais rêve. Peut-être Sampson ne m'attendait-il pas à la porte de derrière. Peut-être me trouvais-je toujours dans mon lit, dans les bras de mon oreiller préféré. Ou peut-être pas.

— Ça peut attendre, ai-je dit. Peu importe de quoi il s'agit.

— Oh non, m'a-t-il fait en secouant la tête. Crois-moi, ma poule, ça ne peut pas attendre.

Derrière moi, j'ai entendu un craquement. Je me suis retourné brutalement, encore nerveux, dans un état second.

Jannie, ma fille, était là, dans la cuisine, pieds nus, dans son pyjama bleu orné de papillons, l'air apeuré. Deux pas derrière, Rosie, également alertée par le bruit. Rosie, la petite dernière de la famille, est une superbe chatte d'Abyssinie.

— Qu'est-ce qui se passe ? m'a demandé Jannie d'une voix endormie, en se frottant les yeux. Pourquoi t'es déjà debout, papa ? Y'a quelque chose de mal, hein, dis ?

— Retourne te coucher, ma chérie, lui ai-je répondu de ma voix la plus douce. Ce n'est rien. (Il fallait bien que je mente à ma petite fille. Une fois de plus, le boulot m'avait rattrapé à la maison.) Allez, on va monter ; je veux que tu fasses de jolis rêves et que tu sois en pleine forme demain matin.

Je l'ai portée jusqu'à l'étage en frottant doucement mon nez contre sa joue, en lui chuchotant des bêtises, en lui parlant comme dans un rêve. Je l'ai bordée, puis j'ai regardé si Damon dormait bien. D'ici quelques heures, tous deux allaient prendre le chemin de leurs écoles respectives – Damon à Sojourner Truth, Jannie à Union Street. Et pendant que je m'acquittais de ma tâche, Rosie ne cessait de se faufiler entre mes jambes.

Une fois habillé, j'ai suivi Sampson et nous avons foncé jusqu'au lieu du crime. C'était la porte à côté.

« Une môme, Alex. »

A quatre rues de chez moi.

En apercevant les gyrophares rouges et bleus des voitures de police et des ambulances, j'ai dit à Sampson :

— Maintenant, je suis réveillé, que ça me plaise ou non, et je peux te dire que ça ne me plaît pas. Raconte-moi tout.

A quatre rues de chez moi.

Il y avait je ne sais combien de véhicules de police agglutinés au bout d'un tunnel de chênes effeuillés et de logements sociaux, des immeubles de brique rouge. L'incident semblait s'être produit près de l'école de Damon, mon fils. (Celle de Jannie est située douze rues plus loin, dans la direction opposée.) Mon corps s'est crispé et j'ai senti comme une tornade de glace s'abattre sur moi.

— C'est une petite fille, Alex, m'a murmuré Sampson sur un ton inhabituel chez lui. Six ans. La dernière fois qu'on l'a vue, c'est à Sojourner Truth, cet après-midi.

C'était bien l'établissement de Damon. On a tous les deux laissé échapper un soupir. Sampson connaît Damon et Jannie presque aussi bien que moi, et c'est réciproque.

Il y avait déjà un bel attroupement devant l'école primaire Sojourner Truth, copie conforme des bâtiments de l'administration fédérale, avec un seul étage. La moitié du quartier semblait s'être donné rendez-vous là, à quatre heures du matin. Dans la foule, ce n'étaient que visages marqués par la colère et l'incrédulité. Il y avait des gens en robe de chambre, d'autres enveloppés dans une couverture, et devant l'école, les panaches de leur respiration se perdaient dans l'air comme des fumées de pots d'échappement. Selon le *Washington Post*, au cours de l'année écoulée, plus de cinq cents enfants de moins de quatorze ans avaient trouvé la mort dans la capitale. Mais les gens qui se trouvaient ici le savaient parfaitement, sans avoir eu besoin de lire la presse.

Une fillette de six ans, assassinée à Sojourner Truth, l'école de Damon, ou bien à proximité. Je n'aurais pu imaginer trouver à mon réveil pire cauchemar.

— Navré, ma poule, m'a fait Sampson quand nous sommes sortis de la voiture. Mais je me suis dit qu'il fallait que tu voies ça, que tu sois sur place.

3

Mon cœur battait à tout rompre comme s'il se sentait à l'étroit dans ma poitrine. Non loin d'ici, ma femme Maria avait été tuée par balles. Souvenirs de quartier, souvenirs d'une vie. *Je t'aimerai toujours, Maria.*

Dans la cour de l'établissement stationnait un camion aux tôles bosselées, bouffé par la rouille. Le fourgon de la morgue. Sa présence mettait tout le monde, y compris moi, extrêmement mal à l'aise. Quelque part à la lisière des gyrophares aveuglants, on entendait beugler un rap, basses à fond.

Avec Sampson, on s'est frayé un chemin au milieu de la foule inquiète et apeurée. Un imbécile a balancé au passage : « Alors, chef, du nouveau ? » et j'ai bien failli lui flanquer ma réponse en pleine figure. On avait bouclé le périmètre de l'école à grands renforts de ruban jaune.

Avec mon mètre quatre-vingt-huit, j'ai une demi-tête de moins que l'Armoire à glace, mais nous sommes tout de même deux costauds. Quand nous débarquons sur un coup, difficile de passer inaperçus. Lui avec son grand crâne rasé et son blouson de cuir noir, moi généralement vêtu de mon blouson d'échauffement gris aux armes de Georgetown, l'étui d'épaule en dessous. C'est ma tenue de jeu, et le jeu s'appelle *mort subite*.

Dans la foule, j'entendais des gens marmonner : « Le docteur Cross est là. » On prononçait mon nom en pure perte. Moi, je m'efforçais d'ignorer ces voix, de les empêcher de pénétrer dans mon esprit. Officiellement, j'étais chef adjoint, mais ces temps-ci, j'enquêtais beaucoup sur le terrain comme n'importe quel inspecteur. C'était un choix et je vivais indéniablement une période « intéressante ». J'avais vu suffisamment de morts et de violences dans ma vie et je caressais l'idée de rouvrir un cabinet de psychiatre. Entre autres.

Sampson m'a effleuré l'épaule, sentant que je passais un mauvais moment. Il voyait bien que cette affaire me touchait d'un peu trop près.

— Ça va, Alex ?
— Oui, oui.

Deuxième mensonge de la journée.

Et lui de renchérir en secouant la tête :

— Tu parles. Avec toi, ça va toujours même quand ça ne va pas. Tu es le grand pourfendeur de dragons, hein ?

Du coin de l'œil, j'ai aperçu une jeune femme qui portait un sweat noir sur lequel se détachait, en grandes lettres blanches : JE NE T'OUBLIERAI JAMAIS, TYSHEIKA. Encore un enfant mort tragiquement. *Tysheika*. Dans cette partie de la ville, on portait parfois ce genre de vêtement sombre pour assister à l'enterrement d'un gosse assassiné. Ma grand-mère, Nana Mama, en possédait toute une collection.

Une autre silhouette a accroché mon regard. Une femme qui se tenait à l'écart de la foule, sous les branches fantomatiques d'un orme à l'agonie. Elle tranchait sur le reste des badauds. Grande, plutôt belle femme, imperméable à ceinture, jean, souliers à talons plats. Derrière, une quatre-portes bleue. De marque Mercedes.

C'est elle. Pas de doute. Celle qu'il te faut. Surgie de nulle part, cette folle idée m'inondait d'une joie aussi soudaine qu'incongrue.

J'ai pris note de découvrir qui c'était.

Puis je me suis arrêté pour discuter avec un jeune mais fort sérieux inspecteur de la criminelle coiffé d'une casquette rouge, vêtu d'une veste de sport marron et d'une cravate en tricot assortie. Je commençais à reprendre la situation en main.

— Sale façon de commencer la journée, hein, Alex ? m'a dit Rakeem Powell quand je suis venu vers lui. Ou de la terminer, en ce qui me concerne.

— Je vois mal ce qui pourrait être pire, lui ai-je répondu en hochant la tête, l'estomac noué. Qu'avez-vous dégotté pour l'instant, Rakeem ? Quelque chose qui pourrait nous intéresser ? Dites-moi tout.

L'inspecteur regarda son petit calepin noir, souleva quelques pages.

– La petite s'appelle Shanelle Green. Tout le monde l'aimait bien. Un vrai petit amour, à ce qu'on m'a dit jusqu'à maintenant. Elle était en cours élémentaire. Domiciliée à deux pâtés de maisons de l'école, cité Northfield. Les parents travaillent tous les deux. Ils la laissaient rentrer seule à pied. Pas très prudent, mais bon, que voulez-vous... A leur retour, hier soir, pas de Shanelle. Ils ont signalé sa disparition vers huit heures. Tiens, les voilà, les parents...

Je me suis retourné. C'étaient encore des gosses. Ils étaient complètement perdus, brisés. Je savais qu'après une nuit aussi épouvantable, ils ne seraient jamais plus les mêmes. Personne ne pouvait surmonter une pareille épreuve.

Ce qui ne m'a pas empêché de poser l'inévitable question :
– On suspecte l'un ou l'autre ?
– Je ne crois pas, Alex. Shanelle était toute leur vie.
– Vérifiez, Rakeem. Pour les deux. Comment a-t-elle fait pour se retrouver ici, dans la cour de l'école ?

Soupir de Powell.
– C'est le premier élément qui nous manque. Le deuxième, c'est l'endroit où on l'a tuée. Le troisième, évidemment, c'est l'identité de l'agresseur.

A voir le corps de Shanelle, il ne faisait aucun doute qu'on l'avait balancée là après l'avoir tuée ailleurs. Nous n'étions qu'au tout début de cette affaire. Un travail immense restait à accomplir. Mais maintenant, c'était mon enquête.

– On sait comment elle a été tuée ? ai-je demandé à Rakeem.

Froncement de sourcils.
– Jetez un coup d'œil. Dites-moi ce que vous en pensez.

Je n'avais pas envie de regarder, mais il a bien fallu que je le fasse. Je me suis penché sur Shanelle. Je sentais l'odeur du sang de la fillette, cette odeur de cuivre, comme si le sol était jonché de petite monnaie. Je n'ai pu m'empêcher de songer à Damon et à Jannie, mes propres enfants, et j'ai senti une vague de tristesse déferler sur moi. Une vague qui me rongeait, comme si on m'avait aspergé le corps d'acide.

Je me suis agenouillé sur le béton craquelé pour examiner le corps de la petite fille. Shanelle gisait recroquevillée en position fœtale. Elle ne portait qu'une culotte à fleurs roses et bleues, une barrette rouge inextricablement emmêlée dans les tresses, et de toutes petites boucles d'oreilles.

Pas de trace des autres vêtements. Le tueur les avait apparemment emportés.

Une petite fille si mignonne, si craquante, même après ce qu'on lui avait fait. Je cherchais le comment : de quelle manière avait-on, quelques heures plus tôt, sauvagement assassiné cette gamine de six ans ? Réduit sa vie à néant, en un instant de folie et d'horreur...

J'ai délicatement tourné le corps de quelques centimètres. La tête s'est affaissée doucement ; la nuque devait être brisée. Shanelle ne pesait presque rien, on aurait dit un bébé. Il lui manquait une partie du côté droit du visage ou plutôt, on l'avait gommée. Le meurtrier avait frappé à plusieurs reprises, avec une violence telle qu'une partie du visage était méconnaissable.

« Comment a-t-il pu faire une chose pareille à une petite fille aussi mignonne ? » me suis-je pris à murmurer. « Ma pauvre Shanelle, mon pauvre bébé. »

Personne n'était là pour m'entendre. J'ai senti mes yeux se voiler, je me suis repris d'un clignement de paupières. Ce n'était ni l'instant, ni le lieu.

Shanelle n'avait plus qu'un œil. *Son visage ressemble à un masque à deux côtés, à double face*. Un enfant à deux côtés ? A double face ? Qu'est-ce que cela pouvait bien signifier ?

Il y avait un nouveau monstre dans les rues de Washington.

Et cette fois, c'était un tueur d'enfants.

4

Mardi matin, peu avant six heures, un homme grand, mince, en imperméable noir et chapeau de pluie mou, approcha lentement et précautionneusement de la porte de l'appartement du sénateur Daniel Fitzpatrick. Il examina le couloir, cherchant en vain des signes d'effraction ou de lutte.

L'idée de se trouver devant la porte de cet appartement, voire simplement à proximité, ne l'enchantait guère. Il ne savait trop ce qu'il allait découvrir à l'intérieur, mais pressentait que ce serait moche. Très, très, très moche.

Il avait l'impression d'être dans un autre monde. C'était si bizarre, ce mystère à l'intérieur du mystère. Et pourtant, il était bien là...

L'homme enregistra tous les détails du couloir : les minuscules débris de plâtre sur la moquette, les huit autres portes de l'étage. Un exercice dans lequel il était passé maître autrefois, mais les techniques d'investigation, c'est comme le vélo, ça ne s'oublie pas.

Il ouvrit délicatement la porte du 4J à l'aide d'un morceau de plastique qui ressemblait beaucoup à une carte de crédit, en plus fin et plus lisse. Entrer par effraction, songea-t-il, c'est aussi comme le vélo. Même si on n'a pas pratiqué depuis longtemps, ça revient vite.

« Je suis à l'intérieur du 4J », chuchota-t-il dans le petit émetteur-récepteur qu'il tenait à la main.

Il transpirait à grosses gouttes et ses jambes tremblaient légèrement. Il était dégoûté, il avait peur et n'avait rien à faire ici, dans ce monde irréel.

Il traversa rapidement le vestibule, pénétra dans le petit salon aux murs tapissés de photos du sénateur Fitzpatrick. Aucun signe d'effraction ni de lutte.

« On nous a peut-être fait une sale blague », commenta-t-il dans la radio. « J'espère que c'est le cas. » Il s'interrompit. « Oh, oh, il y a un problème. »

Tout s'était passé dans la chambre et l'auteur des faits avait eu la main lourde. C'était bien pire que ce que l'enquêteur avait pu imaginer.

« Mauvaises nouvelles. Le sénateur Fitzpatrick est mort. Daniel Fitzpatrick a été assassiné et il ne s'agit pas d'une plaisanterie. Le corps semble être entièrement rigide, la peau a une teinte cireuse. Il y a beaucoup de sang. Mon Dieu, il y a vraiment beaucoup de sang. »

Il se pencha sur le corps du sénateur, huma une odeur de poudre qui lui piquait presque le bout de la langue. Sans doute provenait-elle de l'arme qui avait tué Fitzpatrick. Malheureusement, cela ne s'arrêtait pas là. Choqué par le spectacle qu'il découvrait, il dut se ressaisir. *Comme le vélo...*

« Deux balles dans la tête, à bout portant. C'est une exécution. Deux, trois centimètres entre les points d'impact. »

Il soupira bruyamment, observa une pause puis reprit. Rien ne l'obligeait à faire part de tout ce qu'il voyait et ressentait en ce moment.

« Le sénateur est attaché aux montants du lit par des menottes qui m'ont l'air d'être des menottes de police. Il est entièrement nu et pas beau à voir. Il semble qu'on lui ait coupé le pénis et le scrotum. Il y a énormément de sang sur le lit, une tache impressionnante. Il y aussi une grosse tache sur le tapis, là où ça a traversé. »

Surmontant sa répulsion, il approcha son visage du torse grisonnant. Il avait horreur d'être aussi près d'un homme, mort ou pas, d'ailleurs. Daniel Fitzpatrick portait une sorte de médaille religieuse, sans doute en argent massif. Il embaumait le parfum de femme. L'enquêteur en était quasiment certain.

« La police de Washington va pencher pour la thèse du crime passionnel », dit-il. « Un drame de la jalousie. Attendez... Il y a autre chose par ici. Oui... Bougez pas, il faut que je regarde ça de plus près. »

Il se demanda comment il avait pu ne pas le voir tout de suite, mais le message était bien là, sous ses yeux. Sur le tapis, à côté du téléphone sans fil. Impossible de le manquer et il ne l'avait pourtant pas vu. Il le ramassa de sa main gantée.

Le message était dactylographié sur un épais papier filigrané. Il le parcourut rapidement, puis le relut afin d'être certain qu'il ne rêvait pas.

Ah, mon petit Danny, on te connaissait tous
Trop bien
Encore un riche salaud, un voleur,
Un parasite de moins
Et la liste sera longue
Jack et Jill sont venus sur la Colline[1]
Pour nettoyer tous les déchets
Et ce pauvre Fitzpatrick
S'est trouvé fort en danger

---

1. Capitol Hill, siège du Sénat américain. (N.D.T.)

*Quand est venue l'heure de payer
Fallait pas être là
Pauvre pomme!*

*Cordialement,
Jack et Jill*

Il lut le message, le nez dans l'émetteur, puis, après s'être assuré qu'il n'avait rien oublié, ressortit de l'appartement du sénateur en le laissant comme il l'avait trouvé, livré à la désolation, à l'horreur, à la mort. Une fois dans la rue, hors de danger, il appela la brigade criminelle de Washington.

Un coup de téléphone anonyme. Nul ne saurait qu'il avait pénétré dans l'appartement du sénateur. Nul ne saurait qui était venu, ni pourquoi. Si jamais on l'apprenait, c'était la panique garantie, mais peut-être était-il déjà trop tard...

Il avait l'impression de rêver, et cela ne ferait sans doute qu'empirer. Jack et Jill en avaient fait la promesse.

*Encore un riche salaud, un voleur,
Un parasite de moins
Et la liste sera longue...*

5

Chaque fois qu'une pareille tragédie a lieu, quelqu'un est là pour pointer du doigt. A l'extérieur du périmètre de police, un homme pointait le doigt vers l'enfant assassinée, vers moi. Je me souvenais de la question prophétique de Jannie, un peu plus tôt, cette même nuit : « Y'a quelque chose de mal, hein, dis ? »

Oui, et même bien pire que tout. Le spectacle qu'offrait Sojourner Truth me bouleversait et chaque personne présente sur les lieux du drame devait ressentir la même chose. La cour de l'école était soudain devenue l'endroit le plus triste, le plus désolé du monde.

Le crachotis stressant des radios de police rendait l'air presque irrespirable. J'avais encore dans le nez et la gorge l'odeur lourde du sang de la petite fille, ce sang auquel je ne cessais de penser.

Non loin, les parents de Shanelle Green pleuraient; d'autres habitants du quartier, dont certains ne connaissaient même pas la victime, sanglotaient, eux aussi. Dans la plupart des grandes villes, dans la plupart des pays civilisés, le meurtre d'un enfant aussi jeune prendrait des allures de catastrophe. Mais ce n'est pas le cas à Washington où, chaque année, des centaines d'enfants meurent de mort violente.

— Je veux qu'on ratisse le secteur avec tous les moyens disponibles, ai-je annoncé à Rakeem Powell. Sampson et moi serons de la partie.

— Message reçu. On va faire le maximum. De toute façon, les bienfaits du sommeil sont largement surfaits.

— Allez, John, on y va, ai-je lancé à Sampson. Il faut qu'on avance.

Pas de commentaires, pas d'objections. Nous savions l'un comme l'autre que dans ce genre d'affaire, si l'énigme n'a pas été résolue au bout de vingt-quatre heures, elle ne le sera sans doute jamais.

Dès six heures, en cette froide et lugubre matinée, nous nous sommes mis à passer le quartier au peigne fin en compagnie d'autres inspecteurs et de policiers en uniforme. A notre manière : maison après maison, rue après rue, le plus souvent à pied. Il fallait que nous nous immergions dans l'enquête, que nous fassions quelque chose, que nous trouvions le plus rapidement possible la clé de cet abominable meurtre.

Il n'était pas loin de dix heures quand on nous apprit qu'un autre horrible assassinat avait eu lieu à Washington. La veille au soir, on avait froidement exécuté le sénateur Daniel Fitzpatrick. Vous parlez d'une sale nuit...

— Ce n'est pas notre boulot, m'a fait Sampson, le regard froid. Pas notre problème. Celui de quelqu'un d'autre.

Je ne l'ai pas contredit.

Aucune des personnes que Sampson et moi avons interrogées ce matin-là n'avait remarqué quoi que ce soit d'inhabituel autour de l'école. Nous avons eu droit aux récriminations d'usage à propos des dealers, des camés au crack qui jouent les zombies, des putes qui tapinent sur la Huitième rue et des gangs de rue de plus en plus prospères.

Bref, rien d'inhabituel.

— La petite Shanelle, c'était *oune* vrai amour, nous a déclaré une Latino sans âge qui devait tenir l'épicerie du coin depuis la guerre de Sécession. Elle venait toujours acheter ses p'tits nounours chez moi. Elle avait *oune* si beau sourire, vous savez.

Non, je n'avais jamais vu le sourire de Shanelle, mais je parvenais à me l'imaginer. Tout comme je ne pouvais me défaire de l'image de ce visage au côté droit écrasé, que je trimballais constamment dans ma tête comme une photo de famille glissée dans un portefeuille.

Oncle Jimmie Kee, un riche et influent commerçant d'origine coréenne qui possédait plusieurs affaires dans le quartier, était content de nous voir. Jimmie est un bon copain. De temps à autre, il nous accompagne à un match des Redskins ou des Bullets. Jimmie nous a donné un nom qui figurait déjà sur notre ébauche de liste des suspects.

— Et ce mauvais acteur, Chucky-le-Boucher ? nous a-t-il suggéré.

Nous étions dans le fond du *Ho-Woo-Jung*, son restaurant de la Huitième rue, toujours bondé. Je regardais la petite pancarte derrière Jimmie : *L'immigration est la plus sincère des flatteries.*

— Personne il attrape encore ce salaud. Déjà il tue des enfants. Il est le pire homme à Washington. (Et d'ajouter avec un rire démoniaque :) Après le Président, bien sûr.

— Oui, mais on n'a encore jamais découvert de corps, lui a rétorqué Sampson. Il n'y a aucune preuve. On ne sait même pas si ce fameux Chucky existe.

Ce qui était la stricte vérité. Des années durant, diverses rumeurs avaient circulé à propos d'un ignoble sadique s'attaquant à des enfants dans le quartier de Northfield Village, mais rien de concret n'en était jamais sorti. Pas d'indices, pas de preuves.

Et Oncle Jimmie d'insister :

– Chucky il existe. (Ses yeux noirs s'étaient réduits à des meurtrières.) Chucky il est aussi vrai que le diable. Quelquefois, je vois Chucky-le-Boucher dans mes rêves, Alex. Et aussi les enfants qui habitent ici, ils le voient.

– As-tu déjà entendu quelque chose de plus précis sur Chucky ? lui ai-je demandé. Où on l'a vu, qui l'a vu ? Si tu peux nous aider, Jimmie...

– Oh, ça, je serais très content. (Il hochait la tête en gonflant ses grosses lèvres brunes, son triple menton et sa gorge saillante. Il portait son éternel costume chocolat et chaque fois qu'il ouvrait la bouche, son chapeau tressautait.) Tu encore méditer, Alex ? Contact avec ton énergie *ki* ?

– J'y songe, je songe à mon *ki*, Jimmie. Mais j'ai l'impression de manquer un peu de *ki* en ce moment. Parle-nous de Chucky.

– Je sais beaucoup des mauvaises histoires sur Chucky-le-Boucher. Tout le temps il fait peur aux enfants. Même les gangs ils ont peur de lui. Les jeunes mamans, les grands-mères, toutes elles donnent des petites affiches dans les squares. Et aussi dans mes magasins. Enfants disparus, tristes histoires. Moi toujours je dis oui, m'sieurs inspecteurs. Un homme qui fait le mal aux enfants, il est le pire. Tu d'accord avec moi, Alex ? Tu vois les choses autrement ?

– Non, je suis d'accord avec toi. C'est pour cela que Sampson et moi sommes là aujourd'hui.

Je savais bien des choses sur le sadique qu'on avait surnommé Chucky-le-Boucher. Une rumeur sans réel fondement prétendait qu'il s'attaquait aux enfants des cités et leur coupait les parties génitales. Garçons ou filles, sans préférence particulière. Vrai ou pas, il semblait indéniable que plusieurs enfants de Northfield et de Southview Terrace avaient été agressés, non loin d'ici. Et d'autres enfants avaient purement et simplement disparu.

Dans ce secteur, la police ne disposait pas des effectifs nécessaires pour mettre en place une cellule de crise opérationnelle chargée de traquer Chucky... si Chucky existait. J'avais déjà eu plusieurs discussions très vives à ce sujet avec le chef responsable, sans résultats. A Southeast, obtenir des hommes supplémentaires relevait de la gageure et pareille injustice m'écœurait, me mettait hors de moi.

– Encore une mission impossible, a commenté Sampson

tandis que nous nous dirigions vers les bâtiments de la marine. On est livrés à nous-mêmes et on est censés capturer une chimère.

– Belle image...

Je n'ai pas pu m'empêcher de sourire. L'Armoire à glace avait toujours l'esprit vif et une imagination galopante.

– Je savais que ça plairait à un homme aussi cultivé et raffiné que toi.

On patrouillait en sirotant les infusions fumantes dont Jimmie nous avait fait cadeau. Avec nos cols remontés et le reste, on avait vraiment l'air de flics en civil. De grands méchants flics. Je tenais à ce que les habitants du quartier nous voient à l'œuvre.

– Pas de piste digne de ce nom, pas d'indices, pas de soutien, dis-je, histoire de montrer à Sampson que je partageais son point de vue sur la situation actuelle. On prend quand même l'affaire ?

– Eh oui, comme toujours. (Son regard s'est brusquement durci et voilé ; il me faisait presque peur.) Fais gaffe, Chucky, fais bien gaffe. On va te coller aux fesses, mythe de mes deux.

– Chimère de mes deux.

– Tu l'as dit, ma poule, tu l'as dit.

6

J'étais heureux de retourner sur le terrain avec Sampson. C'est toujours un vrai plaisir, même lorsqu'on travaille sur un meurtre grand-guignolesque qui me met dans tous mes états. Notre dernière grosse affaire s'est déroulée en Caroline du Nord et en Californie, mais Sampson n'y avait pris part qu'au début et à la fin. On est devenus copains à l'âge de neuf ou dix ans et on a grandi dans le même quartier. J'ai l'impression que, d'année en année, nous sommes de plus en plus proches. D'ailleurs, ce n'est pas qu'une impression.

— Quel est notre premier objectif, ma poule ? m'a demandé Sampson dans la rue G. (Il avait son blouson de cuir noir, ses lunettes noires Wayfarer et un bandana noir – le look parfait.) Qu'est-ce qui nous dit que notre méthode va donner des résultats ?

— On fait savoir que nous sommes personnellement à la recherche du tueur de Sojourner Truth. On montre nos belles gueules et on essaie de rassurer les familles qui vivent ici.

— Ouais, et ensuite on serre Chucky-le-Boucher et on les lui coupe, a-t-il ajouté avec son sourire de grand méchant loup. Je suis sérieux.

Je n'en doutais pas un seul instant.

Quand j'ai fini par rentrer chez moi, ce soir-là, il était plus de dix heures. Nana Mama m'attendait. Elle avait déjà couché Damon et Jannie et à son air préoccupé, j'ai compris qu'elle n'arrivait pas à dormir, ce qui ne lui ressemble guère. Nana pourrait dormir dans l'œil d'un cyclone. Parfois, elle *est* l'œil du cyclone.

— Bonsoir, mon chéri. Mauvaise journée ? Je le vois à ta tête.

Elle est également capable de faire preuve d'une compassion, d'une bonté, d'une gentillesse extraordinaires. Ce qui me plaît chez elle, c'est qu'elle est parfaite dans les deux rôles et que je ne sais jamais ce qui m'attend.

Nous nous sommes installés sur le canapé du living et ma grand-mère, qui a quatre-vingt-un ans, a pris ma main droite dans ses deux mains. Je lui ai raconté ce que je savais pour l'instant. Elle frissonnait, ce qui ne lui ressemblait pas non plus. Ce n'est pas quelqu'un de faible, quelles que soient les circonstances, et elle ne laisse généralement rien paraître de ses angoisses, même devant moi. A mesure que les années passent, Nana Mama ne perd rien de ses facultés ; bien au contraire, je la trouve plus lucide, plus concentrée.

— Ce meurtre à l'école Sojourner Truth me bouleverse, m'a chuchoté Nana en baissant la tête.

— Je sais. Je ne pense qu'à ça depuis ce matin. J'essaie d'imaginer toutes les hypothèses.

— Que sais-tu de Sojourner Truth, Alex ?
— Je sais que c'était une ancienne esclave, fervente abolitionniste.
— Sojourner Truth devrait figurer dans les manuels au même titre que Susan B. Anthony ou Elizabeth Cady Stanton. Comme elle ne savait pas lire, elle avait appris presque toute la Bible par cœur et elle l'enseignait. Elle a joué un rôle important ici, à Washington, en luttant contre la ségrégation dans les transports en commun. Et voilà qu'aujourd'hui, on vient de commettre un meurtre abominable dans l'école qui porte son nom.

Elle s'est soudain mise à chuchoter, d'une voix presque désespérée :

— Attrape-le, Alex. Je t'en supplie, attrape ce monstre. Je ne suis même pas capable de prononcer son surnom... ce... Chucky. Il existe vraiment, Alex. Ce n'est pas un épouvantail inventé par les gens.

J'étais bien décidé à faire tout ce que je pourrais. J'avais pris l'enquête en main et je traquais la chimère sans ménager mes efforts.

Mon cerveau était déjà en train de faire des heures supplémentaires. Un violeur d'enfants ? Garçons et filles. Et aujourd'hui, un tueur d'enfants ? Chucky-le-Boucher ? Existait-il réellement ou était-il né de l'imagination de gosses effrayés ? Était-ce une chimère ? Était-ce lui qui avait assassiné Shanelle Green ?

Quand Nana est enfin allée se coucher, je me suis rendu dans la véranda pour me défouler sur le clavier. J'ai joué *Jazz Baby* et *The Man I Love*, mais le cœur n'y était pas.

Et ce soir-là, au moment de m'endormir, je me suis souvenu qu'on avait abattu le sénateur Daniel Fitzpatrick à Georgetown. Quelle journée ! Quel cauchemar !

Deux tueurs...

7

Jack et Jill.
Sam et Sara.
Peu leur importait. Ils étaient allongés sur un splendide tapis, dans le petit salon. Le pied-à-terre de Sara, à Washington, leur servait de planque. Dans la cheminée, d'odorantes bûches de pommier sifflaient et craquaient joyeusement. A même le tapis persan qui recouvrait un parquet à chevrons, ils jouaient à un jeu de société. Un jeu très particulier, à tous points de vue unique. Ils lui avaient donné un nom très simple : *le jeu de la vie et de la mort*.

— Je fais très Washington, jeune cadre dynamique, blanc, libéral, et toute cette merde, observa Sam Harrison en souriant.

L'image qui venait de surgir dans son esprit était des plus incongrues.

— Attends un peu, rétorqua Sara Rosen en simulant une moue contrariée. C'est ma description que tu viens de faire.

Ni elle, ni Sam n'étaient des yuppies. Certainement pas Sam... Et pourtant, ils avaient mis au four une belle poularde qui embaumait l'air et ils jouaient sur le tapis du salon.

Mais leur jeu n'avait rien à voir avec le Monopoly ou le Risk.

Ce jeu allait en fait leur permettre de choisir leur prochaine victime. A tour de rôle, ils lançaient les dés et déplaçaient un pion le long d'un rectangle composé de photos. Des photos de gens très célèbres.

Un jeu de société très important aux yeux de Jack et Jill, car c'était un jeu de hasard interdisant à la police et au FBI de prévoir leurs actions, de connaître leurs mobiles.

Si mobiles il y avait. Mais il y en avait, bien évidemment.

Sam lança les dés à son tour, puis déplaça son pion. Sara le contempla, nimbé des lueurs sanguines du feu livrées à une transe frénétique, et son regard se voila. Elle se souvint de leur toute première rencontre, du jour où ils avaient établi le contact. La genèse de tout ce qu'ils vivaient aujourd'hui.

Ainsi avait débuté leur très beau, très complexe et très mystérieux jeu. Ils s'étaient donné rendez-vous à la cafétéria d'une librairie en plein centre de Washington. Sara était arrivée la première, la gorge nouée. C'était une histoire folle, peut-être dangereusement folle, et follement irrésistible. Elle n'avait pu laisser passer pareille chance, pareille opportunité, et surtout pareille cause. La cause, pour elle, était primordiale.

Au moment de leur première rencontre, elle ne savait pas à quoi ressemblait Sam Harrison. Elle l'avait vu s'asseoir à sa table, surprise, ravie. Il l'excitait.

Elle l'avait d'abord vu pénétrer dans la partie café de la librairie, l'avait regardé commander un expresso et une brioche, sans imaginer un seul instant que l'homme à l'air rêveur debout au comptoir pouvait être Harrison.

C'était donc lui, le Soldat. Son partenaire potentiel. Il collait parfaitement au décor, mais aurait trouvé sa place n'importe où. Il n'avait pas l'air d'un tueur. Cela dit, elle non plus. *Il a un petit côté pilote d'avion*, s'était dit Sara en le jaugeant. *Ou alors c'est un militaire ? Un riche avocat de Washington ?* Un bon mètre quatre-vingts, mince et musclé, des traits volontaires, des yeux d'un bleu extraordinairement limpide. Il paraissait sensible, plutôt sympathique. Pas du tout ce qu'elle avait pu imaginer. D'emblée, il lui avait plu. Elle savait déjà que sur les grands sujets, ils avaient le même avis, qu'ils partageaient une même vision des choses.

« Vous me regardez comme si vous étiez déçue de ne pas vous trouver face à un ignoble individu, lui avait-il dit en s'asseyant à sa table. Je ne suis pas un ignoble individu, Sara. Au fait, vous pouvez m'appeler Sam. Vous savez, en réalité je suis plutôt un type bien. »

Il était encore mieux que cela. Il était stupéfiant : redoutablement intelligent et fort, ce qui ne l'empêchait pas d'être toujours attentif à ce qu'elle ressentait et totalement dévoué à leur cause. Sara Rosen était tombée amoureuse de lui dans la semaine suivant leur rencontre. Elle savait bien qu'elle ne devait pas, mais elle avait foncé et désormais, ils vivaient ensemble leur secret.

Ils jouaient au jeu de la vie et de la mort, devant un bon feu de bois, tandis qu'une poularde rôtissait sur sa broche. Songeant à faire l'amour... du moins y songeait-elle, comme elle songeait à l'idée d'être avec Sam, *avec Jack*, chaque minute, chaque seconde. Elle adorait le sentir en elle.

– Ce coup-ci, je crois que ça va être bon, dit Sam en lui tendant les dés. A toi de lancer. Six coups chacun. A toi l'honneur, Sara.

– Attention, ça va faire mal.

– Oui, très, très mal.

Le cœur de Sara Rosen se mit à battre frénétiquement; elle le sentait cogner sous son chemisier. Ce qui la pétrifiait, c'était d'imaginer que ce coup de dés équivalait au meurtre même. Comme si elle allait elle-même presser la détente.

Quelle allait être la prochaine victime? Sa main allait décider. Qui serait la victime?

Elle serra les trois dés comme si elle cherchait à les broyer, puis les secoua et les lâcha; elle les regarda cahoter, rouler puis s'arrêter brusquement comme si quelqu'un venait de tirer une ficelle invisible. Elle fit rapidement le total : neuf.

Sara prit le pion et le déplaça de neuf cases. Neuf photographies.

Elle regarda le visage de la prochaine cible, la prochaine victime célèbre. C'était une femme!

C'est pour la cause, se dit Sara Rosen, mais son cœur n'en continua pas moins de marteler ses côtes.

La prochaine victime était une femme très célèbre.

Ce meurtre créerait une nouvelle fois la stupeur. Non seulement à Washington, mais dans le monde entier.

8

Un tapis de brume flottait sur les pelouses de Garfield Park, situé entre l'Anacostia et l'Eisenhower Freeway, c'est-à-dire l'autoroute. Nous étions à deux pas de l'école Sojourner Truth. Quand nous nous sommes enfoncés dans cette mer de coton, je me suis dit : *La vérité*[1] *n'a qu'une couleur, le gris. Encore et toujours le gris.* Cela n'avait rien d'un footing matinal. Sampson et moi étions tout simplement en train de nous hâter vers l'endroit où Shanelle Green avait trouvé la mort, le crâne fracassé par un monstre.

Plusieurs policiers en tenue, un chef et un autre inspecteur se trouvaient déjà sur les lieux du crime, épiés par une douzaine de badauds. On avait fait venir de Géorgie des chiens pisteurs qui avaient retrouvé l'endroit où s'était produit le drame. Du bosquet d'épicéas où le tueur avait sauvagement assassiné la petite fille, j'apercevais la Sixième rue. Je parvenais presque à distinguer l'école Sojourner Truth.

— Tu crois qu'il a trimballé le corps d'ici jusqu'à la cour de l'école? m'a demandé Sampson.

Le ton de sa voix laissait entendre que cette hypothèse lui paraissait peu plausible. J'étais de son avis. Mais comment, alors, le corps était-il parvenu jusque dans la cour de l'école?

Un ballon de baudruche rouge vif flottait un mètre au-dessus des épais fourrés où le meurtre avait eu lieu.

— C'est pour marquer l'endroit? Le ballon, là, c'est un repère?

— Je ne sais pas... ai-je marmonné. Je me pose la question...

---

1. En anglais, *truth*. (N.D.T.)

Je me suis frayé un chemin dans la muraille de pins. Malgré le froid, un fort parfum de résine imprégnait l'air, comme pour me rappeler que les fêtes de Noël approchaient.

Je sentais la présence du tueur dans les branches, comme s'il me défiait. Je percevais également celle de Shanelle, comme si elle tentait de me dire quelque chose. Il fallait que je reste seul un instant, que je respire cet endroit.

Le meurtre avait eu lieu dans une sorte de petite clairière, comme en témoignaient des traces de sang séché sur l'herbe ainsi que sur plusieurs branches. *Le tueur l'a attirée ici. Comment s'y est-il pris ? Elle aurait dû se méfier ou avoir peur, sauf s'il s'agit de quelqu'un du quartier, qu'elle connaissait.* Et soudain, cela m'est venu. *Le ballon !* Une simple supposition, qui avait pourtant des allures d'évidence. *Le ballon rouge a peut-être servi de leurre ; c'est l'appât qui a fait venir la gamine.*

Je me suis accroupi entre les arbres qui formaient au-dessus de moi une sorte de tente, et je n'ai plus fait un geste.

Le tueur se plaisait bien ici, dans la pénombre, à l'abri des regards. Il ne s'apprécie pas beaucoup. Il préfère l'obscurité. Intellectuellement, il s'aime bien ; physiquement, pas du tout. Son apparence doit présenter des particularités.

Aucune certitude, mais des impressions qui me semblaient de plus en plus justifiées.

S'il s'est caché ici, c'est sans doute parce qu'il y a chez lui un élément dont les gens pourraient se souvenir. Si je ne me trompais pas cet indice pouvait se révéler précieux.

J'ai revu le visage défoncé de Shanelle Green, puis une image de Maria, ma femme, morte, est venue se planter devant mes yeux. Une tornade de rage a pris naissance dans mon ventre et j'ai senti ma gorge frémir. J'ai pensé à Jannie, à Damon.

Et une dernière idée s'est insinuée dans mon esprit accablé. Le ressentiment ne peut se développer que chez les individus qui ont pris la mesure de leur valeur. Une mesure bien entendu toute relative. Cela peut paraître étrange, mais c'est ainsi. Le tueur d'enfants était fou de rage parce qu'il avait la conviction que le monde entier le sous-estimait.

Je me suis enfin relevé et je me suis extrait de la cachette. J'avais mon compte.

– Rapportez-moi ce ballon, ai-je ordonné à un homme en uniforme. Détachez-moi ce ballon de l'arbre ; c'est une pièce à conviction.

9

Son apparence doit présenter des particularités. J'en étais quasiment certain et il y avait là un début de piste à explorer.

L'après-midi, je me suis remis à arpenter les rues avec Sampson, autour des cités de Northfield Village. A Washington, ni la presse ni la télé n'avaient fait grand cas du meurtre d'une fillette à Southeast. En revanche, l'assassinat du sénateur Fitzpatrick par un couple diabolique surnommé « Jack et Jill » monopolisait toutes les attentions. La pauvre Shanelle Green, elle, n'intéressait personne.

Sauf Sampson et moi. Nous, nous avions vu le corps meurtri de Shanelle, nous avions parlé à ses parents plongés dans la désolation. Nous étions là pour interroger nos contacts aussi bien que nos voisins. Tout le monde pouvait nous voir à l'œuvre dans le quartier.

– Une bonne affaire criminelle, c'est le bonheur, me fit remarquer Sampson alors que nous passions devant la Jeep d'un dealer du coin : caisse noire, intérieur noir, cassette de rap, les basses à fond. On se tape des rues crades alors qu'il fait un froid de canard. Toute cette misère, ces odeurs de merde, cette musique qui braille.

Sur son visage, on ne lisait plus rien. Il avait passé le cap de la colère; l'heure était à la philosophie. Sous son blouson ouvert, il portait un sweat que je connaissais bien. Message du jour :

PAS DE LÉZARD
PAS DE BOBARDS
PAS DE CONNARDS

Court et percutant. Très John Sampson.

Cela faisait près d'une heure que nous n'avions pas

échangé un mot. Nous restions bredouilles, mais c'était Le Boulot. Rien d'exceptionnel.

On est arrivés au marché de Capitol City vers les quatre heures de l'après-midi. Le Cap, comme on l'appelle, fait un malheur sur la Huitième rue. C'est sûrement le soldeur le plus ravagé et le plus sinistre de Washington, et Dieu sait qu'il y a de la concurrence...

La liste des articles proposés à la vente est d'ordinaire inscrite à la craie rose sur un pan de béton gris-bleu, à l'entrée du magasin. Les promotions du jour : bières et boissons gazeuses fraîches, bananes vertes, rouelles de porc, Tampax et Loto. Tous les ingrédients d'un bon petit déjeuner complet et équilibré.

A peine entrés, on a remarqué un jeune Black – lunettes noires enveloppantes, crâne rasé, barbichette. A côté de lui, un type mâchonnait une barre de chocolat comme si c'était un cigare. Tête d'œuf m'a fait signe qu'il voulait nous parler, mais ailleurs. On l'a suivi à bonne distance.

– Tu fais confiance à un zigoto pareil ? me dit Sampson. Alvin Jackson ?

– Je fais confiance à tout le monde.

Clin d'œil. Voilà que Sampson me fait la gueule.

– Tu déconnes, ma poule.

– Non, je fais ce qu'il faut, mais à ma manière.

– Dans ce cas-là, tu en fais trop.

– C'est pour ça que tu m'aimes.

– Eh oui. (Il finit par sourire.) L'amour, toujours l'amour...

On a retrouvé Alvin Jackson le lièvre au coin de la rue. Il nous avait déjà plusieurs fois renseignés. Un type pas foncièrement mauvais, mais qui vivait dangereusement et qui, du jour au lendemain, risquait d'avoir de très, très gros problèmes. Il avait fait partie des meilleurs coureurs au lycée et s'entraînait dans la rue. Aujourd'hui, il faisait le coursier pour des dealers de crack et vendait un peu d'herbe pour son propre compte. Alvin Jackson était resté, à bien des égards, un grand gosse. Comme (et nous ne l'oublions jamais) la plupart des délinquants auxquels nous avons affaire, même les plus dangereux, les plus impressionnants.

– La p'tite Shanelle, nous demande Alvin en avalant ses mots, vous v'lez toujours savoir qui c'est qu'l'a butée et tout ça ?

Alvin était habillé à la taularde, la dernière mode. Blouson ouvert, caleçon à rayures rouges et blanches dépassant du jean. Avant d'emmener un prévenu dans sa cellule, on lui retire sa ceinture, ce qui fait que son pantalon a tendance à tomber. Voilà sur quels exemples on bâtit sa vie, dans notre quartier.

– Ouais. Qu'est-ce que tu sais d'elle, Alvin? lui fait Sampson. Mais tu nous épargnes les conneries, *please*.

– Hé! mec, je te donne que du sérieux, proteste Alvin en me regardant, sans cesser un seul instant de balancer son crâne rasé, d'agiter sa boucle d'oreille, de tordre ses grands bras musclés, de replier ses jambes et de tripoter ses Nike.

– On apprécie, lui dis-je. Une cigarette?

Je lui ai tendu une Camel. Plus cool que moi, tu meurs. Il l'a prise. Je ne fume pas, mais j'en ai toujours sur moi. Alvin fumait comme un pompier quand il pratiquait la course à l'école. Le genre de chose qui se remarque.

– La p'tite Shanelle, elle crèche dans l'immeuble de ma tante. T'sais, à Northfield? J'crois que j'sais des trucs sur quelqu'un qu'aurait pu faire l'coup. Vous pigez c'que j'vous raconte?

– Jusqu'à maintenant, ça va, répond Sampson en hochant la tête.

Par pure courtoisie, d'ailleurs; même une tête d'ail aurait pu suivre le jargon d'Alvin Jackson.

Je lui demande:

– Tu nous montres ce que tu as? Tu peux nous aider?

– J'vais carrément vous donner Chucky. Qu'est-ce vous dites de ça, hein? (Il opine en souriant.) Mais juste pasqu' c'est toi et Sampson. J'ai essayé de causer à des autres inspecteurs, putain, y'a des mois d'ça, mais y z-ont rien voulu savoir. Voulaient même pas m'écouter, z'avaient pas le temps d'écouter ma chanson.

J'avais l'impression d'être son père, son oncle ou son grand frère. Il me faisait pitié. J'aurais aimé être ailleurs.

– Nous, on est prêts à t'écouter. On prend le temps.

On a accompagné Alvin Jackson jusqu'à Northfield Village. Northfield est l'un des quartiers les plus dangereux de Washington, mais tout le monde s'en fout. Les flics de la première division ont laissé tomber. Quand on s'est baladé dans le coin une fois, on les comprend un peu.

Cette piste ne m'inspirait guère, mais Alvin Jackson s'était investi d'une mission. Je me demandais bien pourquoi. Quelque chose devait m'échapper.

Il a pointé un long doigt accusateur vers l'un des immeubles de brique jaune, aussi délabré que ses voisins. Au-dessus de la double porte, un panneau bleu indiquait Bâtiment 3. Les marches fissurées semblaient avoir subi les assauts de la foudre ou d'un marteau-pilon.

– C'est là qu'y crèche. Dans c'te gourbi. Emmanuel Perez, qu'y s'appelle. Des fois, y bosse comme livreur chez *Famous*. Vous savez, *Famous Pizza* ? Y court après les mômes, complètement explosé, le mec. Pis il est mauvais, hein, y fait peur. Il aime pas quand on l'appelle Manny. C'est Em-ma-nu-el, il y tient vachement.

– Et comment tu connais « Emmanuel » ? lui demande Sampson.

Le regard d'Alvin Jackson s'est brusquement assombri pour devenir dur comme la pierre. Il a pris quelques secondes avant de répondre.

– Je l'ai connu. Quand j'étais gosse, il traînait dans le coin. Y faisait déjà chier tout le monde. Emmanuel, il a toujours été là, vous pigez ?

Message reçu. Je comprenais enfin. Chucky-le-Boucher n'était plus une simple chimère.

Face à l'immeuble, il y avait un terrain de jeux goudronné. Des mômes jouaient au basket. Enfin essayaient. Le panier, complètement tordu, n'avait pas de filet. Sur ces courts-là, on ne risquait pas de trouver des joueurs un tant soit peu doués.

Soudain, Alvin Jackson a aperçu quelque chose.

– C'est lui, là, couine-t-il de peur. Hé ! c'est lui. C'est Emmanuel Perez en train d'emmerder les gosses.

Perez nous a aussitôt repérés, comme dans un mauvais rêve. Son menton était hérissé d'une barbe rousse. *Une particularité physique dont on se serait souvenu si on l'avait vu à Garfield Park.* Le temps de lancer à Alvin un regard noir, pas trop rassurant, et voilà qu'il prend la fuite.

Emmanuel courait très vite. Nous aussi, cela dit. Du moins, la dernière fois que j'avais eu l'occasion de tester nos jambes.

10

On gagnait du terrain. Perez nous a entraînés dans une ruelle défoncée, jonchée de détritus, entre les lugubres HLM. Finalement, nous avions encore pas mal de jus.
— Police! Arrêtez!
Mes cris ne semblaient guère impressionner l'individu qui galopait devant nous. Était-ce un monstre, une chimère ou un innocent livreur?
En attendant, Perez, que l'on soupçonnait d'être un assassin et un tortionnaire d'enfants, essayait bien de prendre la fuite. Difficile de dire s'il était le fameux Chucky-le-Boucher, mais le fait était là : quelque chose le poussait à éviter ma présence, celle de Sampson, celle de la police en général.
Avions-nous enfin levé un lièvre? En tout cas, quelque chose bougeait...
Une arrière-pensée me travaillait : Si nous étions aussi près de le coincer au terme de deux jours d'enquête, comment se faisait-il qu'on ne l'ait pas coffré plus tôt?
J'aurais pu suggérer une réponse, mais elle ne me plaisait pas trop : Parce que tout le monde se fout de ce qui se passe dans ce quartier pourri.
On fonce entre les cages à lapins, en soulevant des gerbes d'ordures, en faisant peur aux pigeons, et Sampson qui me lance :
— La forme revient!
— Ne parle pas trop vite!
Tout le monde s'en fout!
— C'est pas le moment de douter, ma poule. Je te signale qu'il faut toujours être positif.

— Peut-être, mais je te signale qu'Emmanuel court très vite.

Tout le monde s'en fout!

— Manny ne pourra jamais être aussi rapide et aussi fort que nous.

— Ni raconter autant de conneries, je lui fais entre deux halètements — des petits halètements, mais quand même...

— Eh oui, ma poule. Forcément.

On suit Perez/Chucky-le-Boucher jusque dans la Septième rue, bordée de baraques mitoyennes à trois ou quatre étages, de boutiques dévastées et de quelques bars à pochetrons.

Arrivé au milieu de la rue, Perez disparaît dans un immeuble désaffecté, genre bâtiment administratif; les fenêtres sont condamnées par des plaques de tôle. On dirait une bouche géante pleine de dents cariées.

— J'ai l'impression qu'il sait ce qu'il fait, me crie Sampson. Il sait où il va.

— C'est bien le seul.

Quelques foulées plus tard, on pénètre à notre tour dans les ruines. Ça pue la pisse et la pourriture. Quand on attaque les escaliers en béton armé, plutôt raides, une boule de feu commence à m'envahir la poitrine.

— Il s'était préparé une sortie! fais-je en haletant sérieusement, cette fois. C'est un petit futé.

— Mais vouloir nous échapper, à nous, c'est pas très futé. On ne nous a jamais fait ça... ON TE TIENT, MANNY! hurle Sampson, la tête en l'air, et l'écho de sa voix roule dans les escaliers; il a dégainé son arme, un méchant Glock 9 mm, le même que le mien. HÉ, MANNY! MANNY, MANNY, MANNY! Arrête! Police!

Au-dessus de nous, pour toute réponse, on entendait les baskets de Perez claquer sur les marches. Il n'y avait personne d'autre dans l'escalier ni sur les différents paliers. La police poursuivait quelqu'un, mais tout le monde s'en fichait éperdument.

— Tu crois que c'est Perez qui a fait le coup?

— En tout cas, il a fait quelque chose, me rétorque Sampson. Il court comme s'il avait le feu au cul, et méchamment.

— Ouais, et c'est nous qui avons allumé la mèche.

Passé une porte métallique, on s'est retrouvés sur un grand toit goudronné, à la surface irrégulière. Le ciel était d'un bleu limpide et tout brillait; j'en avais mal aux yeux. Je n'éprouvais plus qu'une envie : m'éclipser, m'envoler à tire-d'aile, fuir tout ce bleu. Mais comment ?

Pas d'Emmanuel Perez à l'horizon. Où était-il passé ? Où donc avait pu se cacher le tueur de l'école Sojourner Truth ?

La chimère...

11

Et brusquement, Perez qui hurle :
– Allez vous faire mettre, bande de nazes ! Vous m'entendez, les nazes ?
– Nazes ? me fait Sampson en improvisant une grimace.

Là, j'ai entrevu Chucky-le-Boucher. Sur ma droite. Il filait sur un toit adjacent et avait déjà une bonne dizaine de mètres d'avance. Je l'ai vu se retourner et jeter un bref coup d'œil dans notre direction, l'air plutôt inquiet.

Des petits yeux noirs qui suaient la méchanceté, et cette drôle de barbe rousse. C'était peut-être un vrai psychopathe. Ou un simple livreur de pizzas... *Non, pas possible*, me suis-je dit.

Là-bas, sur l'autre toit, cinq adolescents – quatre garçons et une fille – étaient en train de traficoter je ne sais quoi. Du crack, sûrement. En espérant que ce ne soit pas de l'héroïne. Autour d'eux, le monde menait sa folle course sans les perturber le moins du monde. Les jeux sanglants mais bien réels de la vie urbaine – flics, voyous et tueurs pédophiles – se déroulaient sous leurs yeux blasés sans susciter la moindre réaction.

On a traversé trois autres petits toits en un rien de temps, tout en puissance. L'écart se réduisait, lentement mais sûrement. J'avais le front et les joues trempés de sueur, les yeux brûlants.

– Arrête ou on tire ! je crie. Arrête, Emmanuel Perez !

Perez s'est retourné et m'a cette fois fixé du regard, en souriant ! Puis il s'est volatilisé derrière le mur de brique de l'immeuble.

– L'escalier de secours ! hurle Sampson.

Quelques secondes plus tard, nous voilà en train de dévaler le serpentin d'acier rouillé qui semble prêt à se décrocher sous nos pas. Perez descendait à une vitesse phénoménale. Il était manifestement chez lui, sur son terrain de prédilection. Compte tenu de notre gabarit, Sampson et moi avions quelques difficultés à négocier les paliers en épingle à cheveux et l'avance de Perez s'est vite accrue d'un étage, voire un étage et demi.

Chucky s'était préparé un itinéraire de repli et l'avait déjà testé, j'en avais la quasi-certitude. *Il est rusé. Et coupable. Ce regard mauvais, ces yeux de chien enragé ! Qu'avait dit Alvin Jackson ? Qu'Emmanuel Perez avait toujours été dans le coin ?*

On l'a retrouvé dans la rue E, avec sa barbe rousse en saillie comme du bois pétrifié. Il nous avait déjà mis un pâté de maisons dans la vue. C'était la mauvaise heure et la circulation devenait difficile. Notre homme était en train de monter dans un taxi, un indépendant. Sur les portes du véhicule, peinture rouge et orange défraîchie, on lisait : *Cappy's. On vous emmène où vous voulez.*

– Arrête, écureuil de merde ! hurle Sampson au plus fort de sa voix. Putain, Manny !

Derrière la lunette arrière crasseuse du taxi, Perez nous fait un doigt d'honneur, puis il se penche par la portière et beugle :

– Bande de nazes !

12

Nous ne pouvions pas le laisser filer. Non, non et non, c'était hors de question.

On est arrivés dans la rue E. J'avais le visage, la nuque, le dos, les jambes ruisselants de transpiration. Sampson s'est précipité au-devant d'un *Yellow Cab*, mais le chauffeur a eu le bon sens de freiner à temps, ce qui lui a épargné d'avoir à envoyer son taxi à la ferraille.

On ouvre les deux portières arrière en même temps et je braille :

– Police ! Inspecteur Alex Cross ! Suivez ce taxi ! Allez, allez, on se magne, merde !

– Et t'as pas intérêt à le perdre ! insiste Sampson. Surtout pas !

Le pauvre homme, terrorisé par la menace, n'a même pas osé se retourner. Pas un regard, pas un mot. Mais il n'a pas perdu de vue *Cappy's*. *On vous emmène où vous voulez.*

Un peu avant l'endroit où la Neuvième se rapproche de Pennsylvania Avenue, on s'est retrouvés bloqués. Voitures et camions avançaient pare-chocs contre pare-chocs dans un concert d'avertisseurs, et un semi-remorque jouait de son klaxon à compresseur, imitation corne de brume. On se serait cru dans un port.

– On ferait peut-être mieux de descendre et de continuer à pied, proposai-je à Sampson.

– J'étais en train de me dire la même chose. Allez, on y va.

L'option était risquée mais dans un cas comme dans l'autre, nous avions une chance sur deux de perdre Chucky en l'espace d'une minute. Mon cœur battait à tout rompre. Je voyais encore le crâne enfoncé de la petite Shanelle Green.

Emmanuel avait toujours été dans le coin ! Et ce regard de chien fou ! J'aurais tout donné pour coincer Chucky-le-Boucher.

Grincement de ferraille. Sampson avait déjà ouvert sa portière. Je n'avais qu'un quart de seconde de retard sur lui ; peut-être moins.

Chucky a dû sentir qu'on le talonnait. On l'a vu bondir hors de son tacot et filer comme une flèche.

On l'a pris en chasse entre les files de véhicules quasiment à l'arrêt, au milieu d'un impossible vacarme d'avertisseurs.

Chucky-le-Boucher accélérait. Il avait trouvé un second souffle.

Brusquement, il oblique à droite et pénètre dans un immeuble de bureaux tout de verre et d'acier, aux reflets bleu métallisé.

Cette histoire devenait absolument délirante.

Quand on a fait irruption à notre tour dans l'immeuble, je brandissais déjà mon insigne de police.

– Type hispanique, barbe rousse. Il est allé où ?

Complètement hébété, le gardien qui trônait devant les lambris de la réception a désigné une batterie d'ascenseurs. Portes centrales. Le tableau a indiqué le troisième étage, puis le quatrième, et ça grimpait vite. Sampson et moi, on s'est rués dans la cabine la plus proche de l'entrée. Du plat de la main, j'ai tapé sur TERRASSE. Ce qui me semblait être la meilleure idée.

– D'après notre athlète préféré, Perez est livreur chez *Famous Pizza*, dis-je à Sampson. Or il se trouve qu'au rez-de-chaussée, il y a un *Famous*.

– Tu crois que Chucky a ses petites habitudes ? Qu'il aime bien les toits et qu'il connaît son hit-parade par cœur ?

– Je pense qu'il s'est mitonné deux ou trois parcours, histoire d'être sûr de pouvoir filer en cas de pépin. Et cela dit, je crois effectivement qu'il a ses petites habitudes.

– Étrange créature.

Au signal d'arrivée, on s'est rués dehors, l'arme au poing. Dans le lointain, j'apercevais le Capitole et la statue de la Liberté – l'autre. Joli panorama, en d'autres circonstances, mais là, ça me paraissait incongru, pour ne pas dire sinistre.

Je ne cessais de penser à Shanelle Green, de voir son visage sauvagement meurtri. Avec quel instrument l'avait-il frappée ? Combien de fois ? Pourquoi ? J'avais tellement envie de mettre la main sur ce salopard que j'en avais mal. Une douleur qui avait fini par m'envahir le corps et, ce qui était bien plus douloureux, l'esprit.

On s'est avancés sur le toit et j'ai enfin aperçu la silhouette de Chucky se découpant sur le ciel. J'ai cru que mon cœur allait défaillir.

Chucky avait préparé sa fuite, cela ne faisait plus aucun doute. Il n'avait rien laissé au hasard. Il savait qu'on allait venir le chercher et se comportait en coupable. C'était forcément notre tueur.

– Allez vous faire foutre, bande de nazes !

Après ce dernier cri de défi, il a pris son élan. Il avait une foulée puissante et longue.

– Non, ai-je gémi. Oh, non !

J'avais deviné ses intentions : Perez s'apprêtait à sauter sur le toit de la tour voisine.

– Arrête, connard, ou je tire, lui a crié Sampson.

Mais il ne s'est pas arrêté. On l'a regardé décoller.

On s'est précipités jusqu'au bord du toit en hurlant à pleins poumons. Il y avait un autre immeuble de bureaux, légèrement en retrait, plus bas d'un étage. Et Chucky-le-Boucher planait entre les deux bâtiments de verre et d'acier.

En regardant, j'ai juste lâché : « Mon Dieu... »

Il devait bien y avoir huit mètres entre les deux murs.

– Casse-toi la gueule, connard, a lancé Sampson. Prends-toi le mur et tombe.

Moi, pendant ce temps, je me disais : *Ce n'est pas son premier essai. Il s'est déjà entraîné à prendre la fuite. Pas étonnant qu'on ne l'ait jamais coincé. Depuis combien d'années nous échappe-t-il ? Combien de gosses a-t-il agressés ou tués ?*

Nous avions dégainé nos Glock, mais pas question de tirer. Rien ne nous prouvait qu'il était le tueur recherché, et il n'avait fait que prendre la fuite sans jamais nous menacer d'une arme. Et maintenant, ce saut insensé entre deux toits d'immeubles.

Chucky semblait comme suspendu dans les airs, à une hauteur de quinze étages. Le sol était très, très loin de lui.

Problème.

Chucky pédale frénétiquement dans le vide, comme s'il chevauchait une bicyclette invisible.

Il tend ses longs bras fermes et musclés, allonge à l'infini sa jambe directrice, comme pour l'arracher. On dirait une affiche publicitaire pour Nike. Il est figé en pleine action, tel un coureur de cent mètres sur un cliché d'anthologie.

— Bon Dieu, souffle Sampson, et je sens son haleine glisser sur ma joue.

Chucky a le bras tendu. Sa main effleure à peine la corniche de la tour voisine, ses jambes brassent désespérément l'air.

Et là, Chucky se met à hurler. Des cris perçants, horribles, vaguement amortis par les murs et les baies vitrées des deux immeubles.

Il hurle tout au long de sa chute. Vingt étages. Ses bras et ses jambes s'agitent frénétiquement, futilement.

J'ai soudain vu son corps se tordre en pleine course.

Il a levé les yeux vers moi, sans cesser de crier, sachant qu'il n'y avait plus rien à faire ; dans son regard, sur sa bouche, dans le buisson de sa barbe rousse, on voyait que tout était fini. Chucky hurlait parce qu'il était en train de mourir sous mes yeux. Il n'en finissait plus de tomber. Quatre ou cinq secondes peuvent durer une éternité.

Mon estomac l'accompagnait et je commençais à avoir le vertige. Je voyais l'étroite bande grise de la ruelle, tout en bas, tournoyer vers moi à une vitesse incroyable. L'espace séparant les deux tours s'était mué en fosse, véritable canyon aux flancs inaccessibles, livré aux ténèbres.

Puis j'ai entendu Chucky s'écraser sur le sol. *Flac!* Un bruit complètement irréel.

A la vue du corps gauchement étalé sur le bitume, je n'ai pas ressenti la moindre joie. Ratatiné comme le visage de Shanelle Green, il n'avait pas grand-chose d'humain. Les épouvantables hurlements de Chucky résonnaient encore dans ma tête.

— Panne de carburant, a commenté Sampson, à côté de moi. Affaire classée. Les nazes mènent un à zéro.

J'ai rengainé mon 9 mm. Emmanuel avait bien préparé son parcours. Question reconnaissance, rien à redire, mais l'entraînement laissait à désirer.

13

Un panneau d'enfer, et vous êtes tous tombés dedans.
Le véritable tueur de Sojourner Truth était en pleine forme, lui. Ça n'aurait pas pu aller mieux, merci bien. Ne venait-il pas de commettre le crime parfait ? Son meurtre resterait impuni...

Eh oui... Il s'en tirait sans une égratignure. Ces nuls de flics de Washington avaient coincé et buté un pauvre con qui n'y était pour rien. C'était un dénommé Emmanuel Perez qui avait payé pour ses péchés, et au prix fort.

Maintenant, il lui suffisait de calmer le jeu. De se concentrer sur la suite. Il avait déjà pris la décision de se mettre au vert quelque temps – dans sa tête.

Il se baladait dans le centre commercial du Pentagone, à Arlington, flânant des rayons de *The Gap* aux présentoirs à lingerie de *Victoria's Secret*, et son excitation ne faisait que monter. Il lui tardait de définir sa future stratégie, de savoir de quelle manière il allait gratifier le monde de ses prochains exploits.

Un vieil air entendu le matin même sur MTV ne cessait de le harceler. Depuis deux ou trois heures, les paroles rebondissaient à l'intérieur de son crâne comme des balles de ping-pong. Il entendait parfaitement le chanteur, un pauvre ringue de Los Angeles, fredonner : « Je suis un perdant, *baby*. Alors pourquoi tu ne me tues pas ? »

« Je suis un perdant, *baby*. Alors pourquoi tu ne me tues pas ? »

« Je suis un perdant, *baby*. Alors pourquoi tu ne me tues pas ? »

Il y avait dans ce refrain un double sens qui lui plaisait

beaucoup : il pouvait aussi bien s'adresser à lui qu'à ses victimes potentielles. Toujours le même cercle vicieux. La redoutable simplicité de la vie, qui la rendait si belle...

Faux ! La vie n'est pas belle. Loin de là.

Le tueur de l'école Sojourner Truth était en train d'observer un petit imbécile, une proie en puissance bien trop tentante. D'un pas nonchalant, il pénétra dans le *Toys "R" Us* du centre commercial. En cette période de fêtes de fin d'année, le magasin de jouets était bondé de crétins.

Les enceintes suspendues débitaient en boucle l'insupportable slogan de la chaîne : « Je ne veux pas grandir, je suis un enfant *Toys "R" Us*. » Un leitmotiv d'une profonde débilité, répété à l'infini, comme les gosses aimaient bien. Cette profusion de jeux et jouets délirants, ces marmots gâtés-pourris, ces parents qui arboraient leurs mines satisfaites, toute cette ambiance lui donnait chaud ; il avait la tête lourde, se sentait au bord de la nausée.

Moi non plus, je n'ai pas envie de grandir, songea-t-il. *Je suis un tueur d'enfants* Toys "R" Us.

Il regarda sa jeune proie se promener seule au milieu d'un vaste rayon de jeux d'action. Le petit garçon devait avoir quelque chose comme cinq ans, un âge extrêmement facile.

Dans la tête du tueur, tel un puissant signal d'alarme, la rage déferla. WAM ! WAM ! WAM ! L'horrible sensation eut tôt fait d'envahir sa poitrine. WAM ! WAM ! Tendu, mal à l'aise, il serrait les poings, avait comme un nœud dans l'estomac.

Maintenant, attention, s'exhorta-t-il. *Surtout pas d'erreur. N'oublie pas que tu commets des crimes parfaits.*

14

Cela dit, opérer à l'intérieur de ce magasin bondé n'allait pas être une mince affaire. Et si les parents se trouvaient à proximité ? Ce qui était forcément le cas. S'il se faisait prendre ? Non, c'était hors de question ! Parfaitement impossible !

Il était en train de vivre un instant crucial. A la simple vue de ce joli bambin blondinet aux bonnes joues, il mesurait l'effet que produiraient sa disparition, puis la découverte de son corps. Il avait besoin d'imaginer les reportages qui défileraient sur tous les écrans, l'excitation qu'il éprouverait alors à l'idée d'avoir à lui seul suscité une telle débauche de douleur et de souffrance, un pareil remue-ménage.

Le petit garçon commençait à s'inquiéter. Ses lainages le démangeaient, de grosses larmes perlaient aux coins de ses yeux. Autour de lui, pas une personne, pas un adulte. *Pauvre petit bonhomme ! On a perdu sa maman, son papa ?*

Lentement, avec précaution, le tueur se rapprocha de sa proie. Trop tard pour reculer, à présent. Son cœur battait la chamade et il adorait cette puissante sensation. Ses bras et ses jambes avaient la tremblote. De la vraie gelée... Son regard se brouillait ; ce mélange d'impatience, d'appréhension, d'angoisse et d'excitation lui donnait des vertiges.

Vas-y, fais-le !
Maintenant !

Il se pencha, prit l'enfant dans ses bras et, avec un grand sourire, se mit à babiller aussi jovialement qu'il le put :

– Bonjour, je suis Roger le roi du gadget. Je travaille ici. Dis-moi, quels sont les jouets fantastiques que tu préfères ? On a ici tous les jouets du monde parce qu'ici, c'est le plus grand, le plus géant magasin de jouets du monde. Waouh ! Qu'est-ce que tu dis de ça, hein ? Viens, on va chercher tes sym*pathétiques* parents.

Et le bambin lui fit un joli sourire. Il n'y avait que les gosses pour pouvoir changer d'humeur comme ça. Maintenant, ses beaux yeux bleus brillaient, étincelaient derrière les larmes. Magnifique.

— Je veux un Mighty Max ! proclama-t-il comme s'il était Crésus, et non un simple marmot qui venait de perdre ses parents.

— D'accord, viens avec moi. Et un Mighty Max pour monsieur ! Pourquoi ? Parce que tu es un enfant *Toys "R" Us*.

L'enfant niché dans les bras, il se hâta vers la sortie. Et là, il comprit qu'il s'en tirerait sans problèmes, malgré tout ce que son geste pouvait avoir d'audacieux et d'abject, malgré tous les témoins – une centaine, peut-être – présents dans le magasin. Il était le nouveau « joueur de flûte de Hamelin ». Les gosses l'adoraient...

— On va te donner un Vac-Man. Et ensuite, des X-men, ça te plairait ? Ou un Stretch Armstrong ?

— Un Mighty Max, psalmodiait le gamin. Je veux un Mighty Max.

Le tueur pointa le nez hors de l'allée 3. Moins d'une dizaine de mètres le séparaient à présent de l'entrée du magasin, et le parking du centre commercial longeait Columbia Park. Il avait tout prévu.

Il accéléra le pas puis, brusquement, se figea devant l'entrée.

Merde ! Un couple approchant la trentaine s'avançait vers lui ! Et la femme avait un sérieux air de ressemblance avec le petit morveux.

Il était fichu. Pris la main dans le sac !

Comprenant ce qu'il lui restait à faire, il ne s'affola pas un quart de seconde mais dut frôler l'infarctus à deux ou trois reprises. *Tant pis*, se dit-il, *je n'ai plus le choix. Tout va se jouer maintenant.*

Il se composa un large sourire et improvisa un numéro exceptionnel.

— Bonjour. Il est à vous, ce petit bout de chou ? Il s'était perdu dans un rayon et quand j'ai vu que personne ne venait le chercher, j'ai pensé qu'il valait mieux que je le conduise au bureau du magasin. Il pleurait comme une madeleine, le pauvre petit. Vous êtes sa maman ?

La mère se précipita vers son précieux chérubin tout en foudroyant son mari du regard.

Ah, c'était donc lui le coupable ! C'était manifestement papa qui avait abandonné son petit garçon. Les papas, aujourd'hui, n'étaient plus bons à rien. D'ailleurs, il suffisait de voir le sien...

— Oh, merci, merci beaucoup, bredouilla la mère en lançant un autre regard noir à papa. C'est vraiment très gentil de votre part.

Il conserva son sourire des grands jours. Vraiment, jamais il n'avait été aussi bon !

— N'importe qui d'autre aurait fait la même chose, vous savez. C'est un bon petit gars. Bon, je vais vous laisser. Au revoir. Au fait, il veut un Mighty Max ; c'est sûrement ce qu'il était en train de chercher.

— Oui, c'est vrai, il adore Mighty Max. Au revoir, et merci encore.

— Au revoir, fit le petit garçon en imitant sa mère. Au revoir.

— A un de ces jours, peut-être, dit le tueur de l'école Sojourner Truth. Au revoir.

Crétins ! Idiots congénitaux ! Pauvres larves !

Et il s'éloigna de la petite famille sans se retourner une seule fois. Il en mouillait son pantalon, mais cela ne l'empêcha pas de rire, de rire à n'en plus finir. Il avait un autre atout, même si on venait à le coincer un jour : personne n'irait jamais imaginer qu'il pouvait être le tueur de l'école. Jamais.

15

Ah, voilà qui est beaucoup mieux. La vie redevient belle.
J'ai ouvert les yeux. Jannie, à un mètre, me regardait, Rosie la chatte dans les bras. Parfois, elle aime bien me regarder dormir. Moi aussi, j'aime bien la regarder dormir. Chacun son tour, après tout.
 — Hello, gente damoiselle. Tu connais la chanson *Someone To Watch Over Me* ? Tu t'en souviens ?
Je lui ai fredonné quelques mesures, et Jannie a hoché la tête. Elle connaissait le morceau pour me l'avoir déjà entendu jouer au piano, dans la véranda. Elle m'a dit :
 — Tu as de la visite. Ils sont deux.
Je me suis assis.
 — Ils sont là depuis combien de temps ?
 — Ils viennent juste d'arriver. Nana a dit que moi et Rosie, on devait aller te chercher. Elle est en train de leur faire du café. Pour toi aussi. Il faut que tu te lèves.
 — C'est Sampson et Rakeem Powell ?
Jannie m'a fait non de la tête. Je la trouvais bien timide ce matin, ce qui n'est pas tellement dans son style.
 — C'est des Blancs.
Là, j'ai commencé à me réveiller pour de bon.
 — Je vois. Tu te souviens de leurs noms ?
Et presque aussitôt, je me suis dit que je les connaissais. J'avais résolu l'énigme comme un grand, ou du moins le pensais-je.
 — M. Pittman et M. Clouser.
 — Très bien, l'ai-je félicitée.
Pas bien du tout, me disais-je en réalité en songeant à mes

« invités ». Je n'avais aucune envie de rencontrer le chef, ni le divisionnaire, et encore moins chez moi.

Surtout s'ils venaient me voir pour les raisons que j'imaginais.

Jannie s'est penchée pour me donner mon premier baiser du matin. Puis un second.

— Il y en a des mensonges, derrière ces bisous, lui ai-je fait avec un clin d'œil.

— Non, non. Moi, je suis pas comme ça.

J'ai mis moins de cinq minutes à me préparer. Nana faisait patienter nos visiteurs dans le salon. Le divisionnaire Clouser était déjà venu deux fois à la maison, mais pour le chef, c'était une première. Je ne voyais qu'une explication : Clouser avait dû l'obliger à venir.

Le chef Pittman et le divisionnaire Clouser buvaient leur café brûlant à petites gorgées en écoutant Nana. Je me demandais quelle histoire elle avait bien pu concocter cette fois-ci. Il y avait du danger dans l'air, mais je craignais surtout pour Pittman et Clouser.

Quand j'ai débarqué dans le salon, Nana m'a dit :

— J'étais en train de reprocher à ces deux messieurs d'avoir laissé Emmanuel Perez traîner aussi longtemps dans notre quartier. Ils m'ont promis que ce genre de chose ne se reproduira plus. Tu crois que je dois leur faire confiance, Alex ?

Pittman et Clouser me regardaient tous les deux en gloussant, ignorant qu'il n'y avait pas là matière à glousser et que ma grand-mère n'était pas quelqu'un à qui il fallait chercher des histoires, et encore moins quelqu'un qu'on pouvait prendre de haut, surtout sur son territoire.

J'ai rendu à Nana son petit sourire espiègle.

— Non, ne crois pas un mot de ce qu'ils te racontent. Tu as terminé ton speech ?

— De toute façon, je n'avais pas l'intention de les croire sur parole. Je voulais qu'ils me le mettent par écrit.

J'ai opiné en souriant, comme pour saluer sa plaisanterie, mais je savais bien qu'elle parlait tout à fait sérieusement. Le patron et le divisionnaire Clouser sont partis d'un grand rire. Nana Mama leur en avait mis plein la vue. Et encore, ce n'était rien...

— On peut discuter ici, lui ai-je demandé, ou tu préfères qu'on sorte ?

— Je vais aller dans la cuisine, m'a-t-elle répondu avec un regard noir. Contente d'avoir fait votre connaissance, chef Pittman, divisionnaire Clouser. N'oubliez pas votre promesse. Moi, je ne l'oublierai pas.

Dès son départ, le divisionnaire a pris la parole :

— Je crois que vous avez droit à des félicitations, Alex. On m'a fait savoir que vous avez retrouvé un grand nombre de revues pédophiles chez Emmanuel Perez.

— C'est l'inspecteur Sampson et moi qui avons mis la main sur cette littérature pornographique.

Une réponse volontairement laconique, car je n'avais nullement l'intention de leur faciliter la tâche. A vrai dire, je partageais entièrement le point de vue de Nana.

— Vous devez vous demander les raisons de notre présence ici, dit le chef Pittman. Je vais donc tout vous expliquer.

Lui et moi n'avions guère d'atomes crochus, c'était le moins qu'on pût dire. Nous n'en avons jamais eu et nous n'en aurons jamais. Pittman est un maniaque de la force doublé d'un raciste refoulé, et ce sont là ses points forts. Un type qui ne peut pas s'empêcher de frapper sous la ceinture dès qu'il en voit une.

— J'aimerais bien, lui ai-je rétorqué. Je pensais que vous étiez dans le coin et que vous aviez décidé de vous faire offrir le café. Le café de ma grand-mère, vous savez, il vaut le déplacement.

Pas l'esquisse d'un sourire sur le visage de Pittman.

— Hier soir, assez tard, nous avons reçu une requête officielle du FBI. Ils veulent que vous preniez part à l'enquête sur l'assassinat du sénateur Fitzpatrick, qui leur pose de gros problèmes. L'agent spécial Kyle Craig nous a fait comprendre que votre collaboration, compte tenu de votre expérience et de vos récents faits d'armes, pouvait se révéler extrêmement précieuse. Manifestement, Alex, il s'agit d'une affaire importante.

J'ai laissé le chef Pittman achever, puis, lentement, j'ai secoué la tête.

— J'ai déjà une demi-douzaine de meurtres non élucidés ici, à Southeast. L'affaire que je viens de boucler aurait dû être résolue depuis plusieurs mois. *Ce qui aurait épargné la vie d'une petite fille, morte pour rien.* Mais on a retiré un inspecteur de la criminelle pour le mettre sur une autre enquête. Et aujourd'hui, une gamine de six ans est morte.

– Il s'agit d'une affaire de première importance, insistait le divisionnaire.

Il avait les cheveux blancs et le visage écarlate, ce qui était chez lui un signe de colère ou de nervosité. Nous nous connaissions depuis longtemps et le courant, en général, passait plutôt bien. Mais aujourd'hui, ça risquait de coincer.

– Dites au FBI que je n'ai pas le temps de m'occuper de cette histoire de Jack et Jill. Je vais appeler Kyle et on va s'arranger. Il comprendra. Je suis déjà sur plusieurs affaires de meurtres à Southeast. Ici aussi, il y a des gens qui meurent. Nous aussi, nous avons de gros problèmes, et des affaires importantes.

– Alex, il faut que je vous pose une question, a repris le divisionnaire.

Son aimable sourire laissait entrevoir de belles dents blanches et quelques jolies couronnes. Je m'en serais volontiers servi pour jouer du Gershwin, quoiqu'un peu de Little Richard, tout en puissance, m'aurait sans doute fait davantage plaisir.

– Avez-vous toujours envie d'être flic?

Le coup a fait mouche. Rien d'artistique, mais efficace.

– J'ai envie d'être un bon flic. J'ai envie de rendre service si je peux. Comme toujours. Je n'ai pas changé.

– Bien répondu, m'a dit le divisionnaire comme s'il s'adressait à un enfant. Vous êtes sur l'enquête Jack et Jill; la décision a été prise en haut lieu. Vous êtes déjà familiarisé avec ce type de meurtre, vous connaissez les fous, les détraqués. Vous êtes officiellement détaché de toutes les autres enquêtes. Il faut que vous soyez un très bon flic, Alex. Le FBI est quasiment persuadé que Jack et Jill vont bientôt faire une nouvelle victime.

Moi aussi, moi aussi.

Et j'avais le même sentiment en ce qui concernait le tueur de Sojourner Truth.

16

J'ai résisté un jour de plus aux charmes subtils de l'affaire Jack et Jill. Ou disons une demi-journée. J'ai profité de ma ronde à Southeast pour faire le point. L'entrevue avec Clouser et Pittman m'avait mis hors de moi.

Shanelle Green avait trouvé la mort parce qu'on n'avait pas lancé suffisamment d'hommes à la recherche de Chucky, parce qu'on n'avait pas pris le temps d'écouter Alvin Jackson. Un cafouillage dû en grande partie au fait que nous étions dans un quartier noir; j'étais à la fois furieux et amer.

Je suis rentré tôt, ce qui m'a permis de passer la soirée avec Nana et les enfants. Je voulais m'assurer qu'ils avaient bien digéré le meurtre de Sojourner Truth. Encore une histoire d'horreur qui avait trouvé son épilogue. Mais l'assassinat de cet enfant restait gravé dans ma mémoire pour de multiples raisons.

Pendant une bonne demi-heure, je leur ai infligé mon cours de boxe hebdomadaire. Damon est sympa; même si sa sœur est là, il ne râle jamais, il se contente d'enfiler les gants.

Ils sont en train de devenir des petits coriaces, mais ils apprennent surtout à ne pas se battre chaque fois que c'est possible. A l'école, on ne leur cherche pas trop d'histoires; il faut dire qu'ils ont bon caractère et qu'ils savent s'adapter.

– Surveille ton jeu de jambes, Damon, lui fais-je. On a l'impression que tu essaies d'éteindre un feu.

– On devrait te voir danser, lance Jannie, qui n'en perd pas une. Un pas à droite, en arrière, un pas à gauche.

– Tout à l'heure, c'est sur toi que je vais danser, oui, réplique Damon, et les voilà qui partent d'un rire hystérique.

Un peu plus tard, on est tous les trois devant la télé. Petits bras croisés, les yeux à demi fermés, les traits durcis, Jannie me fait la gueule. Pour elle, c'est l'heure d'aller au lit et je suis toujours resté inflexible sur ce point, mais elle s'est mis en tête de protester.

– Non, papa. Non, non et non. Ta montre avance.

– Si, Jannie. Si, si et si, lui dis-je, bien décidé à ne pas céder un pouce de terrain à ma Némésis. Ma montre recule.

– Ah non, mon petit monsieur. C'est faux.

– Eh si, ma petite dame. Impossible d'y couper. Vous êtes cernée.

Force est tout de même restée à la loi qui, comme chacun sait, a le bras long. A huit heures et demie pile, j'ai arraché ma fille au canapé pour l'emmener se coucher. L'ordre règne dans la famille Cross. Et Jannie de piailler contre mon cou.

– Où on va, papa? On sort acheter des glaces? Moi, j'en veux une au praliné et à la crème.

– Tu la mangeras en rêve.

En serrant Jannie contre moi, je ne pouvais m'empêcher de penser à la petite Shanelle Green. En voyant son corps dans cette cour d'école, j'avais senti un vent d'effroi me glacer le dos ; l'image de Jannie m'était aussitôt venue à l'esprit. Un cercle vicieux que je ne parvenais pas à m'extirper du crâne.

J'étais hanté par la crainte de voir des monstres chez moi. L'un d'eux, Gary Soneji, était venu quelques années plus tôt mais cette fois-là, par bonheur, personne n'avait été blessé.

Jannie s'est agenouillée au pied du lit pour chuchoter de sa belle petite voix une jolie prière de notre invention.

« Mon Dieu qui êtes au ciel, ma mamie et mon papa m'adorent. Même Damon il m'aime aussi. Merci mon Dieu de m'avoir faite gentille, belle et quelquefois drôle. Je vais essayer de toujours faire ce qui est bien. Voilà, Jannie Cross vous dit bonne nuit. »

– Amen, Jannie Cross, ai-je conclu avec un sourire ; je l'aimais plus que tout et elle me rappelait sa mère de la plus belle façon qui fût. A demain matin ! Je suis pressé de te revoir, tu sais...

Et je la vois se redresser brutalement dans son lit, le visage fendu d'un grand sourire, les yeux comme des soucoupes :

– Tu peux me voir plus longtemps ce soir, si tu veux. Papa, je veux rester debout. Si je mange pas tout de suite une glace, je vais être traumatisée à vie.

— Tu sais que tu es une petite marrante, toi ? Jolie et intelligente, en plus.

Dieu que je pouvais les aimer, elle et Damon... Je savais maintenant pourquoi le meurtre de la petite Shanelle m'avait autant marqué. Ce cinglé avait fait ça à deux pas de chez moi.

Peut-être est-ce la même raison qui m'a poussé à emmener Damon faire une petite balade, un peu plus tard dans la soirée. Je le tenais par l'épaule. Chaque jour, j'avais l'impression de le retrouver grandi, plus fort, plus musclé. Je ne pouvais pas me plaindre : nous étions copains et jusqu'à présent, tout s'était très bien passé.

On est partis dans la direction de son école, en passant devant l'église baptiste couverte de graffitis vengeurs rouges et noirs : *Jésus a rien à foutre de moi, et moi j'ai rien à foutre de lui.* Un sentiment largement répandu dans le quartier, surtout chez les jeunes.

L'une des élèves de Sojourner Truth, l'école que fréquentait Damon, avait trouvé la mort ici. Horrible tragédie... Et pourtant, il en avait déjà vu : à l'âge de six ans, il avait assisté à une fusillade mortelle dans un parking.

— Ça t'arrive d'avoir peur d'aller à l'école, Damon ? Dis-moi la vérité, dis-moi ce que tu veux, comme tu le sens, d'accord ? Tu sais, moi aussi, quelquefois, j'ai peur. Tous les tarés qui se baladent me font peur.

Il a haussé les épaules, en souriant.

— Ouais, des fois, j'ai peur. Le jour où je suis retourné à l'école, je tremblais de partout. Ils vont pas la fermer, l'école, dis ?

J'avais envie de sourire, mais mon visage est resté de marbre.

— Non. Demain, les cours reprennent comme d'habitude. Les devoirs aussi, d'ailleurs.

— J'ai déjà fait les miens, m'a-t-il rétorqué, sur la défensive. (Nana le focalise un peu trop sur les notes, mais ça doit aussi avoir du bon.) T'as qu'à voir mes résultats ; je cartonne autant que toi.

— Tu cartonnes ? En voilà un langage...

— Hé ! papa, en pleine cible, comme toi.

Il s'est mis à rigoler comme une hyène à qui on vient de raconter une bonne blague d'antilope. Je lui ai fait une clé au cou, gentiment, pour rire, et je lui ai ratissé le haut du crâne avec mes phalanges. Pour le moment, il n'avait pas de problèmes. C'était un bon petit gars, et costaud avec ça. J'étais vraiment fou de lui et je tenais à ce qu'il le sache à chaque instant.

Il s'est dégagé, m'a fait un petit pas de deux à la Sugar Ray Leonard et m'a balancé quelques petits coups à l'estomac, rapides, sans appuyer, pour me montrer qu'il était un vrai petit dur. Mais j'étais déjà largement convaincu.

C'est à cet instant que j'ai vu quelqu'un sortir du bâtiment scolaire. Il s'agissait de la jeune femme que j'avais entrevue à l'aube, quand on avait retrouvé le corps de Shanelle Green. Celle qui m'avait tapé dans l'œil. Cette fois-ci, elle s'était arrêtée pour nous regarder jouer, Damon et moi, sur le trottoir.

Une femme grande et mince, pas loin d'un mètre quatre-vingts. Il m'était difficile de distinguer son visage dans la pénombre qui régnait au pied du bâtiment, mais je me souvenais de son aplomb, de son côté mystérieux.

Elle a fait un signe, Damon lui a répondu. Puis elle s'est dirigée vers sa Mercedes bleu marine, la même que l'autre jour, garée à proximité.

– Tu la connais ?

– C'est notre nouvelle directrice, m'a répondu Damon. C'est Mme Johnson.

J'ai hoché la tête. Mme Johnson.

– Dis donc, elle travaille drôlement tard. Impressionnant. Et tu l'aimes bien, Mme Johnson ?

En la regardant regagner sa voiture, je me suis souvenu que Nana m'avait parlé d'elle en termes très élogieux ; elle l'avait trouvée « inspiratrice » et d'un abord sympathique.

Qu'elle fût attirante, nul n'en doutait. En la voyant, j'ai ressenti comme un pincement au cœur. Il faut dire que le célibat me pesait. J'étais encore en train de me remettre d'une relation un peu compliquée avec une jeune femme du nom de Kate McTiernan. J'avais passé tout l'automne à travailler pour ne pas y penser. Et ce soir-là, je n'étais pas encore mûr pour me lancer dans une nouvelle aventure.

Damon, lui, n'a pas hésité une seconde.

– Oui, je l'aime bien. Tout le monde l'aime bien, Mme Johnson. Mais c'est une coriace, tu sais, papa. Encore plus que toi.

Avec sa Mercedes quatre portes, elle n'avait pas l'air si

féroce que ça, mais je n'avais aucune raison de mettre en doute la parole de mon fils. Pour rester seule le soir dans cette école, il fallait être gonflée. Peut-être l'était-elle même un peu trop...

— Viens, on rentre, ai-je dit à Damon. Je viens de me souvenir que demain, tu as cours.

Il avait déjà trouvé la parade. Il m'a pris par le coude.

— On se couche pas et on regarde le match des Bullets contre les Orlando Magic, d'accord ?

— Ah... bonne idée. Non, attends, j'en ai une meilleure. On réveille Jannie et on se fait une nuit blanche.

On s'est mis à rire comme des malades, satisfaits de nos âneries.

Cette nuit-là, j'ai dormi avec les enfants. Le meurtre de Sojourner Truth m'avait décidément laissé dans un triste état. Il nous arrive de jeter des couvertures et des oreillers par terre et de dormir comme ça, comme des sans-abri. Chaque fois, Nana pique une crise, mais je crois que ça lui fait du bien ; alors, on s'arrange pour qu'elle puisse s'en donner à cœur joie une fois tous les quinze jours.

J'étais allongé, les yeux ouverts. Les petits dormaient comme des loirs et moi, je ne pouvais m'empêcher de penser à Shanelle Green. Ce n'était vraiment pas le moment. Pourquoi avait-on ramené son corps jusque dans l'enceinte de l'école ? Il y a toujours des zones d'ombre dans une enquête, mais là, cela ne tenait vraiment pas debout et ce détail me travaillait. Comme si je me trouvais en face d'un puzzle terminé, mais dans lequel une pièce ne collait pas.

Ensuite, j'ai laissé mes pensées vagabonder vers Mme Johnson, ce qui était bien plus agréable. « Elle est encore plus coriace que toi, papa. » Belle recommandation de la part de mon petit bonhomme. Presque un défi. « Mme Johnson, tout le monde l'aime. »

Je me demandais quel pouvait être son prénom. Christine ? Allons-y pour Christine. Je trouvais que ça sonnait bien.

Et j'ai fini par m'endormir, enfin. Dans la chambre des gosses, sur les couvertures et les oreillers qui jonchaient le sol. Cette nuit-là, aucun monstre n'est venu nous rendre visite, mais de toute manière, personne n'aurait pu entrer.

Le tueur de dragons montait la garde. Épuisé, assoupi, vaguement mélancolique, mais toujours aux aguets.

17

Dingue. Démentiel. La folie. C'était vraiment trop génial. Le tueur aurait voulu recommencer tout de suite, dans la minute. Il aurait voulu se les payer *tous les deux*. Le grand jeu, la totale, le pied intégral.

Il avait observé de loin le père et le fils. Il avait pensé à son propre père, ce déchet, ce bon à rien.

Puis il avait aperçu la prof qui regagnait sa voiture. Grande, plutôt bien fichue. Il l'avait détestée sur-le-champ. Cette sale pute noire, avec son espèce de sourire bidon, comme tous les profs.

Pam! Pam! Pam!
Trois balles dans la tête, à bout portant.
Trois têtes qui explosent comme des melons.
Voilà tout ce qu'ils méritent. Une exécution sommaire.

Tandis qu'il épiait les abords de l'école, une idée bien vicieuse germa dans son esprit. Il savait déjà beaucoup de choses sur Alex Cross. Cross était bien son inspecteur, non? Celui qu'on avait mis sur l'enquête? Donc Cross devenait son gibier désigné. Un flic, tout comme son père.

Le plus intéressant, c'était que personne n'avait fait grand cas du premier meurtre. Son crime était quasiment passé inaperçu. Les journaux de Washington n'y avaient consacré que quelques lignes, la télévision n'en avait presque pas parlé. Une petite Noire de Southeast, ça n'intéressait personne. Logique, non?

Tout ce qui les intéressait, c'étaient Jack et Jill et les riches Anglo-Saxons qui craignaient pour leur vie. *Ter-ri-fiant!* Jack et Jill pouvaient aller se rhabiller. Il était bien meilleur qu'eux et n'allait pas tarder à leur en faire la démonstration.

La voiture de la directrice d'école passa devant les buissons au milieu desquels il s'était dissimulé. La directrice, il la connaissait également. C'était Mme Johnson, de Sojourner Truth. La Whitney Houston de Souheast, à ce qu'on disait. Pétasse !

Son regard revint lentement se fixer sur Alex Cross et son fils. Il sentit monter en lui une vague de colère. Il était prêt à exploser, comme si on avait une fois de plus appuyé sur son bouton secret. Les poils de sa nuque hérissés, il commençait à voir rouge, littéralement. Des panaches pourpres lui envahissaient le cerveau. Et ce sang, il appartenait bien à quelqu'un... A Cross ? A son fils ? L'idée de les voir crever ensemble l'excitait au plus haut point. Il se représentait parfaitement la scène.

Il suivit Alex Cross et son fils jusqu'à leur maison, toujours en proie à une rage folle, mais prenant malgré tout soin de rester à distance. Il réfléchissait à ce qu'il allait faire.

Il était bien plus fort que Jack et Jill. Cross et les autres allaient bientôt en avoir la preuve.

18

En ce vendredi soir se tenait le gala de charité du Comité pour la santé mentale. Dans la grande salle du Pension Building, haute de trois étages et encadrée de gigantesques colonnes de marbre, à l'angle de la rue G et de la Huitième, plus d'un millier d'invités avaient pris place autour d'une fontaine qui bruissait aimablement. Serveurs et serveuses s'étaient dûment chapeautés pour fêter dignement Noël. L'orchestre attaqua *Vive le vent d'hiver* version swing endiablé. Le bonheur total.

L'invitée vedette de cette auguste soirée n'était autre que

la princesse de Galles. Mais Sam Harrison était là, lui aussi. Jack était de la fête.

Lorsque Lady Di pénétra dans l'immense et seigneuriale salle, sous mille feux, il l'observa attentivement. Son entourage comprenait un financier dont on murmurait qu'il serait son prochain mari, l'ambassadeur du Brésil et son épouse, ainsi que plusieurs grands noms de la mode *made in USA*. Parmi lesquels, ironiquement, deux top models atteintes de boulimie, à l'instar de Diana qui avait souffert de ce problème durant douze bonnes années.

A la fois intrigué et soucieux de savoir si Lady Di s'était assuré la protection d'un service de sécurité compétent, il s'avança de quelques pas. Après avoir balayé l'assistance du regard, les jeunes loups des services secrets demeurèrent en retrait, l'oreillette sur le qui-vive.

Venu tout spécialement de Grande-Bretagne, un maître de cérémonies rompu aux rites protocolaires rendit hommage à la princesse, au président du comité ainsi qu'à l'hôte de la soirée, Walter Annenberg. L'ambassadeur prononça quelques mots, puis l'on passa à table. Le repas se révélait copieux, mais la viande (agneau de lait sauce niçoise et ses haricots verts) trop cuite et insuffisamment épicée.

Lorsque la princesse se leva enfin pour prendre la parole au moment du dessert (tarte à l'orange et aux amandes nappée de sauce à l'orange et de marsala), Jack se trouvait à moins de dix mètres d'elle. Elle portait une robe-fourreau en taffetas or scintillant de paillettes, mais il lui trouva un air légèrement godiche. Avec ses grands pieds, elle lui faisait penser au personnage de Daisy Duck. Il décida donc de la surnommer « princesse Daisy ».

Le discours de Diana avait des accents très personnels, ce qui ne surprit pas, cependant, ceux qui suivaient attentivement la vie de la princesse. Enfance et adolescence difficiles, recherche effrénée de la perfection, rejet d'elle-même et autodépréciation, tout cela l'avait menée à ce qu'elle appelait sa « honteuse amie », la boulimie.

Jack trouva ce discours étrangement rébarbatif, pour ne pas dire écœurant. La propension de Diana à s'apitoyer sur son sort, cette prestation, voire cette vie, que l'on sentait prêtes à basculer dans l'hystérie, ne le touchaient en rien.

L'assistance, elle, réagissait de manière manifestement

toute différente. La très populaire Lady Di avait même réussi, semblait-il, à attendrir les types des services secrets, d'ordinaire impassibles. A l'issue de son speech, une salve d'applaudissements sincères et chaleureux secoua la salle.

Puis l'assemblée tout entière se leva pour prolonger la formidable ovation. En tendant le bras, Jack aurait presque pu toucher Lady Di. Il avait envie de crier : « Vive la boulimie ! Vivent toutes les grandes causes ! »

Maintenant, il était temps pour lui de repasser à l'action, de s'attaquer au deuxième chapitre de Jack et Jill. De déclencher de nouvelles procédures.

Et ce soir, à son tour d'être la vedette, de jouer solo. Depuis son arrivée, il gardait l'œil sur une autre personnalité bien connue, une jeune femme qu'il avait déjà eu l'occasion d'épier, dont il avait étudié les habitudes et les tics.

Natalie Sheehan avait un physique bien plus séduisant que celui de Lady Di. Blonde, un peu moins d'un mètre soixante-dix, talons hauts, la présentatrice vedette des journaux télévisés portait une robe de soie noire sobre, à l'élégance classique. Beaucoup de charme, mais surtout, de la classe. La grande classe. Natalie Sheehan n'avait pas usurpé les titres de « princesse américaine » ou de « noble consœur » dont la presse l'affublait parfois.

Il était un peu plus de neuf heures et demie lorsque Jack se mit à l'œuvre. Un orchestre de huit musiciens faisait danser la salle et dans tous les coins, les conversations allaient bon train : les petites affaires de Marion Gingrich, les difficiles relations commerciales avec la Chine, les derniers ennuis de John Major, les prochaines vacances de neige à Aspen, Whistler ou Alta.

Natalie Sheehan avait bu trois margaritas cul sec, avec le sel. Il l'avait regardée. Elle ne laissait rien paraître, mais devait forcément être un peu gaie.

C'est une actrice de premier plan, songea Jack en se rapprochant d'elle devant l'un des bars mis gracieusement à la disposition des invités. *C'est la reine des aventures d'une nuit et des liaisons d'un week-end.* Jill s'était abondamment documentée. *Je sais tout sur toi, Natalie.*

Deux pas de côté, et ils se retrouvèrent face à face. Ils faillirent même se heurter. Il respira son parfum. Senteurs florales et épices. Très agréable. Il connaissait d'ailleurs le nom de cette exquise fragrance : *Escada acte 2*. Il avait lu dans la presse que c'était sa marque préférée.

— Je suis désolé. Veuillez m'excuser, lui dit-il en sentant ses joues s'empourprer.

— Non, non, c'est moi qui ne regardais pas où j'allais, lui répondit-elle avec ce sourire qu'elle maniait si bien dans les gros plans et qui se révélait encore plus impressionnant hors antenne. Maladroite que je suis...

Jack sourit à son tour et soudain dans son regard brilla une lueur. Il la connaissait.

— En onze ans d'antenne, vous n'avez jamais oublié un nom ni un visage, lui fit-il remarquer. C'est bien ce que vous avez déclaré, non ?

Elle réagit au quart de tour.

— Vous êtes Scott Cookson. Nous nous sommes rencontrés au Méridien, début septembre. Vous êtes avocat... associé d'une prestigieuse étude de Washington. Facile...

Elle fut la première à rire de sa repartie. Elle avait un joli rire, de très belles lèvres, des dents parfaites. Natalie Sheehan telle qu'en elle-même. Sa proie du jour.

— Nous nous sommes bien rencontrés au Méridien, dites-moi ? ajouta-t-elle, en bonne journaliste tenant à vérifier ses informations. Vous êtes bien Scott Cookson ?

— Absolument. Vous aviez un autre rendez-vous, un peu plus tard, à l'ambassade de Grande-Bretagne.

— Pour ce qui est de ne jamais oublier un visage ou un détail, j'ai l'impression que vous êtes un rude concurrent.

Et toujours ce sourire parfait, radieux, presque pétillant. Le sourire d'une vedette dans la vie de tous les jours. Mais ce n'était pas un jour comme les autres...

Jack haussa les épaules, jouant les modestes – ce qui, face à Natalie, n'était pas bien difficile.

— Oh, disons que je me souviens de certains visages et de certains détails.

Elle était vraiment d'une grande beauté, genre classique, et séduisante en diable. Son sourire franc et chaleureux faisait des ravages ; il avait déjà passé des heures à l'étudier. Il n'était pas insensible à ses charmes, même en pareille circonstance.

— Quoi qu'il en soit, reprit Natalie, je n'ai pas d'autre réception après celle-ci. Pour tout dire, j'essaie de moins sortir. Si, si, je vous assure. Mais ce soir, c'était pour la bonne cause.

— Absolument. Je crois aux bonnes causes.
— Ah, et quelle est votre cause préférée, Scott ?
— La SPA. Depuis que j'ai vu *Batman*, je me bats pour la protection des chauves-souris.

Il s'efforçait de paraître agréablement surpris d'être toujours en sa compagnie. Les jeux de société, les vrais, ne lui avaient jamais fait peur. Quand il le fallait, quand il le voulait, il se débrouillait très bien.

— Au risque de vous sembler un peu cavalier, reprit-il, je me demandais si nous ne pourrions pas nous éclipser ensemble ?

Son sourire bon enfant atténuait la brutalité du message, mais cela n'en restait pas moins une avance. La réponse de Natalie allait être d'une importance capitale — pour l'un et l'autre.

Elle le regarda, quelque peu déconcertée. *J'ai tout fichu en l'air*, songea-t-il. *Sauf si c'est elle qui joue maintenant la comédie.*

Et Natalie Sheehan partit d'un rire franc, exubérant, un rire que les Américains qui regardaient chaque jour la célèbre journaliste n'avaient jamais dû entendre.

Pauvre Natalie, se dit Jack. *Ma deuxième victime...*

19

Natalie prit une autre margarita. « Allez, une dernière pour la route ! » Et toujours ce rire profond, délicieux.

— J'ai appris à faire la fête à l'école Sainte-Catherine, à Cleveland, confia-t-elle tandis qu'ils regagnaient le parking souterrain. Puis à la fac, Ohio State.

Elle voulait lui montrer qu'elle était plus décontractée, plus drôle que le personnage qu'elle incarnait à la ville. *Mes-*

sage reçu, se dit Jack, charmé par cet assaut de bonne volonté. Il avait également remarqué qu'elle desserrait peu à peu la bride de sa prononciation d'ordinaire si précise, si orthodoxe. Sans doute estimait-elle, à juste titre d'ailleurs, que cela la rendait plus sexy. En fait, elle était très sympathique, très nature, et Jack s'avouait légèrement surpris.

Comme l'avait prévu Jill, ils prirent la Dodge Stealth bleu métallisé de Natalie. La journaliste conduisait un peu trop vite. Sa conversation était à l'avenant, quoique intéressante : les accords du GATT, la cirrhose de Boris Eltsine, le prix de l'immobilier à Washington, la réforme sur le financement des campagnes électorales. Natalie Sheehan se révélait être une femme intelligente, dotée d'une grande culture générale, d'un tempérament gai, à peine névrosée par le combat perpétuel que se livraient les deux sexes.

— Où allons-nous ? se décida-t-il enfin à demander.

La réponse, il la connaissait déjà. L'hôtel Jefferson. Le petit nid d'amour de Natalie à Washington.

— Oh, je vais vous faire visiter mon labo. Pourquoi, vous avez peur ?

— Non. Enfin... disons que je suis un tout petit peu intimidé, répondit-il en riant.

Il ne mentait pas.

Une fois au Jefferson, dans la Seizième rue, elle l'entraîna vers son bureau. Deux belles pièces et une vaste salle de bains surplombant la ville. Il savait qu'elle était également propriétaire d'une maison dans les vieux quartiers d'Alexandria. Jill était déjà allée y faire un tour. Histoire de ne rien laisser au hasard. *Prendre les mesures deux fois, cinq fois si nécessaire.*

— Mon petit royaume, expliqua-t-elle. Un repaire où je peux venir travailler quand je veux. La vue est géniale, non ? On a l'impression que toute la ville est à soi. En tout cas, c'est l'effet que ça me fait.

— Je vois ce que vous voulez dire. Moi aussi, j'adore Washington.

Jack s'abandonna un instant dans la contemplation du panorama. Oui, il adorait cette ville et ce qu'elle représentait, ou du moins l'avait-il adorée. Il se souvenait encore parfaitement de son premier séjour. Il avait vingt ans et venait d'entrer dans la Marine. Il était *le Soldat*.

Il balaya tranquillement le bureau du regard. Un ordinateur portable, une imprimante à jet d'encre Canon, deux magnétoscopes, la statuette en or de son Emmy Award, un petit Filofax. Un vase rose garni de fleurs fraîches et, juste à côté, une coupe en faïence noire remplie de petite monnaie en provenance de tous les pays.

Voici donc ta vie, Natalie Sheehan. Impressionnante, triste, bientôt finie.

Natalie s'immobilisa et le dévisagea comme si elle le voyait pour la première fois.

– Vous, vous êtes quelqu'un de sympa, non? J'ai vraiment l'impression que vous êtes du genre authentique, comme on dit, ou comme on disait dans le temps. Alors, Scott Cookson, vous êtes quelqu'un de sympa, vous confirmez?

– Pas vraiment, fit-il en haussant les épaules. (Un petit sourire s'esquissa sur ses lèvres et ses yeux bleus pétillants roulèrent de gauche à droite. Se faire une fille – s'il le fallait – était un exercice dans lequel il était passé maître. Mais en temps normal, il ne draguait pas. Il était viscéralement monogame.) Il n'y a pas de gens vraiment sympa à Washington, vous savez. Quand on vit ici un certain temps, on est fichu...

Il souriait toujours.

– Vous avez sûrement raison. Je crois que c'est malheureusement vrai.

Elle émit une sorte de gloussement, puis se mit à rire franchement. D'elle-même? Il voyait bien que sa réponse l'avait un peu déçue. Elle avait envie, voire besoin, d'authenticité. Lui aussi, cela dit, et le grand jour était arrivé. La partie en cours s'avérait passionnante et sans conteste parfaitement authentique. L'instant était capital, car la scène qui se déroulait dans la suite du Jefferson ferait date.

Le jeu aussi irrésistible que dangereux auquel il se livrait lui apportait tant d'émotions que toute sa vie prenait désormais un sens. Pour la première fois depuis bien des années, il ressentait quelque chose.

– Alors, Scott Cookson, on est dans la lune?

– Non, non, je suis toujours là. Je suis plutôt du genre attaché à la réalité. J'admirais juste cette magnifique vue, Washington aux dernières heures de la nuit...

– Il nous reste quelques heures pour en profiter.

Comme il l'avait prévu, Natalie fit les premiers pas. Ce qu'il trouva plutôt rassurant.

Elle se colla contre son dos, lova ses minces bras autour de sa poitrine dans un tintement de bracelets. Très agréable. Elle était extrêmement désirable et savait qu'il était difficile de lui résister. Il sentit un certain désir s'emparer de lui, se sentit durcir, mais cette modeste excitation n'était rien comparée à tout ce qu'il ressentait en cet instant. Il pouvait toutefois en faire bon usage. *Il faut qu'elle sache que tu es excité. Qu'elle te touche.*

— Pas d'objections ?

Elle était vraiment sympa. Aimable, attentionnée. Quel dommage... Il était trop tard pour modifier le plan, pour changer de cible. Pas de chance, Natalie.

— Aucune objection, Natalie.

— Tu permets que je te libère de ta cravate ? Que je trouve très jolie, soit dit en passant.

— Je suis pour l'interdiction des cravates, répondit-il.

— Non, il y a des circonstances où elles sont parfaitement appropriées. Les premières communions, les enterrements, les couronnements.

A quelques centimètres de lui, Natalie était toute douceur et séduction, et il en éprouvait comme un pincement au cœur. Elle lui plaisait bien plus qu'il ne l'avait envisagé. Sans doute avait-elle été jadis la belle plante du Midwest, fraîche et simple, à laquelle elle jouait parfois avec une certaine conviction. Daniel Fitzpatrick n'avait inspiré à Jack qu'une profonde répulsion mais ce soir, des sentiments violents l'agitaient. Un mélange de remords, de regrets et de pitié. Tuer quelqu'un dont on se sentait aussi proche, c'était bien ce qu'il y avait de plus dur.

— Et les chemises blanches en coton ? Tu es amateur de chemises branches ? lui demanda Natalie.

— J'ai horreur des chemises blanches. Les chemises blanches, c'est pour les enterrements et les couronnements. Sans oublier les galas de charité, bien évidemment.

— Une opinion que je partage entièrement, dit-elle en déboutonnant lentement sa chemise blanche. (Il la laissa faire. Ses doigts s'attardèrent sur le torse, descendirent vers la ceinture. Natalie excellait dans l'art de la stimulation. Paume ouverte, elle lui caressa l'entrejambe puis retira brutalement la main.) Et les talons hauts ?

— A dire vrai, je les apprécie quand l'occasion et la jeune femme s'y prêtent. Mais je ne déteste pas les pieds nus.

— Belle réponse. C'est bien, de laisser le choix.

En riant, elle fit tomber l'un de ses escarpins noirs. Le choix : avec ou sans.

— Et les robes de soie ? lui chuchota-t-elle dans le cou.

Il bandait comme un cerf et sa respiration, comme celle de Natalie, se faisait haletante. Il songea à d'abord lui faire l'amour. Était-ce une option bien honnête, ou plutôt un viol ? Natalie avait réussi à semer le doute dans son esprit.

— Je peux m'en passer, répondit-il, mais tout dépend des circonstances, bien entendu.

— Hum. J'ai l'impression que nous avons pas mal de points communs.

Natalie Sheehan fit glisser sa robe. Dessous de dentelle bleus, bas noirs, un unique soulier. La chaînette et la croix en or qu'elle portait autour du cou semblaient ne l'avoir jamais quittée depuis l'Ohio.

Jack était toujours en pantalon. Plus de chemise blanche, plus de cravate.

— Et si on passait à côté ? lui susurra-t-elle en désignant la chambre. On y est très bien. Même vue, avec une cheminée en plus. Une cheminée qui marche. Comme quoi, il y a quand même quelque chose qui marche à Washington.

— Dans ce cas, allumons un feu.

Et il la souleva comme si elle ne pesait rien. On aurait dit un couple de danseurs. Il se surprenait à éprouver pour elle une certaine affection, mais s'empressa d'évacuer ces considérations de son esprit. Il ne pouvait pas se permettre de raisonner comme un lycéen, un monsieur tout-le-monde, un être humain normal.

— Et musclé, avec ça. Hummm, soupira-t-elle en envoyant enfin valser l'autre escarpin.

La baie vitrée de la chambre offrait une vue époustouflante vers le nord, en direction de la Seizième rue. Les avenues qui débouchaient sur Scott Circle composaient un scintillant et dispendieux collier, façon Harry Winston ou Tiffany. Un bijou qui aurait pu flatter le cou de Lady Di.

Jack dut se rappeler que Natalie était sa proie. Rien ne devait empêcher l'aventure d'aller à son terme. La décision finale avait été prise, les dés jetés, et ce n'était pas une image...

Il caressa un instant l'idée de projeter la belle et joyeuse journaliste contre la baie, en se demandant si elle passerait à travers la vitre ou si le verre tiendrait bon.

Mais il se contenta de déposer délicatement Natalie sur le dessus-de-lit amish. Puis il sortit de sa veste une paire de menottes qu'il exhiba devant elle.

Natalie Sheehan fronça les sourcils ; ses yeux bleus s'écarquillèrent de surprise. Il eut l'impression de la voir fondre devant lui, se dégonfler comme un ballon.

— C'est une mauvaise plaisanterie ? glapit-elle, furieuse et dépitée à la fois.

Elle le prenait pour un pervers et elle avait raison : ce qui l'attendait allait dépasser ses cauchemars les plus délirants.

— Non, il ne s'agit pas d'une plaisanterie, lui répondit-il à mi-voix. C'est très sérieux, Natalie. Je dirais même que je vais t'offrir un scoop.

On frappa soudain à la porte de l'appartement. Un coup sec. L'index dressé, Jack intima à Natalie de ne pas faire le moindre bruit. Dans le regard de la jeune femme, dont l'habituelle insouciance n'était plus qu'un lointain souvenir, le désarroi le disputait à la peur.

Dans son regard à lui, il n'y avait qu'un océan de glace.

— C'est Jill, annonça-t-il à Natalie Sheehan. Moi, c'est Jack. Je suis navré, vraiment navré.

20

Quand je suis entré au Jefferson, juste avant huit heures, quelques notes de Gershwin flottaient encore dans ma tête. Il fallait que j'essaie de calmer mes élans de fureur, de limer les aspérités. A mon tour, je venais brusquement de me retrouver impliqué dans ce jeu bizarre qui avait pour nom Jack et Jill.

A en juger par l'atmosphère régnant à la réception, l'hôtel n'avait rien perdu de son raffinement distingué et il était difficile d'imaginer qu'un drame aussi horrible qu'ahurissant venait de s'y produire.

Un restaurant très chic, une boutique de prêt-à-porter de luxe, une pendule séculaire dont le carillon troublait à peine le silence ouaté qui imprégnait les lieux : rien ne pouvait laisser supposer que l'hôtel Jefferson, à l'instar de toute la ville de Washington, était sous le choc. Une fois de plus, une personnalité de premier plan avait été assassinée dans des conditions atroces et les auteurs de ce crime consternant promettaient de récidiver.

Au Jefferson, on cultivait avec un évident bonheur cet art d'entretenir les apparences qui m'a toujours fasciné. Peut-être est-ce pour cela que j'aime autant ma ville. Le hall de l'hôtel me rappelait que les choses ne sont pas ce qu'elles sont, symbolisant parfaitement ce qui se passe souvent à Washington, où les trompe-l'œil recouvrent d'autres trompe-l'œil.

Dans ce respectable et luxueux établissement, Jack et Jill venaient de commettre leur deuxième meurtre en cinq jours. Et ils avaient menacé de ne pas s'arrêter là. Aucun indice, rien qui pût permettre de savoir quelle serait leur prochaine cible.

C'était indéniablement l'escalade.

Pourquoi ? Que recherchaient Jack et Jill ? Quel était le but de leur jeu pervers ?

Ce matin-là, j'avais déjà eu une conversation téléphonique avec mes copains de Quantico, l'académie du FBI. Les tarés, c'est leur spécialité, et comme ils savent que je suis sorti de Johns Hopkins avec un doctorat de psychologie, excusez du peu, ils n'hésitent jamais à me parler, voire à me faire part de leurs thèses ou de leurs intuitions. Pour l'instant, aucun progrès n'avait été fait. Ensuite, j'avais appelé un gars que je connaissais au labo du FBI chargé d'analyser les éléments recueillis sur place, mais les limiers du Bureau restaient bredouilles, eux aussi. Du moins était-ce tout ce qu'on avait bien voulu me dire.

Le chef, lui, m'avait demandé d'établir un de mes « fameux profils psychologiques » sur le couple diabolique, si couple il y avait. A ce point de l'enquête, l'entreprise me paraissait quelque peu futile, mais le chef ne me laissait guère le choix. A la maison, sur mon PC, j'avais ressorti tous les éléments réunis par la Cellule des sciences du comportement et le Programme d'évaluation des auteurs de crimes violents, sans trouver quoi que ce soit de probant. Ce qui ne m'avait guère étonné, d'ailleurs; la traque venait à peine de commencer et Jack et Jill étaient bien trop doués.

Pour l'instant, il n'y avait qu'une façon de procéder : (1) rassembler tous les renseignements et les données possibles; (2) poser les bonnes questions et en poser beaucoup; (3) commencer à noter tout ce qui me passait par la tête, même les hypothèses les plus extravagantes, sur des fiches que je conserverais jusqu'à la conclusion de l'enquête.

Des affaires de psychopathes dangereux, j'en connaissais plusieurs, et je les avais passées en revue. Ce qui était sûr, c'était que le FBI possédait à l'heure actuelle un fichier recensant plus de cinquante mille psychopathes dangereux connus ou potentiels, alors que dans les années quatre-vingt, on n'arrivait pas au millier. Impossible d'établir un portrait type, mais on notait généralement un certain nombre de points communs : l'obsession des médias, un immense besoin de reconnaissance, un rapport pathologique à la violence et à la religion, et une grande difficulté à bâtir des relations affectives normales. Je pensais à Margaret Ray, cette admiratrice de David Letterman qui s'était plusieurs fois introduite par effraction au domicile de son idole, dans le Connecticut. A la police, elle avait déclaré que Letterman était le « personnage central de sa vie ». Moi aussi, il m'arrive de regarder David Letterman. Bon, son talk-show est très bien, mais il ne faut tout de même pas exagérer...

Puis il y avait eu l'agression de Monica Seles au tournoi de Hambourg.

Et Katarina Witt avait failli subir le même sort, elle aussi.

Sylvester Stallone, Madonna, Michael Jackson et Jodie Foster avaient tous été harcelés et agressés par des malades qui prétendaient leur vouer une véritable adoration.

Mais qui étaient Jack et Jill? Pourquoi avoir choisi Washington comme théâtre de leurs assassinats? S'estimaient-ils l'un ou l'autre, voire l'un et l'autre, victimes d'une injustice commise par un homme politique?

Quel lien existait-il entre le sénateur Daniel Fitzpatrick et la journaliste Natalie Sheehan? Que pouvaient-ils avoir en commun? Tous deux étaient des libéraux; cela signifiait-il quelque chose? Ou bien avait-on affaire à des meurtres commis au hasard, et donc impossibles à comparer? *Hasard.*

Plus je ruminais, plus cet horrible mot me venait à l'esprit. Un mot que les enquêteurs détestaient. Les auteurs de meurtres perpétrés au hasard sont toujours très difficiles à appréhender.

Les détraqués qui harcelaient des stars étaient rarement des meurtriers, ou du moins commettaient rarement de but en blanc des actes d'une extrême violence. Le cas de Jack et Jill me laissait perplexe. A quand remontait leur obsession à l'égard du sénateur Fitzpatrick et de Natalie Sheehan ? Comment avaient-ils arrêté le choix de leurs victimes ? *Pourvu que nous n'ayons pas affaire à des meurtres gratuits*, me dis-je, *à des cibles prises au hasard. Tout, mais pas ça...*

Un autre élément m'intriguait : ils étaient deux et opéraient en étroite collaboration.

J'émergeais à peine d'une enquête délirante dans laquelle d'énormes moyens avaient été engagés pour élucider une série d'enlèvements et de meurtres. Treize années durant, deux hommes, devenus amis, s'étaient attaqués à des jeunes femmes. Ils s'entraidaient, ce qui ne les empêchait pas d'être rivaux. Leurs rapports s'inscrivaient dans le cadre d'un phénomène psychologique appelé jumelage.

Jack et Jill étaient-ils, eux aussi, comparses de l'ignoble ? Entretenaient-ils une liaison, ou étaient-ils unis par un lien de tout autre nature ? Une histoire de cul ? Plausible. Un besoin de puissance et de domination ? Un jeu de société très pervers, le fantasme sexuel ultime ? Avait-on affaire à un couple marié ? Ou à deux partenaires de fortune lancés dans une mortelle randonnée, façon Bonnie & Clyde ?

Était-ce le début d'une vague de crimes sinistres qui allait ensanglanter Washington ?

Risquait-elle de gagner d'autres grandes villes riches en beau monde comme Paris, Londres, Los Angeles ou New York ?

En débarquant de l'ascenseur au septième étage du Jefferson, je me suis retrouvé face à un véritable couloir de visages hagards et décomposés. Visiblement, je n'étais pas le seul à me faire du souci.

Jack et Jill sont venus sur la Colline
Pour faire couler l'hémoglobine...

21

– Ce bon docteur Cross, expert en catastrophes. Si je m'attendais à ça... Alex! Hé, Alex, par ici!

J'étais en train de ressasser mes hypothèses et mes impressions quand j'ai soudain entendu quelqu'un crier mon nom. Une voix que j'ai aussitôt reconnue et qui m'a arraché un sourire.

Je me suis retourné et j'ai aperçu Kyle Craig, du FBI. Un tueur de dragons, lui aussi, mais originaire de Lexington, dans le Massachusetts. Kyle n'était pas un agent comme les autres. Parfaitement réglo, pas du genre coincé ni obsédé par le respect des procédures. Kyle et moi avions déjà travaillé ensemble sur de sales affaires. Spécialiste des grands dossiers criminels impliquant des actes d'une extrême violence ou des meurtres multiples, il était capable d'affronter avec une aisance et un talent inégalés les situations les plus glauques, les plus terrifiantes, se chargeant ainsi de tâches que la plupart des agents du Bureau ne tenaient guère à assumer au quotidien. En outre, c'était un ami.

– Toutes les grosses pointures sont de sortie, m'a-t-il annoncé en me serrant la main, dans le salon.

Grand, toujours très élégant, il avait des traits assez typés et des cheveux noirs, mais noirs comme du jais. Sans oublier ce long nez aquilin, en lame de couteau.

Je lui ai demandé :

– Qui est là, pour l'instant?

Kyle devait avoir fini son petit sondage. Il était futé, observateur et généralement doté d'un bon flair. Il connaissait tout le monde et savait quelle était la distribution des rôles.

J'ai cru qu'il allait étouffer ; il grimaçait comme s'il venait de sucer une tranche de citron particulièrement acide.

— Tu peux me dire qui n'est pas là, Alex ? Il y a tes *compadres*, les inspecteurs d'ici. Le FBI, bien sûr. Les stups, aussi bizarre que cela puisse paraître. Le type en costard bleu, pas besoin de demander, il est de la CIA. Et ton cher ami le chef Pittman est en train de rendre visite au ravissant cadavre de Miss Sheehan. Au moment où je te parle, ils sont en pleine conversation galante dans le boudoir.

— Là, tu me fais vraiment peur. (J'ai esquissé un sourire.) Tu n'as rien de plus scabreux ?

Kyle a désigné une porte fermée, qui devait être celle de la chambre.

— Je crois qu'ils ne veulent pas qu'on les dérange. Selon une rumeur qui circule à Quantico, le chef Pittman serait nécrophile. (Il m'a regardé, pince-sans-rire.) Tu crois que c'est possible ?

— Écoute, du moment qu'il ne fait de mal à personne, ça reste un délit mineur...

— Tu pourrais avoir un minimum de respect pour les morts, m'a rétorqué Kyle en me fusillant du regard du haut de son interminable nez. Je suis sûr que même décédée, Miss Sheehan trouverait le moyen de repousser les avances de ton repoussant chef.

Je ne m'étonnais guère d'apprendre que le grand chef s'était déplacé en personne, car cette histoire promettait de devenir l'une des plus grosses affaires criminelles qu'on ait connues à Washington ces dernières années. Surtout si Jack et Jill passaient une nouvelle fois à l'acte, comme ils en avaient fait la menace.

Sans enthousiasme, j'ai laissé Kyle et j'ai lentement ouvert la porte de la chambre, comme si elle risquait d'être piégée.

Le chef George Pittman, le seul et unique, se trouvait en compagnie d'un homme en complet gris, sans doute un type de la police scientifique. Ils ont jeté un coup d'œil dans ma direction. Pittman mâchonnait un cigare non allumé. Mon arrivée n'avait pas l'air de lui faire plaisir, mais ce n'était pas mon problème puisque je travaillais sur cette affaire à l'invitation, ou plutôt à la requête expresse, du divisionnaire Clouser. Manifestement, le grand chef ne voulait pas me voir dans ses pattes.

Je l'ai entendu murmurer à l'autre « le regretté Alex Cross ». Sympa et amusant, comme présentation.

Puis leur attention s'est reportée sur le très médiatique cadavre. Le chef Pittman m'avait cueilli à froid sans raison apparente, mais je n'allais pas m'en faire pour si peu. C'était toujours la même chose avec ce gros con rouleur de mécaniques, cet abruti fini. Sa vocation, c'était d'emmerder le monde.

J'ai respiré lentement et je me suis replongé dans le boulot. Un meurtre venait d'être commis. Je suis allé jusqu'au lit et comme d'habitude, j'ai commencé par recueillir des impressions, brutes.

Les grands yeux bleus de Natalie Sheehan fixaient le plafond. Un string lui recouvrait une partie de la tête, la cordelette lovée autour du cou. Un porte-jarretelles bleu masquait son nez, sa bouche et son menton. Elle portait encore ses bas noirs et un soutien-gorge assorti au porte-jarretelles.

Une fois de plus, il y avait un côté sexe avec accessoires, mais cela tenait de la mise en scène. Trop propre, trop calculé. Pourquoi voulait-on nous orienter sur cette voie ? Jack et Jill étaient-ils des amants frustrés ? Jack était-il impuissant ? Il importait de savoir si la victime avait eu des rapports sexuels avant de mourir.

Le spectacle n'avait rien de très réjouissant. D'après les informations de Kyle, la mort de Natalie Sheehan remontait à environ huit heures et sa beauté n'était plus qu'un souvenir, un lointain souvenir. Quelle ironie ! Natalie avait emporté son plus beau scoop dans la tombe. Elle savait qui était Jack. Elle savait peut-être qui était Jill.

Je l'avais souvent regardée à l'heure des infos, et c'était comme si on venait d'assassiner quelqu'un que je connaissais personnellement. Peut-être est-ce la raison pour laquelle les meurtres de personnes célèbres exercent sur nous une telle fascination. A force de voir des gens comme Natalie Sheehan presque tous les jours, on finit par s'imaginer qu'on les connaît, par croire qu'ils ont une vie passionnante. Mais leur mort l'est tout autant.

D'emblée, des similitudes avec le meurtre du sénateur Fitzpatrick m'ont sauté aux yeux. Pour commencer, le côté sexe un peu spécial. Natalie Sheehan, à demi dénudée, avait été attachée aux montants du lit à l'aide de menottes. Et tout comme le sénateur, elle semblait avoir été victime d'une exécution en règle.

Une balle dans la tempe gauche, à bout portant. Sa tête pendait sur le côté comme si on lui avait brisé la nuque. Ce qui n'était pas impossible.

Quelle logique suivaient Jack et Jill ? Organisation, efficacité, maîtrise. Un petit côté sado-maso dont la signification nous échappait. Simulation, obsession sexuelle ou signe d'impuissance ? Comment déchiffrer leur parcours ? Quelles déductions en tirer ?

Je commençais à me faire un portrait psychologique des tueurs. Comme toujours, la méthode et le style importaient davantage que les indices relevés sur place. Les deux meurtres avaient été préparés minutieusement, mais dans un esprit ludique : Jack et Jill jouaient à tuer, avec un absolu sang-froid. Ils semblaient ne pas avoir commis le moindre faux pas, et les seuls éléments dont nous étions en possession – les messages – avaient été laissés là intentionnellement.

Les fantasmes sexuels étaient évidents : cette manière d'exhiber la jeune journaliste sur son lit, les mutilations infligées au sénateur... Jack et Jill souffraient-ils d'un problème d'ordre sexuel ?

De prime abord, je voyais les deux tueurs comme étant plutôt de race blanche, âgés de trente à quarante-cinq ans, plus près de quarante-cinq que de trente me semblait-il, compte tenu de l'extrême minutie avec laquelle ils avaient opéré. Je les imaginais d'une intelligence supérieure à la moyenne, persuasifs et physiquement attrayants. C'était un élément à la fois curieux et très significatif – les meurtriers avaient en effet, chaque fois, réussi à s'introduire chez leurs célèbres victimes. Pour l'instant, c'était notre meilleur indice.

Il fallait que je m'imprègne d'une foule d'autres détails. Je noircissais mon calepin comme un malade et de temps à autre, le grand chef me lançait un méchant regard en coin, histoire de me surveiller.

J'avais envie de lui rentrer dans le lard. A lui seul, il symbolisait une bonne partie des problèmes qui affectent la police de Washington. Macho, imbu de son pouvoir et beaucoup plus con qu'il ne l'imaginait.

Il a fini par se retourner pour me demander, toujours aussi sèchement :

— Alors, Cross, on a trouvé quelque chose ?
— Pas pour l'instant.

Ce n'était pas la vérité. Il m'apparaissait que Daniel Fitzpatrick et Natalie Sheehan se montraient peut-être tous deux sexuellement « très libres » et qu'il était possible que cela ait « déplu » à Jack et Jill. Les deux corps avaient été retrouvés dénudés, dans des positions embarrassantes, compromettantes. Les tueurs semblaient être préoccupés par le sexe, ou en tout cas la vie sexuelle des personnalités en vue.

Pour quelle raison voulait-on exposer leurs corps à tous les regards ?

— J'aimerais jeter un coup d'œil sur le message, ai-je demandé à Pittman d'un ton parfaitement courtois, purement professionnel.

D'un geste de la main cavalier, pour ne pas dire méprisant, il m'a indiqué une table de chevet, de l'autre côté du lit. Moi, je ne me serais jamais permis de traiter quelqu'un de la sorte, même un stagiaire affecté à la circulation. Je m'étais montré plus respectueux que cela à l'égard de Chucky-le-Boucher.

Je me suis déplacé et j'ai lu le message pour moi-même. Encore un poème. Cinq lignes.

Jack et Jill sont venus sur la Colline
Pour corriger une autre erreur
Foin de bavardage
Son dernier reportage
Lui a vraiment fait horreur.

J'ai secoué la tête sans faire le moindre commentaire. Pittman pouvait aller se brosser. Ces vers ne me disaient pas grand-chose et il ne me restait qu'à espérer qu'avec le temps, le message s'éclaircirait. Je les trouvais bien tournés, mais dépourvus d'émotion. Par quel mystère ces deux tueurs étaient-ils devenus à la fois si rusés et si insensibles ?

J'ai continué à fouiller la chambre. Dans le milieu de la criminologie, j'ai la réputation de passer un temps fou sur place. Il m'était déjà arrivé de rester toute une journée sur les lieux d'un crime et j'avais bien l'intention d'en faire autant cette fois-ci. Presque tous les effets de la victime semblaient être en relation avec son métier, comme si sa vie se limitait aux plateaux de télé. Des cassettes vidéo, des enveloppes de notes de frais, une agrafeuse empruntée dans un bureau de CBS. Je regardais les lieux et le corps sous différents angles, en me demandant si les meurtriers avaient emporté quelque chose.

Il m'était cependant difficile de me concentrer comme je le voulais. Le chef Pittman avait réussi à m'énerver.

Pourquoi avait-on dénudé le corps des deux victimes ? Quel était le lien qui les réunissait dans la mort, au moins aux yeux des meurtriers ? Les auteurs des crimes avaient éprouvé le besoin de nous montrer un certain nombre de choses de manière explicite. En fait, la vie privée de Fitzpatrick et de Sheehan n'avait désormais plus de secrets pour le grand public, et ce grâce à Jack et Jill.

On est mal barrés, me suis-je dit en prenant une profonde inspiration.

Et le drame, c'était que cette affaire m'accaparait totalement l'esprit.

Puis les choses se sont encore gâtées, d'une manière aussi soudaine qu'imprévue.

Je me trouvais près de Pittman lorsqu'il m'a de nouveau adressé la parole, sans me regarder :

— Revenez quand on aura terminé, Cross. Repassez plus tard.

Ses mots sont restés en suspens dans l'air comme une mauvaise fumée. Je n'en croyais pas mes oreilles. J'ai toujours essayé de me comporter respectueusement à son égard, entreprise qui s'est souvent révélée difficile, pour ne pas dire presque impossible, et pourtant j'y suis parvenu.

— Je vous parle, Cross. (Pittman a légèrement haussé le ton.) Vous entendez ce que je vous dis ? Vous m'écoutez ?

Et là, le chef a fait une chose qu'il n'aurait jamais dû faire, une chose terrible que je ne pouvais pas laisser passer. Du plat de la main, il m'a poussé si fort que j'ai failli trébucher en arrière. Je me suis rétabli. J'ai lentement levé les poings, sans prendre le temps de réfléchir. Il y avait peut-être trop de venin, trop de rancœur accumulés en moi. Des deux mains, j'ai attrapé Pittman. Cela faisait au moins deux ans que son mépris m'exaspérait, que je rongeais mon frein en silence. Cette fois, c'en était trop. L'explosion a embrasé la pièce.

George Pittman et moi avons quasiment le même âge. Il

est moins grand que moi, mais doit peser une bonne quinzaine de kilos de plus. Massif, court sur pattes, il est taillé comme un de ces ailiers de football américain qu'on voyait au début des années soixante.

C'est un incapable et il ne mérite pas son poste. Il ne peut pas me sentir parce que, moi, je fais bien mon boulot. Enfoiré!

Je l'ai attrapé et je l'ai soulevé, comme ça. Je donne l'impression d'être assez fort, mais en réalité je le suis beaucoup plus qu'on ne le croit. J'ai vu mon Pittman faire de grands yeux, incrédule, véritablement paniqué.

Je l'ai plaqué violemment contre le mur de la chambre, une fois, deux fois. Pas de quoi le tuer ni lui faire trop mal, mais une bonne secousse, histoire de bien lui faire passer le message.

A chaque coup, j'ai eu l'impression que le digne hôtel Jefferson tremblait sur ses fondations. Le chef s'est ramolli, sans chercher à se défendre, visiblement éberlué. Je l'étais autant que lui.

J'ai desserré mes poings et j'ai libéré un Pittman titubant sur ses pieds. Je savais que je l'avais blessé ; pas physiquement, mais moralement. Et que je venais de commettre une énorme erreur.

Je n'avais pas dit un mot. Le type en costume gris non plus. Ce qui me consolait, c'était que Pittman avait commencé. Il m'avait bousculé sans raison. Restait à savoir si notre seul témoin avait interprété la situation de la même manière.

Je suis sorti de la pièce maudite sans que Pittman ouvre la bouche.

Restait aussi à savoir si je faisais toujours partie de la police de Washington.

22

« Alerte générale ! Il se passe quelque chose à la Couronne. Tout le monde à son poste ! On a un problème à la Couronne. Il s'agit bien d'une alerte, et non d'un exercice ! Ceci n'est pas une simulation ! »

Une demi-douzaine d'agents des services secrets prirent cette alerte soudaine très au sérieux. Ils braquèrent leurs jumelles Rangemaster sur Jack.

Jack avait décidé de sortir.

Les agents n'en croyaient pas leurs yeux. La scène à laquelle ils étaient en train d'assister semblait issue d'un cauchemar. Et pourtant, l'alerte était bien réelle.

« Oui, c'est bien Jack. Qu'est-ce qui lui prend... Il est devenu fou, ou quoi ?

— On a Jack en contact visuel. Où il va ? Merde, c'est pas vrai ! Qu'est-ce qui se passe ? »

Les agents qui surveillaient Jack étaient répartis en trois équipes de deux. Des hommes redoutablement entraînés et hautement compétents, ce qui leur avait valu d'être sélectionnés parmi plus de deux mille membres des services secrets en activité dans le monde. Ils planquaient dans trois Ford quatre portes de couleur sombre garées dans la Quinzième rue nord-ouest. La situation était aussi grave qu'inquiétante et tout allait très vite.

Il s'agit bien d'une alerte, et non d'un exercice.

« Jack est en train de sortir de la Couronne, cracha la radio de bord. Il est vingt-trois heures quarante. On l'a droit dans le collimateur.

— Ouais, mais il faut se méfier du gaillard ; c'est un petit rusé et il nous l'a déjà prouvé. Gardez-le bien dans votre ligne de mire. Et où se trouve notre belle Jill, au bercail ?

— Ici le bercail, intervint immédiatement une voix de femme. Jill s'est prévu une petite soirée douillette au deuxième étage. Elle est en train de lire la bio de Barbara Bush par Barbara Bush. En pyjama. Ne vous inquiétez pas pour elle.

— Tu en es absolument sûre ?

— Le bercail est sûr de Jill. Jill est couchée. Jill est très sage, ce soir en tout cas.

— Tant mieux pour Jill. Comment Jack a pu faire pour sortir ?

— Il a emprunté le vieux souterrain entre le sous-sol de la Couronne et le bâtiment du Trésor. Et voilà ! »

Il s'agit d'une alerte, pas d'un exercice.
Jack a décidé de sortir.

« Jack se dirige vers Pennsylvania Avenue. Il est tout près de l'hôtel Willard. Il vient de jeter un coup d'œil derrière lui. Jack est parano et il a des raisons de l'être. Je ne crois pas qu'il nous ait vus. Oh, merde ! Quelqu'un vient d'allumer ses phares devant le Willard. Il y a un véhicule qui sort... et qui se gare à côté de Jack ! Une Jeep rouge ! Jack monte dans cette putain de Jeep !

— Bien reçu. Faudra faire réviser nos collimateurs. On va pas le lâcher. La Jeep a des plaques de Virginie. Immatriculée 231 HCY. Autocollant du garage Koons. Prenez la Jeep en chasse.

— On suit la Jeep rouge. On est sur les talons de Jack. Alerte générale au Chacal. *Je répète : Alerte générale au Chacal. Ceci n'est pas un exercice !*

— Ne nous le perdez pas, surtout ce soir. Ne perdez Jack en aucune circonstance.

— Bien reçu. On a Jack en visuel. »

Trois voitures de couleur sombre se lancèrent à la poursuite de la Jeep. Dans le langage des services secrets, *Jack* était le nom de code du Président Thomas Byrnes. *Jill* était le nom de code de son épouse. Et il y avait près de vingt ans que *la Couronne* désignait la Maison-Blanche.

La plupart des agents affectés à la protection du président des États-Unis aimaient bien Thomas Byrnes. Réaliste et plutôt honnête en comparaison de ses récents prédécesseurs, il ne prêtait guère le flanc aux scandales. Ce qui ne l'empêchait pas de s'éclipser de temps à autre pour honorer un rendez-vous galant aussi discret qu'officieux, soit à Washington, soit au cours d'un voyage. Les services secrets appelaient cela « le mal du Président », une affection dont Thomas Byrnes n'était pas la première victime. John Kennedy, Franklin Delano Roosevelt et surtout Lyndon Johnson en avaient beaucoup plus souffert que lui. Sans doute était-ce là l'un des avantages en nature dont bénéficiaient les gouvernants...

Le fait que ces mêmes surnoms eussent été choisis par les deux tueurs psychopathes de Washington, ceux qu'on appelait les « chasseurs de stars », n'avait pas échappé aux services secrets. La thèse de la coïncidence ayant rapidement été écartée, on avait organisé quatre longues et pénibles réunions au PC de crise situé dans l'aile ouest de la Maison-Blanche. Toute personne suspectée de vouloir attenter à la vie du Président était désignée par le mot *Chacal*, un nom de code en usage depuis plus de trente ans dans les services secrets.

La similitude entre les noms de code et ceux choisis par les tueurs inquiétait beaucoup le service de protection présidentiel, surtout lorsque le Président Byrnes décidait de s'offrir une escapade improvisée sans inviter, pour des raisons évidentes, ses gardes du corps.

Il y avait deux Jack et deux Jill.

Les services secrets ne pouvaient se résoudre à voir là une coïncidence.

Soudain, la voix d'un agent explosa sur la radio de bord : « On a perdu la Jeep rouge près du bassin portuaire ! »

Panique générale.

Il ne s'agissait pas d'un exercice.

DEUXIÈME PARTIE

LE TUEUR DE DRAGONS

23

Le lundi soir, il y a enfin eu du nouveau sur Jack et Jill. Cela pouvait être important et il ne me restait qu'à espérer qu'il ne s'agissait pas d'un canular.

Je venais de rentrer à la maison et je comptais bien prendre le temps de manger un morceau avec les enfants quand le téléphone a sonné. C'était Kyle Craig qui m'annonçait que les studios de CNN avaient reçu une cassette vidéo émanant vraisemblablement de Jack et Jill. Les tueurs avaient tourné un petit film pour l'édification des masses. Ils avaient également envoyé des lettres explicatives au *Washington Post* et au *New York Times*. Ce soir, ils avaient l'intention de se « justifier ».

Il a fallu que je file juste avant que le poulet rôti de Nana atterrisse sur la table. Jannie et Damon m'ont regardé de travers, comme pour dire « Ça va pas recommencer ! » et ils avaient bien raison.

J'ai foncé pied au plancher vers le quartier de la gare, près de la rue H et de North Capitol, car je ne tenais pas à arriver en retard à la petite fête organisée par Jack et Jill. Ce qui prouvait, une fois de plus, à quel point ils pouvaient nous manipuler.

Je suis arrivé à CNN juste à temps pour visionner la bande que la chaîne prévoyait de diffuser un peu plus tard dans le talk-show de Larry King. La petite salle sobre mais confortable était bondée de pontes du FBI et des services secrets, de techniciens, de responsables et de juristes de la chaîne. Tout le monde avait l'air tendu et mal à l'aise.

Quand les premières images du message de Jack et Jill ont surgi à l'écran, il y a eu comme un silence de mort. Je n'osais même plus cligner des yeux, et je crois qu'on était tous dans le même cas.

— Là, je rêve... a murmuré quelqu'un.

Jack et Jill nous avaient filmés ! Première grande surprise de la soirée : quelques jours plus tôt, ils avaient filmé la police devant l'immeuble du sénateur Fitzpatrick. Ils s'étaient mêlés à la foule des badauds et des amateurs d'ambulances.

La bande se présentait sous la forme d'un documentaire très haché, collage d'images en noir et blanc et en couleurs. Différents plans tournés au pied de la résidence du sénateur tenaient lieu d'ouverture. On aurait dit un film d'étudiant, bien fait, un peu prétentieux. Puis tout a basculé dans un registre encore plus inattendu, encore plus choquant.

Les tueurs avaient enregistré les derniers instants du sénateur Fitzpatrick, quelques secondes avant de l'assassiner. Sur ces terribles images, il était encore en vie. Et tout s'est très vite gâté.

Des plans nous l'ont montré nu, attaché sur son lit par des menottes. On l'entendait implorer ses ravisseurs : « Je vous en supplie, ne faites pas ça. » Puis il y a eu le cliquetis d'une détente et un coup de feu tiré à quelques centimètres de l'oreille droite du sénateur, suivi d'une seconde déflagration. La tête de Daniel Fitzpatrick a littéralement explosé à l'écran.

Les images et les sons qui emportaient le sénateur dans l'au-delà nous ont laissés abasourdis. « Oh, mon Dieu, mon Dieu », s'est mise à gémir une femme. D'autres se masquaient le visage. J'ai refusé de fermer les yeux. Il ne fallait pas que je perde quoi que ce fût. Ces informations étaient de la plus haute importance pour l'enquête que j'essayais de mener ; elles valaient bien plus que tous les tests génétiques et sanguins, que toutes les empreintes digitales du monde.

Après le meurtre de Fitzpatrick, le ton de la bande changeait brusquement. L'objectif s'intéressait désormais à de simples passants dans des villes non identifiées. Certains faisaient des signes, d'autres de grands sourires, mais la plupart feignaient d'ignorer le caméscope vraisemblablement manié par Jack et Jill.

L'alternance régulière entre la couleur et le noir et blanc ne devait rien au hasard. Visiblement, la personne qui avait monté ce document savait se servir d'une colleuse.

L'un d'eux est un artiste, me dis-je en gravant ce détail dans ma mémoire, *ou du moins possède de fortes tendances artistiques. Quel genre d'artiste peut se lancer dans une telle entreprise ?* Je connaissais un certain nombre de théories sur les liens entre la création artistique et la névrose. Bundy, Dahmer, voire Manson, pouvaient être considérés comme des criminels « créatifs ». A l'inverse, Richard Wagner, Degas, Jean Genet et bien d'autres artistes s'étaient déjà signalés par des comportements psychopathes et cela n'avait pas fait d'eux des meurtriers.

Soixante-cinq secondes s'étaient écoulées quand, brusquement, nous avons entendu un commentaire. Deux voix : un homme, une femme. L'intensité était à son comble. Ce coup de théâtre nous prenait au dépourvu.

Jack et Jill avaient décidé de nous parler.

On aurait dit que les tueurs se trouvaient là, dans le studio. Ils prenaient la parole à tour de rôle tandis que les images continuaient. Leurs voix avaient été déformées électroniquement pour nous empêcher de les identifier, mais je m'attaquerais au décryptage dès que le spectacle serait terminé.

Jack : « Longtemps, les gens comme nous ont subi sans broncher les injustices que leur infligeait l'élite de ce pays. Nous nous sommes montrés patients, nous avons souffert et ce, le plus souvent, en silence. Comme dit la blague préférée des cyniques : *Restez là à regarder au lieu de faire quelque chose !* Nous avons attendu que les mécanismes de régulation de notre pays nous prennent en compte, nous aident. Mais il y a bien longtemps que notre système a cessé de donner des résultats. Qui oserait aujourd'hui contester sérieusement que nos institutions ne fonctionnent plus ? »

Jill : « Des hommes sans scrupules, avocats ou affairistes, ont peu à peu abusé de notre candeur, de notre bonne volonté et surtout de notre générosité d'esprit. Nous tenons à le répéter : des hommes dénués de tous scrupules ont abusé de notre candeur, de notre bonne volonté et de notre bel esprit américain. Nombre d'entre eux appartiennent à notre gouvernement ou travaillent en étroite collaboration avec ceux qui font profession de nous gouverner. »

Jack : « Regardez les visages qui défilent devant vous dans ce film. Regardez ces exclus auxquels notre pays n'inspire plus ni espoir ni confiance. Ce sont les victimes des violences décidées à Washington, à New York, à Los Angeles. Reconnaissez-vous ces exclus ? Faites-vous partie de ces victimes ? Nous, oui. Nous sommes des Jack et Jill comme il en existe tant... »

Jill : « Regardez ce que nos soi-disant gouvernants nous ont fait. Regardez le désespoir et la souffrance qu'ils ont suscités. Regardez l'épidémie de cynisme qu'ils ont déclenchée. Les rêves et les ambitions qu'ils ont gratuitement mis en pièces. Nos gouvernements ont entrepris de détruire systématiquement l'Amérique. »

Jack : « Regardez ces visages. »

Jill : « Regardez ces visages. »

Jack : « Regardez ces visages. Comprenez-vous, à présent, pourquoi nous avons décidé de nous attaquer à vous ? Vous saisissez ? Regardez simplement tous ces visages. Regardez ce que vous avez fait. Regardez les crimes innommables que vous avez commis. »

Jill : « Jack et Jill sont venus sur la Colline. Voilà pourquoi nous sommes ici. Que tous ceux qui vivent et travaillent dans la capitale pour nous manipuler prennent garde. Vous avez joué avec nos vies, maintenant nous allons jouer avec les vôtres. C'est notre tour. Le tour de Jack et Jill. »

La bande s'achevait sur des images frappantes : les dizaines de sans-abri qui peuplaient Lafayette Square, juste en face de la Maison-Blanche. Accompagnées d'un dernier poème, scandé tel un avertissement.

Jack et Jill sont venus sur la Colline
Remplir une sombre et lourde mission
Vous les avez trop énervés
Maintenant, politiciens, l'heure a sonné
Vous ne toucherez plus vos commissions.

Jack : « Voici venu le temps de mettre à l'épreuve les hommes sans âme. Vous savez qui vous êtes. Nous savons aussi qui vous êtes. »

– Combien de temps dure ce petit chef-d'œuvre ? s'enquiert l'un des producteurs de la chaîne que ce détail pratique intéresse au plus haut point ; CNN prévoyait en effet de diffuser la cassette en direct dans moins de dix minutes.

– A peine plus de trois minutes, mais je sais que ça paraît une éternité, lui répond un technicien, chronomètre en main.

Si vous avez l'intention de faire des coupes, dites-le-moi tout de suite.

La chaleur qui régnait dans la salle ne m'a pas empêché de sentir un frisson me zébrer le dos sitôt le couplet terminé. Personne n'avait encore quitté les lieux. Les types de CNN parlaient de la bande entre eux comme si nous n'étions pas là. L'animateur du talk-show paraissait songeur, troublé, comme s'il comprenait ce que nous réservaient les grands réseaux de demain en sachant que rien ne pourrait stopper cette évolution.

– On est à l'antenne dans huit minutes, annonce un producteur à son équipe. Messieurs, nous allons avoir besoin de cette salle. Vous aurez tous une copie de la cassette.

– Un petit souvenir, lance quelqu'un : « J'ai vu Jack et Jill sur CNN. »

– Ce ne sont pas des tueurs en série, dis-je dans un murmure, essentiellement à ma propre intention.

J'avais envie d'entendre ce que cette idée, cette intuition, donnait à voix haute.

Mon opinion était minoritaire, mais je m'y accrochais avec conviction. Il ne s'agissait pas de tueurs obsessionnels, pas au sens classique. Ils étaient cependant très organisés et d'une extrême prudence. Ils étaient suffisamment rusés ou avenants pour avoir pu s'approcher de deux personnalités. Le hors-piste sexuel semblait leur inspirer une certaine aversion, mais ce blocage était peut-être totalement artificiel et destiné à nous mener sur une fausse piste. Ils défendaient une cause qui, à leurs yeux, justifiait tout.

J'entendais encore leurs voix irréelles : « Remplir une sombre et lourde mission. »

Pour eux, il ne s'agissait pas d'un jeu. Mais d'une guerre.

24

Je vivais un véritable cauchemar. Mercredi matin, deux jours à peine après le meurtre de la petite Shanelle Green, on avait retrouvé le corps d'un autre enfant dans Garfield Park, non loin de l'école Sojourner Truth. Un garçonnet de sept ans. Comme la première fois, on avait fracassé le crâne de la victime, peut-être à l'aide d'une barre ou d'un bout de tuyau en fer.

C'était à deux pas de chez moi et de la Cinquième rue, je pouvais me rendre sur place à pied. Je me suis traîné jusqu'au parc, la mort dans l'âme. On était le 4 décembre, les enfants ne pensaient déjà plus qu'à Noël. Ce drame n'aurait jamais dû se produire, et surtout pas maintenant.

Il n'y avait pas que ce nouveau meurtre d'enfant qui me retournait l'estomac. A moins que quelqu'un n'eût parfaitement copié le premier crime, ce qui me paraissait bien improbable, l'assassin ne pouvait être Emmanuel Perez, dit Chucky-le-Boucher. Sampson et moi avions commis une erreur. Nous nous étions trompés de coupable et nous étions en partie responsables de sa mort.

Quand je suis entré dans le petit parc, en face de la *bodega*, un vent furieux faisait tournoyer les feuilles mortes. C'était une triste matinée, horriblement froide, plaquée sous un ciel de plomb. Deux ambulances et une demi-douzaine de voitures de patrouille stationnaient sur les pelouses du parc et une bonne centaine de riverains contemplaient ce spectacle étrange, macabre et totalement irréel tandis que les sirènes qui ululaient dans le lointain composaient un glaçant chant funèbre à la mémoire d'un enfant assassiné. Je tremblais misérablement, et ce n'était pas qu'à cause du froid.

L'endroit où on avait retrouvé le corps, cet horrible endroit, me ramenait quelques années en arrière lorsque, par une sinistre veille de Noël, nous avions découvert le cadavre d'un petit garçon. Une image que je n'avais jamais réussi à extirper de mon esprit. L'enfant s'appelait Michael Goldberg, mais tout le monde l'appelait Crevette. Il n'avait que neuf ans. J'avais moi-même arrêté son meurtrier, Gary Soneji, qui avait fini par s'évader de prison. Depuis, impossible de retrouver sa trace. Soneji avait fini par devenir mon docteur Moriarty, l'incarnation du mal si tant est que cela existe, et je commence à croire que oui.

Je commençais à me poser des questions. Gary Soneji avait de très bonnes raisons de commettre des meurtres près de mon domicile, lui qui avait juré de me faire payer le temps qu'il avait passé derrière les barreaux : *chaque jour, chaque heure, chaque minute*. C'est l'heure de rembourser, docteur Cross.

Quand je me suis accroupi pour passer sous la bande jaune qui délimitait le terrain d'investigation, une femme en imperméable-poncho blanc m'a interpellé :

– Vous êtes un flic, oui ou non ? Alors faites quelque chose, merde ! Laissez pas nos gosses se faire massacrer par ce tordu ! Et encore joyeuses fêtes, hein !

Que pouvais-je bien lui répondre ? Que le travail de la police, en réalité, n'avait rien à voir avec ce qu'elle voyait sur le câble dans *New York Police Blues* ? Nous ne disposions d'aucune piste dans les deux affaires. Nous ne pouvions plus accuser Chucky-le-Boucher. Impossible de nier une évidence : Sampson et moi avions commis une erreur. Un sale type était mort, mais sans doute pour les mauvaises raisons.

La presse était toujours aussi peu présente, mais j'ai tout de même reconnu quelques journalistes, Inez Gomez d'*El Diario* et Fern Galperin de CNN. Rien ne semblait leur échapper à Washington, pas même les meurtres d'enfants à Southeast.

– Y a-t-il un rapport avec la petite fille qu'on a assassinée la semaine dernière, inspecteur ? Êtes-vous sûr d'avoir identifié le véritable meurtrier ? S'agit-il d'un tueur en série qui ne s'attaque qu'aux enfants ?

Inez Gomez me bombardait de questions. C'était une excellente professionnelle, intelligente, obstinée et généralement assez honnête.

Je n'ai rien répondu aux journalistes, pas même à Gomez. Je n'ai pas daigné tourner la tête dans leur direction. Il y avait comme un poing de feu au cœur de ma poitrine.

S'agit-il d'un tueur en série qui s'attaque aux enfants? Je l'ignore, Inez. Je pense que c'est possible et je prie pour qu'il n'en soit rien. Emmanuel Perez était-il innocent? Je ne le crois pas, Inez, et je prie pour ne pas me tromper.

Gary Soneji pourrait-il être l'assassin de ces deux enfants? J'espère que non. Je prie pour que ce ne soit pas le cas, Inez.

Que de prières en cette froide et sinistre matinée...

Le froid était déjà trop vif pour un début décembre, il y avait trop de neige. A la radio, quelqu'un avait sorti qu'à Washington, tout le monde était en train de balayer devant sa porte et que les hommes politiques feraient bien d'en faire autant...

Je me suis frayé un chemin à travers la foule jusqu'au petit corps qui gisait sur le gazon nappé de givre, telle une poupée brisée. Le photographe de la police était en train de prendre des clichés de l'enfant. Le gamin avait les cheveux très courts, comme Damon. « La boule à zéro », comme disait Damon.

Je savais bien entendu que ce n'était pas Damon, mais l'effet restait saisissant. En le voyant, j'ai eu l'impression de recevoir un coup violent à l'estomac et je me suis retrouvé le souffle court, haletant. Les larmes, je m'en suis plusieurs fois rendu compte, n'émoussent pas les douleurs les plus cruelles.

Je me suis agenouillé auprès du gosse qu'on avait tué. On aurait dit qu'il dormait, en proie à un affreux cauchemar. Quelqu'un lui avait fermé les yeux et je me demandais si ça pouvait être l'assassin. Peu probable, tout de même. C'était plus vraisemblablement l'œuvre de quelque bon Samaritain, ou encore d'un policier bienveillant mais terriblement négligent. Le gamin portait un survêtement gris flottant troué aux genoux et des Nike usées jusqu'à la corde. Comme Shanelle, il avait le côté droit de la tête totalement écrasé, mais son visage présentait également de nombreuses plaies plus ou moins profondes. Une petite flaque de sang rouge vif brillait sous son crâne.

Notre tueur fou aimait supprimer ce qui était beau. Peut-être y avait-il là quelque chose à creuser. Était-il défiguré? Physiquement? Moralement? Les deux, peut-être...

Pourquoi cette haine des jeunes enfants? Pourquoi les assassiner à proximité de l'école Sojourner Truth?

J'ai ouvert les yeux du petit garçon. Il me dévisageait. Je ne sais pas pourquoi j'ai eu ce geste. Il fallait que je voie...

25

— Docteur Cross, docteur Cross, cet enfant, je le connais, a fait une voix tremblante. Il est chez nous, en primaire. Il s'appelle Vernon Wheatley.

J'ai levé les yeux et j'ai aperçu Mme Johnson, la directrice de l'école de Damon. Il y avait dans sa gorge un sanglot qu'elle semblait retenir des deux mains.

« Elle est encore plus coriace que toi, papa », m'avait dit Damon. Il avait peut-être raison. La directrice de l'école s'interdisait de pleurer.

A ses côtés, il y avait le médecin légiste. Une Blanche que je connaissais, Janine Prestegard, et qui devait avoir à peu près le même âge que Mme Johnson. Trente-cinq ans, à quelques années près. Elles avaient discuté, échangé des renseignements et sans doute quelques mots de consolation.

Pourquoi Sojourner Truth, pourquoi cette école, celle de Damon? Shanelle Green la première fois, et aujourd'hui Vernon Wheatley. La directrice savait-elle quelque chose, et si oui, quoi? Pensait-elle, elle qui avait connu les victimes, pouvoir nous aider à élucider le mystère de ces deux épouvantables drames?

Le médecin légiste s'employait à régler les détails de l'autopsie destinée à déterminer les causes de la mort. Ce meurtre atroce semblait l'avoir méchamment secouée. Autopsier un gamin assassiné gratuitement, c'est le cauchemar suprême.

Deux inspecteurs du commissariat de quartier attendaient non loin, ainsi que les types de la morgue. Un silence lugubre, insoutenable, planait sur les lieux. Un meurtre d'enfant, c'est ce qu'il y a de pire – si j'en crois mon expérience, en tout cas. Chacun de ceux que j'ai vus au cours de ma carrière s'est fiché à jamais dans ma mémoire. Sampson me dit parfois que je suis trop sensible pour travailler à la criminelle, et moi je lui rétorque que tous les enquêteurs devraient être aussi sensibles et aussi humains que possible.

Je me suis redressé. Malgré mon mètre quatre-vingt-huit, je ne dépassais Mme Johnson que d'une petite dizaine de centimètres. Je lui ai dit :

– Vous étiez déjà là lors du premier crime. Vous habitez dans le coin, tout près d'ici ?

De la tête, elle m'a fait non, et son regard s'est rivé au mien. Elle avait de grands yeux ronds et vifs.

– Je connais beaucoup de gens dans le quartier. On m'a prévenue chez moi ; ils se sont dit qu'il fallait que je sois au courant. J'ai passé toute mon enfance pas loin d'ici, près du marché. C'est le même tueur, hein ?

Je n'ai pas répondu à sa question.

– Il faudra peut-être que je vous revoie un peu plus tard au sujet des meurtres et qu'on interroge à nouveau certains de vos élèves, mais je ne le ferai que si c'est indispensable. Ils ont déjà suffisamment souffert. Merci d'être venue. Je suis navré pour Vernon Wheatley.

Mme Johnson hochait la tête sans cesser de me transpercer de son regard extraordinaire. *Qui êtes-vous ?* semblaient demander ses yeux. *Vous aussi, vous étiez déjà là la dernière fois qu'on a tué un enfant.*

Et tout à coup, elle m'a balancé :

– Comment pouvez-vous faire un boulot pareil ?

Une question aussi incongrue que surprenante qui aurait pu paraître cavalière, mais qui ne m'a pas choqué ; elle correspondait à mon mantra. *Comment peux-tu faire ce boulot, Alex ? Pourquoi est-ce toi, le tueur de dragons ? Qui es-tu au juste ? Qu'es-tu devenu ?*

– Je ne sais pas trop.

C'était vrai, mais pourquoi admettre mes faiblesses devant elle ? Je le faisais rarement, fût-ce devant Sampson. Il y avait dans son regard quelque chose qui exigeait la vérité.

J'ai baissé les yeux et je me suis détourné d'elle. Impossible de faire autrement. Je me suis remis à prendre des notes. Ma tête fourmillait de questions, d'idées inquiétantes, de pensées macabres. Deux meurtres, deux affaires.

Pourquoi voue-t-il une telle haine à l'égard des enfants ? ne cessais-je de me demander. *Qui pourrait haïr des enfants à ce point ?*

Sans doute avait-il été lui-même victime de sévices. Il s'agissait probablement d'un jeune homme, âgé de moins de trente ans.

Quelque chose me disait que nous finirions par l'avoir. Mais le capturerions-nous à temps pour empêcher d'autres crimes ?

26

J'attendais la sanction de mes supérieurs, je guettais le sifflement de la hache, mais dans un premier temps, il ne s'est rien passé. Le couperet bien aiguisé du chef Pittman restait suspendu au-dessus de ma tête. Le *big boss* jouait au chat et à la souris.

Peut-être lui avait-on interdit de me sabrer, en haut lieu, à cause de l'affaire Jack et Jill. C'était forcément ça. On avait besoin de moi pour faire progresser l'enquête sur les assassinats dont venaient d'être victimes deux personnes éminemment connues.

Donc je patientais, ignorant le sort qui m'était réservé. Ce qui ne m'autorisait pas à baisser les bras, car le travail ne manquait pas. Durant de longues heures, j'ai systématiquement passé au crible les fichiers de la Cellule des sciences du comportement dans l'espoir de pouvoir faire un recoupement entre les deux meurtres d'enfants et d'autres crimes commis à Washington ou ailleurs. Puis j'ai répété l'opération pour Jack et Jill. Si on veut comprendre un tueur, il faut analyser sa manière de procéder. Jack et Jill opéraient de façon parfaitement méthodique. Le tueur d'enfants, lui, agissait à l'instinct, sans grande conviction.

Je persistais à penser qu'il m'était difficile de travailler simultanément sur deux affaires de meurtre aussi complexes et qu'il était temps que je bénéficie, moi aussi, du « marché » conclu avec ma chère hiérarchie.

En fin d'après-midi, j'ai donné un certain nombre de coups de fil. On me devait certains services. Qu'avais-je à perdre ?

Le soir même, quatre inspecteurs de la criminelle rattachés au 1er district m'ont retrouvé dans le parking désert de Sojourner Truth. Tous des teigneux, des emmerdeurs, mais de très bons flics. Sans doute les meilleurs que je connaisse à Washington.

Les types que j'avais choisis habitaient tous les quatre à Southeast. Ils prenaient ces meurtres d'enfants très à cœur et tenaient à voir cette enquête résolue aussi vite que possible, quelles que pussent être leurs missions officielles.

Sampson est arrivé le dernier, avec à peine quelques minutes de retard. Mon rendez-vous secret, fixé à dix heures, n'aurait jamais été autorisé par l'*Obersturmführer* Pittman : j'avais l'intention de mettre sur pied une équipe chargée de traquer, en dehors des heures de service, l'assassin de Shanelle Green et de Vernon Wheatley. Pas vraiment une milice, mais pas loin.

– John Sampson a encore loupé son train, glousse Jerome Thurman avec un rire strident, lorsque mon acolyte se joint enfin à nous.

Sur la balance, Thurman accusait ses cent trente kilos et il n'était pas gras. Sampson et lui aimaient bien se chercher, en toute amitié, et il en avait toujours été ainsi depuis l'époque où nous jouions au basket ensemble, au lycée, bien avant l'invention de l'imprimerie.

– A ma montre, il est dix heures pile, fait Sampson sans même consulter sa Bulova antédiluvienne.

– Dans ce cas, il est dix heures, décrète Shawn Moore.

Moore était un jeune inspecteur tenace et motivé, père de

trois enfants. Il habitait à un peu plus d'un kilomètre de Truth, comme on surnomme l'école ici. L'un de ses gamins avait failli se retrouver dans la même classe que Damon.

Une fois les mises en boîte et les bavardages terminés, j'ai pris la parole. Je savais que les flics que j'avais fait venir ce soir s'entendaient bien et se respectaient. Je savais également qu'aucun d'entre eux n'irait rapporter au *big boss* ce qui se dirait ce soir.

— Je vous remercie tous d'avoir accepté de venir vous amuser par une nuit aussi froide et je suis désolé de vous avoir fait sortir aussi tard, mais il vaut mieux qu'on ne nous voie pas ensemble. Quoi qu'il en soit, je vous suis reconnaissant d'être venus. Cette cour d'école me paraissait être l'endroit approprié pour notre discussion. Je vais m'efforcer d'être bref.

Je les ai regardés, l'un après l'autre.

— J'espère bien, m'a averti Jerome. Je me gèle le cul, moi.

— Vous avez tous entendu parler de ce gamin de sept ans qu'on a retrouvé dans Garfield Park ce matin ? Il s'appelle Vernon Wheatley...

Tout le monde hochait la tête. Quand un drame aussi épouvantable survient, la nouvelle circule vite.

— Alors, voilà : j'ai beaucoup réfléchi à ces meurtres. J'ai comparé tous les indices dont nous disposons avec les fichiers du Programme d'évaluation des auteurs de crimes violents, ainsi que ceux de la Cellule des sciences du comportement. Rien ne concorde. J'ai commencé à établir un premier profil psychologique de notre suspect. J'espère me tromper, mais je crains qu'un maniaque ne soit en train d'opérer dans le quartier. Il s'agit probablement d'un tueur en série qui ne s'attaque qu'à des enfants. En ce qui me concerne, c'est quasiment une certitude.

Rakeem Powell s'est penché vers moi.

— Quelle est la gravité réelle de la situation, Alex ?

Je savais où il voulait en venir. Quelques années plus tôt, nous avions traqué ensemble un tueur psychopathe redoutable.

— Je crois qu'il tourne déjà à plein régime, Rakeem. Les deux meurtres ont eu lieu en l'espace de quelques jours, et ils ont été commis de manière extrêmement violente. Le type donne l'impression d'être fou furieux. Je dis *le type*, mais il pourrait aussi s'agir d'une femme.

— Trop violent pour une femme, commente Sampson en se raclant la gorge. Trop de... sang... ces crânes fracassés... ces petits mômes... (Il secoue la tête.) Moi, je ne vois pas une femme faire ça.

— J'aurais tendance à te suivre, lui dis-je, mais de nos jours, on ne sait jamais. Regarde ce qui se passe avec Jill.

— Combien d'hommes a-t-on mis sur les deux meurtres d'enfants ? me demande Jerome Thurman avec ses grosses lèvres protubérantes qui me font penser aux fausses bouches en confiserie que les gosses se collent sur la figure avant de les manger.

— Deux équipes, dont une seule à temps complet. C'est la raison pour laquelle je voulais qu'on se voie ce soir. Notre vénéré chef se refuse à croire que les deux enfants puissent avoir été assassinés par la même personne. Officiellement, Emmanuel Perez reste le meurtrier de la petite Shanelle.

— Quel gros con, maugrée Jerome Thurman. Un vrai parasite, ce nul.

Et tout le monde d'approuver avec force jurons et grognements. Je me doutais bien que mes allusions au *big boss* susciteraient des réactions négatives, mais je n'aime pas les coups trop faciles, même lorsque la tentation est forte.

— Tu es vraiment sûr qu'on a affaire au même tueur, Alex ? reprend Rakeem. Tu nous as dit que tu venais de commencer à travailler sur son profil et je sais que ça prend du temps.

Entre deux reniflements, je lui ai répondu :

— Le deuxième enfant, Rakeem, le garçon, avait le visage enfoncé, mais d'un seul côté, exactement comme pour la petite fille. Et toujours le côté droit. Je n'ai pas trouvé de différences significatives et le médecin légiste corrobore mes observations. Notre homme doit penser qu'il a un bon et un mauvais côté. Il punit le mauvais côté, ou plutôt il le détruit.

« Dernière chose, mais pour l'instant il ne s'agit que d'une supposition : je crois que c'est un débutant. Il n'en reste pas moins pervers et intelligent, mais c'est quelqu'un qui prend des risques. Il finira par commettre une erreur et je pense que si on s'y met tous, on arrivera bientôt à le coffrer. Il faut qu'on agisse vite. Celui-là, on peut l'avoir !

Sampson est intervenu à son tour :

— Tu comptes nous parler de ce qui se passe vraiment ici, ou tu attends que je le fasse ?

Ses piques avaient toujours le don de me faire sourire.
— Non, je préfère te laisser faire le sale boulot.
— Comme d'habitude. Bon, pour que tout soit bien clair, voici ce qu'Alex ne vous a pas encore dit. Si une seule équipe a été affectée à plein temps sur cette affaire, c'est pour un certain nombre de raisons. Premièrement, les crimes ont eu lieu dans un quartier à problèmes et chacun sait qu'à Washington, la merde vient d'en haut et finit par échouer ici. Deuxièmement, Jack et Jill sont en train de mobiliser tous nos effectifs. Des Blancs riches se font tuer, les politiques balisent un max et évidemment, on laisse tomber tout le reste. Pour ces messieurs, dans un pareil contexte, deux petits Blacks, ça ne pèse pas bien lourd.

J'ai repris le fil de la conversation en baissant légèrement le ton.

— Sampson et moi, on a travaillé sur les meurtres de Sojourner Truth, mais à titre purement officieux. Il faut qu'on assure nous-mêmes la surveillance. Et on a besoin d'aide. C'est une affaire criminelle de première importance ; malheureusement, il y a *deux* affaires de première importance en ce moment à Washington.

27

Je me suis coltiné l'affaire Jack et Jill de cinq heures du matin à trois heures de l'après-midi. Moi et une dizaine de milliers d'autres flics de la région, tous sur les dents. J'étais à la recherche d'un lien possible entre le sénateur Fitzpatrick et Natalie Sheehan. On allait jusqu'à passer à la loupe les clichés de presse pris au cours des derniers mois dans l'espoir de relever en arrière-plan un détail intéressant. Ou mieux encore, deux fois le même détail intéressant. J'avais chargé un enquêteur de visiter tous les sex-shops de la ville, une belle et noble mission qu'il s'était empressé de qualifier de « vrai boulot de branleur ».

A trois heures et demie, j'avais rendez-vous avec Sampson au restaurant *Boston Market*, sur Pennsylvania Avenue. Il était temps de passer à notre seconde affaire, l'*autre* dossier criminel, celui qui emmerdait la hiérarchie. Ça n'était pas le Pérou, mais après les jours de frustration et de colère que je venais de vivre, il y avait déjà un net progrès.

Un sandwich au pâté de viande accompagné de purée nous tenait lieu de déjeuner.

— Je crois qu'il y a un point sur lequel tu as vu juste, Alex, m'a fait Sampson. Le tueur de Sojourner Truth est un amateur. Il fait n'importe quoi. C'est peut-être la première fois qu'il passe à l'acte. Il a laissé des traces un peu partout, là où on a retrouvé le gamin. Le labo dispose donc d'empreintes, de quelques cheveux et de fibres de vêtements. D'après les empreintes, le tueur serait un homme de petite taille, ou peut-être une femme. Si notre malade ne fait pas gaffe, il – ou elle – va bientôt se prendre un grand coup derrière les oreilles.

— C'est peut-être ce que recherche le tueur, ai-je observé entre deux bouchées d'un sandwich relevé d'une sauce tomate tout à fait acceptable. A moins qu'il ne veuille justement nous faire croire qu'il opère pour la première fois. Ce ne serait pas impossible. Soneji en serait parfaitement capable.

Là, Sampson m'a balancé son grand sourire ravageur.

— Dis-moi, ma poule, tu ne crois pas que tu cogites un peu trop?

— Si, mais ça fait partie de mon job. Voilà pourquoi on m'appelle Alex-le-Cortex.

Et l'Armoire à glace est parti d'un grand rire. J'adorais être avec ce type, j'adorais le faire rire. Je lui ai demandé :

— Des nouvelles du reste de l'équipe? Jerome? Rakeem?

— Ils sont tous à l'œuvre, mais n'ont rien trouvé de tangible pour l'instant. Notre escadron de choc est bredouille.

— Il faudra ouvrir l'œil à l'enterrement du gamin et surveiller la tombe de Shanelle. Le tueur ne pourra peut-être pas s'empêcher de venir, comme c'est souvent le cas.

Sampson roula des yeux.

— On fera tout ce qu'on pourra. Planquer près de la tombe d'une gamine. Merde...

On s'est séparés à quatre heures un quart et je suis parti pour Sojourner Truth.

La voiture de la directrice stationnait dans le parking grillagé. Je me souvenais que Mme Johnson travaillait parfois tard après les cours, ce qui faisait mon affaire. Je voulais qu'on parle de Shanelle Green et de Vernon Wheatley. Quel lien pouvait exister entre l'école Sojourner Truth et le meurtrier ?

Je savais à peu près où se trouvait le bureau de la directrice. C'était un établissement très agréable, et pas uniquement par rapport au quartier. La cour de jeu était certes séparée de la rue par une haute clôture coiffée de barbelés tranchants, mais à l'intérieur du périmètre, tout était clair, gai et décoré avec beaucoup d'imagination.

Il y avait un peu partout des affichettes et des fanions couverts de professions de foi inscrites à la main : *Les enfants d'abord ; on s'épanouit sur la terre dans laquelle on a été planté ; Essaie et tu réussiras*. Un peu mièvre, mais sympathique. Une source d'inspiration pour les élèves comme pour moi.

Cette semaine-là, les vitrines du grand hall abritaient des « maisons d'animaux », dioramas fabriqués par les élèves et montrant chaque fois un animal dans son habitat. L'école Sojourner Truth me faisait l'impression d'être également un habitat merveilleusement conçu. En temps normal, c'était un endroit où Damon avait tout pour s'épanouir et s'instruire.

Malheureusement, deux petits enfants de cette école avaient été assassinés au cours de la dernière semaine.

Un drame qui me remplissait d'une rage folle et qui me faisait en même temps peur, bien plus peur que je ne voulais me l'avouer. Quand j'étais jeune, à une époque où la vie n'était déjà pas facile à Washington, les meurtres d'enfants étaient rares, pour ne pas dire inexistants. Aujourd'hui, pour de multiples raisons, les écoles étaient régulièrement endeuillées par des crimes, aussi bien chez nous qu'à Los Angeles, New York ou Chicago. Peut-être même à Sioux City, au fin fond de l'Iowa.

Que se passait-il dans notre glorieux pays ?

La lourde porte en bois des services administratifs était ouverte, mais la secrétaire semblait avoir pris sa journée. Sur son bureau, une belle collection de poupées blanches, noires et asiatiques montait la garde dans la bonne humeur.

J'avais le vague sentiment de pénétrer dans ces lieux par effraction, de jouer les voisins cambrioleurs, d'être dans la peau d'un personnage malfaisant. Et brusquement, je me suis inquiété de savoir la directrice seule dans son établissement.

N'importe qui pouvait entrer ici comme moi. Le tueur de Sojourner Truth pouvait faire irruption dans les locaux, un beau soir. Rien de plus facile.

Je me suis dirigé vers le bureau principal et j'allais m'annoncer lorsque j'ai aperçu Mme Johnson. J'ai songé au prénom que je lui avais inventé, Christine.

Installée devant un bureau à cylindre qui devait remonter à la guerre de Sécession, elle était littéralement plongée dans son travail. Je l'ai observée durant quelques secondes. Le nez chaussé de petites lunettes de lecture à fine monture dorée, elle fredonnait la chanson de *Waiting to Exhale*.

Le spectacle de cette enseignante, cette éducatrice, entièrement vouée à sa tâche, avait quelque chose d'extraordinairement authentique, pour ne pas dire touchant. J'ai esquissé un sourire. « Elle est encore plus coriace que toi, papa. »

Cela restait à voir. En ce moment même, elle ne me paraissait pas particulièrement redoutable. Elle travaillait avec un évident bonheur et il émanait d'elle une paix, une sérénité que je lui enviais.

Je commençais à me sentir mal à l'aise dans mon numéro d'espion du couloir.

– Hello, c'est l'inspecteur Alex Cross. Bonjour ! Madame Johnson ?

Elle s'est arrêtée de chantonner et lorsqu'elle a relevé la tête, j'ai cru apercevoir dans son regard une infime lueur d'angoisse. Puis son visage s'est illuminé d'un sourire chaleureux et accueillant, un de ces sourires qui procurent à leur destinataire un réel instant de bonheur.

– Ah, oui, c'est bien l'inspecteur Cross...

Et d'ajouter sur un ton moqueur, singeant une fonctionnaire imbue de son autorité :

– Puis-je m'enquérir de ce qui vous amène dans le bureau de la directrice ?

– Je crois que j'ai besoin de soutien. J'aimerais bien que la directrice m'aide à faire mes devoirs. (Ce qui était loin d'être un mensonge.) Il faudrait qu'on parle un petit peu de Vernon Wheatley, si c'est possible. J'aurais également souhaité que vous m'autorisiez à m'entretenir de nouveau avec certains de vos profs pour voir si leurs élèves ne leur ont pas fait de confidences après le meurtre de Vernon. Quelqu'un peut avoir vu quelque chose qui pourrait nous être utile, même si ça n'a l'air de rien. Ou entendu ses parents raconter quelque chose...

— Oui, c'est ce que je me suis dit, m'a répondu Mme Johnson. Quelqu'un, à l'école, pourrait être en possession d'un indice utile, sans le savoir.

Tout ce que je voyais chez Mme Johnson me plaisait, mais je me suis empressé de l'écarter de mes pensées. Ce n'était ni le moment, ni l'endroit, ni la personne qu'il fallait. Il m'est déjà arrivé de commettre des actes discutables et je ne suis certainement pas un ange, mais je n'avais nullement l'intention de me mettre à fricoter avec une femme mariée.

— Malheureusement, a-t-elle repris, je n'ai pas grand-chose de neuf à vous signaler. J'ai pourtant fait quelques heures sup' pour vous. Aujourd'hui, j'ai profité du déjeuner pour passer les profs au gril. Je leur ai carrément fait subir un interrogatoire, en leur demandant de me prévenir s'ils entendaient ou voyaient quoi que ce soit de suspect. En général, si quelque chose survient, ils m'en parlent. On forme un groupe assez soudé.

— Est-ce qu'il y a encore des enseignants dans l'établissement à cette heure-ci ? Si oui, je pourrais les voir tout de suite. Sans en avoir la certitude, je pense que le tueur a peut-être surveillé votre école.

Je n'avais pas l'intention d'effrayer Mme Johnson et ses collègues, mais il fallait les inciter à la prudence et à la vigilance. A mon sens, le tueur avait dû repérer les lieux.

Elle a lentement secoué la tête, puis l'a penchée doucement sur le côté gauche comme si elle me voyait sous un jour nouveau.

— Ils partent presque tous bien avant quatre heures. Ils essaient de s'arranger pour rentrer ensemble ; c'est plus sûr.

— Ils ont raison. Le quartier n'est pas terrible. Enfin, oui et non.

— Ce qui est moins intelligent, en revanche, c'est de rester ici passé cinq heures en laissant toutes les portes ouvertes.

C'était précisément la réflexion que je m'étais faite en arrivant, mais je me suis abstenu de toute remarque. Mme Johnson avait le droit de vivre comme elle l'entendait.

— En tout cas, ai-je conclu, merci d'avoir parlé à vos profs et de vous être donné tout ce mal.

— Non, non, c'est à moi de vous remercier de vous être dérangé. J'imagine que ça doit être très pénible pour vous et Damon, pour toute votre famille. A l'école, on a tous subi un sacré coup.

Elle a enlevé ses petites lunettes pour les glisser dans la poche de sa blouse. Avec ou sans lunettes, elle était très avenante.

Intelligente, charmante et jolie.

Pas touche, me suis-je rappelé, comme si on venait de me donner un coup de règle sur les doigts.

Et en un éclair, d'un des tiroirs de droite, resté ouvert, elle me sort un 38 spécial à canon court. Elle n'a pas pointé le revolver sur moi, mais aurait pu le faire très facilement.

— J'ai longtemps vécu dans ce quartier, m'explique-t-elle avant de ranger l'arme en souriant. Je m'efforce de ne jamais être prise au dépourvu, ajoute-t-elle avec le plus grand calme. Et Dieu sait qu'ici, on peut avoir de mauvaises surprises. Je savais que vous étiez là, dans le couloir, inspecteur. Les gosses racontent que j'ai des yeux dans le dos. Ils ont entièrement raison.

Elle s'est remise à rire. Un rire que j'adorais, qu'aurait adoré n'importe quelle créature à sang chaud. *Allez, Alex, dis bonsoir à la dame.*

J'étais moyennement favorable à la dissémination des armes chez les particuliers, mais tout me portait à croire que Mme Johnson détenait la sienne le plus légalement du monde.

— C'est dans le quartier que vous avez appris à vous servir de ce revolver? lui ai-je demandé.

— Non, au club de tir Remington de Fairfax. Mon mari aussi s'inquiétait — enfin, s'inquiète toujours — de me voir travailler ici. Vous, les hommes, vous êtes tous les mêmes. Oh, mille excuses. (Nouveau sourire.) J'essaie de me corriger quand je m'entends moi-même proférer des affirmations aussi sexistes. J'ai horreur de ça. Désolée, vraiment.

Elle s'est levée, a rabattu l'écran de son Mac portable.

— Je vous raccompagne jusqu'à l'entrée. Il est plus de quatre heures et je veux être sûre qu'il ne vous arrive rien.

— Bonne idée.

Elle m'avait fait beaucoup sourire et j'en avais bien besoin ces temps derniers.

— Êtes-vous toujours aussi drôle ? Aussi décontractée ?

Je l'ai vue incliner la tête, geste qu'elle faisait souvent, puis opiner d'un air entendu.

— Toujours. Et encore, là, ce n'est rien. J'ai toujours voulu devenir comédienne ou enseignante. J'ai manifestement opté pour la comédie. On rit plus souvent et plus franchement. Enfin, en général...

Dans les couloirs déserts, le bruit de nos pas résonnait bruyamment. L'air que Mme Johnson fredonnait dans son bureau trottait encore dans ma tête. Je brûlais d'envie de lui poser bien d'autres questions, sachant que certaines étaient à éviter. Elles n'avaient strictement aucun rapport avec l'enquête.

Au portail, j'ai eu la surprise de tomber sur un gardien, un homme d'une cinquantaine d'années, de forte carrure. Je ne l'avais pas vu en arrivant. Son équipement se composait d'une grosse matraque en bois et d'un talkie-walkie. Je retrouvais là l'ambiance d'un certain nombre d'établissements de Washington qui m'étaient devenus, hélas, familiers. Gardiens, détecteurs, fenêtres grillagées. Et après, on s'étonne que les habitants du quartier nourrissent un sentiment de haine et de crainte à l'égard des institutions officielles, même lorsqu'il s'agit de leurs propres écoles.

— Bonsoir, monsieur, m'a fait le gardien, hilare. Vous partez bientôt, madame Johnson ?

— Je ne vais pas tarder. Vous pouvez rentrer chez vous si vous voulez, Lionel. J'ai mon pistolet-mitrailleur.

Lionel s'est mis à rire. Mme Johnson avait l'air de plaisanter avec à-propos et je l'aurais très bien vue monter un one-woman show.

— Bonsoir, madame Johnson, lui ai-je dit, en me sentant obligé d'ajouter : Et soyez prudente jusqu'à la fin de l'enquête.

Elle s'était arrêtée juste avant la lourde porte de bois. Je la trouvais pleine de bon sens et particulièrement séduisante.

— Vous pouvez m'appeler Christine, et je vous promets d'être prudente. Merci d'être passé.

Christine, le prénom que je lui avais imaginé ! Sans doute avais-je dû l'entendre de la bouche de Damon ou de Nana, sans m'en souvenir, mais cela me faisait un drôle d'effet. Il y avait là comme un souffle de magie...

Sur le chemin du retour, je n'ai cessé de songer aux deux

meurtres d'enfants, à Jack et Jill, à la directrice de l'école Sojourner Truth. Une femme sensée, pleine d'humour et jolie de surcroît. Autonome, et sachant même se servir d'une arme de poing.

Mme Johnson.
Christine.
Doubidoudou.

28

En ces temps où la violence a envahi notre quotidien, chacun éprouve le besoin de se dire : « Cela ne m'arrivera pas. Pas à moi. Quelles sont les chances pour que cela m'arrive ? »

Michael Robinson, quarante-neuf ans, acteur de cinéma de son état, jugeait pareille attitude idiote et estimait qu'il avait mieux à faire que trembler à l'évocation des tueurs fous qui affolaient tout Washington. En quoi, d'ailleurs, les menaces proférées par Jack et Jill le concernaient-elles ? La réponse était simple : en rien.

Il se sentait pourtant d'humeur un rien espiègle, légèrement nerveux, et décida donc de savourer pleinement cet excès d'adrénaline qui reflétait si bien son époque.

Peu avant minuit, la star hollywoodienne se décida à appeler un club de rencontres pour VIP. Il avait envie d'une petite « douceur » avant d'aller se coucher. Lors de précédents déplacements à Washington, il avait souvent fait appel à cette société qui disposait d'un catalogue de jeunes personnes haut de gamme, discrètes et extrêmement chères, et n'avait jamais eu à se plaindre des prestations offertes. Grâce à la sollicitude de son agent à plein temps dont le bureau se trouvait à Los Angeles, M.R. figurait en bonne place dans le fichier des clients privilégiés.

Sitôt son coup de fil donné, l'acteur tenta vainement de lire un scénario écrit à sa demande pour un projet de film coûteux, mélange d'aventures et de comédie sentimentale, puis il se leva et alla à la fenêtre de la suite en terrasse qu'il occupait au Willard, sur Pennsylvania Avenue. Il savait que ses petites soirées tarifées auraient scandalisé la foule de ses admiratrices et admirateurs, mais était-ce sa faute si le public avait l'esprit étroit?

La vérité était qu'en payant ses mille ou quinze cents dollars, il s'épargnait bien des complications et bien des tourments ; plus besoin de draguer, plus besoin de vivre des séparations douloureuses chaque fois qu'il reprenait l'avion.

Ce soir, il se sentait vraiment d'aplomb, de bonne humeur. Il avait juste envie de bavarder une minute avec quelqu'un, de fumer un peu d'herbe et de tirer un bon coup sans se prendre la tête. Trois souhaits qu'il espérait voir très prochainement exaucés.

D'une certaine manière, il était toujours en 1963, à l'époque où il finissait ses études secondaires à Wichita. Ses vieux fantasmes et désirs le taraudaient toujours avec la même puissance. Seule différence : il savait ce qu'il voulait ce soir et il l'obtiendrait sans angoisse, sans difficulté, sans culpabiliser.

Il jeta un coup d'œil autour de lui et décida de faire un peu de ménage dans la suite avant l'arrivée de sa petite gâterie. Cette manie du rangement le faisait sourire ; il était vraiment resté un petit-bourgeois. *Il serait temps que tu oublies ta province, bonhomme.*

Deux petits coups à la porte le firent sursauter. On lui avait dit que son rendez-vous serait là d'ici une heure, ce qui signifiait le plus souvent une heure au moins.

— Une petite minute, j'arrive. Une minute.

Michael Robinson consulta sa montre. Une demi-heure à peine s'était écoulée depuis son coup de fil. Pas de problème. Il était prêt à s'offrir un petit câlin suivi d'une excellente nuit de sommeil car le lendemain matin, de bonne heure, il devait prendre le petit déjeuner avec le président du Comité national démocrate. On avait en effet sollicité son concours pour une soirée destinée à réunir des fonds. Le président jouait les groupies, à sa manière. Comme tout le monde, en fait. Tout le monde rêvait d'obtenir l'impossible, et Michael Robinson n'accordait pas ses faveurs à tout le monde. Enfin, presque...

Il colla un œil au judas. Pas mal, pas mal du tout. Le peu qu'il voyait n'était pas pour lui déplaire. Fouetté par l'adrénaline, il ouvrit la porte et son sourire à quinze millions de dollars le film s'enclencha automatiquement.

— Bonjour, je m'appelle Jasper, fit le beau jeune homme. Très heureux de faire votre connaissance, monsieur.

Michael Robinson doutait que Jasper fût le vrai prénom de son invité. Jake ou Cliff eussent à son avis mieux convenu. Il était un peu plus âgé que prévu – autour de trente-cinq ans, peut-être – mais très consommable. Quasiment parfait, à vrai dire. Michael Robinson était déjà en pleine érection et lubrifié à souhait. « Armé et dangereux », comme il aimait se décrire dans ce genre de situation.

— Alors, ça va ? demanda l'acteur en effleurant le bras du visiteur.

Il lui importait de faire comprendre à « Jasper » qu'il était quelqu'un de simple, naturel et surtout chaleureux. Sans exagération aucune. *USA Today* avait récemment publié une liste des stars « les plus sympa » d'Hollywood dans laquelle son nom figurait en bonne place grâce à son cher agent et avocat qui ne tarissait pas d'éloges à son sujet.

En pénétrant dans la très luxueuse suite, digne de figurer dans une émission telle que *Riches et Célèbres*, Jack arbora son plus beau sourire. Il referma la porte derrière lui. Selon son estimation, l'accompagnateur officiel de l'agence n'arriverait pas avant une demi-heure, ce qui lui laissait amplement le temps d'agir.

Jill surveillait de toute manière le rez-de-chaussée du Willard, au cas où l'*escort-boy* arriverait en avance. Elle ferait le nécessaire avant qu'il ne parvienne à l'étage. Jill n'avait pas son pareil pour régler les petits détails, les imprévus. Jill était excellente, point final.

— Je fais partie de vos admirateurs, déclara Jack à la star hollywoodienne. Tout ce que vous faites m'intéresse, vous savez...

— Ah bon ? fit Michael Robinson dans un murmure qui aurait sans aucun doute choqué tous ceux et celles qui se précipitaient dans les salles chaque fois qu'il était à l'affiche d'un nouveau mélo. Voilà qui fait toujours plaisir à entendre. Merci, Jasper.

— Non, non, je le pense vraiment, je vous assure, poursuivit Sam Harrison. Euh, au fait, je m'appelle Jack. Jill m'attend en bas, dans l'entrée. Peut-être avez-vous entendu parler de nous ?

Jack exhiba un Beretta équipé d'un silencieux et le braqua entre les deux yeux de l'acteur, deux grands yeux bleus écarquillés de stupéfaction. Il pressa la détente. La logique Jack et Jill était parfaitement respectée : victime haut placée, meurtre aux allures d'exécution, connotations sexuelles et ensuite, message en vers.

Jack et Jill sont venus sur la Colline
Faire couler l'hémoglobine.

29

Il y avait dans toutes ces affaires un détail qui m'intriguait au plus haut point et avait fini par m'obséder, si bien que j'y pensais encore quand je me suis retrouvé dans les bouchons de Pennsylvania Avenue, quand je me suis garé en double file devant l'hôtel Willard, théâtre du dernier carnage en date, quand j'ai pris l'ascenseur pour me rendre dans la suite de Michael Robinson, quand une fois au sixième étage, les portes se sont effacées en chuintant pour m'offrir le désolant spectacle d'un couloir enrubanné de jaune évoquant un décor de Noël d'un goût scabreux, et dans lequel s'affairaient une demi-douzaine d'hommes en tenue.

Les deux premiers meurtres, et notamment le deuxième, n'avaient aucun aspect passionnel. Ils avaient été commis avec sang-froid et efficacité. La disposition des corps semblait obéir à un choix artistique et le côté sexe tenait de la mise en scène savamment préparée. A l'inverse, les meurtres de l'école

Sojourner Truth résultaient d'une explosion de colère et de rage longtemps contenues.

Cela me dépassait, et toutes les personnes avec lesquelles je m'étais entretenu à ce sujet étaient dans le même cas. La police de Washington demeurait aussi perplexe que les analystes du FBI, à Quantico. Mon expérience d'inspecteur m'avait appris une chose : lorsqu'il y avait meurtre avec préméditation, le mobile était presque toujours d'ordre passionnel. On avait affaire à des criminels qui se laissaient emporter par l'amour, la haine, voire l'appât du gain. Mais les assassinats auxquels nous étions aujourd'hui confrontés échappaient à cette logique et il y avait là une énigme qui me torturait littéralement.

Pourquoi Michael Robinson? me demandais-je en pénétrant dans l'appartement du crime. *Pour quelle raison ces deux psychopathes ont-ils décidé de répandre la terreur à Washington? A quel jeu pervers jouent-ils? Et pourquoi tiennent-ils à ce que des millions de spectateurs assistent à leurs exploits sanglants?*

Et je suis retombé sur Kyle Craig, mon vieux copain du FBI. On a bavardé à la porte de la suite où l'acteur hollywoodien avait trouvé la mort. Les flics, autour de nous, avaient l'air plutôt désemparés ; une bonne partie d'entre eux devaient être des fans de Michael Robinson, des fans aujourd'hui très déçus.

Kyle m'a tout de suite exposé le gros de l'affaire.

— D'après le médecin légiste, le décès de notre vedette remonte à environ sept heures, donc pas loin de minuit. Deux balles dans la tête, à bout portant, comme les autres. Tu verras le tatouage par toi-même. Pour faire ça, il faut vraiment être un insensible salaud.

Je partageais l'opinion de Kyle.

Ni sensibilité, ni colère, ni passion.

— Comment a-t-on retrouvé Michael Robinson?

— Oh, là aussi, Alex, tu vas te régaler. Une fois de plus, ils nous ont eux-mêmes filé le tuyau. Ce sont eux qui ont appelé le *Post* ce matin pour nous dire où ramasser la merde.

— Texto?

— Je ne sais pas tout ce qu'ils ont dit précisément, mais ils ont bien employé l'expression « ramasser la merde ».

Toutes les allusions irrévérencieuses ou cyniques dans les

descriptions des meurtres m'intéressaient. Nos artistes tueurs étaient visiblement amateurs de jeux de mots. Peut-être nous surveillaient-ils depuis la rue, comme la première fois, une caméra à la main, pendant que nous nous marchions sur les pieds dans les couloirs du Willard. Peut-être préparaient-ils un autre film promis, comme le premier, à une grande carrière. Mais les abords de l'hôtel avaient été mis sous surveillance ; si Jack et Jill se trouvaient dans les parages, nous les tenions.

En entrant dans le salon de la suite, j'ai aussitôt éprouvé un certain soulagement : pas de chef Pittman en vue. Mais l'acteur Michael Robinson, lui, était bien là. Dans le rôle de sa vie, auraient dit certains.

Il était nu, assis à même le sol, la tête contre le canapé, comme si on l'avait installé là de manière à lui permettre de voir quiconque entrait dans la pièce. Il semblait me fixer du regard. Voir, ou être vu ? Lui, en tout cas, n'était pas beau à voir. Il était livide et la partie inférieure de son corps, gorgée de sang, avait pris une teinte violacée.

Une nouvelle personnalité venait d'être mise à nu, terrassée, punie pour quelque crime réel ou imaginaire. Quel rapport y avait-il entre ce meurtre et ceux de Fitzpatrick et de Sheehan ? Pourquoi un sénateur, une journaliste et un acteur ?

Trois assassinats en l'espace de quelques jours. Et pourtant, les vedettes de la politique, des médias et du show-business sont censées être plus en sûreté que nous, ou tout au moins mieux protégées et au-dessus de tout cela. Le spectacle du corps de Michael Robinson sans vie et offert à tous les regards me déprimait ; les procédés employés par les tueurs avaient quelque chose de viscéralement choquant.

Quel message bizarre et complexe Jack et Jill voulaient-ils faire passer ? Que plus personne n'était en sécurité ? Une idée insensée, mais un bon point de départ, me dis-je.

Personne n'est en sécurité ? Jack et Jill nous faisaient comprendre qu'ils pouvaient s'attaquer à n'importe qui, n'importe quand. Ils avaient l'art de s'introduire où ils le voulaient.

Près du cadavre, il y avait une autre note de Jack et Jill en forme de couplet. Les assassins machiavéliques l'avaient laissée sur la table de chevet à notre intention.

Jack et Jill sont venus sur la Colline
Accomplir leurs funestes missions
Et quand ils ont saigné comme des cochons
Les infects libéraux ont nettement moins bonne mine.

L'un des agents de Michael Robinson venait d'arriver de New York. Un type pas mal, cheveux blond cendré, costume Armani et manteau de cachemire. J'ai remarqué ses yeux rouges et gonflés ; il avait dû pleurer. Pas un, mais deux médecins légistes s'affairaient autour du corps de l'acteur. Une manière comme une autre de sortir sous les applaudissements. Michael Robinson avait droit au traitement VIP.

D'autres parallèles avec les assassinats de Fitzpatrick et de Sheehan se dessinaient clairement. Le côté indécent, scabreux, des trois meurtres. La méthode utilisée, qui tenait de l'exécution. Et enfin, l'élément qui était peut-être le plus important : les trois victimes étaient des « infects libéraux » et il importait de les montrer tels qu'en eux-mêmes.

— Docteur Cross ? Excusez-moi, vous êtes bien le docteur Cross ?

En me retournant, je me suis retrouvé face à un grand type sec, aux cheveux très courts, crispé comme un militaire, qui devait avoir la quarantaine. Complet anthracite, imper noir, le look bien boutonné. A mon avis, il ne pouvait s'agir que d'un gradé des forces de l'ordre.

— Oui, je suis Alex Cross, lui ai-je répondu.
— Jay Grayer, des services secrets.

Tout cela était bien formel. Et cette façon très particulière de se tenir droit comme un piquet... Ou il avait extrêmement confiance en lui, ou il était bourré de principes, ou il avait avalé un portemanteau.

— J'appartiens au service de protection de la famille présidentielle.
— Que puis-je pour vous ?

Sous mon crâne, l'alarme sonnait déjà. Quelque chose me disait que j'allais enfin savoir exactement pourquoi on m'avait mis sur l'affaire Jack et Jill, et à l'instigation de qui.

— La Maison-Blanche vous réclame. Je crains qu'il ne s'agisse d'une invitation très officielle, docteur Cross. Cela concerne l'enquête sur l'affaire Jack et Jill. Un problème dont nous aimerions vous entretenir.

– Et j'imagine que c'est un gros problème.
– Oui, un très gros problème, docteur Cross. Quelque chose qui nous préoccupe beaucoup et dont il faut qu'on vous parle.

C'était bien ce que je pensais. Ma sourde angoisse était en train de se muer en vraie panique.

La Maison-Blanche me réquisitionnait.

Ces messieurs avaient décidé de faire venir le tueur de dragons. Savaient-ils ce que cela signifiait ?

30

On dirait qu'aujourd'hui, à Washington, les gens ne partagent plus que leurs problèmes.

Il m'était cependant difficile de répondre par la négative à des sollicitations venues d'aussi haut. J'ai donc gentiment accompagné Jay Grayer jusqu'au 1600, Pennsylvania Avenue. *Ne me demandez pas ce que je peux faire pour mon pays...*

La Maison-Blanche ne se trouvait qu'à un jet de pierre du Willard. Malgré les médiocres prestations de certains de ses récents locataires, la Maison-Blanche exerce toujours la même fascination sur un grand nombre de mes concitoyens, et je suis du nombre. Je ne m'y étais rendu que deux fois, avec les enfants, à l'occasion de visites organisées ; une expérience malgré tout impressionnante, dont j'avais conservé un bon souvenir. J'en venais presque à regretter l'absence de Damon et de Jannie.

Il ne nous a fallu que quelques secondes pour franchir le poste de garde de West Executive Drive, sous la verrière bleue. L'agent Grayer jouissait d'un droit d'accès au parking souterrain de la Maison-Blanche, privilège qui ne semblait pas l'émouvoir outre mesure. Il m'expliqua que ce garage tenait lieu d'abri antinucléaire ainsi que d'issue de secours en cas d'attaque.

– Bon à savoir, lui ai-je dit en souriant, ce qui a paru l'amuser.

Cette convivialité avait peut-être un côté forcé, mais au moins nous faisions des efforts.

– Vous devez être très curieux de savoir pourquoi on vous a demandé de venir. Moi, en tout cas, je le serais.

J'ai répondu sèchement :

– Je ne pense pas qu'on m'ait invité ici pour prendre le thé. Mais vous avez raison, je suis curieux de savoir pourquoi je suis là.

On a pris un ascenseur pour passer à l'étage au-dessus.

– C'est à cause des affaires Soneji[1] et Casanova[2]. Votre réputation vous a précédé. Vous n'ignorez pas que le FBI, en dépit de ses compétences, n'a jamais réussi à appréhender un seul tueur en série. On aimerait donc que vous vous joigniez à notre équipe.

– Quel genre d'équipe ?

– Vous verrez bien d'ici une minute. Mais attention, ce sont tous des pointures. Et préparez-vous à entendre des choses bien bizarres. Tenez, le Bureau fait surveiller l'ancienne chambre d'hôtel du sinistre John Hinckley, juste au cas où les tueurs décideraient d'y passer une nuit. Pour rendre hommage à un de leurs héros, par exemple.

– J'ai entendu pire, comme idée.

Grayer m'a regardé comme si j'avais pété les plombs. Je me suis empressé d'ajouter :

– Cela dit, j'ai aussi entendu mieux.

Et ça, ça l'a fait sourire.

Dans le bureau du chef de cabinet de la présidence, une demi-douzaine d'hommes et deux femmes, tous en tenue de travail – complets et tailleurs-jupes –, se donnaient apparemment beaucoup de mal pour dissimuler la tension qui régnait dans l'aile ouest de la Maison-Blanche. On m'a présenté comme le représentant de la police de Washington. *Bienvenue dans l'équipe. Dites bonjour au tueur de dragons.*

---

1. Voir *Le Masque de l'araignée*, dans la même collection.
2. Voir *Et tombent les filles*, dans la même collection.

J'ai eu droit au traditionnel tour de table. Il y avait deux autres gradés des services secrets, une jeune femme du nom d'Ann Roper et un certain Michael Fescoe aux allures d'adolescent dégingandé ; Robert Hatfield, directeur du renseignement au FBI ; le général Aiden Cornwall, du Joint Chiefs of Staff[1] ; Michael Kane, le conseiller à la Sécurité nationale ; Don Hamerman, secrétaire général de la présidence. L'autre femme se trouvait être également un cadre important de la CIA : l'inspecteur général Jeanne Sterling. Sa présence ici signifiait qu'on envisageait l'implication possible d'une puissance étrangère dans l'affaire Jack et Jill. Une hypothèse que je n'avais pas encore considérée.

Pour un flic de Southeast, fût-il un criminologue jouissant d'une certaine réputation, je faisais très fort. Mais mes nouveaux collègues ne perdaient pas au change. J'avais vu des choses atroces auxquelles ils avaient eu la chance d'échapper.

L'heure était venue de mettre nos informations en commun.

Brioches dorées à souhait, petits pots de beurre sur glace, cafetières en argent : on m'avait convié à un petit déjeuner d'affaires pas comme les autres. De toute évidence, certaines des personnes présentes avaient déjà eu l'occasion de travailler ensemble. Je savais depuis longtemps que lorsqu'on n'arrive pas à savoir qui est le pigeon dans une soirée poker, c'est qu'on doit être le pigeon.

A dix heures une, le conseiller à la Sécurité nationale a sonné le rappel à l'ordre.

Don Hamerman était un type filiforme, blond, auquel j'aurais donné environ trente-cinq ans, et qui devait être monté sur ressorts. Le profil type des collaborateurs dont la Maison-Blanche aimait s'entourer depuis quelques années : très jeune et très crispé. Toujours en action, toujours dans les starting-blocks.

– Je vais devoir vous infliger une séance de rétroprojecteur, les amis, a commencé Hamerman avec un petit sourire forcé. C'est comme ça qu'on procède dans la Grande Maison.

Ce véritable paquet de nerfs me mettait mal à l'aise. Il me faisait penser à ces directeurs de la communication qui hantent les travées de Washington, voire à l'agent de Michael

---

1. Organe consultatif du ministère américain de la Défense, composé des chefs d'état-major des trois armées. (N.D.T.)

Robinson, complètement déboussolé, que j'avais rencontré au Willard.

Sa remarque me conduisait à penser que les réunions à la Maison-Blanche étaient d'ordinaire plutôt du genre fastidieux et formel que décontracté, mais tout le monde semblait avoir apprécié la petite boutade.

Moi, cette fausse cordialité me gênait. Je ne cessais de voir le visage de Michael Robinson figé dans la mort, une image que j'aurais volontiers laissée aux portes de la Maison-Blanche. Le cadavre dénudé de l'acteur devait être encore au Willard, prêt à être étiqueté et emballé par les gars de la morgue.

– Pour le briefing en images – vous n'allez pas être déçus –, comptez environ une heure. Ajoutez une bonne heure si on veut discuter sérieusement, ce qui nous mène à midi, mais je crois que les événements malheureux que nous venons de vivre méritent que nous prenions notre temps.

Quels événements malheureux? avais-je envie de demander à Hamerman, mais j'ai réussi à garder mon calme. Ce n'était ni le moment, ni l'endroit.

Gobelets de café, paquets de cigarettes : la table de réunion n'attendait plus que nous. Le siège s'annonçait long et pénible. Je me suis dit que telle devait être la coutume, dans la Grande Maison.

Hamerman a glissé son premier calque sur l'appareil qui ronronnait doucement. On lisait : *Affaire Jack et Jill*. Pour l'instant, il n'y avait pas grand-chose à redire.

– Comme vous le savez, en l'espace d'une semaine, trois personnalités ont été sauvagement assassinées, le dernier meurtre en date étant celui de l'acteur Michael Robinson, tué par balles à l'hôtel Willard. Les tueurs se font appeler Jack et Jill. Ils laissent des petits messages sibyllins sur les lieux de leurs méfaits. Ils aiment jouer à cache-cache avec la presse. Ils tiennent à ce qu'on parle d'eux.

« Et ils donnent l'impression de savoir ce qu'ils font. Ils ont réussi à perpétrer trois crimes sans précédent et nous ne disposons pas de l'ombre d'une piste. Nous avons vraisemblablement affaire à des maniaques du meurtre signé ou à des tueurs en série, des criminels de haut vol. Il y a là matière à discussion, ou du moins est-ce ce que je me suis laissé dire, mais c'est une thèse qui vaut ce qu'elle vaut.

« Premier hic. (Hamerman arqua ses minces sourcils blonds.) Ce que certains d'entre vous ignorent, c'est que "Jack et Jill" correspond également aux noms de code utilisés par les services secrets pour désigner le Président Byrnes et son épouse. Et ce depuis l'entrée en fonctions du Président. Il nous est difficile d'admettre qu'il puisse s'agir là d'une simple coïncidence.

Jeanne Sterling, la blonde de la CIA, a allumé une cigarette, soufflé un petit panache de fumée, et je l'ai entendue murmurer : « Merde. » Ce qui résumait assez bien mon sentiment. En matière de mauvaises nouvelles, voilà qui couronnait la semaine, et je n'appréciais guère qu'on nous eût caché cette information jusqu'à ce jour.

— Nous avons tout lieu de penser, a repris Hamerman, qu'une menace de tentative d'assassinat pèse sur la vie du Président Byrnes ou celle de Mme Byrnes. Les deux, peut-être.

A ces mots terrifiants, j'ai regardé autour de moi ; il n'y avait plus que des visages pétrifiés d'inquiétude.

— Nous avons pris et sommes en train de prendre toutes les mesures envisageables, a poursuivi le secrétaire général de la présidence. Dans un premier temps, le Président veillera à s'exposer le moins possible hors de la Maison-Blanche. Il sait tout de cette regrettable situation, Mme Byrnes aussi. Ils ont bien encaissé. Ils sont tous deux très intelligents et très sensibles. Ils ne vont pas s'affoler, je peux vous le promettre. C'est moi qui vais m'affoler à leur place.

« Bon, maintenant, venons-en à ce que nous ne savons *pas* sur les fameux Jack et Jill. Il faut dire que nous avons mis à pied d'œuvre plusieurs milliers d'enquêteurs et que, paradoxalement, les indices dont nous disposons sont très maigres. La Maison-Blanche pourrait être la prochaine cible de Jack et Jill et nous sommes infichus de savoir pourquoi. Qui sont-ils ? Quels sont leurs mobiles ?

Don Hamerman nous regardait, les uns après les autres. Nerveux, le gars. Et un peu hautain à mon goût. Il a ajouté avec une espèce de ricanement :

— Surtout, n'hésitez pas à me reprendre si vous le souhaitez. Si vous avez des informations plus récentes, allez-y.

Il y a bien eu quelques soupirs, mais personne n'a pris la parole. Personne ne semblait en savoir davantage que moi, personne ne possédait, pour l'instant, le moindre indice valable. C'était bien là le plus effrayant.

Il était possible que l'ultime cible de Jack et Jill fût le couple présidentiel... ou même qu'ils eussent prévu de faire d'autres victimes par la suite.

Jack et Jill étaient venus sur la Colline. Mais pourquoi diable ? Pour éliminer tous les « infects libéraux » ? Pour punir ceux qui avaient péché ? Le président des États-Unis était-il, dans leur esprit, un pécheur ?

Hamerman a demandé à Grayer, l'agent des services secrets :

– Jay, souhaitez-vous dire quelque chose ?

Grayer a opiné du menton avant de se lever. Il s'est appuyé des deux mains sur la table, le visage blafard.

– Nous sommes confrontés à un très grave problème et le danger est très réel, je vous prie de me croire. Depuis que je travaille à la Maison-Blanche, j'ai rarement vu aussi inquiétant. Je suis le premier à avoir mis les pieds dans l'appartement du sénateur Fitzpatrick juste après le meurtre. Je m'y suis retrouvé seul, à six heures du matin, et c'est moi qui ai appelé la police de Washington. Idem pour Mlle Sheehan et Michael Robinson. Chaque fois, Jack et Jill ont d'abord téléphoné aux services secrets. Ils nous ont contactés directement ici, à la Maison-Blanche. Pour nous faire savoir... qu'ils s'entraînaient en prévision du grand jour.

31

Le vendredi soir, Jack et Jill prirent possession d'une très coûteuse suite au Four Seasons, l'un des meilleurs hôtels de Washington. Non qu'ils eussent prévu de tuer quelqu'un dans ce très bel établissement ; ils avaient simplement décidé de s'offrir un week-end de vacances pendant que tout Washington, et notamment les grands cerveaux de la police, transpirait d'angoisse.

Un merveilleux week-end, un vrai délice. Ils ne mirent jamais les pieds hors de leur suite à six cents dollars qui surplombait un coin de rue de Georgetown. Dans la soirée du vendredi, une masseuse vint leur prodiguer une double séance de shiatsu. Le lendemain matin, Sara s'offrit les services d'une esthéticienne, pour le visage, et d'une manucure. Le soir, un chef particulier dépêché par le service d'étage vint leur préparer sur place un somptueux dîner. Sam avait également pensé à faire livrer, dès leur arrivée, quatre douzaines de roses blanches. C'était le paradis retrouvé, mais ils avaient le sentiment de l'avoir bien mérité après tant d'efforts et de succès.

— C'est vraiment le comble de la décadence, chuchota Sara, en pleine extase, le dimanche soir. Un véritable conte de fées. J'adore ça. Chaque instant est un vrai régal.

— Et chaque centimètre ?

Il n'y avait que Sam pour oser poser de telles questions sans donner la moindre impression de vulgarité. Sara sourit et sentit une vague de chaleur submerger son corps. Elle contempla Sam d'un regard à la fois tendre et inquisiteur.

— Chaque centimètre aussi.

Il allait et venait au plus profond d'elle sans hâte, avec douceur, et elle se demandait s'il l'aimait vraiment. Même si elle le souhaitait de tout son cœur, elle ne parvenait pas à s'en persuader. Après tout, elle était Sara la nunuche, Sara la chiante, tout juste bonne à bosser.

Par quel miracle aurait-il pu tomber amoureux d'elle ? Et pourtant, il en donnait bien l'impression. *Cela fait-il également partie du jeu ?* se demanda-t-elle.

Les doigts de Sara couraient sur le torse de Sam, s'attardant de temps à autre sur un poil. Puis elle caressa tout son corps : son beau visage, sa gorge, son ventre, ses fesses, ses testicules qui ballottaient, aussi volumineux que ceux d'un taureau. Elle se tendit pour être encore plus contre lui, pour ne pas perdre un centimètre de sa chair, pour l'avoir tout entier. Elle aurait même voulu connaître son véritable nom, qu'il refusait obstinément de lui révéler.

— Ce week-end, Sara, nous l'avons bien mérité. En outre, il nous est nécessaire. Les moments de repos et de détente font partie intégrante d'une guerre et jouent un rôle très important.

A partir de maintenant, Jack et Jill vont progressivement durcir leurs actions. L'heure est à l'escalade.

Sara dévisageait Sam, béate de bonheur. Dieu qu'elle adorait être avec lui. Sous lui, sur lui, sur le côté, à l'envers. Elle adorait son contact parfois brutal et parfois si doux, pourtant. Oui, décidément, elle aimait tout chez lui.

Jamais encore elle n'avait été en proie à une telle passion, jamais elle n'aurait osé imaginer que cela lui arriverait un jour. Et voici qu'aujourd'hui, elle avait accepté de mettre sa vie en jeu. Pour la cause qu'ils défendaient, pour Sam, pour tout ce qu'il lui offrait.

Sam était un sentimental qui cachait bien son jeu. Lui, le Soldat, qui l'eût cru ? En cela comme en mille autres points, aucun des hommes qu'elle avait connus avant lui ne lui ressemblait. C'était lui qui avait eu l'idée de louer une suite au Four Seasons parce qu'une fois, une seule fois, elle avait dit que c'était son hôtel préféré à Washington.

— Dis-moi, lui chuchota-t-elle entre deux coups de reins, tu veux savoir quel est l'hôtel que je préfère, tous pays confondus ?

Il saisit aussitôt l'humour de la question. Évidemment, puisque aucun jeu de mots, aucune allusion ironique, aucune pique ne lui échappaient jamais. Ses grands yeux bleus brillaient de mille feux, et son sourire, à la fois farouche et désarmant, découvrait des dents d'un blanc étincelant. Elle le trouvait bien plus beau que Michael Robinson. Sam, lui, était un héros en chair et en os. Le Soldat, celui qui n'avait pas hésité à s'engager dans le plus important des conflits de son époque, celui de la survie. Une authentique guerre à laquelle tous deux croyaient sans réserve.

— Non, je t'en prie, je ne veux pas savoir, lui répondit-il en riant. Ne me dis surtout pas quel est ton hôtel préféré dans le monde. Tu sais très bien que sinon, il faudra que je t'y emmène. Sara, ne me le dis pas !

Et bien sûr, aux anges, elle lui glissa :
— Le Cipriani, à Venise.

Elle n'y était jamais allée, en fait, mais avait lu beaucoup de choses sur le sujet. Jusqu'à ces récents événements, elle avait beaucoup lu et très peu vécu. Sara la lectrice acharnée, Sara la bibliophile, Sara la « polarde ». Tout cela appartenait désormais au passé. Aujourd'hui, elle vivait plus et plus vite que quasiment tout le monde. Vive Sara la nunuche !

— Bon, d'accord. Quand tout ceci sera fini — et viendra un jour où ce sera effectivement terminé —, on ira en vacances à Venise, je te le promets. Allons-y pour le Cipriani.

— Et le dimanche, brunch au Danieli, murmura-t-elle contre sa joue. Promis?

— Bien sûr. Où aller prendre le brunch, sinon au Danieli? Juré. Dès que tout sera terminé.

— Ça va devenir encore plus risqué, hein? lui demanda-t-elle en serrant plus fort encore son corps noueux.

— Oui, je le crains. Mais pas ce soir, Jilly. Pas ce soir, mon amour. Alors, inutile de gâcher notre soirée en songeant trop au lendemain. Évite de transformer un superbe week-end en lundi lugubre.

Sam avait raison, bien sûr. C'était aussi un homme de réflexion. Il se remit à bouger. Son corps ruisselait au-dessus du sien comme un torrent. C'était un amant magnifique et généreux, à la fois maître et élève, sachant donner et sachant recevoir. Et Sam, chose primordiale, avait le don de libérer Sara, de lui offrir enfin ces sensations qui lui avaient toujours fait défaut. Grâce à lui, elle pouvait donner libre cours à ses pulsions, s'échapper de son corps. Elle n'était plus Sara la nunuche et jamais, elle s'en était fait la promesse, jamais elle ne le redeviendrait.

La bouche de Sara se contracta. De plaisir ou de douleur? Elle ne le savait plus. Elle ferma les yeux, les rouvrit aussitôt. Elle voulait regarder.

Il était suspendu au-dessus d'elle comme s'il faisait une pause entre deux pompes.

— Alors comme ça, ma petite guenon, on n'a jamais mis les pieds au Cipriani?

Ses joues ne s'étaient même pas empourprées. Il restait au-dessus, immobile, sans le moindre effort. Il avait un corps si beau, si puissant, si agile, si ferme. Sara, elle aussi, était en pleine forme, mais Sam, lui, était superbe.

Il l'appelait « ma petite guenon », comme dans *Soupçons* de Hitchcock. Un film qui n'avait rien de génial mais qui les avait tous deux touchés, et au bon endroit. Depuis qu'ils l'avaient vu, elle jouait le personnage de Lena, interprété par Joan Fontaine. Et lui avait endossé le rôle de Johnny, joué par Cary Grant. Johnny appelait Lena « ma petite guenon ».

A la fin du film, Lena et Johnny s'éloignaient en voiture

vers le soleil couchant, sans doute pour aller couler des jours heureux sur la Côte d'Azur. L'œuvre de Hitchcock prenait la forme d'un jeu raffiné, subtil et mystérieux, tout comme le leur.

Leur jeu, le plus exquis des jeux auxquels deux personnes s'étaient jamais adonnées.

Partirons-nous également vers le soleil couchant ? s'interrogea Sara Rosen. *Oh non, sûrement pas. Mais alors, que va-t-il se passer ? Oui, que deviendrons-nous ? Que deviendront Jack et Jill ?*

– Je n'ai mis les pieds au Cipriani qu'en rêve, confessa-t-elle à Sam. Rien qu'en rêve, mais j'y suis allée très, très souvent.

– Et tout ça, c'est un rêve, ma petite guenon ? fit Sam, l'air subitement sérieux.

Sara ne cessait de se dire que chacun des instants qu'elle vivait était aussi précieux que fugitif. Elle avait tant désiré, sans jamais se l'avouer, faire un jour l'expérience du romantisme absolu.

– Oui, je pense que c'est un rêve. En tout cas, ça y ressemble. Mais surtout ne me réveille pas, Sam.

– Ce n'est pas un rêve, souffla Sam à son oreille. Je t'aime. Tu es la femme la plus adorable que j'aie jamais rencontrée. C'est vrai, Sara. Pour moi, être avec toi, c'est comme être au Cipriani chaque jour. Il faut que tu me croies, ma petite guenon. Il faut que tu croies en nous, comme je le fais, moi.

Il la saisit des deux mains et la rapprocha de lui. Elle savoura pleinement la douceur de son haleine, les effluves de son eau de toilette, le parfum de son corps.

Lorsqu'il commença à bouger en elle, elle se sentit fondre pour ne plus devenir qu'une énergie liquide. Oui, elle l'aimait, elle l'aimait, elle l'aimait. Elle le parcourait du bout de ses doigts, l'effleurait, se l'appropriait. Jamais, et de loin, elle n'avait encore vécu une telle sensation.

Empalée sur son axe long et vigoureux, sur sa force, sur sa délicieuse virilité, elle coulissait sans relâche, incapable de s'arrêter, incapable de vouloir s'arrêter. Elle était prête à se gaver de plaisir, jusqu'à suffoquer.

Lorsqu'elle s'entendit pousser un cri, elle reconnut à peine sa voix. Elle était comme enchaînée à Sam par un simple rythme qui allait s'accélérant, s'accélérant, jusqu'à l'instant où tous deux ne feraient qu'un – *Jack et Jill, Jack et Jill, Jack et Jill, Jack et Jill !*

32

Comme un livre que l'on referme doucement, sans bruit et à contrecœur, le conte de fées s'acheva. Et Sara reprit brutalement contact avec la réalité, véritable vague déferlante à laquelle elle ne pouvait opposer la moindre résistance. On était lundi ; le quotidien reprenait ses droits et la grise dictature du travail régnait de nouveau sur la ville.

Depuis quatorze ans, depuis qu'elle avait quitté Hollins College, sa fac en Virginie, diplômes en poche, Sara Rosen exerçait des métiers « normaux » et sans intérêt dans l'agglomération de Washington. Actuellement, elle travaillait de jour. Un poste qui convenait parfaitement à leurs besoins. Un job sinistre et épuisant.

Ce matin-là, elle se leva de bonne heure. Elle et Sam s'étaient séparés le dimanche soir au Four Seasons. Sam, son humour, ses caresses lui manquaient. Chaque centimètre de sa peau lui manquait.

Elle s'abandonna un instant à ses rêveries. *Centimètres, millimètres, l'essence de Sam, sa formidable force intérieure.* Lorsqu'elle jeta un coup d'œil sur les diodes de sa pendulette, elle râla bruyamment. Cinq heures moins le quart. Merde, elle était déjà en retard.

Elle avait aménagé dans sa salle de bains un espace yoga, avec un coussin en cuir sur mesure. Discipliner et détendre son corps comme son esprit lui aurait fait le plus grand bien, mais elle n'en avait hélas plus le temps.

Après s'être brièvement douchée et lavé la tête, elle enfila un complet Brooks Brothers bleu marine, opta pour une paire de chaussures à talons plats, glissa à son poignet une montre Raymond Weil ornée d'un bracelet en veau. Ce matin, il fallait qu'elle ait l'air bien habillée, bien réveillée, bien pomponnée.

A vrai dire, elle donnait tous les jours cette belle impression. Sara, celle qui arrivait tout droit du pressing.

Elle sortit en courant. Un taxi jaune boueux l'attendait déjà, le pot d'échappement crachant une fumée nauséabonde. Dans la rue K, le vent tourbillonnant hurlait sans répit.

A cinq heures vingt-cinq, le taxi la déposa devant son lieu de travail. Le chauffeur du Liberty Cab lui dit en souriant :

– Célèbre adresse, ma bonne dame. Vous êtes quelqu'un de célèbre, alors ?

Elle paya la course avec un billet de cinq dollars, récupéra sa monnaie.

– Je pourrais le devenir un jour. On ne sait jamais.

– Ouais, peut-être que moi aussi, je suis quelqu'un, ajouta l'autre, le sourire en coin. On ne sait jamais.

Sara Rosen descendit de voiture. Le vent froid de décembre lui fouetta le visage. Dans la lumière matinale, l'édifice immaculé qui se dressait devant elle lui parut étrangement beau et imposant. On aurait dit qu'il brillait de l'intérieur.

Elle montra sa carte et le gardien la laissa passer. Ils échangèrent quelques mots en riant. Elle travaillait trop, selon lui. Il n'avait pas totalement tort. Elle était au service de la Maison-Blanche depuis plus de neuf ans, et cela n'avait rien d'une sinécure.

TROISIÈME PARTIE

LE
REPORTER-PHOTOGRAPHE

33

Le reporter-photographe était la dernière pièce du puzzle. Le dernier joueur. On était le 8 décembre et on lui avait confié un travail à San Francisco. La partie, ce jour-là, se déroulait dans cette ville et on lui avait attribué un rôle, disons, périphérique.

Installé dans l'alvéole d'un siège en plastique gris, dans la salle d'embarquement de la porte 31, Kevin Hawkins jouait aux échecs sur son portable Powerbook. Cela lui plaisait. Qu'il perde ou qu'il gagne, il s'amusait bien.

Hawkins, qui adorait les jeux et notamment les échecs, n'était pas loin de compter parmi les meilleurs joueurs du monde. Dispositions qu'il cultivait depuis l'époque où, souffrant d'être un adolescent intelligent mais solitaire auquel rien ne réussissait, il s'était décidé à quitter Hudson, État de New York. A onze heures moins le quart, il se leva de son siège pour aller pratiquer un autre jeu. Le jeu qu'il préférait par-dessus tout. Il était venu à San Francisco pour tuer quelqu'un.

En déambulant au milieu de la foule qui se pressait dans l'aérogare, Kevin Hawkins ne cessait de prendre des photos – mentalement.

Le reporter-photographe lauréat de nombreux prix portait sa tenue habituelle, au négligé savamment étudié : T-shirt noir et jean velours moulant assorti, bracelets africains rapportés à l'occasion de plusieurs voyages en Zambie, boucle d'oreille sertie d'un diamant. Autour de son cou, une sangle de cuir ornée de gravures retenait un Leica.

Le photographe pénétra discrètement dans les toilettes bondées de l'allée C et avisa une rangée irrégulière d'hommes penchés au-dessus de leurs urinoirs, tels des porcs rivés à leur mangeoire. Comme des buffles de rizière ou des bœufs auxquels on aurait appris à se tenir sur leurs pattes arrière.

L'œil composa l'image, le doigt pressa le déclencheur. Une merveille d'ordre et d'humour narquois. Portrait de groupe avec faïence.

La scène de l'urinoir lui rappelait un ingénieux pickpocket qu'il avait surpris à l'œuvre à Bangkok. Bon observateur de la nature humaine, le voleur subtilisait les portefeuilles pendant que leurs propriétaires étaient occupés à se soulager, ce qui les empêchait ou les décourageait de se lancer à sa poursuite.

Chaque fois qu'il entrait dans les toilettes d'un aéroport, ce souvenir le faisait sourire. Il oubliait rarement une image. Son cerveau parfaitement compartimenté rivalisait avec les gigantesques entrepôts d'archives photographiques de la firme Kodak, à Rochester.

Dans l'un des miroirs embués, il jeta un regard sur sa propre image. Une mine plutôt défaite, une peau blanchâtre, rien que de très banal à son goût. Il lisait dans ses yeux d'un bleu presque délavé la lassitude de la guerre. Surprendre son propre regard le déprimait au point qu'il ne put s'empêcher de soupirer.

Le miroir ne lui inspira aucun autre cliché à message. Jamais, au grand jamais, d'autoportrait.

Pris d'une violente quinte de toux, il expectora un répugnant paquet de glaires jaunes. Sa substantifique moelle, songea-t-il, s'écoulait lentement.

Kevin Hawkins avait quarante-trois ans. Il avait trop vécu, notamment au cours des quatorze dernières années qui lui avaient semblé un siècle. Il avait connu des moments d'une rare intensité, souvent grandioses, parfois absurdes. Il avait le sentiment d'avoir brûlé toutes ses cartouches. Il avait pratiqué le jeu de la vie et de la mort trop souvent et trop bien.

La toux le reprit, mais il parvint cette fois à se maîtriser. Il passa ses doigts dans ses cheveux blonds qui commençaient à se raréfier, puis quitta les toilettes publiques.

Sans heurt, il se mêla au flot des voyageurs qui se pressaient dans le couloir. L'heure approchait et il avait l'agréable sensation de planer. Fredonnant un vieux morceau ridicule intitulé *Rock the Casbah*, il poussait devant lui une valise Delsey de couleur sombre posée sur l'un de ces porte-bagages à roulettes pliants que l'on trouvait désormais partout, ce qui lui conférait l'apparence d'un touriste, d'un quelconque voyageur.

Au-dessus du hall, l'horloge digitale affichait, en chiffres rouges sur fond noir, 11 : 40. Quelques minutes plus tôt, un vol Northwest Airlines en provenance de Tokyo venait d'arriver. Porte 41, pile à l'heure. Comme disait la pub Northwest, « voler, c'est tout un art ».

Les dieux me sourient, songea Kevin Hawkins avec un sourire qui avait tout du rictus. Et les dieux adoraient jouer, eux aussi. La vie et la mort, c'était en fait leur jeu...

Il entendit un brouhaha naissant dans le couloir B, au-delà du hall. Il poursuivit son chemin, dépassa l'endroit où les deux axes se rejoignaient.

C'est alors qu'il aperçut la cohorte de gardes du corps et de sympathisants. Il cadra mentalement l'image. Il distingua brièvement M. Tanaka, de la Nipray Corporation, et enregistra un autre plan.

L'adrénaline se déversait dans ses veines comme la lave du Kilauea à Hawaï, qu'il avait un jour photographié pour *Newsweek*. Rien de tel que l'adrénaline, qui pour lui était devenue une vraie drogue.

Ce n'était plus qu'une question de secondes.

De secondes, voire de nanosecondes.

Il savait qu'une nanoseconde est à une seconde ce qu'une seconde est à une trentaine d'années.

Aucun repère ne figurait sur le sol du terminal, mais Kevin Hawkins savait que c'était le bon endroit. Il le visualisait parfaitement, il avait inscrit dans sa mémoire, avec toute la clarté voulue, chaque angle critique, chaque point d'intersection.

Une question de secondes. De vie et de mort.

On aurait très bien pu peindre une grande croix noire sur le sol, songea-t-il.

C'est parti. Armez vos appareils, branchez vos caméras! Dans une minute, ici même, quelqu'un va mourir.

Kevin Hawkins se sentit devenir dieu.

34

Quatre mètres et quelques séparaient encore l'entourage plus ou moins officiel de l'homme d'affaires japonais du hall très animé où se rejoignaient les différents couloirs lorsqu'une petite bombe explosa en produisant une énorme déflagration. Un épais nuage de fumée gris-noir envahit l'allée A et des cris perçants retentirent comme autant de sirènes anémiques.

La bombe avait été placée dans la Delsey bleu nuit que Kevin avait déposée près du kiosque de presse. Une valise d'aspect tout à fait inoffensif qu'il avait délibérément abandonnée au pied d'un panonceau demandant aux voyageurs de ne jamais quitter leurs bagages des yeux.

Le vacarme assourdissant de l'explosion et la panique soudaine qui s'ensuivit prirent les gardes du corps de M. Tanaka au dépourvu. Leur réaction désorganisée allait rendre leurs gestes prévisibles. Pour prendre en défaut les services de sécurité, même les meilleurs, il suffisait de les contraindre à improviser. Voyageurs et employés de l'aéroport cherchaient désespérément à se mettre à l'abri dans un concert de hurlements. Hommes, femmes et enfants se plaquaient au sol, le visage contre le marbre froid.

Si on veut assister à de vraies scènes de panique, mieux vaut choisir un grand aéroport où les gens sont déjà à la lisière de leurs peurs primales.

Hawkins vit deux des gardes du corps faire écran devant le P-DG; une manœuvre correcte, sans plus.

Il prit une autre photo mentale et l'archiva aussitôt. Elle lui servirait ultérieurement. C'était une image extrêmement précieuse, montrant comment réagissait un excellent service de sécurité soumis au stress d'un incident réel.

Puis les gardes du corps efficaces, mais peu inspirés, entreprirent d'éloigner le plus vite possible leur « protégé ». Pas question, bien évidemment, d'emprunter le couloir où avait explosé l'engin et où flottait encore une épaisse fumée. Ils choisirent donc de rebrousser chemin. Kevin Hawkins avait prévu que les circonstances les contraindraient à opter pour cette solution.

Ils entraînèrent donc M. Tanaka comme s'il s'agissait d'une gigantesque marionnette, d'une poupée géante peu engageante, ce qui n'était pas loin de la vérité. Ils portaient presque l'imposant homme d'affaires, le soulevaient sous les bras, au point que, par instants, ses pieds ne touchaient plus le sol.

Photo mentale : tous ces beaux mocassins de cuir noir, à glands, glissant sur le marbre.

Les gardes du corps, bien entraînés, n'avaient qu'une idée en tête : évacuer leur « protégé ». Le photographe les laissa parcourir une dizaine de mètres avant d'actionner le détonateur dissimulé dans le sac d'épaule censé renfermer son matériel de prises de vue. C'était aussi facile que cela. Rien de tel que les plans où il suffisait d'appuyer sur un bouton, comme sur un appareil photo pour enfants.

La seconde valise, celle qu'il avait laissée dans le couloir, près des toilettes pour hommes, explosa. La déflagration fut deux fois plus forte que la première, et fit deux fois plus de dégâts. Comme si un invisible missile guidé venait de s'abattre au milieu de l'aérogare.

Les ravages de l'explosion furent aussi dramatiques qu'instantanés. On vit des corps et des débris humains projetés dans toutes les directions. Ni Tanaka, ni aucun de ses quatre gardes du corps diligents et fort mal payés ne survécurent à l'attentat.

Le reporter-photographe se retrouva aussitôt noyé dans la marée humaine qui tentait de gagner les sorties. Un inconnu comme tant d'autres, aux traits figés par la terreur.

Il ne lui était pas difficile d'avoir l'air terrorisé, lui qui connaissait mieux que quiconque les visages de la peur pour les avoir si souvent photographiés. Lui qui ne cessait, en rêve, de voir les mêmes expressions de terreur, d'entendre les mêmes cris de détresse.

Sans oser afficher son sourire, il s'engagea dans le couloir D. Son avion pour Washington l'attendait, et il ne lui restait qu'à espérer que les retards occasionnés par l'attentat ne seraient pas trop importants.

Il avait pris un risque, mais un risque nécessaire. La dernière répétition venait d'avoir lieu.

Maintenant, il était temps de passer à des choses plus importantes. Le reporter-photographe avait fort à faire à Washington. Le nom de code de sa mission était facile à mémoriser.

Jack et Jill.

35

« Sur les neuf hectares de la Maison-Blanche, les distractions ne manquent pas : salle de cinéma, gymnase, cave à vin, courts de tennis, bowling, serre et parcours de golf. Selon les dernières estimations officielles, la valeur de l'ensemble immobilier se monte à plus de trois cent quarante millions de dollars. »

J'aurais pu débiter ce texte moi-même.

Après avoir montré mon laissez-passer temporaire, je suis allé garer ma voiture sous la Maison-Blanche. J'avais eu le temps d'observer que le bâtiment principal était en train de subir des travaux de rénovation et qu'on procédait également à des aménagements importants aux alentours. Dans l'ensemble, tout me paraissait bien.

Psychologiquement, je ne pouvais pas en dire autant. Mal à l'aise, perturbé, je n'avais dormi que quelques heures et cela finissait par devenir une habitude. A côté de moi, sur le siège passager, il y avait le *Washington Post* et le *New York Times*.

Le *Post* s'interrogeait : Quelle sera la prochaine victime de

Jack et Jill? Comme si la question s'adressait à moi. Quelle sera la prochaine victime?

Entre le petit parking et l'ascenseur, j'ai songé à l'éventualité d'une tentative d'assassinat dirigée contre le couple présidentiel. Ni le Président, ni son programme ne manquaient de fervents adversaires. L'Amérique réclamait le changement depuis longtemps, et le Président Byrnes s'employait largement à satisfaire ses exigences. Naturellement, la plupart des Américains espéraient un changement qui se traduisît en dollars supplémentaires, sans qu'il fût question de faire le moindre sacrifice.

Qui donc pouvait à la fois être assez fou et éprouver suffisamment de rancune contre le Président pour désirer sa mort? Je savais que c'était pour cela qu'on m'avait convoqué à la Maison-Blanche. J'étais ici pour mener une enquête criminelle. Une enquête criminelle. A la Maison-Blanche. Pour tenter d'arrêter un couple de tueurs soupçonnés de vouloir attenter à la vie du Président.

J'ai retrouvé Don Hamerman dans le hall d'entrée de l'aile ouest, toujours aussi énervé, toujours aussi tendu, mais ça devait être dans sa nature. Et dans l'air du temps. J'ai discuté quelques minutes avec le secrétaire général de la présidence. Il tenait à me faire savoir qu'on m'avait choisi parce que j'étais un spécialiste reconnu des grands criminels, et plus particulièrement des psychopathes.

Il semblait savoir énormément de choses sur moi. Je l'écoutais parler en me disant qu'en dernière année d'Harvard ou de Yale, il avait dû décrocher la médaille très prisée du meilleur fouille-merde, et que c'était sans doute là qu'il avait également appris à parler avec cette pointe d'accent pleurnicheur et prétentieux.

Ce matin-là, j'ignorais tout de ce qui m'attendait. Hamerman m'annonça qu'il allait m'organiser « un certain nombre d'entretiens ». Mettre sur pied une pareille enquête au sein même de la Maison-Blanche, une enquête criminelle, ne devait pas être pour lui une partie de plaisir, et je le sentais bien.

Il m'a laissé seul dans la salle des Cartes, au rez-de-chaussée. Il ne me restait plus qu'à arpenter la célèbre pièce en regardant d'un œil distrait les courbes raffinées du mobilier Chippendale, un portrait à l'huile de Benjamin Franklin, un paysage intitulé *En gardant les vaches et les moutons*. J'avais déjà une dure journée devant moi. Des gens à voir à la morgue, un rendez-vous avec Benjamin Levitsky, le numéro deux des services de renseignements du FBI.

Les meurtres d'enfants de Sojourner Truth restaient ancrés dans mes pensées. Pour l'instant, c'était surtout le problème de Sampson. Ou plutôt, de Sampson et de son escouade de flics à mi-temps. Mais ces crimes odieux étaient devenus pour moi une véritable obsession.

Soudain, quelqu'un a fait irruption dans la salle, aux côtés du secrétaire général de la présidence. Surprise totale. Je n'en croyais pas mes yeux et j'aurais été bien en peine de décrire ce que j'éprouvais.

Toujours aussi raide, Don Hamerman m'annonce :
– Le Président Byrnes aimerait s'entretenir avec vous.

36

– Bonjour, docteur Cross, me dit le Président. A moins que vous ne préfériez que je vous appelle inspecteur ?

Je devinais obscurément qu'à la Maison-Blanche, « docteur Cross » me serait beaucoup plus utile. Dans le genre docteur Kissinger, voire Doc Savage. J'ai donc répondu :
– Je crois que je préfère Alex.

Le visage du Président s'est fendu d'un grand sourire, ce sourire si charismatique que j'avais souvent vu à la télévision et dans la presse.

– Et moi, je préfère que vous m'appeliez Tom.

Sur quoi le Président m'a tendu la main. Sa poignée était franche et ferme ; il m'a longuement regardé dans les yeux.

Le président des États-Unis savait se montrer à la fois cordial et sérieux. Il devait faire un bon mètre quatre-vingts et affichait une belle forme pour un quinquagénaire. Ses cheveux châtain clair grisonnaient légèrement. Je lui trouvais un air de pilote de chasse, et pourtant il y avait dans ses yeux autant de sensibilité que de chaleur. Et de l'avis général, il y avait longtemps que nous n'avions eu un Président aussi proche de ses concitoyens, et aussi dynamique.

J'avais lu et entendu bien des choses sur cet homme que je rencontrais pour la première fois. Patron heureux et respecté de Ford, à Detroit, il avait choisi de briguer de plus hautes responsabilités et de jouer les francs-tireurs aux élections présidentielles. Et conformément aux tendances révélées par les précédents sondages, les électeurs s'étaient prononcés en faveur d'un candidat indépendant, aux idées neuves – à moins que, lassés du jeu habituel des démocrates et des républicains, ils n'eussent surtout voté contre les partis traditionnels, comme l'affirmaient certains politologues. Résolument moderniste et volontiers frondeur, il avait prouvé qu'il avait la carrure d'un grand chef d'État, mais en menant une politique volontaire, indépendante et sans concessions, il s'était fait à Washington davantage d'ennemis que d'amis.

– Le directeur du FBI vous a chaudement recommandé, m'a-t-il dit. Je crois que Stephen Bowen est un type bien. Qu'en pensez-vous ? Vous avez une opinion ?

– Je suis d'accord avec vous. Le Bureau a beaucoup changé ces dernières années depuis que Bowen est en poste. Aujourd'hui, on travaille bien avec le FBI, ce qui n'a pas toujours été le cas.

Le Président hochait la tête.

– La menace est-elle réelle, Alex, ou s'agit-il simplement de prendre quelques sages précautions ?

La question posée à brûle-pourpoint était judicieuse, mais embarrassante.

– Je pense que les services secrets ont raison de se montrer vigilants. Ils s'inquiètent particulièrement de la coïncidence entre vos noms de code et ceux choisis par les tueurs, et du fait qu'ils prennent systématiquement pour cible, à Washington, des gens célèbres.

– Malheureusement, je corresponds tout à fait à cette description...

Une ombre est passée sur son visage. La presse décrivait

le Président comme un homme extrêmement pudique mais très proche des gens, et c'était l'impression qu'il me donnait. Je lui trouvais un côté province, dans le bon sens du terme. Ce qui surprenait le plus, c'était la chaleur qui émanait du personnage.

– Comme vous l'avez vous-même reconnu, vous êtes en train de « secouer le coffre à jouets », ce qui dérange pas mal de monde.

– Attendez, vous n'avez encore rien vu. La plupart des grands bouleversements sont encore à venir. Il faut absolument revoir les structures du pouvoir, qui ont été conçues pour l'Amérique du dix-neuvième siècle. Quoi qu'il en soit, j'apporterai mon entière collaboration à l'enquête de la police. Je ne veux pas que d'autres personnes soient blessées ou tuées. J'ai déjà réfléchi au problème, mais je ne suis pas encore prêt à mourir. Sally et moi sommes des gens corrects, je pense. Loin d'être parfaits, mais corrects. Nous essayons de faire de notre mieux.

Je n'en doutais pas, car il m'avait d'emblée paru sympathique. Ce qui ne m'empêchait pas de m'interroger sur la sincérité de ses propos. C'était un homme politique, après tout. Le meilleur du pays.

– Chaque année, Alex, plusieurs personnes tentent de pénétrer dans la Maison-Blanche. Quelqu'un a réussi, un jour, en emboîtant le pas de la parade des Marines. Ils sont plusieurs à avoir essayé d'enfoncer le grand portail au volant d'un véhicule. Et en 1994, Frank Eugene Corder s'est posé sur la pelouse avec un petit Cessna.

– Peut-être, mais cela n'a rien à voir avec ce qui se passe en ce moment.

Une question lui brûlait les lèvres depuis le début de l'entretien.

– En deux mots, que pensez-vous de Jack et Jill?

– En deux mots, ça me paraît difficile. Disons que je ne partage pas le point de vue du FBI. Je ne crois pas que nous ayons affaire à des maniaques. Ils sont extrêmement méthodiques, mais les constantes que l'on retrouve d'un meurtre à l'autre me semblent artificielles. Je les imagine tous les deux de race blanche, dotés d'un physique avantageux et d'un QI supérieur à la moyenne. Quand on regarde les endroits où ils ont réussi à pénétrer, on peut supposer qu'ils s'expriment avec une certaine aisance et qu'ils sont persuasifs. Ils projettent d'accomplir un geste encore plus spectaculaire que ce qu'ils ont fait jusqu'à présent. La facilité avec laquelle ils manipulent la police et la presse leur donne un sentiment de pouvoir grisant. Voilà ce que j'ai pour l'instant, ce dont je peux parler.

Le Président a hoché la tête d'un air grave.

– Je sens que vous êtes l'homme de la situation, Alex, et je suis heureux d'avoir pu discuter quelques minutes avec vous. On m'a dit que vous avez deux enfants. (De la poche de sa veste, il a sorti une pince à cravate et une broche, toutes deux pour enfants, frappées aux armes de la présidence.) C'est important, les souvenirs. Vous voyez, je crois à la tradition autant qu'au changement.

Et après m'avoir une dernière fois serré la main et regardé dans les yeux, il s'est éclipsé.

On venait en quelque sorte de m'accueillir dans l'équipe, une équipe dont la seule vocation était de protéger la vie du Président. J'avais connu des missions nettement moins motivantes. Et en regardant la petite pince à cravate, la petite broche, j'ai ressenti comme un pincement d'émotion.

37

– Alors, tu as pu rencontrer le couple royal? m'a demandé Nana Mama quand j'ai débarqué dans sa cuisine sur le coup de quatre heures.

Elle était en train de mitonner, dans une grande marmite grise, un plat dont le fumet évoquait l'ambroisie des légendes. Une soupe aux haricots blancs, une de celles que je préférais. Rosie, moustaches aux aguets, se promenait sur le plan de travail en ronronnant de satisfaction. Rosie régnait sur son territoire.

Tout en cuisinant, Nana faisait les mots croisés du *Washington Post*. Elle conservait également à portée de main, à tout hasard, un recueil pour cruciverbistes et la biographie de Maggie Kuhn, *No Stone Unturned*. Ma grand-mère est une femme compliquée.

— Si j'ai rencontré qui ?

Je faisais semblant de n'avoir pas compris sa question perfide et parfaitement claire, un jeu que nous pratiquions depuis de nombreuses années et qui, vraisemblablement, ne cesserait que le jour où la mort nous séparerait.

— On dit : « Qui aurais-je rencontré ? », docteur Cross. Je veux parler de M. le Président et Mme la Présidente, bien sûr. Ce couple blanc très aisé qui habite à la Maison-*Blanche* et qui se fiche bien de ce qui nous arrive. Tom et Sally, les châtelains de cette fin de siècle.

L'esprit toujours aussi vif, la dent toujours aussi dure... J'ai ouvert le frigo.

— Bon, je ne suis pas rentré à la maison pour subir un interrogatoire en règle. Je vais me faire un petit sandwich à la poitrine de bœuf, qui m'a l'air tendre et moelleuse à souhait. A moins que ce ne soit qu'une apparence ?

— Les apparences sont souvent trompeuses, mais ce bœuf est tout ce qu'il y a de plus moelleux et tu peux le couper à la petite cuiller. Dis-moi, je trouve qu'ils font des journées drôlement courtes à la Maison-Blanche, compte tenu de tout ce qu'ils ont à faire. Je m'en doutais un peu mais jusqu'à maintenant, je n'avais pas de preuves. Alors, qui as-tu rencontré ?

Je n'ai pu résister. De toute façon, je le lui aurais dit tôt ou tard.

— Ce matin, j'ai discuté avec le président des États-Unis en personne.

— Tu as vu *Tom* ?

Comme si elle venait d'encaisser un direct de George Foreman, elle a fait mine de tituber, un sourire espiègle au coin des lèvres.

— Je t'en supplie, raconte-moi tout sur Tom. Et sur Sally. C'est vrai que dans la journée, elle porte toujours une petite toque ?

— Non, là, je crois que tu confonds avec Jacqueline Kennedy. En fait, le Président Byrnes m'a fait plutôt bonne impression.

Je me suis attaqué à la confection d'un sandwich digne de ce nom : du bœuf, du pain au cumin tout frais, une feuille de laitue, quelques tranches de tomates, un peu de mayonnaise, beaucoup de poivre et une pincée de sel.

— Tu parles... Toi, tu aimes tout le monde tant qu'il n'y a pas meurtre. (Nana s'est remise à hacher ses tomates.) Maintenant que tu as fait la connaissance de notre cher Président, tu peux reprendre ton enquête sur ces pauvres gosses assassinés à Sojourner Truth. C'est très important pour les gens qui vivent ici, à la « Maison-Grise ». Les Noirs, ils se fichent un peu du Président et de ses problèmes. Et ils ont bien raison.

— C'est une opinion ou un fait, madame Farrakhan[1] ?

Comme prévu, mon sandwich, tendre et fondant, était une vraie merveille. Et Nana insistait.

— Si ce n'est pas un fait, ça devrait en être un. Ou ça n'en est pas loin. J'admets que c'est plutôt désolant, mais c'est la réalité dans laquelle on vit. Tu n'es pas d'accord ? Il faut que tu sois d'accord.

— Est-ce que tu sais qu'avec l'âge, on est censé devenir plus tolérant ? A part ça, ton bœuf est génial.

— Est-ce que tu sais qu'avec l'âge, comme tu dis, il y a des gens qui s'améliorent comme le bon vin ? Est-ce que tu sais que la solidarité, ça existe ? Est-ce que tu sais que dans notre quartier, Alex, des petits Noirs, des petits bouts de chou de rien du tout, sont en train de se faire massacrer et qu'on ne fait pas ce qu'il faut pour arrêter ça ? Bien sûr que mon bœuf est un régal. Tu vois, quand je te dis que je m'améliore...

De ma poche de pantalon, j'ai sorti la pince et la broche que m'avait données le Président.

— Le Président savait que j'ai deux enfants. Il m'a donné des souvenirs pour eux.

J'ai tendu la main ; elle a pris les petits cadeaux et, pour la première fois de sa vie, est restée muette.

— Tu leur diras que c'est de la part de Tom, et que c'est un type bien qui essaie de faire correctement son boulot.

Arrivé à la moitié de mon gargantuesque sandwich, j'ai décidé de prendre le large en emportant le reste. Rester à la cuisine devenait trop dangereux pour moi.

---

1. Allusion à Louis Farrakhan, le leader du mouvement extrémiste Nation of Islam. (N.D.T.)

— Merci pour ce succulent en-cas, et pour les conseils. Dans cet ordre.

Mais la voilà qui repart :

— Où vas-tu comme ça ? On était en train de parler d'un sujet important. Du génocide dont sont victimes les Noirs, ici, à Washington, la capitale. Eux, ils se foutent complètement de ce qui se passe dans nos quartiers. Quand je dis eux, je parle des Blancs, et toi tu ne trouves rien de mieux que de collaborer avec l'ennemi.

— Si je sors, c'est justement pour aller passer quelques heures sur l'affaire Sojourner Truth.

Je suis parvenu à la porte d'entrée, ravi à la perspective d'échapper enfin au bombardement. Nana Mama avait disparu de mon champ de vision, mais ses piaillements, ses meuglements me poursuivaient encore. Puis, je l'ai entendue glapir :

— Alex a enfin retrouvé la raison ! Tout espoir n'est pas perdu ! Oh, merci, notre père qui êtes aux cieux, Dieu des Noirs, merci !

Cette vieille chèvre arrive toujours à me rendre chèvre, et rien que pour ça, je l'adore. Mais il y a des jours où je n'ai plus vraiment envie de me farcir ses litanies.

Je me suis installé au volant de ma Porsche de collection et en sortant de l'allée, j'ai donné un petit coup de klaxon. Une sorte de code pour dire que tout va bien entre nous. Et de la maison, j'ai entendu Nana brailler :

— Moi aussi, je te fais *tuut* !

38

Je retrouvais les rues impitoyables des ghettos de Washington, la face cachée de la capitale, et j'étais de nouveau à la criminelle. Un monde que j'aimais passionnément, sans toujours savoir pourquoi, mais qui m'inspirait pourtant, par instants, la plus profonde des haines.

Nous faisions tout ce qu'il était humainement possible de faire pour tenter de résoudre les deux affaires. Je faisais surveiller l'école pendant la journée et la sépulture de Shanelle Green vingt-quatre heures sur vingt-quatre. Les tueurs psychopathes ont souvent tendance à venir sur la tombe de leurs victimes. Après tout, ils sont friands de scènes morbides.

Panique sur la ville.

Deux vagues de crimes.

Deux styles de meurtres totalement différents. Jamais, et de loin, je n'avais été confronté à une situation aussi confuse.

Je n'avais pas besoin des conseils avisés de Nana Mama pour savoir que ma place était là, dans la rue. Comme elle le disait, nos gosses étaient en train de se faire massacrer.

Et, j'en avais la certitude, le monstre odieux que nous traquions allait bientôt frapper une nouvelle fois. Contrairement à Jack et Jill, il donnait libre cours à sa frénésie ; il y avait chez lui une folie brute, inquiétante, presque palpable. Et sa probable qualité d'amateur ne me rassurait guère.

Raisonne comme le ferait le tueur, ne cessais-je de me dire, *mets-toi à sa place*. On démarre comme ça, mais c'est plus ardu qu'on pourrait l'imaginer. Je m'employais surtout à collecter données et renseignements.

J'ai ainsi passé une bonne partie de l'après-midi à coincer entre deux portes tous les gens qui traînaient dans le coin et qui auraient pu savoir quelque chose : des figures du quartier, des junkies défoncés, des gamins qui se faisaient un peu d'argent en livrant l'herbe et le crack, quelques petits dealers, des commerçants, des mouchards pathologiques, des vendeurs de journaux islamistes. J'en ai mis quelques-uns sous pression, mais personne n'avait quoi que ce soit d'intéressant à me donner.

Pourtant je me suis accroché. C'est ce qui se passe la plupart du temps. On persévère, tête baissée et bien vissée. Vers cinq heures un quart, je me suis retrouvé en train de faire causette avec un SDF de dix-sept ans que j'avais déjà rencontré en servant la soupe, à Saint-Anthony. Il s'appelait Loy McCoy et faisait le livreur pour un petit dealer de crack. Il m'avait déjà rendu un ou deux services.

Loy avait cessé de venir à la soupe populaire le jour où il s'était mis à transporter ses sachets de crack et d'amphétamines. Il faut se mettre à la place de ces gamins, même s'il y a des jours où j'aimerais ne pas leur trouver d'excuses. Ils ont une vie d'enfer, ils ne connaissent que la violence et le désespoir. Et un beau jour, quelqu'un vient leur proposer quinze ou vingt dollars pour un petit boulot qui trouvera de toute façon preneur. Et le piège fonctionne surtout sur le plan psychologique, car le fournisseur leur fait confiance alors que la plupart du temps, personne n'a jamais cru en ces mêmes abandonnés.

J'ai hélé Loy de loin ; il traînait sur la rue L avec sa bande de bons à rien. Tous habillés en noir, bonnet de laine enfoncé jusqu'aux yeux et sur les oreilles. Couronnes en or, boucles d'oreilles, pantalon large, la totale. Ils étaient en train de parler du film *La Famille Pierrafeu*, ou du dessin animé dont le film s'inspirait. *Yabba dabba doo*, le cri fétiche du héros, servait également à désigner les policiers en tenue ou les enquêteurs. Tiens, voilà le *yabba dabba*. Ou bien, *enfoiré de yabba dabba doo*. Récemment, j'avais lu des statistiques consternantes démontrant que la télévision et le cinéma constituaient l'unique source d'information de soixante-dix pour cent des Américains.

Loy est venu vers moi en traînant les pieds, avec un sourire bête et arrogant. Malgré sa grande taille, il ne devait pas peser plus de soixante-dix kilos. Il portait plusieurs couches de fringues larges et savamment déchirées. Aujourd'hui, il avait décidé de me défier, de jouer les durs.

— Eh, mec, comme ça, tu m'siffles et y faut que j'vienne ? (Il m'interpellait d'un ton provocant que je trouvais à la fois énervant et d'une infinie tristesse.) Pourquoi, mec ? Eh, je paie mes impôts, moi. Je suis *clean*, on est *clean*, nous.

— Bon, t'arrêtes ton cirque parce que avec moi, ça ne marche pas.

Je savais que sa mère était héroïnomane et qu'il avait trois petites sœurs. Toute la famille vivait au foyer de l'Assistance publique du Grand Southeast, ce qui revenait à peu près à dire qu'ils habitaient sous un pont. Et Loy persistait à me défier.

— Eh, tu m'dis c'que tu veux, et moi j'retourne m'occuper d'mes affaires. Mon temps, c'est du blé, pigé ? Allez, accouche.

— J'ai une seule question à te poser, Loy. Après, tu pourras reprendre tes grandes négociations financières.

Il me prenait toujours de haut ; ce genre d'attitude, dans le coin, pouvait vous être fatal.

— Et pourquoi qu'j'devrais répondre à tes questions, hein ? J'y gagne quoi, moi ? C'est quoi, le *deal* ?

J'ai fini par sourire, à demi imité par mon interlocuteur qui tenait sans doute à me montrer ses belles dents en or.

— Si tu as quelque chose à me donner, je m'en souviendrai peut-être. Un jour, je te renverrai peut-être l'ascenseur.

— Pis quoi encore ? Tu veux qu'j'te dise un secret, monsieur l'inspecteur ? J'ai pas besoin de tes bons points. Et ces gosses qu'on a tués, ces ho-mi-ci-des comme vous dites, moi, c'est pas mon problème.

Il haussait les épaules comme si la rue se fichait de ce qui s'était passé. Mais ça, je le savais déjà. J'ai attendu qu'il finisse son petit speech et qu'il digère ma proposition. Le plus triste de l'histoire, c'est que ce gosse était brillant. Allumé, mais intelligent. Voilà pourquoi le dealer de crack l'avait embauché. Loy avait de la jugeote et il s'acquittait certainement de sa tâche avec beaucoup de sérieux.

Il a fini par virevolter sur lui-même d'un air exaspéré, en projetant au ciel ses bras décharnés.

— J'ai rien à te dire ! D'ailleurs, j'suis pas obligé ! Tu crois p'têt' qu'j'te dois un service pas' qu'un jour, tu nous as servi le potage à la cantine des clodos ? Eh, tu rêves, là ! J'te dois rien, moi !

Il est reparti, sans se presser. Puis il s'est retourné, comme pour me balancer une dernière vacherie. J'ai vu ses yeux sombres se rétrécir, accrocher mon regard, s'attarder une seconde. *Contact. Décollage.*

Loy me lance :

— Quelqu'un a aperçu un vieux là où la p'tite a été tuée.

C'était l'information la plus importante depuis que nous étions sur l'affaire. Et même la seule information dont nous disposions pour l'instant. Ce que je cherchais à obtenir sur le terrain, depuis des jours.

Il n'avait aucune idée de ma rapidité, ni de ma force. D'un bond, je l'ai attrapé, je l'ai tiré contre moi, tout contre moi. Assez près pour sentir son haleine légèrement mentholée, le gel de ses cheveux, l'odeur de moisi de ses vêtements d'hiver froissés.

Je l'ai plaqué contre ma poitrine comme s'il s'agissait de l'un de mes fils, d'un fils prodigue, d'un jeune écervelé à qui je voulais faire comprendre que ma patience avait des limites. Je l'ai serré contre moi et au fond de moi-même, j'avais envie de le sauver. J'avais envie de les sauver tous et je ne le pouvais pas ; c'était là l'une des grandes blessures de ma vie.

— Je ne plaisante plus, bonhomme. Qui t'a raconté ça, Loy ? Je veux tout savoir. Et pas de conneries, hein ? Je veux tout savoir, et tout de suite !

Son visage n'était qu'à quelques centimètres du mien, ma bouche touchait presque sa joue. Adieu frime, adieu morgue, il n'en menait plus très large. Je n'avais aucune envie de le rudoyer, mais sa révélation était de la plus haute importance.

Je lui ai montré mes grandes mains de boxeur, couvertes de cicatrices, et je lui ai fait, à mi-voix :

— J'attends une réponse. Je n'hésiterai pas une seconde à t'embarquer. Je vais te pourrir la vie, tu vas voir.

— J'sais pas qui c'est, a-t-il bredouillé, le souffle court. C'est des gens, au foyer, qui racontent ça. Juste un truc que j'ai entendu, tu vois. Un mec assez vieux, un SDF. Quelqu'un l'a vu traîner dans le parc. C'était un Blanc.

— Un Blanc ? Près des quartiers sud ? T'es sûr de ça ?

Je l'ai relâché, je l'ai laissé s'éloigner de quelques pas.

Dès qu'il a compris que je n'allais pas le démolir, ni même l'embarquer pour interrogatoire, mon Loy a repris ses couleurs et sa dégaine assurée.

— Voilà, tu sais tout. Maintenant, c'est toi qui m'dois un service. Moi aussi, faut qu'j'en prenne un max.

Je ne pense pas que Loy ait perçu l'ironie de ses propos.
— Oui, je te dois un service. Merci, Loy. J'espère pour toi qu'un jour, tu ne vas pas en prendre un max.

Il m'a adressé un clin d'œil, m'a fait :
— Faut profiter de la vie, mec! et, hilare, est parti rejoindre ses copains les livreurs de crack.

39

Un vieux SDF près de l'endroit où avait eu lieu le crime, dans Garfield Park. Enfin quelque chose de concret. J'avais investi mon temps sans compter et je commençais à en tirer les bénéfices.

Un suspect de race blanche.

Ce qui était encore mieux, car autour de Garfield Park, les hommes de race blanche n'étaient pas légion. C'était le moins qu'on puisse dire.

J'ai appelé Sampson pour l'informer de ce que j'avais appris. Il venait de prendre son service de nuit. Je lui ai demandé si ça avançait de son côté; il m'a répondu que non, mais que maintenant, les choses allaient peut-être enfin bouger. Il transmettrait la nouvelle aux autres.

Peu après cinq heures, je suis retourné à Sojourner Truth, poussé par différentes raisons. Il y avait la piste du SDF. L'impression tenace que Gary Soneji, mon ennemi juré, pouvait être mêlé aux meurtres. Et puis, surtout, il y avait Christine Johnson. Cette chère Mme Johnson.

Cette fois encore, le service d'accueil était désert et sur le bureau, les poupées de toutes les races paraissaient abandonnées, aux côtés de quelques visages au crayon et de deux ou trois petits livres pour enfants. La lourde porte de bois du bureau principal était close.

Pas un signe de vie, mais j'ai tout de même frappé. Alors j'ai entendu un tiroir qu'on refermait brutalement, puis un bruit de pas. La porte s'est ouverte. Elle n'était pas verrouillée.

Christine Johnson portait une veste en cachemire et une jupe longue en laine. Elle s'était tiré les cheveux en arrière, les retenait à l'aide d'une pince jaune, portait ses lunettes et travaillait pieds nus. J'ai pensé à cette phrase, de Dorothy Parker, je crois : « Il est rare que les hommes content fleurette / Aux filles qui portent des lunettes. »

En la voyant, sans savoir exactement pourquoi, je me suis immédiatement senti ragaillardi et de meilleure humeur.

Elle travaille souvent tard, me suis-je dit. Cela ne me regardait pas, mais j'aurais aimé savoir ce qui la poussait à passer autant de temps dans son bureau.

— Eh oui, je suis encore en train de faire des heures supplémentaires. Vous m'avez prise en flagrant délit, la main dans le sac. Au fait, un de vos amis est passé à l'école ce matin. Un inspecteur du nom de John Sampson.

— C'est lui qui est chargé de l'enquête.

— Je l'ai trouvé très scrupuleux et très motivé. Avec des côtés surprenants. Il lit Camus.

J'aurais bien voulu savoir comment le père Sampson s'était débrouillé pour glisser ce genre de détail dans la conversation. Lier connaissance avec des femmes aussi intéressantes que belles, comme Christine Johnson, est l'une de ses nobles passions. Qu'elle fût mariée ou non n'avait pas grande importance si elle n'y voyait pas d'inconvénient. Sampson peut faire preuve d'une galanterie sans bornes, à la condition toutefois qu'on sache l'apprécier.

— Sampson lit énormément, je l'ai toujours connu ainsi. Et ma grand-mère l'a eu comme élève, avant qu'on se rencontre : un écolier modèle.

Le sourire de Christine Johnson dévoilait ses belles dents. Elle donnait l'impression d'être quelqu'un d'extrêmement sympathique. Suffisamment intelligente pour faire beaucoup de choses, suffisamment patiente et généreuse pour remplir sa difficile mission dans un quartier réputé difficile. J'enviais ses élèves.

Mais il était temps d'en venir à ce qui m'avait amené ici.

— Je suis passé vous voir parce qu'il est possible qu'on ait identifié le meurtrier, ou en tout cas qu'on ait un début de piste. Je le sais depuis quelques heures à peine.

Elle m'a prêté une oreille attentive, le front plissé, le regard intense. Elle savait écouter, une qualité peu courante chez un directeur ou une directrice d'école si je m'en référais à mes souvenirs.

– Un homme d'un certain âge, de race blanche, a été aperçu dans le voisinage de l'endroit où Shanelle Green a été enlevée à Garfield Park. D'après la description qui en a été faite, ce serait un habitué de la rue, peut-être un SDF. Pas très costaud, avec une grande barbe blanche, vêtu d'un poncho brun ou noir.

– Dois-je en parler aux enseignants ? Et pour les enfants ?

– J'aimerais vous envoyer quelqu'un demain matin pour parler encore une fois à vos collègues. On se sait pas si la piste est bonne, mais ça risque d'être important. Pour l'instant, nous n'avons rien d'autre.

– Mieux vaut prévenir que... (Elle s'interrompit en se moquant d'elle-même.) Excusez-moi, je suis en train de vous infliger mon langage de prof. Si on reste là trop longtemps, on est vite contaminé. Bonjour les clichés. Parfois, j'en suis à m'adresser à d'autres adultes comme s'ils avaient cinq ou six ans. Mon mari craque.

Je n'ai pas pu m'empêcher de lui demander :

– Votre mari est prof, lui aussi ?

Elle a secoué la tête ; ma question avait l'air de l'amuser.

– Non, non, George est avocat. Il fait du lobbying au Congrès. Heureusement, il ne défend que les intérêts de groupes spécialisés dans la fourniture d'énergie, comme Occidental Petroleum, Pepco Energy ou l'Edison Electric Institute. Ça reste supportable. (Elle s'est mise à rire.) Enfin, en général.

Je lui trouvais un petit air conspirateur ; innocent, mais pas naïf.

– En tout cas, je voulais vous tenir au courant. Cette fois, nous tenons peut-être un vrai suspect. Bon, il faut que je fonce.

– Ah, non !

Je me suis figé, pris au dépourvu. Elle me regardait avec son sourire entendu, toujours aussi sereine, lumineuse, séduisante.

– Il est absolument interdit de courir dans les couloirs. (Elle m'a fait un clin d'œil.) Je vous ai bien eu !

Bien vu. J'ai repris mon chemin en riant. Ce sympathique

intermède m'avait remis du baume au cœur. J'aimais vraiment beaucoup Mme Johnson – comment ne pas l'aimer ? Peut-être pourrions-nous devenir amis, mais je n'y croyais guère.

Rien ne se passait comme je l'aurais voulu, rien ne marchait vraiment. Nous n'avions qu'un vieux SDF de race blanche. Ce n'était pas du mauvais boulot, mais c'était bien loin de suffire. J'avais deux affaires impossibles sur les bras. Mon Dieu...

Je suis allé me garer plus bas dans la rue et j'ai passé deux heures à surveiller Sojourner Truth, l'école de mon fils, dans le vague espoir de voir se manifester un sans-abri de race blanche. Mais je n'ai vu personne.

Une demi-heure après le départ de Christine, j'ai laissé tomber ma planque.

40

– Alors, comment trouves-tu notre petit voyage en tapis volant ? Donne une note entre un et onze.

Jack/Sam et Jill/Sara survolaient à moyenne altitude la campagne du Maryland.

– C'est absolument magnifique. Impressionnant, incroyable. Cette joie toute simple de pouvoir voler comme un oiseau.

– On a du mal à imaginer qu'on fait ça pour le boulot et c'est pourtant le cas, ma petite guenon. Ça risque d'être important pour nous, pour tout ce que nous sommes en train de faire, pour notre jeu.

– Je sais, Sam. Je suis attentive.

– Je le sais. Tu fais toujours preuve de la plus grande diligence.

Ils étaient serrés l'un contre l'autre dans l'étroit cockpit d'un planeur de type Blanik L-23. Ils avaient décollé de l'aérodrome municipal de Frederick, à une heure de route du centre de Washington. Sara était aux anges. Quelle merveilleuse métaphore : la nunuche en plein essor. Incroyable. Désormais, toute sa vie allait suivre cette voie.

Au-dessous d'elle, Frederick faisait étalage de ses nombreux exemples d'architecture germano-sudiste. Sara parvenait même à distinguer certaines des charmantes petites boutiques qui jalonnaient la promenade des Antiquaires, au centre-ville. Dans le ciel, des nuages ventrus flottaient paresseusement telles des balles de coton à la surface d'une mer calme. Sara avait dit à Sam qu'elle avait eu l'occasion, un jour, de monter à bord d'un planeur et qu'elle n'avait « sans doute jamais rien connu d'aussi extraordinaire ». Sur quoi il avait répondu : « On en fera demain après-midi. Je connais un endroit tout indiqué, ma petite guenon. Parfait ! Je voulais justement survoler Camp David, où le Président va régulièrement se mettre au vert. J'ai envie de voir la maison de campagne du Président Byrnes d'en haut ; j'ai envie de lui lâcher une bombe imaginaire sur la tronche. »

Sam Harrison savait déjà énormément de choses sur Camp David, mais une vue aérienne de la propriété pouvait lui être utile. Une attaque contre la résidence d'été du Président était tout à fait envisageable dans un proche avenir, surtout si les services secrets continuaient à maintenir autour de Byrnes une protection très étanche, comme ils le faisaient depuis quelques jours.

L'entreprise de Jack et Jill devenait désormais beaucoup plus ardue, mais Sam l'avait prévu. Voilà pourquoi ils avaient mis au point différentes stratégies. Le président des États-Unis allait mourir. Il ne leur restait qu'à décider quand et où. La question du comment était déjà réglée. Le reste allait bientôt suivre.

– Ce n'est pas un peu risqué, de passer aussi près de Camp David ?

La question de Sara le fit sourire. Il savait qu'elle se mordait la langue d'appréhension depuis qu'ils avaient mit cap au nord, se rapprochant peu à peu du domaine présidentiel, du danger, voire du désastre.

– Pour l'instant, les risques sont minimes. Des planeurs et

des montgolfières, ils en voient tout le temps. Les gens essaient d'apercevoir de loin la résidence du Président, c'est tout. Comme il n'est pas là en ce moment, au sol, la sécurité n'est pas trop parano. Mais on ne peut pas trop s'approcher pour autant parce que depuis l'histoire de ce petit avion qui s'est posé à la Maison-Blanche, ils ont installé des missiles pour protéger l'espace aérien. Je ne pense pas qu'ils iraient jusqu'à abattre un planeur, mais on ne sait jamais.

Ils apercevaient maintenant les bâtiments de Fort David, légèrement au nord-est, dans le parc de Catoctin Mountain. Trois Jeep de l'armée stationnaient à l'extérieur, mais le domaine très boisé donnait l'impression d'être désert. Camp David proprement dit offrait un aspect curieux. Mélange de casernes et de chalets dignes d'un centre de vacances, la propriété n'était pas une réussite. Rien d'insurmontable, en tout cas, si le plan qu'ils adopteraient en final exigeait qu'ils y pénètrent.

– Camp David. Baptisé du nom du petit-fils d'Eisenhower. Ike était plutôt un bon Président. C'est souvent le cas, pour les généraux.

Jack effleura du bout des doigts le Beretta plaqué sur sa cheville. La présence de l'arme dans son holster avait quelque chose de rassurant. Mais dans l'immédiat, rien n'allait arriver au Président, pas plus qu'à Jack et Jill. Non, la partie allait commencer ailleurs. C'était là toute la beauté de la chose : nul ne pouvait prédire où l'événement aurait lieu. C'était bien un jeu, conçu et pratiqué comme tel.

Il sentit la main de Sara lui caresser la joue.

– Combien de temps nous reste-t-il ? lui demanda-t-elle.

– On ne nous prendra *jamais*, répondit-il en souriant, tout en pensant qu'elle faisait certainement allusion à leur balade et qu'elle aurait souhaité la prolonger.

– Mais non, idiot, je te parle du planeur. (Elle lui tapota le bras en riant.) Combien de temps peut-on encore rester en l'air ?

– Ne me dis pas que tu en as déjà assez. On est encore loin du record mondial d'altitude, qui doit se situer aux alentours de quarante-neuf mille pieds, si mes souvenirs sont exacts. Pour y arriver, il nous faudrait un méchant courant ascensionnel.

Un doute l'envahit soudain. Et si, contrairement aux

apparences, ce vol n'était pas pour elle une partie de plaisir ? Il n'y avait que lui pour s'inquiéter comme cela.

– Non, non, fit-elle en riant. (Elle passa son bras autour de son cou, se serra contre lui.) J'adore être ici, en l'air, j'adore voler, j'adore être avec toi. Merci, merci pour tout.

– Mais de rien, ma petite guenon, chuchota-t-il contre sa joue.

Deux tueurs comme on n'en avait jamais vu.

Jack et Jill.

Survolant les abords de la célèbre résidence présidentielle de Camp David.

A très bientôt, monsieur le Président. Vous ne pouvez rien faire pour empêcher le déroulement des événements. Vous ne pouvez pas nous échapper. Faites-nous confiance. N'avons-nous pas, jusqu'à présent, tenu toutes nos promesses ?

41

Il leur fallut une bonne heure pour rentrer sur Washington et durant le trajet, Sam apparut distrait et comme absent. Sara l'épiait du coin de l'œil. Le front plissé, le regard rivé à la route, on aurait dit qu'il était toujours aux commandes de son planeur.

Il lui arrivait parfois d'être complètement ailleurs, mais elle aussi. Sara l'angoissée, Sara l'emmerdeuse.

Ils connaissaient et acceptaient le plus souvent chacune de leurs qualités, chacun de leurs défauts respectifs. Le jeu de Jack et Jill devenait chaque jour un peu plus difficile. Chaque nouveau mouvement se révélait hasardeux et dangereux. On pouvait les arrêter en cours de mission. On les traquait non seulement à Washington, mais dans tous les pays du globe. Ils avaient déclenché l'une des plus gigantesques chasses à l'homme de l'Histoire.

Et Sam, enfin, rompit le silence.

— J'étais en train de penser à notre jeu et à la façon dont les choses se déroulent, en toute objectivité. Que dirais-tu de lancer un nouveau jeu à l'intérieur du premier ? Un scénario plus élaboré, qui dépasse tout ce que ceux qui nous recherchent peuvent avoir imaginé.

Sara le regarda émerger de ses rêveries, revenir à la réalité, à elle.

— Oui, j'ai bien vu que tu n'étais plus sur l'autoroute, que tu étais loin de moi et de tous ces gens qui rentrent de week-end. Difficile de ne pas s'en rendre compte.

— Désolé, répondit Sam avec un sourire narquois. Tu as peut-être également senti l'odeur du bois dans la cheminée ?

Une autre de ses qualités : son incroyable modestie. Il ne semblait pas se rendre compte qu'il n'était pas un homme comme les autres, ou s'il s'en rendait compte, il ne le montrait pas. Tout était si bien lorsqu'ils étaient ensemble, si dur lorsqu'ils étaient séparés. Sara se demandait comment elle avait fait pour survivre avant de le connaître. La réponse était simple : elle existait, mais menait une vie inexistante. Aujourd'hui, elle vivait sa vie à fond.

— Ce qui te préoccupe, c'est le déroulement exact du jeu à partir de maintenant. Tu en as le front tout ridé, mon pauvre petit Sam. Alors, à quoi as-tu pensé ?

Il secoua la tête, sourire aux lèvres. Souvent, il lui avouait qu'il la trouvait perspicace et intelligente, ce que peu d'hommes, pour ne pas dire aucun, lui avaient dit jusqu'alors. Son intelligence leur faisait peur. Plus grave encore, elle aimait s'exprimer à voix haute et généralement, les hommes ne pouvaient s'empêcher de constamment la rabaisser, de l'enfoncer, de dévaloriser chacune de ses déclarations s'ils n'étaient pas entièrement d'accord avec elle.

Sam, lui, n'était pas comme ça. Il semblait comprendre la nature exacte de ses besoins. Cela faisait-il également partie du jeu ? De son jeu à lui ?

— Bientôt, dit-il sans détacher ses yeux du ruban qui se déroulait à l'infini devant lui, la police et le FBI vont nous en faire voir de toutes les couleurs. Ce qu'on a connu jusqu'à maintenant, ce n'était rien, Sara, rien de rien. A partir d'aujourd'hui, la chasse à l'homme ne va pas cesser de prendre de l'ampleur. Ils veulent nous capturer à tout prix. Le FBI est en train de mettre sur pied une équipe d'élite et crois-moi, ça va faire du beau monde. Tôt ou tard, ils trouveront quelque chose sur nous. C'est inévitable.

Sara hocha la tête en assentiment, mais il avait réussi à l'inquiéter.

— Je sais. Je suis prête, ou du moins, je pense l'être. Tu as une idée de ce qu'on pourrait faire ?

— Oui, je pense. J'y réfléchis depuis un bon bout de temps, mais je crois avoir trouvé la solution. Je vais t'exposer mon plan et tu vas me dire ce que tu en penses.

Encore une preuve qu'il n'était pas comme les autres : il lui demandait toujours son avis.

Il se tourna vers elle, la regarda dans les yeux :

— En fait, c'est très simple. Il nous faut des alibis en béton. J'ai une petite idée de la voie à suivre. Cela suppose que nous modifiions légèrement notre programme, mais je pense que cela en vaut la peine.

D'une voix qui se voulait calme, elle demanda :

— Quel genre de modification ? Tu ne veux plus qu'on attaque la cible sur laquelle on s'était mis d'accord ?

— C'est vrai, je voudrais qu'on change de cible, mais je voudrais également qu'on change autre chose. J'aimerais que le prochain meurtre soit commis par quelqu'un d'autre, ce qui nous permettrait d'avoir des alibis absolument incontestables. Je crois que ce serait un coup énorme, déterminant. Si jamais ils sont déjà sur notre piste, ça va les désarçonner complètement.

Ils suivaient Wisconsin Avenue. Devant eux, la ville de Washington nimbée de lumière semblait sortir tout droit d'un tableau de Turner.

— J'aime bien ton raisonnement, lui dit-elle. C'est un bon plan. Et à qui as-tu pensé ?

— J'ai déjà un contact, lui répondit Sam. Je crois avoir trouvé le candidat idéal pour cette petite manœuvre. Un type qui pense comme nous, qui a les mêmes convictions. Et il se trouve qu'il habite ici, à Washington.

42

L'un des lieutenants de Jay Grayer, un agent nommé James McLean, m'a fait faire le tour de la Maison-Blanche. Plus d'un million de visiteurs s'y pressent chaque année, mais moi, j'ai eu droit au grand jeu.

Au lieu de la visite habituelle de la bibliothèque et des Salons est, bleu, vert et rouge, j'ai pu voir les appartements présidentiels aux premier et deuxième étages. J'ai également demandé à avoir un aperçu des bureaux du Président dans l'aile ouest, ainsi que ceux du vice-président Mahoney dans le bâtiment des services exécutifs.

En traversant avec mon guide le majestueux hall central illuminé de jaune, je m'attendais presque à entendre un orchestre entonner un hymne royal.

Pendant ce temps, McLean me briefait sur le dispositif de sécurité. Le périmètre de la Maison-Blanche était couvert par des détecteurs de bruit et de pression, des cellules photo-électriques et des capteurs à infrarouges. Depuis les récents événements, une unité du SWAT[1] campait sur les toits, et des hélicoptères pouvaient être sur place en moins de deux minutes et demie. Un déploiement de moyens sans précédent qui, pourtant, ne suffisait pas à me rassurer entièrement.

— Que pensez-vous de tout cela ? m'a demandé l'agent McLean en me conduisant dans le salon ministériel.

Les austères fauteuils en cuir portaient tous une plaque de bronze indiquant le titre de chaque membre du cabinet. L'endroit était impressionnant.

— Je pense qu'il faut contrôler toutes les personnes qui travaillent ici.

---

1. L'équivalent américain de notre GIGN. (N.D.T.)

– Tout le monde a été contrôlé, Alex.
– Je le sais, mais pas par moi. Il faut qu'on les reprenne tous un par un. J'aimerais savoir s'il y en a, parmi eux, qui s'intéressent à la poésie ou à la littérature, s'il y a des diplômés de littérature ; s'il y en a qui ont touché à la mise en scène, à la peinture, à la sculpture, à tout ce qui est création artistique. Je veux savoir à quelles revues ils sont abonnés, quelles sont les œuvres auxquelles ils donnent de l'argent.

McLean avait peut-être une opinion sur tout cela, mais il s'est bien gardé de m'en faire part.

– Autre chose ?

Nous regardions dans la direction de la roseraie. Au loin, j'apercevais des immeubles de bureaux. On devait donc pouvoir nous voir de là-bas, ce qui ne me plaisait pas trop.

– Hélas, oui. Pendant qu'on vérifiera les dossiers, il faudra aussi contrôler tous les membres de la cellule de crise. Commencez par moi, si vous voulez.

L'agent McLean m'a longuement dévisagé avant de laisser parler son cœur :

– Vous êtes en train de vous foutre de ma gueule, hein ?

A quoi j'ai répondu tout aussi franchement :

– Je ne me fous pas de votre gueule. Il s'agit d'une enquête criminelle, et c'est comme ça que ça se passe.

Le tueur de dragons venait de débarquer à la Maison-Blanche.

43

Pour la représentation à guichets fermés de *Miss Saigon* au Kennedy Center, le reporter-photographe avait adopté une tenue classique : complet anthracite et cravate rayée.

Ses cheveux gris-blond étaient coupés court, son catogan avait disparu depuis longtemps. Il ne portait plus sa boucle d'oreille sertie d'un diamant. Désormais, il ne risquait plus guère d'être reconnu par ceux qui le côtoyaient auparavant et il fallait qu'il en soit ainsi jusqu'à la fin de la partie.

Kevin Hawkins traversa un parking en chantonnant *Seems Like Old Times*. De l'autre côté du fleuve, à Rosslyn, se dressait le siège du journal *USA Today*.

– N'arrêtez pas vos rotatives géantes, marmonna-t-il. Je vais peut-être avoir quelque chose pour vous, tout à l'heure. Un scoop énorme, de dernière heure, au Kennedy Center. *Quien sabe ?*

Il était heureux de retrouver Washington où il avait déjà vécu plusieurs fois, tout comme il était ravi de retrouver sa place à la table de jeu. Le jeu des jeux. Nom de code : Jack et Jill. En matière d'intrigue, jamais on n'avait fait et on ne pourrait faire mieux.

Une soirée difficile l'attendait et sa préparation psychologique comprenait deux aspects. D'une part, il lui fallait se montrer aussi prudent, méfiant et paranoïaque que possible. D'une autre, et c'était tout aussi vital, il devait s'armer d'assurance afin d'atteindre son but.

Il ne pouvait échouer, il n'échouerait pas. Son travail consistait à assassiner quelqu'un, souvent quelqu'un de connu, et parfois en public, sans se faire prendre.

En public.
Sans se faire prendre.
A ce jour, jamais on ne l'avait pris sur le fait.

Curieusement, même si cela ne le perturbait plus guère, les meurtres qu'il perpétrait ne lui inspiraient aucun scrupule et pourtant, il était parfaitement « normal » dans d'autres domaines. Sa sœur Eileen, par exemple, le surnommait « le dernier homme de conviction » ou « le dernier patriote », et pour ses enfants il était tonton Kevin, le plus gentil des oncles. Ses parents, qui vivaient à Hudson, lui vouaient une véritable adoration. Il avait beaucoup d'amis dans le monde entier, des amis très proches, bien sympathiques, des gens comme tout le monde. Et il s'apprêtait cependant à commettre un autre crime de sang-froid. Il avait même hâte de passer à l'acte, il trépignait d'impatience.

Ses veines charriaient déjà des torrents d'adrénaline, mais

le sort de sa future victime ne lui faisait ni chaud, ni froid. Il y avait des milliards de gens sur terre, beaucoup trop. Que représentait la disparition d'un malheureux être humain ? Pas grand-chose, tout bien considéré, si l'on regardait la planète dans sa globalité, d'un œil logique.

Néanmoins, lorsqu'il pénétra dans le Kennedy Center richement illuminé et décoré de tapisseries signées Matisse, il mit tous ses sens en état d'alerte. Extrême prudence, extrême méfiance. Il leva les yeux vers les imposants lustres de cristal suspendus au plafond du grand foyer. Chacun d'eux, composé de centaines d'ampoules et de prismes différents, devait peser une tonne.

Il allait commettre un meurtre en public, sous les feux miroitants de ce luxueux théâtre.

Et nul ne l'arrêterait !

Un tour de magie époustouflant, exécuté de main de maître.

Sa place était réservée. Il lui avait suffi de prendre possession de son billet dans une consigne de Union Station. C'était une place d'orchestre, au fond, située presque à la verticale de la loge présidentielle. Excellent, pour ne pas dire parfait. Il prit soin d'entrer dans la salle au moment même où les lumières déclinaient.

L'entracte le prit par surprise. Déjà ! Il n'avait pas vu le temps passer, signe que la comédie musicale filait à un rythme étourdissant.

Il consulta sa montre. Neuf heures quinze. Le programme était parfaitement respecté. Quand revint la lumière, Hawkins observa que le public réservait à la pièce un accueil enthousiaste.

Ce qui était une bonne nouvelle : la salle était en effervescence, chacun y allant de son petit commentaire, et une vive ambiance régnait dans les travées. Il se leva lentement de son siège capitonné. *Passons à présent du mélodrame au drame, au vrai.*

Il rejoignit le grand foyer dont les immenses lustres semblaient être autant de stalactites. Ses pieds s'enfonçaient dans un océan de moquette rouge. Devant lui se dressait le fier buste de bronze de John Kennedy.

Tout à fait de circonstance.
Parfaitement approprié.

Avec Jack et Jill, l'Amérique allait connaître l'événement le plus marquant de son histoire depuis l'assassinat de Kennedy, qui remontait à plus de trente ans. Il était ravi d'y être associé ; c'était pour lui un véritable honneur.

Ce soir, mesdames et messieurs, le rôle de Jack sera interprété par Kevin Hawkins.

Amis de la scène, je vous demande donc toute votre attention. Vous allez assister à une représentation proprement inoubliable.

44

Le Tout-Washington crétin et prétentieux semblait s'être donné rendez-vous au grand foyer du Kennedy Center. Des amateurs de soirées théâtrales, mon Dieu... Essentiellement des abonnés d'un certain âge. Sur des tables, on vendait côte à côte des T-shirts de pacotille et des programmes d'un prix exorbitant. Une jeune femme armée d'un parapluie d'un rouge criard fendait la foule à la tête d'un groupe de scolaires.

Kevin Hawkins savait que sa mission présentait une difficulté particulière et que cet obstacle était de taille.

Avant de commettre le meurtre, il devait impérativement se rapprocher de la victime, être quasiment à son contact.

Cela le contrariait énormément, mais impossible de faire autrement. Il lui fallait être au contact de la cible et il ne pouvait pas se permettre d'échouer sur ce point.

Tout à ses réflexions, le reporter-photographe se mêla au public dans le brouhaha général.

Il finit par repérer Thomas Henry Franklin, juge à la Cour suprême. Franklin, un Noir, était le benjamin de la Cour. Il affichait un air hautain à la hauteur de sa réputation.

L'homme était profondément antipathique, mais cela n'avait pas d'importance.

Clic! Kevin Hawkins prit un cliché mental de Thomas Henry Franklin.

Une jeune femme de vingt-trois ans se tenait au bras du juge. *Clic! Clic!*

Hawkins avait également étudié le dossier de Charlotte Kinsey. Il connaissait son nom, bien évidemment. Il savait qu'elle était en deuxième année de droit à Georgetown. Il connaissait d'autres détails d'ordre plus privé sur la vie de Charlotte Kinsey et du juge Franklin. Forcément, puisqu'il les avait regardés faire l'amour.

Il observa un moment Thomas Franklin et son étudiante. Leur conversation semblait aussi animée et chaleureuse que celle des autres couples présents, si ce n'était plus. Ah, les soirées au théâtre, quel bonheur!

Il prit d'autres photos mentales. L'image du juge et de la jeune fille en pleine discussion resterait à jamais gravée dans sa mémoire. *Clic! Clic!*

Ils riaient avec naturel et spontanéité, ils semblaient bien s'amuser ensemble. Hawkins, qui avait deux nièces à Silver Spring, n'appréciait pas. Le spectacle de cette jeune étudiante fricotant avec ce bouffon quinquagénaire l'énervait au plus haut point.

Un sourire se dessina sur ses lèvres. Le jugement était bien sévère, venant d'un homme qui tuait de sang-froid! Voilà qu'il jouait les moralistes. C'était le monde à l'envers. Quelle ironie! C'était vraiment trop drôle, trop dingue, trop génial...

Il les regarda se diriger vers la vaste terrasse et leur emboîta le pas, à quelques mètres de distance. Un peu plus loin, sur les eaux noires du Potomac, le *Dandy* promenait les joyeux convives qui avaient embarqué à Alexandria pour un dîner-croisière.

Les rideaux qui séparaient les salons de la terrasse claquaient majestueusement dans le vent froid du fleuve. Avec précaution, Kevin Hawkins se rapprocha du couple et prit d'autres clichés mentaux du juge de la Cour suprême et de sa charmante compagne.

Il observa que la chemise blanche du juge Franklin, trop petite d'une taille, lui serrait le cou, et que sa cravate de soie or ressortait trop sur son complet d'un gris discret. Charlotte

Kinsey, elle, avait un sourire radieux irrésistible. Et une poitrine joliment galbée. Sa longue chevelure noire flottait dans la brise.

Il se rapprocha et frôla le couple. Il aurait pu toucher des doigts Charlotte Kinsey et son juge. Il effleura même les cheveux de l'étudiante en droit, huma son parfum. *Opium* ou *Shalimar*.

Clic! Il était si près d'eux. Contre eux, dans tous les sens du terme.

Son œil ne cessait de les photographier. Chaque plan de cette scène de meurtre ô combien intime demeurerait à jamais inscrit dans sa mémoire.

Il voyait, entendait, touchait, sentait, et pourtant il n'éprouvait strictement rien.

Les émotions n'avaient désormais plus prise sur Kevin. Ni pitié, ni remords, ni honte. Et surtout, pas de quartier.

L'étudiante en droit portait à l'épaule gauche un sac en cuir très légèrement entrouvert. Ah, la belle insouciance de la jeunesse...

Le reporter-photographe était encore très habile de ses mains. Il ne tremblait pas, il était preste. Il faisait toujours partie des meilleurs.

Il glissa quelque chose dans son sac. Voilà! Il avait réussi. Premier succès de la soirée.

Ni l'étudiante ni le juge ne remarquèrent son geste fugitif, pas plus qu'il ne prêtèrent attention à son auteur noyé dans la foule. Kevin ne faisait qu'un avec le vent, la nuit, la lune blafarde.

Cet instant à nul autre pareil le remplissait d'une indicible exaltation. Sur la palette des expériences humaines, rien n'était comparable au pouvoir que l'on pouvait ressentir en confisquant une autre vie.

Le plus difficile était maintenant derrière lui. Il avait accompli la phase de travail rapproché et il ne lui restait qu'à passer au meurtre proprement dit. Ce serait assez simple.

Commettre un meurtre en public.
Sans se faire prendre.

Soudain, son cœur sursauta brutalement. Quelque chose clochait. Il risquait d'y avoir un problème. Un gros, gros problème.

Oh, non! Charlotte Kinsey venait de mettre la main dans son sac.

Clic !

Elle avait découvert le message qu'il y avait glissé, le message signé Jack et Jill. Gros problème.

Clic !

Elle l'examinait d'un air intrigué, se demandant de quoi il s'agissait et comment ce bout de papier avait pu atterrir dans son sac.

En la voyant déplier la feuille, il sentit le sang lui battre violemment les tempes. Le juge, alerté, se penchait à son tour sur le message.

« Non, Seigneur, non ! » voulut crier Hawkins.

Alors, n'ayant plus le loisir de réfléchir, il s'en remit à son instinct et passa à l'action.

Ses gestes furent vifs mais parfaitement maîtrisés.

Le Luger pendait au bout de son bras, à hauteur de cuisse. Dans la foule compacte, au milieu de cette véritable forêt de jambes et de bras, de pantalons à pinces et de robes boursouflées, il échappait à tous les regards.

Kevin leva son arme et fit feu. Une seule balle, et un angle de tir risqué, loin d'être idéal. En un éclair, il vit une fleur pourpre s'épanouir sur la poitrine de sa victime qui tressaillit, puis s'effondra sur le sol de marbre.

Touchée en plein cœur ! Un véritable miracle, ou presque. Dieu était à ses côtés !

Clic !

Clic !

Il était au bord de la crise cardiaque. Il pratiquait rarement l'art de l'improvisation soudaine.

Il s'imagina se faisant arrêter, au bout de tant d'années, au terme d'une mission d'une telle importance. Il eut la vision d'un échec total. Il éprouva comme une... sensation, une sensation indéfinissable.

Il lâcha son Luger dans la jungle des pantalons, des robes de satin et de taffetas, des escarpins à talons hauts et des souliers noirs vernis.

— C'était un coup de feu ? hurla une femme. Oh, Phillip, mon Dieu ! On a tiré sur quelqu'un !

Il battit en retraite en même temps que tout le monde. On eût dit que le grand foyer venait de s'embraser.

Il faisait partie de cette foule apeurée qui s'écartait prudemment. Il n'avait rien à voir avec ce dramatique incident, ce meurtre, ce coup de feu qui avait claqué comme un coup de tonnerre.

Son visage portait déjà les stigmates de l'effroi et de l'incrédulité. Un masque qu'il connaissait bien pour l'avoir si souvent vu au cours de sa carrière.

En l'espace de quelques palpitations, il se retrouva à l'extérieur du Kennedy Center, marchant d'un pas régulier vers New Hampshire Avenue. Perdu dans la foule.

Dans sa tête, *Seems Like Old Times* passait en boucle, mais beaucoup trop vite, à double ou triple vitesse. Il se souvenait avoir fredonné cet air en arrivant. Et c'était vrai, rien de tel que le bon vieux temps dont parlait la chanson.

Le bon vieux temps était de retour.

Jack et Jill étaient venus sur la Colline.

La partie qu'ils avaient engagée était une merveille de beauté et de raffinement.

Et bientôt, le coup d'éclat. Le grand choc.

45

L'agent Jay Grayer m'a appelé de sa voiture. J'étais à la maison, en train de compulser les quelque deux cents rapports établis sur le personnel de la Maison-Blanche par la division des services secrets. Le directeur adjoint fonçait vers le Kennedy Center, situé au centre-ville. Il devait bien faire du cent cinquante sur la rocade, et j'entendais hurler sa sirène.

— Ils ont encore frappé. Ce soir, ils ont fait un carton au Kennedy Center, sous notre nez. Le cauchemar recommence, Alex. Il faut que vous veniez.

« Il faut que vous veniez. »

— Ça s'est passé pendant l'entracte de *Miss Saigon*. On se retrouve là-bas ; j'y serai dans sept, dix minutes.

Évidemment, je lui ai posé la question à un million de dollars.

— Et c'était qui, ce coup-là ?

Pourtant, je redoutais la réponse. Pire que ça, je ne voulais même pas l'entendre.

— Là aussi, ça coince. Il y a de quoi devenir fou. Ils n'ont pas tiré sur quelqu'un de connu, Alex.

— Comment ça, pas quelqu'un de connu ? Je ne vous suis pas, Jay.

— C'est une étudiante en droit de l'université de Georgetown. Une jeune femme du nom de Charlotte Kinsey, vingt-trois ans à peine. Ils ont encore laissé un message. C'est eux, pas de doute.

— Je ne comprends pas. Tout ça m'échappe. Et merde !

— Je ne suis pas plus avancé que vous. La fille a peut-être pris une balle destinée à quelqu'un d'autre. Elle était avec un juge de la Cour suprême, Thomas Henry Franklin. C'est peut-être lui qu'on visait, ce qui serait assez logique puisque jusqu'à maintenant, ils ne se sont attaqués qu'à des gens connus. Ils viennent peut-être de commettre leur première erreur.

— J'arrive, lui ai-je répondu. On se retrouve à l'intérieur du Kennedy Center.

« Ils viennent peut-être de commettre leur première erreur. »

Une hypothèse à laquelle je ne croyais guère.

46

« Ils n'ont pas tiré sur quelqu'un de connu, Alex. » Comment l'expliquer ?

Une étudiante de vingt-trois ans, en droit à Georgetown,

venait de trouver la mort. Je n'y comprenais rien. Cela changeait toutes les données du problème ; notre théorie ne tenait plus.

J'ai filé jusqu'au Kennedy Center en un temps record. Jay Grayer n'était pas le seul à avoir pété les plombs ; j'avais collé le gyro sur le toit et je conduisais pied au plancher.

La seconde partie de la représentation de *Miss Saigon* avait été annulée. Le meurtre datait de moins d'une heure et des centaines de badauds traînaient encore sur les lieux.

Le temps de me frayer un chemin jusqu'au grand foyer, j'ai entendu plusieurs fois murmurer « Jack et Jill ». La peur de la foule était presque palpable. Quand je suis arrivé sur place, à dix heures un quart, mille questions me taraudaient l'esprit. Il existait des similitudes entre ce meurtre et les autres crimes signés Jack et Jill. On avait trouvé un nouveau message en vers et le travail avait été exécuté froidement, de manière très professionnelle. Un seul coup de feu avait été tiré.

Mais cette fois-ci, il y avait des différences notables. Les tueurs semblaient avoir renoncé à leur stratégie habituelle.

Quelqu'un d'autre, qui les aurait imités ? Possible, mais je n'y croyais pas trop. L'hypothèse n'était cependant pas à exclure pour quiconque travaillait sur l'enquête.

Pour passer, j'ai presque dû bousculer les curieux intrigués, horrifiés, parfois même pétrifiés, qui s'agglutinaient sur New Hampshire Avenue. J'avais le cerveau en ébullition. L'étudiante en droit n'avait rien d'une figure nationale ; pourquoi donc l'avait-on tuée ? Selon Jay Grayer, elle n'était pas quelqu'un de connu, et elle n'avait pas de parents célèbres. Elle avait accompagné au théâtre le juge de la Cour suprême Thomas Henry Franklin, mais cela ne faisait pas d'elle une cible privilégiée pour des tueurs qui s'en prenaient systématiquement à des personnalités.

Charlotte Kinsey n'était qu'une obscure étudiante.

Elle ne correspondait pas au profil des victimes précédentes et en agissant dans un lieu public, en pleine affluence, Jack et Jill avaient pris un énorme risque. Les autres crimes, plus maîtrisés, avaient été commis discrètement, avec un luxe de précautions.

Merde, merde et merde. Qu'avaient-ils en tête ? Pourquoi ces changements ? Était-ce une montée en puissance ? Pourquoi les tueurs avaient-ils modifié leur stratégie ? Venaient-ils d'aborder une nouvelle phase de leur parcours criminel, prévoyant d'accorder au hasard une part plus importante ?

L'essence même du scénario m'avait-elle échappé ? Nous étions-nous mépris, tous, sur la nature du fil conducteur de tous ces meurtres ? Ou bien Jack et Jill avaient-ils réellement commis une erreur au Kennedy Center ?

Oui, peut-être avaient-ils enfin fait un faux pas.

Si c'était le cas, comme nous l'espérions, cela démontrerait qu'ils n'étaient pas invincibles. *Pourvu que ce soit une erreur*, priais-je, *et pourvu que ce ne soit pas la dernière !* Même si ça ne les avait pas empêchés de prendre la fuite sans être inquiétés.

On avait fait évacuer le hall long de deux cents mètres ; il n'y avait plus sur place que la police, l'équipe médico-légale et les types de la morgue. J'ai avisé l'agent Grayer et je l'ai aussitôt rejoint. On aurait dit qu'il n'avait pas fermé l'œil depuis des semaines et que ce n'était qu'un début.

— Merci d'être venu aussi vite, Alex.

J'aimais bien travailler avec Grayer. Compétent, toujours d'humeur égale et pas du genre à raconter des conneries, il s'acquittait de sa charge avec une honnêteté et une ferveur devenues rares, surtout lorsqu'il s'agissait de protéger le Président, l'homme et la fonction.

— On n'a encore rien trouvé d'intéressant ? lui ai-je demandé. A part un autre cadavre et un poème ?

Grayer leva les yeux vers les lustres d'un air impuissant.

— Oh si, Alex. On en sait plus sur l'étudiante qu'ils ont descendue, Charlotte Kinsey. Elle venait de redoubler son année de droit à Georgetown. Une fille pourtant très brillante, apparemment. Elle a commencé ses études dans l'État de New York. Elle n'a pas eu son diplôme ici parce qu'elle avait des notes trop moyennes.

— Qu'est-ce qu'une étudiante en droit vient faire dans le tableau ? A moins qu'ils n'aient vraiment visé le juge Franklin et manqué leur cible. En venant, j'ai essayé de trouver un lien, mais rien ne me vient à l'esprit. Si ce n'est que Jack et Jill sont peut-être en train de nous faire tourner en rond.

Hochement de tête de Grayer.

— Oui, ils sont en train de jouer avec nous. Mais votre théorie sur le rapport avec les relations sexuelles illicites tient toujours parfaitement la route. On sait pourquoi Charlotte

Kinsey ne faisait pas d'étincelles à la fac de droit de Georgetown. Elle s'offrait du bon temps avec des gens très haut placés de Washington. C'est une très belle fille, comme vous allez vous en apercevoir dans deux secondes. Des cheveux noirs superbes, jusqu'à la taille, un physique d'enfer, et une moralité douteuse. Elle aurait fait un procureur hors pair.

On s'est dirigés vers le corps de la jeune femme qui nous tournait le dos. A côté, il y avait son sac.

Je n'ai pas vu où était entrée la balle et Charlotte Kinsey ne donnait même pas l'impression d'avoir été blessée. On aurait dit qu'elle avait décidé de faire une petite sieste sur le sol de la terrasse du Kennedy Center, la bouche entrouverte comme pour aspirer une dernière bouffée d'air frais.

Je savais que Grayer avait d'autres informations.

– Bon, maintenant, dites-moi tout. Qui c'est ?

– En fait, cette fille n'est pas une parfaite inconnue. C'était la maîtresse du Président Byrnes. Elle sortait aussi avec le Président. L'autre soir, il nous a faussé compagnie pour aller la retrouver. C'est pour ça qu'ils l'ont tuée, Alex. Ils ont fait mouche, au nez et à la barbe de tout le monde.

En me penchant sur le cadavre, j'ai senti un étau se refermer sur ma poitrine ; je redevenais claustrophobe. La fille était très belle. Vingt-trois ans, la fleur de l'âge, fauchée d'une balle en plein cœur.

J'ai lu le message qu'ils avaient glissé dans le sac de l'étudiante.

Jack et Jill sont venus sur la Colline
Votre maîtresse n'a jamais su pourquoi
Elle qui n'était qu'un pion, un joli pion, ma foi
Et qui s'en est allée sans doute un peu trop tôt
Mais montrez-vous patient
Monsieur le Président
On vous aura bientôt.

Les vers, qui s'étaient sensiblement améliorés, avaient également gagné en cynisme, à l'image de Jack et Jill. Il y avait le feu à la maison, et surtout à la Maison-Blanche.

Monsieur le Président, on vous aura bientôt...

47

Le lendemain matin, je me suis rendu à Langley, en Virginie, à une douzaine de kilomètres de chez moi. Je voulais discuter avec Jeanne Sterling, l'inspecteur général de la CIA et déléguée à la cellule de crise. Don Hamerman m'avait fait comprendre que l'Agence était de la partie parce qu'on envisageait qu'une puissance étrangère pût se trouver derrière les attentats de Jack et Jill. Même si la thèse semblait peu plausible, on ne pouvait l'écarter totalement. A mon sens, cependant, l'implication de la CIA dans le dossier signifiait qu'il y avait d'autres éléments. J'allais avoir l'occasion de vérifier la réalité de mes soupçons.

L'Agence disposait sans doute d'une piste méritant d'être explorée. La loi sur les échanges des renseignements votée à la suite du scandale Aldrich Ames obligeait la CIA à nous communiquer ses informations.

Je me souvenais bien de l'inspecteur général qui avait participé à notre première réunion à la Maison-Blanche. Jeanne Sterling n'avait pas souvent pris la parole, mais elle s'était exprimée brillamment, avec une grande clarté. D'après Don Hamerman, elle avait longtemps enseigné le droit à l'université de Virginie avant d'entrer dans l'Agence, avec pour mission d'y faire le ménage. Mission quasiment impossible à mon sens, ou pour le moins périlleuse. Et, toujours selon Hamerman, on lui avait demandé d'intégrer la cellule de crise pour une raison toute simple : à la CIA, personne n'avait son QI.

Son bureau se trouvait au sixième étage de la tour grise qui constituait le point névralgique du siège de la CIA. J'en ai profité pour admirer la déco. Couloirs innombrables et étroits à l'extrême, néons verts tamisés, portes presque toutes munies de serrures à code : la CIA dans toute sa splendeur. J'étais bien dans l'antre de l'ange vengeur de la politique extérieure américaine.

Jeanne Sterling m'attendait dans le couloir moquetté de gris, devant la porte de son bureau.

– Docteur Cross, merci d'avoir fait le déplacement. Je vous promets que la prochaine fois, nous ferons ça à Washington, mais je me suis dit qu'il valait mieux que l'entretien d'aujourd'hui ait lieu ici. Je pense que vous en aurez compris la raison quand nous aurons terminé.

– A vrai dire, ai-je dû lui avouer, ce petit voyage m'a fait du bien ; j'avais besoin de m'aérer un peu. Une demi-heure seul dans la voiture avec une cassette de Cassandra Wilson. *Blue Lights 'Til Dawn*. Il y a plus pénible.

– Je vois ce que vous voulez dire, mais ne vous inquiétez pas, vous ne serez pas venu pour rien. J'ai des nouvelles intéressantes à vous communiquer, docteur Cross. Vous allez voir dans un instant que la CIA a de bonnes raisons de participer à la battue.

Jeanne Sterling était loin de correspondre au stéréotype du haut responsable de la CIA tel qu'on pouvait l'imaginer dans les années cinquante et soixante. Elle avait le verbe populaire et enthousiaste, avec une pointe d'accent sudiste, mais elle n'en chapeautait pas moins la direction des opérations. Un rôle crucial au sein d'une organisation en plein bouleversement, et dont l'existence même risquait d'être remise en cause.

Deux des baies vitrées de son immense bureau donnaient sur des bois, la troisième sur une cour arborée. On s'est assis autour d'une table basse en verre jonchée de documents. Toute la famille était au mur. Les enfants avaient de bonnes petites bouilles, le mari grand et mince n'était pas à plaindre non plus. Jeanne Sterling, blonde, presque aussi grande que lui et quelques petits kilos en trop, avait une manière de sourire spontanée, en retroussant un peu les lèvres, qui trahissait presque ses origines rurales.

– J'ai vraiment quelque chose d'important à vous communiquer, me dit-elle, mais avant d'y venir, je viens d'apprendre que l'arme utilisée au Kennedy Center n'est pas celle des premiers meurtres. Alors, je m'interroge : l'attentat du Kennedy Center pourrait-il avoir été commis par un émule de Jack et Jill ?

— Je ne crois pas, à moins qu'ils aient la même écriture. Non, le dernier poème qu'on a retrouvé était bien d'eux. Et on peut estimer qu'une fois encore, ils se sont attaqués à une personnalité.

— Une dernière question, un peu particulière. Je compte sur votre attention. Voilà, nos analystes ont fait des recherches, mais impossible de mettre la main sur une étude psychologique sérieuse des assassins professionnels. Je vous parle d'études consacrées à des tueurs engagés par l'armée, la DEA[1] ou l'Agence. Vous en connaissez ? Même nous, nous n'avons rien de sérieux sur la question.

Quelque chose me disait qu'on allait bientôt entrer dans le vif du sujet. Peut-être était-ce la raison pour laquelle Jeanne Sterling faisait partie de la cellule de crise. Je savais que les tueurs professionnels opérant au coup par coup pour le compte de l'armée ou de la CIA existaient et qu'un certain nombre d'entre eux vivaient dans la région de Washington. Je savais également qu'ils étaient fichés quelque part, mais pas chez nous. Ce qui expliquait sans doute qu'on les appelait parfois les « fantômes ».

— Vous savez, lui ai-je répondu, l'assassinat est un sujet rarement traité dans la littérature psychologique. Il y a quelques années, un prof de Georgetown que je connais a publié une enquête intéressante. Dans toutes les revues spécialisées et communications diverses qu'il a prises en compte, il a répertorié plusieurs milliers de références au suicide, et moins d'une cinquantaine au meurtre. J'ai lu quelques papiers écrits par des étudiants à John Jay et à Quantico. Pas grand-chose sur les tueurs professionnels, à ma connaissance. J'ai l'impression qu'on a du mal à trouver des gens qui aient envie de bavarder.

— Je peux vous fournir quelqu'un. Je pense que cela risque d'être important pour Jack et Jill.

— Où voulez-vous en venir ?

J'avais soudain beaucoup de questions à lui poser. Des signaux d'alarme que je connaissais bien résonnaient dans ma tête.

Elle a eu une petite expression peinée, puis a pris une profonde inspiration avant de reprendre la parole.

---

1. Drug Enforcement Agency, les « stups » américains. (N.D.T.)

– Nous avons soumis nos agents létaux, comme on les appelle, à des tests psychologiques très complets, Alex. Et on m'assure que l'armée en a fait autant. J'ai moi-même eu l'occasion de lire certains rapports.

Mon estomac n'en finissait plus de se contracter, j'avais la nuque et les épaules crispées, mais je ne regrettais pas d'avoir fait le déplacement jusqu'à Langley.

– Depuis que je suis en poste, ce qui remonte à environ onze mois, j'ai fait un certain nombre de découvertes étranges et peu reluisantes. Rien que pour l'affaire Aldrich Ames, j'ai longuement vu plus de trois cents personnes. Vous imaginez toutes les dissimulations auxquelles on a pu se livrer au cours des dernières années. Enfin, non, vous n'avez pas idée. Moi-même j'étais loin de la vérité, et pourtant je travaillais ici.

Je continuais à me demander où elle voulait en venir, mais je ne perdais pas une miette de ses paroles.

– Nous pensons que l'un de nos anciens tueurs est peut-être en train de faire des siennes. En fait, nous en sommes quasiment certains. Voilà pourquoi la CIA fait partie de la cellule de crise. Nous avons de bonnes raisons de croire que Jack est l'un des nôtres.

48

On est allés faire un tour dans la campagne avoisinante. L'inspecteur général de la CIA s'était vu offrir un break Volvo bleu nuit flambant neuf, qu'elle pilotait comme une voiture de course. La radio nous passait du Brahms en sourdine. Destination Chevy Chase, une des petites banlieues chic de Washington. J'allais rencontrer un « fantôme ». Un tueur professionnel. L'un des nôtres.

Oh putain de merde...

— N'est-ce pas Churchill qui parlait de « complots et anticomplots, ruse et traîtrise, vrais agents, faux agents, agents doubles » à propos de votre métier ?

Large sourire de Jeanne Sterling ; soudain, je ne voyais plus que ses dents. Pour un très sérieux inspecteur général, elle avait le sens de l'humour.

— Soit l'Agence évolue et change d'image, soit quelqu'un finira par fermer la boutique. C'est pour cela que j'ai invité le FBI et la police de Washington. Je ne tiens nullement à ce qu'on lance une enquête interne pour qu'on nous accuse ensuite d'enterrer l'affaire.

Nous passions sous d'immenses et vénérables arbres qui me faisaient penser à Richmond ou Charlottesville.

— La CIA n'est plus un « mythe intouchable », a-t-elle repris, comme le voudraient certains membres très intéressés du Congrès. On est en train de tout bouleverser. Un peu vite, peut-être.

— Vous n'êtes pas pour ?

— Si, parce qu'il le fallait. Ce que je n'aime pas, en revanche, c'est tout le cirque qu'on fait autour. Et ne me parlez pas de la presse. Quelle bande de connards !

Nous venions de passer la rocade et nous entrions dans Chevy Chase où nous avions rendez-vous avec un certain Andrew Klauk, un ancien tueur ayant travaillé pour le compte de l'Agence. Un exécuteur, un « fantôme ».

Jeanne Sterling conduisait comme elle s'exprimait, vite et sans effort, et elle donnait l'impression d'être comme ça pour tout. C'était une femme d'une grande perspicacité et extrêmement dynamique, atouts sans doute indispensables pour faire le ménage à l'intérieur de la CIA. Au bout d'un moment, elle m'a demandé :

— Alors, Alex, qu'avez-vous entendu dire sur nous ? Que vous ont rapporté vos informateurs ?

— D'après Don Hamerman, vous êtes quelqu'un de franc et de direct, ce dont l'Agence a besoin en ce moment. Il est convaincu qu'Aldrich Ames a fait plus de tort à la CIA qu'on ne l'a lu dans la presse et que la loi Moynihan officialisant à sa manière la fin de la guerre froide est une tragédie pour l'Amérique. Il paraîtrait qu'au siège, à Langley, on vous appelle Jeanne l'honnête. C'est lui qui le dit. Il vous admire.

Mes propos l'ont fait sourire, mais c'était un sourire maîtrisé. A l'instar de bien des femmes, elle avait l'art de se dominer. Intellectuellement, émotionnellement, même physiquement. Il y avait chez elle une résistance et une énergie peu communes, et de ses yeux d'ambre elle semblait vouloir percer l'écorce de ses interlocuteurs. En bonne enquêtrice, elle ne se satisfaisait jamais des apparences, se méfiait des réponses superficielles.

– Je ne suis pas parfaite à ce point, vous savez. (Une moue s'est dessinée sur ses lèvres.) A Budapest, où j'ai passé mes deux premières années, j'ai été une bonne opératrice, comme on dit chez nous. J'ai été espionne en Europe, Alex. Une mission qui n'avait rien de très dangereux; je passais le plus clair de mon temps à collecter des renseignements.

« Ensuite, j'ai fait l'École de guerre, Fort McBain. Mon père est dans l'armée de terre, il vit à Arlington avec ma mère. Ils ont tous les deux voté pour Oliver North. Moi, je crois profondément à notre système de gouvernement et je veux tout faire pour qu'il fonctionne mieux. Je pense que c'est possible, j'en suis même persuadée.

– C'est bien, lui dis-je, même si je ne partageais pas l'enthousiasme de ses parents pour Oliver North.

On s'est arrêtés devant une maison, à deux pas de Connecticut Avenue et du Circle. Une belle et chaleureuse demeure de deux étages, de style néocolonial, avec un toit et une façade nord à demi mangés par la mousse.

– C'est ici que vous habitez? ai-je fait en riant. Mais alors, vous n'êtes pas la bonne fée, vous n'êtes pas Jeanne l'honnête?

– Vous avez vu juste, Alex, tout cela n'est qu'une façade, comme Disneyland, Williamsburg ou la Maison-Blanche. La preuve, c'est qu'il y a un tueur patenté qui nous attend à l'intérieur.

Elle m'a fait un clin d'œil que je lui ai aussitôt renvoyé, en murmurant :

– Il y en a un autre dans votre voiture.

49

Le soleil était inhabituellement radieux pour un après-midi de fin décembre. Andrew Klauk et moi avons donc profité de la douceur de la température pour nous installer dans le jardin. Une simple grille de fer forgé protégeait la superbe propriété de Jeanne Sterling et le portail fraîchement repeint en vert anglais ne fermait pas complètement. Pour un quartier aussi huppé, la sécurité laissait à désirer...

Les tueurs, les exécuteurs, les fantômes de la CIA existaient bel et bien. Selon Jeanne Sterling, ils étaient plus de deux cents à travailler ainsi en indépendants. On en possédait la liste. A l'aube du vingt et unième siècle, pour un pays comme les États-Unis, c'était aussi étrange qu'inquiétant.

Et pourtant, j'étais assis là, à côté de l'un de ces assassins professionnels.

Il était plus de trois heures quand Andrew Klauk et moi avons entamé notre entretien. Au même instant, un car scolaire jaune s'est arrêté devant la grille, libérant une poignée d'écoliers dans la ruelle jusqu'alors silencieuse. Un gamin d'une dizaine d'années, aux cheveux en bataille, s'est précipité dans l'allée et a aussitôt disparu à l'intérieur de la maison ; il m'avait semblé le reconnaître d'après les photos du bureau. Comme moi, Jeanne Sterling avait une petite fille et un petit garçon. Comme moi, elle ramenait du travail à la maison. Pas très réjouissant.

Taillé comme un bœuf, Andrew Klauk donnait pourtant une impression de grande agilité. C'était un bœuf qui rêvait de danser. Il devait avoir autour des quarante-cinq ans. Calme et empli d'assurance, des yeux marron qui vous fixaient intensément et ne vous lâchaient plus. Il portait un complet gris informe sur une chemise blanche froissée et mal ajustée, le col ouvert, et des chaussures de ville brunes avachies. Cet accoutrement me surprenait, mais je n'en avais pas moins affaire à un tueur.

Pendant le trajet, Jeanne Sterling m'avait soumis une question audacieuse : Quelle différence existait-il entre les tueurs que j'avais traqués au cours de ma carrière et les tueurs qui travaillaient pour le compte de la CIA ou de l'armée ? L'un de ces tueurs patentés pouvait-il, selon moi, être le Jack de Jack et Jill ?

Elle estimait qu'il s'agissait d'une éventualité à prendre en compte, qu'il fallait en avoir le cœur net et qu'une telle investigation ne devait pas être laissée aux seuls soins de la CIA.

Pendant que nous discutions tranquillement, de manière presque cordiale, j'ai longuement étudié Klauk. Ce n'était pas la première fois que je m'entretenais de la sorte avec un homme ayant le meurtre comme activité principale, avec ce qu'il fallait bien appeler un assassin récidiviste. Mais celui-ci retrouvait tous les soirs sa petite famille à Falls Church et menait une vie, selon ses propres termes, « parfaitement normale et dont il n'avait pas honte ».

A un moment, Andrew Klauk m'a dit :

— Je n'ai jamais commis le moindre délit, docteur Cross. Même pas un excès de vitesse.

Et il s'est mis à rire. Un rire un peu fort, à mon goût, et qui ne se justifiait pas.

— Qu'y a-t-il de drôle ? lui ai-je demandé. J'ai loupé quelque chose ?

— Vous faites quoi, cent kilos, un mètre quatre-vingt-dix ? C'est à peu près ça ?

— Vous n'êtes pas loin. Un mètre quatre-vingt-huit, un peu moins de cent kilos, mais ça intéresse qui ?

— Moi, inspecteur, voyons. J'ai l'air obèse, comme ça, mais je pourrais vous étaler sur place.

Asséné de manière aussi provocante, ce commentaire m'a mis mal à l'aise. Que ce fût vrai ou pas, Klauk avait éprouvé le besoin de m'en informer. Il fonctionnait ainsi, ce qui était bon à savoir. Mais il avait néanmoins réussi à me désarçonner, à m'obliger à être sur la défensive.

— Je vais peut-être vous surprendre, ai-je rétorqué, mais je ne suis pas sûr d'avoir bien saisi où vous voulez en venir.

Il m'a resservi son ricanement nasillard. Ce n'était pas le genre de type avec qui on avait envie de boire une limonade.

— Ce que je suis en train de vous dire, c'est que je pourrais le faire et que je le ferais si le pays me le demandait. Voilà un détail que vous n'avez toujours pas compris; je parle de l'Agence et, plus spécialement, des gens qui effectuent les mêmes missions que moi.

— Aidez-moi à comprendre. Attention, je ne suis pas en train de vous demander d'essayer de me tuer dans le jardin de Jeanne Sterling; j'aimerais que vous poursuiviez.

Son demi-sourire s'est brusquement dilaté.

— Moi, je ne me contente pas d'essayer. Vous pouvez me croire sur parole.

Ce type était vraiment effrayant. Par certains côtés, il me rappelait un tueur psychopathe du nom de Gary Soneji. Mes entretiens avec Soneji s'étaient déroulés dans le même esprit. Ils avaient tous deux ce visage sur lequel on ne lisait pas la moindre émotion et vous fixaient des yeux sans vouloir vous lâcher. Puis éclataient de rire, apparemment sans raison. Ce con me donnait la chair de poule et je n'avais plus qu'une envie : me lever et foutre le camp.

Klauk m'a longuement dévisagé avant de poursuivre. A l'intérieur, j'entendais les gosses de Sterling ouvrir et refermer la porte du frigo, mettre des glaçons dans leurs verres. Tout autour de nous, des oiseaux voletaient et pépiaient dans les arbres. Un tableau indescriptible; j'avais l'impression d'être sur une autre planète.

Très lentement, en séparant chaque mot, il m'a déclaré :

— Lorsqu'on opère à couvert, qu'il s'agit d'infiltrer, de saboter, de faire mieux que l'adversaire, il y a un principe de base : on fait ce qu'on veut. C'est généralement ce qui se passe. Vous qui êtes psychologue et inspecteur à la criminelle, si je ne me trompe, qu'en concluez-vous? Que retenez-vous de ce que je vous raconte?

— Qu'il n'y a pas de règles. C'est ce que vous êtes en train de me dire. Vous vivez et vous travaillez dans un univers clos que personne ne régit. Votre monde, en fait, est totalement antisocial.

Il éructe un nouveau rire. Ce qui signifie, j'imagine, que j'ai bien suivi.

— Pas la moindre putain de règle. Une fois que la

commande est passée, il n'y a plus de règles. Plus aucune. Songez-y.

Pour y songer, j'allais y songer, et tout de suite. Je me voyais en train de me faire assassiner par Klauk, si le pays le lui demandait. Pas de règles. Un monde peuplé de fantômes. Et ce qui me refroidissait encore plus, c'était le sentiment d'avoir affaire à un homme qui croyait tout ce qu'il disait, jusqu'au moindre mot.

Quand j'en ai eu fini avec Klauk, j'ai rediscuté un petit peu avec Jeanne Sterling. On s'était installés dans sa véranda de rêve donnant de tous les côtés sur son jardin de rêve, mais le sujet de la conversation restait le meurtre. Je n'avais toujours pas digéré mon entretien avec le tueur à gages. Le fantôme.

– Comment avez-vous trouvé notre M. Klauk ? m'a-t-elle demandé.

– Dérangeant, irritant et angoissant. Un type vraiment désagréable, pas sympathique. Et un taré de première.

– C'est un con fini. (Après ce témoignage de soutien, elle n'a plus rien dit pendant quelques secondes. Puis :) Alex, quelqu'un qui fait partie de l'Agence a descendu au moins trois de nos agents. C'est l'un des squelettes que j'ai exhumés depuis que j'ai été nommée inspecteur ici. Une affaire « non résolue ». Mais ces crimes n'ont pas été commis par Klauk, que nous contrôlons. Lui n'est pas dangereux. Quelqu'un d'autre est derrière tout cela. Pour tout vous dire, la direction des opérations a exigé qu'on fasse venir quelqu'un de l'extérieur pour traiter le problème. Nous pensons que Jack pourrait être l'un de nos tueurs extérieurs. Et Jill aussi, peut-être, qui sait ?

Je suis resté un certain temps sans rien dire ; j'écoutais juste ce que Jeanne Sterling avait à me communiquer. *Jack et Jill sont venus sur la Colline.* Jack et Jill étaient-ils des tueurs professionnels ? Si tel était le cas, pour quelles raisons prenaient-ils pour cibles des personnalités, toujours à Washington ? Pourquoi avaient-ils menacé le Président Byrnes ?

Les hypothèses les plus folles virevoltaient dans ma tête ; j'essayais d'imaginer toutes les possibilités, tous les points communs, toutes les incohérences. Deux tueurs indépendants ayant coupé tous les ponts avec leur ancien employeur ? Cela pouvait expliquer certains éléments relevés dans l'enquête sur Jack et Jill, et notamment le calme et la froideur avec lesquels ils avaient perpétré leurs meurtres. Mais pourquoi s'attaquaient-ils à des hommes politiques ou des célébrités ? Leur avait-on demandé d'exécuter des contrats ? Si oui, qui avait passé la commande ? Dans quel but ? Quelle était leur motivation ?

– Il y a une question qui me brûle les lèvres, Jeanne. Depuis qu'on est là, quelque chose d'autre me travaille l'esprit.

– Allez-y, Alex. Je vais m'efforcer de répondre à toutes vos questions. Si je peux, bien entendu.

– Pourquoi avez-vous fait venir Andrew Klauk ici, chez vous, à votre domicile ?

– Parce que cet endroit me paraissait totalement sûr.

Elle m'avait répondu sans la moindre hésitation, avec une telle conviction qu'un frisson m'a parcouru l'échine. Puis elle a laissé échapper un long soupir. Elle savait ce que je ressentais, elle savait ce que je voulais l'entendre dire.

– Alex, il sait parfaitement où j'habite. Andrew Klauk peut venir ici quand il le veut. Et les autres aussi.

Je me suis contenté d'opiner de la tête. Inutile d'aller plus avant. Je savais très exactement ce qu'elle éprouvait car je vivais quotidiennement la même chose. S'il était un cauchemar qui me hantait depuis que j'exerçais la profession d'enquêteur, c'était bien celui-ci.

Ils connaissent notre adresse.

Ils peuvent venir chez nous s'ils le veulent, quand ils veulent.

Personne n'était en sécurité.

Plus de règles.

Il y avait des « fantômes » et des monstres dans notre vie. Surtout dans la mienne.

Il y avait Jack et Jill.

Et il y avait le tueur de l'école Sojourner Truth.

50

Il était à peine plus de sept heures du matin quand je me suis assis face à Adele Finaly pour tout déballer, point. Le docteur Adele Finaly est mon psy depuis une demi-douzaine d'années et je la vois de temps à autre, quand j'en ai besoin. Comme c'était le cas actuellement. C'est aussi une amie.

J'ai un peu déliré, mais après tout, le lieu s'y prêtait.

— J'aimerais bien quitter la police. Ne plus m'impliquer dans ces enquêtes criminelles sordides. Sortir de Washington, ou du moins de Southeast. Aller faire un tour chez Kate McTiernan, en Virginie occidentale. Prendre un congé sabbatique au moment le plus inopportun.

Quand j'ai eu terminé, ou plutôt quand je me suis provisoirement calmé, Adele m'a demandé :

— Vous voulez vraiment faire tout ça ? Ou bien est-ce juste une manière de vous libérer ?

— Je ne sais pas, Adele. Sûrement une manière de me libérer. J'ai également fait la connaissance d'une femme qui pourrait m'intéresser. Elle est mariée. (Là, j'ai souri.) Jamais je ne sortirais avec une femme mariée, donc avec elle, je ne risque absolument rien. C'est la tranquillité assurée. Je crois que je régresse.

— Vous voulez que je vous donne mon opinion, Alex ? Je ne peux pas. Mais je pense que vous avez bien d'autres choses à me dire.

— Je suis en pleine enquête. Un dossier criminel horrible. Deux, en fait. Et je sors à peine d'une autre affaire qui m'a particulièrement remué. Bon, ça, je crois que je peux le gérer. Mais ce qui est drôle, vous savez, c'est que j'ai l'impression que je cherche encore à faire plaisir à ma mère et à mon père alors que c'est impossible. Je n'arrive pas à me défaire du sentiment d'abandon qui me poursuit, je ne parviens pas à l'intellectualiser. Parfois, j'en arrive à me dire que mes parents sont morts de tristesse généralisée et que mes frères et moi en sommes en partie responsables. J'ai peur d'avoir hérité de leur mélancolie. Je crois que mes parents étaient sans doute aussi doués que moi et qu'ils en ont souffert.

Mes parents étaient morts jeunes, en Caroline du Nord. Mon père s'était noyé dans l'alcool et je ne m'en étais jamais totalement remis. Ma mère était morte d'un cancer du poumon un an avant lui. A l'âge de neuf ans, j'avais été confié à Nana Mama, ma grand-mère.

— Croyez-vous que la tristesse puisse être héréditaire, Alex ? Je ne sais qu'en penser. Avez-vous lu, par hasard, l'article du *New Yorker* sur les jumeaux ? Il apporte de l'eau à votre moulin. Pour ma profession, ce serait une nouvelle alarmante.

— Vous parlez de la police ?

Adele n'a pas relevé ma pique.

— Désolé, ai-je bredouillé. Je suis vraiment désolé.

— Ne soyez pas désolé. Vous savez que je suis heureuse quand vous réussissez à évacuer votre agressivité.

Elle s'est mise à rire et j'en ai fait autant. J'aime bien bavarder avec elle parce que pendant nos séances, nous voguons allégrement du rire aux larmes, du sérieux à l'absurde, de la vérité aux mensonges, en n'omettant rien de ce qui peut me perturber. Adele Finaly a trois ans de moins que moi, mais sa maturité d'esprit est peut-être supérieure à la mienne et quand je sors de chez elle, je me sens encore mieux qu'après avoir joué du blues dans la véranda.

J'ai parlé encore un peu, j'ai laissé ma langue papillonner, j'ai laissé mon esprit divaguer et ça m'a fait du bien. Avoir dans sa vie quelqu'un à qui on peut absolument tout dire, c'est quelque chose de merveilleux. J'aurais du mal à m'imaginer vivre sans une pareille relation.

— Récemment, j'ai réussi à établir un lien, dis-je à Adele. Maria se fait tuer. Je la pleure à n'en plus finir, mais je ne parviens jamais à faire mon travail de deuil. Tout comme je n'ai jamais réussi à faire le deuil de la disparition de ma mère et de mon père.

Adele hoche la tête.

– Il est très, très dur de trouver la personne avec laquelle on va pouvoir partager sa vie.

Elle parle en connaissance de cause : c'est triste à dire, mais elle n'a jamais trouvé.

– Et il est tout aussi dur de la perdre. Alors aujourd'hui, bien évidemment, je suis pétrifié à l'idée de perdre une nouvelle fois un être auquel je tiens. Je fuis les liens sentimentaux parce que j'ai peur que tout finisse par la perte d'une personne chère. Et je ne quitte pas la police parce que d'une certaine manière, ce serait également une perte pour moi.

– Mais en ce moment, vous songez beaucoup à tout cela.

– Tout le temps, Adele. Il va se passer quelque chose.

– C'est déjà fait. On a largement dépassé l'horaire.

– Génial.

Je me suis remis à rire. Il y a des gens qui, pour s'offrir un moment de bonne humeur, regardent des sketches comiques à la télé ; moi, je vais chez mon psy.

– Je vous trouve très vindicatif. Excellent, Alex. Je ne crois pas que vous soyez en train de régresser. Je pense que vous vous débrouillez très bien.

– Ah, j'adore bavarder avec vous. Il faut qu'on remettre ça d'ici un mois, quand je serai à nouveau en piteux état.

– Vivement qu'on se revoie, m'a fait Adele en se frottant les mains d'un air gourmand. D'ici là, comme dit toujours Bart Simpson, « te bile pas, mec ».

51

L'inspecteur John Sampson n'avait pas le souvenir d'avoir jamais eu à travailler plusieurs jours de suite dans d'aussi pénibles conditions. Non, décidément, jamais il n'avait vécu autant de drames et d'horreurs en un laps de temps aussi court. Déjà enseveli sous une montagne de dossiers criminels tous plus pourris les uns que les autres, il venait d'hériter des meurtres de Sojourner Truth, une affaire qui semblait dans l'impasse.

Le lendemain du drame du Kennedy Center, Sampson passa la matinée à enquêter sur ce qu'on surnommait la « Rive ouest » de Garfield Park, un quartier raisonnablement huppé. Il guettait le suspect dont lui avait parlé Alex, ce SDF qui semblait avoir été aperçu l'après-midi du meurtre de la petite Shanelle, mais que personne n'avait revu depuis. Une piste de plus en plus froide. Lorsqu'il était confronté à ce genre d'énigme, Alex avait toujours l'habitude de mettre en œuvre une formule très simple. Il fallait commencer par se poser les questions les plus évidentes : Quel genre d'individu peut commettre de pareilles atrocités ? Quel malade ?

Sampson avait décidé de faire un tour à l'école Theodore Roosevelt, qui figurait sur son quadrillage. Cette académie militaire réservée aux fils de famille utilisait le parc pour ses activités sportives et certaines manœuvres. Il n'était pas impossible qu'un cadet particulièrement perspicace eût vu quelque chose.

Une ordure de tueur sans abri et aux cheveux blancs, se dit Sampson en gravissant les marches de grès de l'entrée principale. *Un sadique négligé et bordélique qui a laissé des empreintes et d'autres indices sur les deux lieux du crime, et que pourtant personne n'a réussi à épingler pour l'instant. Aucun des éléments qu'on a retrouvés ne nous mène nulle part. Pourquoi ? Où est l'erreur ? Où nous sommes-nous plantés ?*

Car il n'était pas le seul à piétiner. Alex et ses autres collègues n'avaient pas fait mieux.

Sampson voulait s'entretenir avec le commandant de l'école militaire. Le responsable. Il avait fait quatre ans d'armée, dont deux au Viêt-nam, et cet établissement immaculé lui rappela certains des lieutenants sous lesquels il avait servi pendant la guerre. Des Blancs, le plus souvent. Plusieurs d'entre eux, dont deux étaient ses amis, avaient trouvé la mort – pour rien, selon lui.

L'école Theodore Roosevelt comprenait quatre bâtiments de brique rouge extraordinairement bien entretenus, surmontés de toits d'ardoise. Deux cheminées crachaient des volutes de fumée grise. Pour Sampson, cet endroit puait l'ordre et la bienséance. Un paradis pour fils à papa au QI diminué.

Tandis qu'il poursuivait sa promenade en solitaire dans l'enceinte de l'école, il lui vint une image amusante. *Imaginons l'équivalent de ce château, mais à Southeast, au milieu des tours.* Il se représentait déjà quelque cinq cents gamins du quartier resplendissant dans leur bel uniforme bleu roi, avec leurs bottes bien brillantes et leur képi à plume. Quel spectacle ! Et le quartier s'en trouverait peut-être métamorphosé, en bien.

– Puis-je vous aider, monsieur ? vint lui demander un cadet maigrelet aux cheveux blonds et filasses, comme il s'apprêtait à entrer dans l'un des bâtiments.

– Vous êtes de garde ici ? l'interrogea Sampson avec une douce pointe d'accent traînant, dernier héritage d'une mère élevée en Alabama.

Le soldat d'opérette secoua la tête.

– Non, monsieur, mais puis-je vous aider ?

– Police de Washington, fit Sampson. Il faut que je parle à un responsable. Pouvez-vous m'arranger ça, soldat ?

– Oui, monsieur !

Le cadet le salua – quelle ironie ! – et Sampson dut réprimer un sourire. Le premier et sans doute l'unique sourire de la journée.

52

Ils étaient plus de trois cents massés dans la salle Lee à neuf heures du matin. Plus de trois cents cadets du secondaire, tout propres et tirés à quatre épingles, arborant leur uniforme réglementaire : pantalon flottant gris, chemise et cravate noires, blazer gris.

De son inconfortable siège de bois, le tueur de l'école Sojourner Truth vit le géant noir pénétrer dans la salle Lee et le reconnut sur-le-champ. C'était l'inspecteur John Sampson, ami et coéquipier d'Alex Cross.

Très mauvais signe. Le tueur se mit aussitôt à paniquer ; la terreur le gagna. Il se demanda si la police urbaine venait pour lui. Connaissait-on son identité ?

Il eut envie de prendre ses jambes à son cou, mais toute fuite était désormais impossible. Il lui fallait rester assis et boire le calice jusqu'à la lie.

Il commença par éprouver un sentiment de honte, crut qu'il allait être malade, qu'il allait vomir. Il aurait voulu enfoncer sa tête entre ses jambes. Se faire prendre comme ça, quel imbécile !

A une vingtaine de pas de l'endroit où il était assis, l'inspecteur et ce gros con de colonel Wilson attendaient comme si un événement d'une incroyable importance allait se produire. Et au passage, en bons débiles robotisés, les cadets prenaient chaque fois soin de les saluer. Une rumeur d'appréhension enflait dans l'enceinte.

Un cataclysme en prévision ? La police allait-elle l'arrêter devant toute l'école ? L'avait-on démasqué ?

Mais comment aurait-on pu remonter sa piste ? Cela n'avait pas de sens, se dit-il, vaguement rasséréné.

Un calme peut-être précaire, un sentiment de sécurité trompeur ? Il s'affaissa légèrement sur son siège de bois, regrettant de ne pouvoir disparaître comme par enchantement.

Puis se redressa brutalement. *Oh, merde, ça y est !*

Il regarda l'inspecteur de la criminelle s'avancer lentement vers l'estrade en compagnie du colonel Wilson. Son cœur battait aussi vite que les percussions de White Zombie.

L'assemblée générale commença par les habituelles et stupides résolutions par lesquelles les cadets s'engageaient à « être honnêtes et intègres en esprit comme en action » et tout ce genre d'imbécillités. Puis le colonel Wilson parla de « deux enfants lâchement assassinés à Garfield Park » avant de déclarer que « la police métropolitaine passait au peigne fin le parc et ses environs ».

– Un cadet de Theodore Roosevelt, conclut-il, peut, accidentellement, avoir vu quelque chose et son témoignage serait précieux pour la suite de l'enquête. L'un d'entre vous pourra peut-être aider la police.

Voilà qui expliquait la présence de l'imposant inspecteur. Les flics pêchaient à la traîne. L'enquête sur les deux meurtres piétinait toujours.

Retenant son souffle, les yeux écarquillés, le tueur braqua son regard sur Sampson lorsque celui-ci s'avança vers le micro. Dans cet océan d'uniformes, de coupes au bol et de visages roses, le grand flic noir ne passait pas inaperçu. Il était immense, habillé plutôt cool avec son cuir noir, sa chemise grise et sa cravate noire, il dominait le podium qui semblait taillé à la mesure du colonel Wilson.

— J'ai servi au Viêt-nam sous les ordres de lieutenants qui n'avaient pas l'air plus âgés que vous, déclara l'inspecteur d'une voix grave et posée, en ponctuant sa phrase d'un rire qui secoua la majeure partie de l'assistance.

Sampson avait énormément de présence ; ce n'était pas un amateur. Le tueur se demanda toutefois s'il n'y avait pas, dans son humour, un zeste de condescendance à l'égard des cadets.

— Si je suis venu vous voir ce matin, reprit le flic, c'est parce que nous sommes en train de ratisser Garfield Park et ses alentours. La semaine dernière, deux petits gamins y ont été sauvagement assassinés. On leur a fracassé le crâne. Leur meurtrier est – je pèse mes mots – une ordure.

Le tueur se retint de faire un doigt d'honneur à l'adresse de Sampson. *Leur meurtrier n'est pas une ordure. C'est toi, l'ordure, grand chef. Le tueur est bien plus sympa que tu l'imagines.*

— Si j'en crois ce que m'a dit le colonel Wilson, vous êtes nombreux à rentrer par le parc, le soir, après les cours. Certains d'entre vous y pratiquent également le cross-country, d'autres y jouent au foot ou au hockey sur gazon. Je vais laisser au secrétariat le numéro de mon bureau. Si vous pensez avoir vu quoi que ce soit qui pourrait nous être utile, n'hésitez pas à m'appeler n'importe quand, de jour comme de nuit.

Le tueur de l'école Sojourner Truth ne parvenait pas à détacher son regard de cet inspecteur monumental qui parlait si posément, avec autant d'assurance. Il se demanda s'il parviendrait à lui damer le pion. Sans parler de l'autre flic, cet enfoiré d'Alex Cross, qui lui rappelait son père. Un flic, lui aussi.

Je peux les battre tous les deux, se dit-il.

– Quelqu'un a-t-il des questions ? demanda Sampson à la cantonade. Pas de questions ? C'est le moment ou jamais, vous savez. Allez, jeunes gens, je vous écoute.

Le tueur avait envie de crier, mû par une irrésistible envie de lever la main pour proposer son concours. Alors, il s'assit sur ses doigts.

J'ai vu quelque chose accidentellement dans Garfield Park, monsieur. Je sais peut-être qui a tué ces deux gosses avec une batte de base-ball courte renforcée.

En fait, pour tout vous dire, c'est moi qui les ai tués, monsieur. C'est moi, le tueur d'enfants, pauvre crétin ! Capturez-moi si vous en êtes capable.

Vous êtes plus costaud, beaucoup plus costaud que moi, mais moi, je suis dix fois plus futé que vous.

Et pourtant, je n'ai que treize ans ! Attendez que je sois plus âgé, et vous verrez, bande de nuls.

QUATRIÈME PARTIE

EN CHASSE

53

J'étais allongé sur le canapé avec Rosie et un monceau de cauchemars. Rosie était une magnifique abyssine, svelte, assez sauvage mais adorant néanmoins jouer du museau. Elle avait une façon de se déplacer qui me rappelait les félins africains. Elle était entrée chez nous un week-end, un beau matin, et comme ça lui avait plu, elle avait décidé de s'installer.

— Tu ne vas pas nous quitter un jour, dis, Rosie ? Repartir comme tu es venue ?

Et elle qui se secoue entièrement comme pour répondre :

— En voilà une question idiote. Pourquoi voudrais-tu que je m'en aille ? Je suis de la famille, maintenant.

Je ne parvenais pas à trouver le sommeil malgré les ronronnements apaisants de Rosie. J'étais perclus de fatigue mais dans ma tête, tout se bousculait. Au lieu de compter les moutons, je comptais les meurtres. Sur le coup de dix heures, j'ai finalement décidé d'aller faire un tour en voiture, ce qui me permettrait peut-être de retrouver mon énergie et de m'éclaircir les idées.

Dehors, il gelait à pierre fendre, mais j'ai roulé les vitres ouvertes, sans savoir vraiment où j'allais. Mon subconscient, lui, devait connaître ma destination. Ah, les mystères de la psychologie...

J'étais littéralement obsédé par ces deux dossiers criminels aux axes dangereusement parallèles. Je ne cessais de me remémorer mon entretien avec Andrew Klauk, le tueur engagé par la CIA, essayant désespérément d'établir une corrélation entre ses propos et les meurtres signés Jack et Jill. L'un des « fantômes » que nous avions évoqués pouvait-il être notre Jack ?

Puis je me suis retrouvé sur New York Avenue, qui devient la route 50 avant de rejoindre la John Hanson Highway. Christine Johnson habitait là-bas, dans le Prince George County, de l'autre côté du périphérique. Je connaissais son adresse parce que je l'avais relevée dans les notes du premier inspecteur qui avait pris sa déposition après l'assassinat de Shanelle Green.

C'est de la folie, me dis-je en prenant la direction de Mitchellville.

En début de soirée, j'avais parlé à Damon de ce qui se passait en ce moment dans son école, puis j'avais abordé le sujet des professeurs avant d'en venir, enfin, à la directrice. Il avait deviné mon jeu comme un vrai petit diable de Tasmanie.

– Tu l'aimes bien, dis? m'avait-il demandé, les yeux brillants comme des luminaires. Hein, tu l'aimes bien, papa, dis? Tout le monde l'aime bien, même Nana. Elle dit que Mme Johnson, c'est ton genre de femme. Tu l'aimes bien, dis, hein?

– Ce serait difficile de faire autrement, lui avais-je répondu. Mais le problème, c'est qu'elle est mariée. N'oublie pas ça.

– C'est plutôt toi qui as intérêt à ne pas l'oublier!

Il était parti d'un rire énorme, comme Sampson.

Et voilà que je me trimballais de nuit dans la banlieue de Washington, au volant de ma voiture. Qu'étais-je en train de faire? Qu'est-ce qui m'avait pris? A force de passer mon temps à étudier des cinglés, avais-je fini par leur ressembler? Ou bien étais-je simplement en train de suivre une intuition?

J'ai trouvé Summer Street. Virage à droite un peu sec. Le crissement des pneus est venu déchirer le silence parfait des lieux. Je devais admettre que ce coin de banlieue était magnifique, même de nuit. Dans les rues fastueusement éclairées, d'innombrables décorations et illuminations annonçaient les fêtes de Noël. Les trottoirs étaient blancs, bordés de larges caniveaux pour l'écoulement des pluies, et à chaque coin se dressait un lampadaire de style colonial.

Plusieurs questions me venaient à l'esprit. Comment faisait Christine Johnson pour réussir, chaque matin, à quitter ce joli havre de paix pour venir travailler dans un quartier aussi difficile que Southeast? Quels étaient ses démons secrets? Pourquoi restait-elle aussi tard au bureau? Et, enfin, comment était son mari?

Quand j'ai aperçu sa voiture bleu nuit garée dans l'allée d'une grande maison de style colonial, à façade de brique rouge, mon cœur a sursauté dans ma poitrine. Brusquement, tout devenait parfaitement réel.

J'ai continué ma route, j'ai dépassé la maison et un peu plus loin, je me suis rangé le long du trottoir et j'ai éteint les phares en essayant d'étouffer le vacarme qui me fissurait le crâne. J'ai fixé des yeux l'arrière d'une Ford Explorer d'un blanc immaculé garée dans la rue. J'ai bien dû la regarder quatre-vingt-dix secondes d'affilée, soit à peu près le temps qu'il lui aurait fallu pour être volée dans une rue de Washington.

Je me rendais bien compte que mon idée n'était pas forcément très bonne. Le docteur Cross appréciait moyennement les initiatives du docteur Cross. Je frisais la faute professionnelle. Qu'est-ce que je foutais dans ma bagnole en pleine nuit, tous feux éteints, dans une banlieue friquée comme celle-ci ?

J'ai repensé à quelques blagues de psychiatres. « Mieux vaut un delirium tremens que deux très épais », « Il n'y a pas de bonheur, il n'y a que des phases de refus », etc.

Dans la pénombre, je me suis dit, à voix haute :

– Allez, rentre chez toi. Un peu de courage. Laisse tomber.

Mais je suis resté collé sur mon siège, à m'écouter soupirer comme un vieil acteur, à attendre que cesse le débat tonitruant qui faisait rage dans ma tête. Par la vitre ouverte, l'air du soir m'apportait des odeurs de pin et de feu de bois. Le moteur encore chaud cliquetait. Je connaissais un peu ce quartier. Il n'y avait ici que du beau monde : des avocats et des médecins, des architectes et des universitaires, quelques officiers retraités de la base aérienne d'Andrews. Bref, une banlieue chic et sans problèmes où on n'avait pas besoin d'un tueur de dragons.

Et puis, je n'avais qu'à aller la voir. Les voir tous les deux, Christine et son mari.

Invoquer un prétexte plausible à ma venue à Mitchellville ne devait pas être si compliqué. J'avais un don pour ce genre de chose quand je me trouvais au pied du mur.

J'ai remis le contact et j'ai senti frémir la carcasse de ma vieille Porsche. Je ne savais pas ce que j'allais faire, je ne savais pas où tout cela allait me mener. J'ai desserré le frein à main et je suis parti tout doucement, à deux à l'heure.

J'ai fait un tour complet en écoutant les pneus broyer les feuilles mortes et éjecter des graviers. Dans le silence de la nuit, chaque bruit était amplifié.

Je me suis arrêté juste devant la maison des Johnson. Il y avait une superbe pelouse plantée d'ifs bien taillés.

C'était l'instant de vérité. L'heure de la décision. De la crise.

On voyait des lumières à l'intérieur. Quelqu'un était encore debout. La Mercedes bleu nuit était garée devant le garage fermé.

Christine Johnson a une belle voiture et une superbe maison; épargne-lui tes problèmes dramatiques. N'amène pas tes monstres de cauchemar ici. Elle a un mari avocat; elle se débrouille très bien sans toi.

Comment s'appelait son mari... George? George, l'avocat des entreprises. Le *riche* avocat des entreprises.

Il n'y avait qu'une seule voiture dans l'allée, celle de Christine. La porte du garage était fermée. J'y voyais très bien un autre véhicule, peut-être une Lexus. Et tout au fond, un barbecue à gaz, une tondeuse autotractée, une souffleuse à feuilles et deux VTT pour les week-ends.

J'ai coupé le moteur et je suis descendu de voiture.

Le tueur de dragons débarquait à Mitchellville.

54

Décidément, Christine Johnson excitait ma curiosité. Peut-être était-ce même un peu plus compliqué que cela. « Tu l'aimes bien, papa, dis? » Est-ce que je l'aimais bien? Je l'aimais beaucoup. En tout cas, j'éprouvais le besoin de la voir, et ce besoin était suffisamment vif pour que je passe à l'acte. Tant pis pour le ridicule. *Il serait encore plus ridicule de rebrousser chemin maintenant,* m'étais-je dit en descendant de voiture.

Après tout, Christine Johnson avait sa place dans l'enquête criminelle complexe que je menais; j'avais des raisons légitimes de vouloir lui parler. On avait à ce jour assassiné deux de ses élèves, deux de ses bambins. Pourquoi cette école plutôt qu'une autre ? Pourquoi le meurtrier avait-il frappé là, si près de chez moi ?

Je me suis dirigé vers l'entrée en me réjouissant de voir toutes les lampes de la maison allumées. Je n'aurais pas trop aimé que son mari ou des voisins me surprennent approchant de la maison dans l'ombre, comme un voleur.

J'ai sonné et dès que le carillon a fait entendre son chant mélodieux, je me suis figé comme une statue. A l'intérieur, un chien s'est mis à aboyer. Et Christine Johnson m'a ouvert la porte.

Elle portait un jean délavé, un pull ras du cou jaune froissé, des petites chaussettes blanches et pas de souliers. Ses cheveux étaient tirés sur le côté par un peigne en écaille de tortue, elle portait des lunettes sur le nez. En dépit de l'heure tardive, j'avais dû la surprendre en plein travail. Décidément, il n'y en avait pas un pour racheter l'autre...

— Inspecteur Cross ?

Je comprenais sa surprise : moi-même, je m'étonnais d'être là. Je me suis empressé de la rassurer.

— Rien de nouveau dans l'enquête. Je voulais simplement vous poser encore quelques questions.

C'était la stricte vérité. *Ne lui mens pas, Alex. Ne lui mens surtout pas. Ne lui mens jamais, ne serait-ce qu'une fois.*

Elle souriait et ses grands yeux marron semblaient sourire, eux aussi. Je me suis forcé à regarder ailleurs. Elle m'a dit :

— Vous, vous travaillez trop et beaucoup trop tard, même si ce sont des circonstances particulières.

— Impossible de déconnecter, ce soir. En fait, je suis sur deux affaires distinctes. Et me voilà. Si je tombe mal, dites-le-moi et je passerai demain à l'école. Pas de problème.

— Mais non, entrez. Je sais que vous êtes débordé. Enfin, j'imagine. Je vous en prie, entrez. Vous excuserez le désordre ! On se croirait au gouvernement. Enfin, bref, je vous sers les poncifs d'usage...

Elle m'a entraîné dans un vestibule au sol de marbre crème, me laissant le temps d'entrevoir un séjour tout en couleurs de terre – sienne, ocre et ambre – dans lequel trônait un grand salon d'angle d'apparence très confortable. Mais il ne s'agissait pas d'une visite guidée. Elle ne me posait pas d'autres questions sur le motif de ma présence et son silence commençait à m'inquiéter. Je devais avoir une fuite d'énergie *ki* quelque part.

On est arrivés dans une immense cuisine, elle a ouvert la double porte d'un réfrigérateur géant avec un grand bruit de ventouse qu'on arrache.

— Alors, voyons... il y a de la bière, du Coca sans sucre, du thé glacé. Si vous voulez, je peux vous faire du café ou du thé. Vous travaillez vraiment trop, c'est clair.

C'était la prof que j'entendais. Une prof compréhensive, mais qui me rappelait gentiment que j'avais encore quelques progrès à faire dans certains domaines.

— Une bière, ce sera parfait.

Sa cuisine était aisément deux fois plus vaste que la mienne. Rangées de placards blancs découpés sur mesure, lucarne au plafond, et sur le frigo, une affichette annonçant une « manifestation pour les sans-abri ». Elle avait, enfin elle et son mari avaient une bien belle maison.

J'ai remarqué un message brodé, au mur, monté sur un châssis de bois. C'était du swahili. *Kwenda mzuri*, une formule d'adieu qui signifie « Porte-toi bien ». Ces sages paroles m'étaient-elles secrètement destinées ?

— Je suis contente que vous preniez une bière, me dit-elle, rayonnante. J'en conclus que vous n'allez pas tarder à fermer la boutique. Il est presque dix heures et demie, vous le saviez ? Et pour vous, il est quelle heure ?

— Si tard, déjà ? Je suis vraiment désolé. On peut faire ça demain, si vous préférez.

Heineken pour moi, thé glacé pour elle. Elle s'est assise de l'autre côté du comptoir qui séparait la cuisine en deux. Contrairement à ce qu'elle m'avait annoncé, sa maison n'avait rien d'un capharnaüm et j'aimais bien l'atmosphère de chaleur et d'intimité qui s'en dégageait. Christine avait réservé l'un des murs de la cuisine à une belle petite exposition de dessins d'enfants qu'elle avait rapportés de l'école, et j'avais également repéré une superbe tapisserie.

— Alors, quoi de neuf, docteur ? Qu'est-ce qui vous amène de l'autre côté du périphérique ?

— Très honnêtement ? Je n'arrivais pas à dormir, j'ai pris la voiture et je suis venu par ici. Ensuite, j'ai eu une idée de génie. Je me suis dit qu'on pourrait peut-être avancer un peu... ou alors j'avais simplement envie de bavarder avec quelqu'un.

Une vraie confession, qui m'a fait du bien. Je faisais des progrès.

— Ne vous en faites pas, je vous comprends, vous savez. Je ne dormais pas non plus. J'ai les nerfs à fleur de peau depuis qu'on a tué Shanelle. Et après, il y a eu ce pauvre Vernon Wheatley. J'étais en train de bichonner mes plantes vertes en écoutant *Urgences* à la télé. Lamentable, non ?

— Pas vraiment. Je ne trouve pas ça bizarre ; c'est bien, *Urgences*. D'ailleurs, vous avez une très belle maison.

De la cuisine, j'apercevais le téléviseur du salon, un gigantesque Sony. Un jeune chien noir, un retriever, est venu vers nous en trottinant sur la moquette beige.

— C'est Meg. Elle regardait *Urgences* avec moi. Elle adore les mélos.

La chienne frottait son museau contre moi, me léchait la main.

Je ne sais pas pourquoi, mais j'ai eu envie de le lui dire :

— Parfois, le soir, je joue du piano. On a une véranda et le bruit ne dérange pas trop les gosses. Ou alors, ils s'y sont habitués. Un peu de Gershwin, de Brahms ou de Jellyroll Morton à une heure du matin, ça n'a jamais fait de mal à personne.

Christine Johnson souriait. Ce genre de conversation semblait lui plaire. Dès le premier soir, j'avais remarqué qu'elle était très sûre d'elle, très équilibrée.

— A l'école, Damon nous a déjà parlé plusieurs fois de vos prestations nocturnes. Vous savez, de temps à autre, il est fier de raconter aux profs ce que vous faites. Non seulement il en a dans le crâne, mais il très sympa, votre gamin. Nous, à l'école, on l'adore.

— Merci. Moi aussi, je l'adore. Une chance que Sojourner Truth soit tout près de chez nous.

— Oui, il a de la chance. A Washington, la plupart des écoles sont des taudis sinistres. Truth est un petit miracle pour les enfants qui y sont scolarisés.

— Grâce à vous ?

— Oh non, je ne suis ni la seule, ni la première à laquelle il faut tresser des couronnes. Le cabinet de mon mari, par exemple, nous a aidés financièrement ; une manière de se donner bonne conscience. Moi, je fais en sorte que le miracle se prolonge, mais je crois sincèrement aux miracles.

Et brusquement, changement de registre.

– Au fait, Alex, il y a combien de temps que votre femme est morte ?

La question était posée si ingénument, dans le fil de la conversation, qu'elle m'a presque paru naturelle. Elle me prenait néanmoins au dépourvu et quelque chose me disait que je n'étais pas forcé de répondre.

– Ça fera bientôt cinq ans, ai-je répondu en retenant une partie de mon souffle. Au mois de mars prochain, pour être précis. Jannie était encore bébé, elle n'avait pas un an. Je me revois rentrer et la prendre dans mes bras, ce soir-là. Elle ne se doutait pas que c'était elle qui était en train de me réconforter.

On commençait à se sentir bien, installés autour de notre comptoir de cuisine. On se dévoilait l'un et l'autre. On avait commencé par bavarder gentiment, puis on avait enchaîné sur des sujets plus graves. Comme les meurtres de Sojourner Truth. Peut-être s'en dégagerait-il quelque chose ? Et on a poursuivi comme ça jusqu'aux alentours de minuit.

Quand j'ai fini par dire qu'il fallait que je rentre, elle n'a pas cherché à me dissuader. Je lisais dans ses yeux qu'elle avait compris tout ce qui s'était passé ce soir et que pour elle, il n'y avait pas de problème.

Sur le seuil de la porte, Christine m'a gratifié d'une autre surprise. J'ai eu droit à une bise sur la joue.

– Si vous avez encore besoin de parler, revenez, Alex. Je serai en train d'arroser mes plantes dans mon palais de banlieue. *Kwenda mzuri* !

On s'en est tenus là. « Porte-toi bien. » Curieux instants dans une curieuse tranche de vie. Impossible de savoir si son avocat de mari était là ou pas. Dormait-il déjà ? S'appelait-il réellement George ? Étaient-ils toujours ensemble ?

Un autre mystère à éclaircir, mais qui devrait attendre.

Dans la voiture, je me suis demandé s'il fallait que je culpabilise après cette visite aussi tardive qu'inopinée et j'ai décidé que non. Je n'avais d'ailleurs aucune raison de ne pas récidiver puisque Christine Johnson m'avait fait comprendre que cela ne la gênait pas. Avec elle, on se sentait extraordinairement bien, si bien que j'en avais presque un pincement au cœur.

Une fois à la maison, j'ai encore joué un peu de piano pendant près d'une heure. Du Beethoven, puis du Mozart – j'étais d'humeur classique. Puis je suis monté faire une bise à Damon et à Jannie, tout doucement, sans les réveiller, sur la joue, comme Christine Johnson. Ensuite, je me suis écroulé sur le canapé du salon en attendant que le sommeil m'emporte. Question confort, ça me suffisait, mais je me sentais terriblement seul.

J'ai dormi jusqu'à ce que plusieurs sonneries de téléphone me secouent brutalement. Une véritable électrocution à l'adrénaline.

Jack et Jill avaient remis ça.

55

La Tysons Galleria était, avec le Tysons Corner Mall tout proche, l'un des plus grands centres commerciaux des États-Unis, pour ne pas dire de la planète. Sam Harrison s'était garé dans le parking de la Galleria peu après six heures du matin.

Il y avait déjà une bonne centaine de voitures, même si Versace, Neiman Marcus, FAO Schwarz et Tiljengrist n'ouvraient qu'à dix heures; Maryland Bagel, en revanche, était ouvert et une bonne odeur de viennoiserie embaumait déjà l'air. Mais Jack n'avait pas fait tout ce chemin pour s'offrir un beignet chaud à la confiture de myrtilles.

Du parking, il se dirigea au pas de course vers Chain Bridge Road. Short et blouson Fila bleu et blanc : avec sa tenue de jogging, n'importe qui l'aurait aisément pris pour un habitant du quartier. Un quartier où les maisons se vendaient entre 400 000 et 1 500 000 dollars. C'était là l'une des règles majeures du jeu : toujours faire croire qu'on est chez soi et très vite, c'est le cas.

Avec ses cheveux blonds assez courts et sa bonne forme physique, il pouvait aisément passer pour un pilote de ligne de

USAir ou Delta. Ou encore l'un des nombreux médecins ou avocats qui s'étaient installés ici, peu importait. Il se fondait parfaitement dans le décor...

Dès le début, il avait compris qu'il devrait commettre ce meurtre seul. Jill ne devait pas venir à McLean Village. Pour lui, c'était un énorme problème. Même pour Jack et Jill, même pour le jeu des jeux, cette opération s'annonçait extrêmement hasardeuse.

Le meurtre qu'il s'apprêtait à perpétrer était celui de tous les dangers car la cible risquait d'être sur ses gardes. Leur quatrième coup se ferait en force, dans la douleur.

Ses foulées régulières allaient bientôt l'amener à destination, dans l'une des banlieues chic de Washington. En traversant Livingston Road, il vida son esprit pour ne plus penser qu'au crime qui l'attendait.

Il était redevenu Jack, le chasseur de stars sanguinaire, et dans quelques minutes, il allait en faire la brillante démonstration.

C'était la plus difficile de toutes les épreuves. L'homme qu'il s'apprêtait à abattre faisait encore récemment partie de ses meilleurs amis. Mais dans le jeu de la vie et de la mort, cela n'avait aucune importance.

Il n'avait pas d'amis fidèles. Il n'avait pas d'amis du tout.

56

Je suis Sam, je suis Sam, se répétait-il en courant.

Mais en réalité, il n'était pas Sam Harrison.

Il n'était pas blond, il ne portait pas de tenues de jogging aux sigles prestigieux.

Qui suis-je, en fait ? Qui suis-je en train de devenir ?

s'interrogea-t-il tandis que ses pieds martelaient imperturbablement la chaussée.

Il n'ignorait pas que le 31, Livingston Road était équipé d'un système de sécurité hautement performant. Le contraire l'eût surpris.

Il accéléra. Puis, à un moment donné, il quitta le bitume pour s'enfoncer dans les pins et les broussailles et poursuivit sa course à travers bois.

Il n'avait guère transpiré jusqu'à maintenant, preuve qu'il était en pleine forme. Le froid lui facilitait la tâche. Il se sentait frais et dispos, prêt à reprendre le jeu, prêt à tuer une nouvelle fois.

Selon ses estimations, il devait pouvoir parvenir à trois ou quatre mètres de la maison sans être repéré. Puis, il foncerait jusqu'au garage.

Durant ce court laps de temps, il serait à découvert. N'importe qui pouvait le voir. Malheureusement, malgré tous ses efforts, il n'avait pas trouvé de solution.

Aussi incroyable que cela pût paraître, il allait attaquer une maison de McLean. C'était une véritable guerre, une guerre sédentaire et révolutionnaire.

Entre les arbres clairsemés, il aperçut deux autres vastes villas de style colonial. Pas de lumière; les riverains de Livingston Road étaient sans doute encore au lit. Pour l'instant, la chance continuait de lui sourire. Question de chance ou de compétence? Les deux, peut-être.

Au 31, rien n'indiquait que quelqu'un fût levé, mais pour en être certain, il lui faudrait attendre d'avoir pénétré dans la maison. Et il serait trop tard pour rebrousser chemin.

Le FBI lui tendait peut-être un piège sur place, ou bien le guettait dans les fourrés, à deux pas. Désormais, rien ne pouvait plus le surprendre. Pour lui comme pour Jill, tout pouvait arriver à tout moment.

Il décida de ressortir du bois. Très calme, décontracté, comme s'il était chez lui. Sans faire trop de bruit, il souleva la porte du garage et se glissa à l'intérieur.

Sans la moindre hésitation, il se dirigea vers le boîtier du système d'alarme Nutone et composa le code. Pas terrible, la sécurité maximale dans les maisons de banlieue... Mais honnêtement, il n'existait guère de dispositifs de protection efficaces. Pas contre des gens comme lui.

Lorsqu'il pénétra dans la partie habitation, son cœur donnait des coups de bélier dans sa poitrine et une pellicule de sueur lui couvrait la nuque. Il imaginait la tête d'Aiden. Il le voyait comme s'ils étaient face à face.

Dans la maison, tout respirait le calme, la paix et l'ordre. Seul le bourdonnement du réfrigérateur troublait le silence. Sur la porte, des dessins d'enfants et un menu de cantine, maintenus par des aimants. Il ressentit comme un choc. Les enfants d'Aiden.

L'aîné avait neuf ans, Charise six. La femme d'Aiden, Merrill, avait trente-quatre ans, quinze ans de moins que lui. Elle avait divorcé une fois, lui deux. La dernière fois qu'il les avait vus ensemble, ils paraissaient très amoureux l'un de l'autre.

Jack entra dans le salon et s'immobilisa aussitôt, respiration coupée.

Il y avait quelqu'un !

Il pivota sur la gauche, sortit son pistolet, le pointa sur la silhouette, puis baissa le bras. Ce n'était que son reflet dans un miroir !

Retrouvant son souffle, le cœur battant toujours la chamade, il reprit sa progression sans perdre de temps. Cette pièce, il la connaissait si bien qu'un flot de souvenirs lui revint à l'esprit. Des images pénibles qu'il effaça aussitôt.

Il commença à gravir les premières marches de l'escalier. Ses pieds s'enfonçaient silencieusement dans l'épaisse moquette. Une seconde durant, il se figea sur place. Pour la première fois, il avait des doutes.

Non, pas de doutes ! Le doute et l'incertitude sont proscrits ! Surtout dans ce genre d'affaire, surtout quand on s'appelle Jack et Jill !

Il se rappela la configuration du couloir d'étage. Il connaissait la maison par cœur. Il était déjà venu... en « ami ».

Dernière porte à droite, la chambre des parents.

Avec des armes. Un 357 dans le tiroir de la table de chevet, et un automatique scotché sous le lit.

Il était au courant. Il savait tout.

Si Aiden l'avait entendu, tout était fichu. Le jeu prendrait immédiatement fin et c'en serait fini pour Jack et Jill.

Il broyait du noir, il lui venait des idées bizarres. Beaucoup trop.

La veille, il avait enfin réussi à aller voir *Pulp Fiction*. A défaut de le détendre, ce film l'avait plusieurs fois fait rire à gorge déployée. Un film complètement déjanté, mais lui l'était encore plus. L'Amérique, c'était le paradis des déjantés.

Arrête de réfléchir, s'intima-t-il. *Fais ce que tu as à faire, fais-le bien, fais-le vite, fais-le tout de suite, et finis-en !*

Jack assassine des notables, des gens connus, des célébrités de tout genre. C'est son boulot. Sois Jack !

Mais en réalité, il n'était pas Jack !

Il n'était pas Sam Harrison !

Arrête de penser ! se dit-il dans l'escalier. La chambre n'était plus qu'à quelques mètres.

Sois Jack !

Tue.

57

Jack ne se trouvait plus qu'à trois ou quatre pas de la chambre quand la porte de bois verni s'ouvrit soudainement.

Un homme surgit dans le couloir. Grand, chauve, les bras et les jambes très poilus, pieds nus, osseux, orteils écartés. A demi réveillé, surpris en plein bâillement.

Il ne portait sur lui qu'un caleçon. Belle carrure, allure sportive, à peine un léger bourrelet sous la ceinture. Une forme impressionnante, si l'on tenait compte de tous les déjeuners qu'il avait dû faire à Washington.

Le général Aiden Cornwall...

– Vous ! Espèce de salopard ! cracha le général lorsqu'il aperçut Jack dans le couloir. Je me doutais que c'était vous !

Eh oui, en une fraction de seconde, Aiden Cornwall avait tout compris. Il avait résolu l'énigme, une énigme pourtant bien complexe. Il avait compris qui étaient Jack et Jill, ce qu'ils voulaient, et pourquoi. Il avait compris que nul ne les empêcherait de mener à bien leur projet et qu'un retour en arrière était inconcevable.

Jack pressa deux fois la détente de son Beretta à silencieux et la cible s'effondra. En un éclair, il se précipita pour retenir le corps avant qu'il ne s'affale bruyamment sur le plancher.

Lentement, il accompagna dans sa chute le corps de celui qui avait été son ami. Il demeura agenouillé un long moment, le cœur près d'imploser.

C'est en cet instant, et en cet instant seulement, qu'il comprit la difficulté de la tâche qu'il avait entreprise.

Il contempla les yeux gris-bleu figés dans une expression de stupéfaction. Les yeux de l'ex-membre du Joint Chiefs of Staff, le représentant de l'armée au sein de la cellule de crise anti-Jack et Jill.

Et hop! un poursuivant de moins! Jack et Jill venaient de porter un coup téméraire à ceux qui s'étaient mis en tête de les pourchasser! Encore une belle démonstration de force...

Il sortit de sa poche une carte de visite qu'il déposa sur la poitrine d'Aiden Cornwall.

Jack et Jill sont venus sur la Colline
Attaquer vos bastions jadis mieux gardés
Et d'une Défense fort lézardée
Ont vite trouvé les failles assassines.

Du bruit dans le couloir! Il leva les yeux. C'était le fils d'Aiden.

— Oh, mon Dieu, non! gémit-il. Oh! non...

Il en était malade. Il n'avait qu'une envie, prendre la fuite.

Mais le gamin l'avait reconnu. Forcément, puisqu'il connaissait même ses enfants. Il en savait trop. *Dieu, je t'en supplie, aie pitié de moi.*

Jack pressa une nouvelle fois la détente du Beretta.

C'était la guerre.

58

On m'a convoqué à la Maison-Blanche le 10 décembre à huit heures du matin. Réunion d'urgence de la cellule de crise. Au cours des derniers jours, j'avais dérangé pas mal de monde. Mon enquête interne faisait des vagues et les mandarins du Capitole n'aimaient pas qu'on les soupçonne, et par principe, je les soupçonnais tous.

Jay Grayer m'a alpagué dès que j'ai posé le pied dans l'aile ouest. Il avait un regard vide et glacial et sa main me broyait l'épaule.

— Alex, il faut que je vous parle une minute. C'est important.

— Qu'est-ce qui se passe ?

L'agent des services secrets n'avait pas l'air bien. Des poches noires saillaient sous ses yeux. Je voyais bien qu'il était arrivé quelque chose.

— Aiden Cornwall a été tué tôt ce matin. Ça s'est passé chez lui, à McLean. C'est signé Jack et Jill. Ils nous ont encore contactés, comme un équipage de navette qui appellerait Houston. (Il balançait la tête d'un air abattu, incrédule.) Alex, ils ont descendu le gamin d'Aiden, qui avait à peine neuf ans.

J'en chancelais presque sur mes jambes. Cela n'avait pas de sens, cela ne correspondait pas au style de Jack et Jill. Ces salauds ne cessaient de modifier les règles, sans doute en toute connaissance de cause.

— Je veux y aller, ai-je fait. Il faut que je voie la maison ; je dois être là-bas, pas ici.

— Je vous comprends, Alex, mais attendez une minute. Laissez-moi le temps de vous annoncer la suite. Il y a pire.

— Comment voulez-vous qu'il y ait pire ? Vous déconnez, Jay...

— Je n'invente rien, vous pouvez me croire. Accordez-moi une minute.

Nous nous dirigions vers le PC de crise; au fond du couloir, un petit groupe s'était déjà formé. A quelques mètres de la salle, l'agent Grayer m'a tiré à l'écart et a repris à mi-voix, le ton pressant :

— Le Président est réveillé chaque matin à cinq heures moins le quart par l'agent de faction. Ce matin, il s'est habillé et il est descendu à la bibliothèque pour lire la presse et l'ordre du jour qu'on lui prépare la nuit.

— Que s'est-il passé, ce matin ? (Je commençais à transpirer.) *Que s'est-il passé, Jay ?*

Jay était un partisan de l'ordre et des procédures.

— A cinq heures, le téléphone de la bibliothèque sonne. C'était Jill. Elle voulait parler au Président et elle a réussi à l'avoir au bout du fil, sur une ligne privée. Ce qui est, normalement, strictement impossible.

Moi, je hochais machinalement la tête. Jay Grayer avait raison : cette histoire dépassait l'entendement. Il y avait de quoi devenir fou : non seulement nous savions que deux assassins avaient choisi pour cible le président des États-Unis, mais nous étions incapables de les arrêter.

— Je crois comprendre pourquoi cet appel était virtuellement impossible, mais racontez-moi tout de même ce qui s'est passé.

Il fallait que je l'entende de sa bouche.

— Tous les appels à destination de la Maison-Blanche passent par un standard privé, puis sont filtrés une seconde fois par une employée du service des communications de la Maison-Blanche, qui fait en réalité partie de notre département renseignement. Tous les appels, sauf celui-ci, qui a complètement court-circuité les dispositifs de contrôle. Personne ne sait comment ça a pu se produire, mais c'est bien ce qui s'est passé.

— Ce coup de téléphone impossible, est-ce que quelqu'un l'a enregistré ?

— Oui, bien sûr. On est en train de l'analyser au siège du FBI ainsi que chez Bell Atlantic, à White Oak. Jill a utilisé un nouveau filtre vocal, mais il n'est pas impossible qu'on réussisse à reconstituer sa voix. La moitié des services de recherche de Bell sont à pied d'œuvre.

Je ne parvenais toujours pas à croire ce que je venais d'entendre.

— Et qu'a raconté Jill ?

— Elle a commencé par se présenter en disant : « Bonjour, Jill à l'appareil. » Je suis sûr que ça a éveillé l'attention du Président plus radicalement que les amabilités auxquelles il a droit chaque matin. Puis elle a ajouté : « Monsieur le Président, êtes-vous prêt à mourir ? »

59

Il fallait que je voie la maison, que je me tienne à l'endroit même où le général Cornwall et son fils avaient été assassinés, que je m'imprègne de la personnalité des tueurs, de leurs méthodes.

Mon vœu a été rapidement exaucé : je suis arrivé à McLean avant neuf heures du matin. J'ai vu la demeure des Cornwall se dessiner peu à peu sous un ciel de plomb, austère, froide, irréelle. L'intérieur était tout aussi glacial. Ou les Cornwall réfutaient l'arrivée de l'hiver, ou ils avaient décidé de faire des économies de chauffage.

Les deux meurtres avaient eu lieu à l'étage. Le général Aiden Cornwall et son fils de neuf ans gisaient dans le couloir, sur le dos.

Une double exécution soigneusement programmée, signée par une main professionnelle. Le spectacle macabre auquel j'étais en train d'assister semblait sortir tout droit d'un recueil de cas d'école, voire d'un de mes calepins. Un pur exercice de médecine légale, à la limite de la caricature.

Il y avait des experts du FBI et des médecins légistes dans toute la maison. Probablement une vingtaine d'hommes au total.

J'étais sur place depuis quelques minutes à peine quand il s'est mis à tomber des cordes. Dehors, le spectacle des voitures et des camions de télévision arrivés juste après moi, qui gardaient leurs phares allumés, avait quelque chose de fantasmagorique.

Jeanne Sterling m'a rejoint à l'étage. Pour la première fois, l'inspecteur général de la CIA m'a paru secouée. L'énorme et constante pression à laquelle nous étions tous soumis finissait par nous miner. Quelqu'un cherchait à abattre le président des États-Unis, et ce quelqu'un faisait preuve d'une ingéniosité et d'une cruauté sans égales.

– Quelle est votre première impression, Alex ? m'a demandé Jeanne.

– Ce que j'en conclus a priori ne va guère vous aider. La seule constante que je puisse sérieusement retenir, c'est qu'il n'y a pas de constante dans les meurtres commis par Jack et Jill, exception faite des messages en vers, bien entendu. Dans le cas du double assassinat de ce matin, on peut écarter toute connotation sexuelle. Et d'après ce que je crois savoir, Aiden Cornwall avait des opinions très ancrées à droite, contrairement aux victimes précédentes. C'est un élément radicalement nouveau qui invalide toute une série d'hypothèses.

Tout en parlant à Jeanne Sterling, j'ai repensé aux messages laissés par Jack et Jill. Leurs poèmes cachaient peut-être des informations importantes. Certes, les linguistes du FBI n'avaient rien trouvé pour l'instant, mais cela n'altérait en rien mes présomptions. Celui – ou plus vraisemblablement celle – qui avait écrit ces vers voulait nous faire savoir quelque chose... Que leurs actions s'inscrivaient dans un schéma bien précis ? Qu'ils cherchaient à créer plus qu'à détruire ? Ces poèmes, j'en avais la quasi-conviction, avaient une signification.

– Et de votre côté, Jeanne ? Du nouveau ?

Elle a hoché la tête en se mordant la lèvre inférieure avec ses grandes dents.

– Absolument rien.

60

La journée avait été longue et pénible, et ça n'était pas fini. Il était dix heures du soir quand je suis arrivé au siège du FBI sur Pennsylvania Avenue. Je suis monté au onzième étage, le cerveau en ébullition. Dans la tour, il y avait des dizaines de bureaux encore éclairés, comme autant de petits feux de camp dominant la capitale. Jack et Jill obligeaient beaucoup de gens à faire des heures supplémentaires et je n'étais qu'un cas parmi bien d'autres.

J'étais venu écouter le message que Jill avait transmis au Président le matin même. Je pouvais désormais accéder à toutes les pièces disponibles. On me laissait pénétrer au cœur de l'enquête et j'avais même le droit de faire des vagues à la Maison-Blanche. Tout cela parce que, contrairement à mes collègues, je savais tout des tueurs en série et autres criminels psychopathes.

Pas de règles.

Au onzième, mon ange gardien m'a fait entrer dans un local bourré de matériel audio et électronique. Un magnétophone NEC m'attendait, tous voyants allumés, avec un enregistrement de la voix de Jill.

— Il s'agit d'une copie, docteur Cross, mais la qualité de la bande est suffisante.

Le technicien du FBI, genre bidouilleur à cheveux longs, m'a ensuite confirmé que la voix avait été déformée ou filtrée par un appareil électronique. Selon les experts du FBI, il était virtuellement impossible d'identifier l'auteur de l'appel. Une fois de plus, Jack et Jill avaient soigneusement effacé leurs traces.

— J'ai discuté avec un type que je connais chez Bell, au

labo, lui ai-je confié. Il m'a dit la même chose. Encore deux ou trois avis d'experts dans ce sens et je vais finir par le croire.

Au bout d'un moment, le technicien baba-cool m'a enfin laissé seul avec la bande, comme je le voulais. Et dans un premier temps, je me suis borné à rester sur ma chaise, le regard fixé sur le ministère de la Justice, de l'autre côté de la rue.

Jill était là, à côté de moi.

Elle avait une révélation à faire, elle avait besoin de nous confier quelque chose. Son grand secret.

La bande tournait. Quand la voix est venue trouver le silence du bureau désert, j'ai failli avoir une attaque.

C'était la voix de Jill.

« Bonjour, monsieur le Président. Nous sommes le 10 décembre et il est exactement cinq heures. Surtout ne raccrochez pas. Je suis Jill. Oui, la fameuse Jill. Je voulais vous parler de façon très personnelle. Vous êtes d'accord ? »

Le Président Byrnes lui répondait avec le plus grand calme :

« Tout le monde est concerné, il n'y a pas que moi. Pourquoi assassinez-vous des innocents ? Pourquoi cherchez-vous à me tuer, Jill ?

— Oh, vous savez, derrière chacune de nos actions, il y a une explication parfaitement cohérente. Soit que nous trouvions grisant de faire peur aux puissants de ce monde, ou du moins ceux qui se prétendent tels ; soit que nous ayons envie de vous transmettre un message de la part de tous les faibles que vous avez terrorisés avec vos décisions sans appel et vos décrets souverains. Mais de toute manière, nous n'avons jamais tué d'innocents, monsieur le Président. Ils méritaient tous de mourir pour une raison ou une autre. »

Puis Jill s'esclaffait bruyamment. Un rire déformé par le filtre électronique, qui ressemblait à un rire d'enfant.

J'ai songé au petit garçon d'Aiden Cornwall. En quoi un enfant de neuf ans méritait-il de mourir ? En cet instant, j'ai ressenti une violente haine à l'égard de Jill, quelle que pût être sa véritable identité, quelles que pussent être ses motivations.

Sans se laisser intimider, le Président Byrnes rétorquait d'une voix posée :

« Sachez que vous ne me faites pas peur. Mais peut-être est-ce vous qui devriez avoir peur, Jill. Vous et Jack. Nous ne sommes plus très loin, maintenant, il n'est pas un endroit sur terre où vous pourrez nous échapper. Pas un endroit.

– Nous en prendrons bonne note. Merci de nous prévenir, c'est très courtois de votre part. Mais quant à vous, monsieur le Président, gardez à l'esprit que vous êtes un homme mort. La question de votre assassinat est déjà réglée. »

C'était la fin de la bande. Les dernières paroles de Jill au Président Byrnes, proférées avec un aplomb et un sang-froid terrifiants.

Jill l'animatrice de radio matinale, Jill la poétesse. *Qui es-tu, Jill ?*

« La question de votre assassinat est déjà réglée. »

Je voulais revoir le Président Byrnes, je voulais lui parler dès que possible. Il fallait qu'il vienne dans ce bureau écouter avec moi cet enregistrement macabre et inquiétant. Peut-être détenait-il des informations connues de lui seul. Quelqu'un savait forcément quelque chose...

Je me suis repassé la bande plusieurs fois. J'ignore combien de temps je suis resté là, dans ce bureau du FBI, à regarder les lumières de la ville. Jack et Jill étaient là, quelque part, à Washington. Peut-être préparaient-ils un attentat, peut-être pas. Peut-être avaient-ils en tête un projet totalement différent.

« Mais quant à vous, monsieur le Président, gardez à l'esprit que vous êtes un homme mort. La question de votre assassinat est déjà réglée. »

Pourquoi nous prévenaient-ils ?

Pourquoi tenaient-ils à nous informer de leurs intentions ?

61

Il était plus de dix heures et demie, mais j'avais encore une halte importante à effectuer. J'ai appelé Jay Grayer pour lui annoncer que j'allais à la Maison-Blanche. Je voulais avoir un nouvel entretien avec le Président Byrnes; pouvait-il faire le nécessaire?

— Ça peut attendre demain matin, Alex. Il vaut mieux.

— Non, il vaut mieux que ça n'attende pas, Jay. J'ai deux, trois hypothèses qui me travaillent et j'ai besoin de l'avis du Président. Si le Président Byrnes pense que ça peut attendre demain, ça attendra. Mais parlez-en à Don Hamerman et à qui vous voulez. Il s'agit d'une enquête criminelle et notre rôle est d'*empêcher* les crimes, oui ou non? Enfin, quoi qu'il en soit, j'arrive.

A la Maison-Blanche, Don Hamerman m'attendait. Il y avait également John Fahey, le conseiller spécial, et James Dowd, ministre de la Justice et ami personnel du Président Byrnes. Tous semblaient à la fois exténués et tendus à l'extrême. Visiblement, ma réunion improvisée n'entrait pas dans les procédures habituelles.

— C'est quoi, cette histoire?

Hamerman m'a tout de suite allumé, mais je m'étais déjà préparé à un accueil féroce. Et j'avais vu pire.

— Si vous voulez, lui réponds-je d'un ton pacifique mais ferme, j'attendrai demain. Cela dit, je crois que ce serait une erreur.

— Dites-nous ce que vous avez l'intention de lui dire, intervient James Dowd. Et nous prendrons une décision.

— Désolé, mais cela ne concerne que le Président. Il faut que je le voie seul, en tête en tête, comme la première fois.

Là, Hamerman explose.

— Espèce de péteux! Si vous êtes ici, c'est quand même grâce à nous!

— Dans ce cas, ne vous en prenez qu'à vous-mêmes. Je vous ai bien dit que j'étais là pour mener une enquête criminelle et que certaines de mes méthodes ne vous plairaient pas. D'ailleurs, j'ai dit exactement la même chose au Président.

Hamerman est parti en trombe, furieux, pour revenir un instant plus tard.

— Bon, il va vous recevoir au deuxième étage, mais il ne faudrait pas que ça prenne plus de deux ou trois minutes. Alors deux ou trois minutes maxi.

— Nous verrons bien ce qu'en pense le Président.

62

On s'est retrouvés dans un solarium contigu aux appartements du deuxième étage, une pièce que Ronald Reagan prisait particulièrement. Tout Washington scintillait derrière les baies vitrées et j'avais l'impression de vivre un chapitre des *Hommes du Président*.

— Bonsoir, Alex. Vous vouliez me voir.

Le Président m'a paru relativement serein et de bonne humeur, mais il m'était évidemment difficile de connaître son état d'esprit. Il avait adopté une tenue décontractée : treillis et polo bleu.

— Navré de faire du remue-ménage à une heure pareille, ai-je commencé.

D'un geste de la main, il a aussitôt mis un terme à mes excuses.

— Alex, vous êtes ici parce que vous êtes en train de faire ce qu'on a voulu que vous fassiez. Ici, à notre avis, personne n'aurait osé. Bon, dites-moi tout. En quoi puis-je vous aider?

J'ai commencé à me détendre. En quoi le président des États-Unis pouvait-il m'aider? Voilà bien une question que la plupart d'entre nous rêvaient d'entendre un jour.

— J'ai passé toute la journée à étudier le coup de fil de ce matin et le double meurtre à McLean. Monsieur le Président, je pense qu'il ne nous reste plus beaucoup de temps. Jack et Jill ont été très clairs. Ils sont impatients, extrêmement violents, et prennent de plus en plus de risques. Et ils ne peuvent pas s'empêcher de nous le lancer à la figure chaque fois qu'ils en ont l'occasion.

— Serait-ce simplement pour se mettre en valeur, Alex?

— Possible, mais ils cherchent peut-être à vous affaiblir.

Monsieur le Président, je tenais à vous voir seul parce que ce que j'ai à vous dire doit rester totalement confidentiel. Comme vous le savez, nous avons contrôlé toutes les personnes qui travaillent à la Maison-Blanche. Les services secrets nous ont offert leur entière collaboration, de même que Don Hamerman.

Sourire du Président.

— Je suis sûr que Don a fait ce qu'il fallait.

— A sa manière, mais un chien de garde reste un chien de garde. Suite à nos investigations, nous avons placé trois membres du personnel sous surveillance. A tout hasard. En plus des soixante-seize autres personnes qui figurent déjà habituellement sur les listes des services secrets.

— Les services secrets gardent toujours l'œil sur un certain nombre d'individus qui représentent une menace potentielle.

— Oui, monsieur. Il s'agit juste de prendre des précautions. Je ne pense pas que cela donnera grand-chose. Ce sont tous des hommes et j'avais le mince espoir de démasquer Jill. Pas de chance.

Le visage du Président s'est assombri.

— J'aurais aimé rencontrer Jill et avoir avec elle un petit entretien privé. Oui, ça m'aurait bien plu...

J'ai hoché la tête. Maintenant, j'allais devoir aborder un sujet autrement plus délicat.

— Monsieur, il y a un point sensible dont j'aimerais discuter avec vous. Il faut qu'on parle de certaines personnes, celles qui sont les plus proches de vous.

Thomas Byrnes s'est redressé dans son fauteuil et j'ai vite compris que la tournure que prenait cette conversation ne lui plaisait pas du tout.

— Monsieur le Président, nous avons des raisons de soupçonner qu'une personne ayant ses entrées à la Maison-Blanche, ou y jouissant de certains pouvoirs ou d'une certaine influence, pourrait être impliquée dans cette affaire. Indéniablement, Jack et Jill ont toujours réussi à accéder à des personnalités haut placées, et ce avec beaucoup de facilité. Il est impératif que nous contrôlions votre entourage avec la plus grande rigueur.

Nous sommes tous les deux restés muets quelques secondes. J'imaginais Don Hamerman dehors, en train de mâchonner sa cravate en soie. Puis, n'y tenant plus, j'ai rompu le silence :

— Je sais que c'est un sujet que vous auriez préféré ne pas aborder.

Soupir du Président.

— C'est pour cela que vous êtes ici. C'est pour cela que vous êtes ici.

— Je vous remercie. Monsieur, vous n'avez aucune raison de ne pas me faire confiance. Comme vous l'avez dit vous-même, je viens de l'extérieur. Je n'ai rien à gagner.

Nouveau soupir. Je sentais que j'avais réussi à obtenir son adhésion, ne fût-ce que provisoirement.

— J'ai une confiance aveugle dans la plupart de ces gens. Don Hamerman en fait partie ; comme vous l'avez fort bien résumé vous-même, c'est mon cerbère. En qui n'ai-je pas confiance ? Je me méfie un peu de Sullivan et de Thompson, des forces armées. Je ne suis pas entièrement sûr de Bowen, du FBI. Je me suis fait déjà de sérieux ennemis à Wall Street, et ils ont le bras extrêmement long à Washington. J'ai cru comprendre que mon programme ne faisait pas l'affaire du crime organisé, qui mérite plus que jamais son nom. Bref, je me heurte à un système qui ne date pas d'hier, un système aussi puissant que perverti qui n'apprécie pas mes méthodes. C'est ce qu'avaient fait les Kennedy, notamment Robert.

Brusquement, je commençais à avoir du mal à respirer.

— Qui d'autre encore, monsieur le Président ? Il faut que je connaisse tous vos ennemis.

— Helene Glass, au Sénat, en fait partie. Ajoutez quelques conservateurs extrémistes au Sénat comme à la Chambre... J'ai également le sentiment que... que le vice-président Mahoney est un ennemi... ou presque. Avant qu'il devienne mon colistier, avant la convention, il y a eu un compromis. Mahoney devait m'apporter la Floride et d'autres États du Sud sur un plateau, et c'est ce qu'il a fait. Moi, ensuite, je devais renvoyer l'ascenseur à certains de ses clients. Ce que je n'ai pas fait. Je ne joue pas le jeu de la politique traditionnelle, Alex, et ça, c'est très mal vu.

J'écoutais le Président sans bouger, littéralement tétanisé tant cette conversation me mettait mal à l'aise. Et, à en juger par ses traits crispés, il en coûtait à Thomas Byrnes de me faire ces confidences.

– Il faudrait placer ces personnes sous surveillance, ai-je conclu.

Le Président a secoué la tête.

– Non, je ne peux pas autoriser une chose pareille, pas maintenant. Je ne peux pas faire ça, Alex.

Le Président s'est levé de son fauteuil et m'a demandé :

– Alors, vos enfants ont aimé mes petits souvenirs ?

Je n'allais pas le laisser esquiver le problème aussi facilement.

– Pensez au vice-président, ainsi qu'au sénateur Glass. Je vous rappelle qu'il s'agit d'une enquête criminelle ; ne protégez pas quelqu'un qui risquerait d'être impliqué dans ce dossier. Je vous en prie, monsieur le Président, aidez-nous... quelle que soit la personne que nous puissions soupçonner.

– Bonne nuit, Alex, me dit le Président d'une voix claire et puissante, sans sourciller.

– Bonne nuit, monsieur le Président.

– Continuez.

Sur quoi il tourne les talons et sort du solarium.

Don Hamerman entre et me lance sèchement, froidement, méchamment :

– Je vous raccompagne.

Moi aussi, j'avais peut-être un ennemi à la Maison-Blanche.

63

Ah, non, impossible ! Hallucinant ! C'était *Aux frontières du réel* plus *La Quatrième Dimension*, version Internet.

Maryann Maggio, cent cinq kilos pour un mètre cinquante-deux, débordait d'énergie. Elle veillait, selon sa propre expression, à « censurer l'obscénité et la violence » sur le réseau interactif Prodigy. Son travail consistait à protéger les usagers du serveur qui l'employait. Un cas d'urgence venait de surgir devant ses yeux ébahis : il y avait un intrus sur le réseau.

Elle avait peine à y croire et ne pouvait détacher ses yeux de son écran.

« Nous sommes à l'ère interactive, d'accord? murmura-t-elle. Eh bien, jeunes gens, préparez-vous à une grande catastrophe ferroviaire... »

Il y avait près de six ans que Maryann Maggio exerçait ses talents sur Prodigy, un réseau appartenant à IBM. De tous les services proposés, les forums étaient de loin les plus sollicités. Les abonnés y échangeaient les messages les plus divers : opinions, informations, adresses de vacances ou de restaurants...

Il s'agissait généralement de communications inoffensives et lorsqu'il y avait débat, les sujets pouvaient être aussi bien la réforme du système de protection sociale que le grand procès d'assises du mois.

Mais les messages qui défilaient actuellement sous ses yeux n'avaient rien à voir avec tout cela et l'heure était venue de jouer du ciseau pour « protéger les jeunes esprits », comme elle le disait parfois. Terry-le-Pirate, son barbu de mari, qui accusait quelque cent cinquante kilos sur la balance, ne l'appelait pas Big Sister pour rien.

Elle surveillait les messages d'un abonné de Washington depuis onze heures du soir. Au début, perplexe, elle n'avait pas bougé. Fallait-il censurer ou laisser passer ? Après tout, Prodigy était désormais en concurrence avec le reste d'Internet, où on pouvait aller très loin dans l'excès.

Elle se demanda si l'auteur des messages le savait. Les Internautes à problèmes connaissaient parfois les règles du jeu. Pour eux, c'était un moyen de se faire remarquer; ils avaient souvent besoin d'un contact humain, fût-ce avec elle, si prompte à censurer leurs pensées et leurs actes. « Big Sister vous observe. »

L'abonné avait commencé par solliciter toutes les opinions « sincères » sur un sujet hautement délicat : une affaire de meurtres d'enfants à Washington. Après une description sordide des faits, il posait la question : La police et la presse devaient-elles s'intéresser prioritairement à ces meurtres d'enfants ou bien à Jack et Jill ? D'un point de vue moral et éthique, quelle affaire primait ?

Maryann s'était vue contrainte de supprimer deux des premiers messages. Non en raison de leur contenu proprement dit, mais à cause de l'usage répété de mots très vulgaires.

Ses interventions avaient déclenché chez l'abonné de Washington une véritable explosion de colère. Il avait commencé par expédier une longue et violente diatribe stigmatisant la « répugnante et vaine censure à laquelle se livrait Prodigy » et enjoignant tout un chacun de résilier son contrat pour passer sur CompuServe ou n'importe quel autre serveur concurrent. Mais CompuServe et America Online avaient eux aussi leurs services de censure.

Les messages de ce fou arrivaient plus vite que les navettes New York-Washington. L'un d'eux demandait à Prodigy de « virer à grands coups de pied au cul les idiots qui osaient le censurer ». Maryann Maggio l'avait bien entendu fait sauter.

Dans un autre message, « enculé » revenait onze fois en l'espace de deux paragraphes. Elle avait sabré cet enculé avec joie.

Puis tout avait dérapé. Après s'être contenté de déverser ses injures sans queue ni tête, à une heure dix-sept du matin, l'emmerdeur de Washington s'était mis à revendiquer la responsabilité des deux meurtres d'enfants.

Il prétendait être l'auteur de ces deux crimes odieux et allait en faire bientôt la démonstration en direct sur Prodigy.

Big Sister supprima immédiatement le message et appela à l'aide. Son corps imposant tremblait encore comme un pudding lorsque sa responsable poussa la porte de son bocal au siège de Prodigy à White Plains, État de New York, deux gobelets de café noir dans les mains. Du café noir ? Pour se remettre de ce cataclysme, Maryann aurait eu besoin de deux maxi-pizzas de chez *Little John*.

Un nouveau message s'afficha soudain sur l'écran. S'il savait s'exprimer et semblait loin d'être idiot, l'abonné donnait libre cours à sa fureur et à sa démence. Il décrivait le meurtre d'un petit Noir avec une profusion de détails horribles, « détails que seule la police de Washington pouvait connaître » selon lui.

– Quel immonde taré ! souffla la responsable penchée sur

l'épaule de Maryann Maggio. Tous les messages sont du même genre ?

– Dans l'ensemble, oui, Joanie. Il est devenu sensiblement moins grossier, mais ses descriptions sont d'une extrême violence. Un vrai film d'horreur. C'est comme ça depuis que j'ai commencé à le couper.

Le dernier message en provenance de Washington se déroulait sous leurs yeux. Son auteur racontait par le menu de quelle manière il avait assassiné un petit garçon noir à Garfield Park. Il prétendait s'être servi d'une batte de base-ball à manche raccourci, renforcée à l'aide de chatterton. Il prétendait avoir frappé l'enfant à vingt-trois reprises, et avoir compté chaque coup.

Très vite, la responsable prit une décision.

– Arrêtez-moi tout de suite ces horreurs ! Effacez-moi ce connard !

Elle prit une autre initiative, plus importante encore : elle jugea bon d'informer la police de Washington de la teneur de ces messages douteux et énigmatiques. Il lui était difficile de savoir si ces meurtres d'enfants avaient réellement été commis, mais les descriptions semblaient bien convaincantes...

A une heure et demie du matin, la responsable put s'entretenir avec un enquêteur du 1er district de la police urbaine. Elle inscrivit dans son registre le grade et le nom de son interlocuteur : l'inspecteur John Sampson.

64

Je m'étais couché un peu après une heure, et Nana est venue me tirer du lit à cinq heures moins le quart. J'ai d'abord entendu ses pantoufles sur le plancher, puis un chuchotement à quelques centimètres de mon oreille. Je me retrouvais à l'âge de six ans.

— Alex? Alex? Tu es réveillé?

— Hummmm. Maintenant, oui.

— Y'a ton copain dans la cuisine. Il est en train de bouffer tout mon bacon et toutes mes tomates comme s'il n'avait rien eu à se mettre sous la dent depuis des semaines. Il mange plus vite que je cuisine.

Entre deux gémissements, j'ai essayé d'ouvrir les yeux. J'avais l'impression d'avoir des mongolfières à la place des paupières, et quelqu'un avait eu la riche idée de me glisser une râpe à gruyère dans la gorge.

— Sampson est là? ai-je fini par marmonner.

— Oui, et il dit qu'il a peut-être une piste pour le tueur de Sojourner Truth. C'est un bon début de journée, tu ne trouves pas?

Elle me charriait, comme d'habitude. Il n'était pas cinq heures et elle était déjà en train de m'asticoter.

— Je suis debout, lui ai-je fait. Ça ne se voit peut-être pas, mais je suis debout.

Moins de vingt minutes plus tard, on s'arrêtait devant une maison de ville de Seward Square, à façade de brique. Sampson avait avoué qu'il avait besoin de moi. Rakeem Powell et un inspecteur du nom de Chester Mullins, un Blanc, nous attendaient déjà devant leur voiture, crispés et mal à l'aise.

Nous étions dans la partie plutôt bourgeoise de Seward Square Park, à près de deux kilomètres de l'école Sojourner Truth. Mullins devait habiter dans le coin.

— C'est la villa de style colonial, toute blanche, au coin, nous a glissé Rakeem en désignant une grande bâtisse à une centaine de mètres. Ah, j'adore bosser dans les quartiers chics. Vous sentez ce parfum de rose?

— C'est le produit pour les vitres, ai-je fait.

— Bon, si c'est comme ça, je renonce à ma carrière de nez chez Chanel.

Et Rakeem Powell d'éclater de rire, aussitôt imité par son équipier.

— Attention, les prévient Sampson, on ne va pas forcément tomber sur une famille modèle. Une rue tranquille, un cadre superbe, mais le type qui nous attend à l'intérieur est peut-être un allumé dangereux. Compris?

Sampson se tourne vers moi.

— A quoi tu penses, ma poule ? Toujours aussi pessimiste ? Tu tâtes tes gris-gris ?

En venant, Sampson m'avait raconté ce qu'il avait appris. Un abonné du réseau interactif Prodigy, un colonel de l'armée de terre du nom de Frank Moore, avait diffusé des messages concernant les assassinats d'enfants. Et il avait fait état de détails très précis que seuls la police et le meurtrier pouvaient connaître. Tout le désignait comme étant notre déséquilibré.

— Ce que tu es en train de raconter là, monsieur John, ne me plaît pas trop. Les circonstances des crimes semblent indiquer qu'il est en pleine phase de démence, et pourtant il se montre très prudent. Et maintenant, il lancerait un appel au secours ? Il nous tracerait le chemin jusque chez lui ? Je ne sais pas si ça tient debout. Et de toute façon, ça ne me plaît pas. Voilà comment je vois les choses, camarade.

— Je suis un peu de ton avis. (Sampson hoche la tête sans quitter des yeux la maison.) Mais bon, puisqu'on est là, autant jeter un coup d'œil sur ce que le colonel veut nous faire voir.

— Pas des corps mutilés, bougonne Rakeem Powell. Pas un lundi matin, à cinq heures. Je n'ai pas envie de voir d'autres cadavres de gosses dans cette grande baraque.

— Alex et moi, on entre par-derrière, lui fait Sampson. Toi et Popeye Doyle[1], vous couvrez l'entrée de devant et vous surveillez le garage. Si c'est ici que crèche notre bonhomme, on peut s'attendre à quelques petites surprises. Bon, tout le monde est d'attaque, bien réveillé ?

Acquiescement du Blanc au chapeau mou et de Rakeem qui en fait un peu trop :

— L'œil vif et la queue en l'air !

— On vous couvre, les potes. (C'était la première fois que Chester Mullins prononçait un mot.)

Sampson opine.

— Alors on y va. Il ne fait pas encore jour, il est peut-être encore dans son cercueil.

Cinq heures vingt du matin, et j'étais sur les nerfs. Des monstres, j'en avais déjà vu suffisamment et je n'avais nullement besoin de participer à des travaux pratiques pour améliorer mes compétences en ce domaine.

---

1. Le personnage principal du film *French Connection*, interprété par Gene Hackman. (N.D.T.)

On se rapproche de la maison. Je demande à l'Armoire à glace :

— Et moi, je fais quoi, je te couvre ?

— Tout juste, ma poule, me répond-il sans même se retourner. J'ai besoin de toi. Tu sais y faire, toi, avec ces psychokillers.

— Merci du compliment, je marmonne.

Dans ma tête, ça crépitait de partout, comme si je sortais de chez le dentiste après avoir pris une bonne dose de protoxyde d'azote. Je n'avais pas vraiment envie de faire la connaissance d'un autre psychopathe, je n'avais pas envie de rencontrer le colonel Franklin Moore.

On a traversé une pelouse spongieuse jusqu'à une grande et profonde véranda festonnée de vigne vierge.

Je distinguais un homme et une femme debout dans la cuisine. Deux des occupants de la maison étaient déjà levés.

— Sûrement Frank et sa femme, murmure Sampson.

Penché sur le comptoir de la cuisine, l'homme mangeait. A côté de lui, il y avait une boîte de tartelettes à la fraise, une brique de lait écrémé et l'édition du matin du *Washington Post*.

— C'est effectivement la famille modèle, ai-je chuchoté à John. Je n'aime pas ça, mais alors, vraiment pas. Il a tout fait pour qu'on vienne jusqu'ici.

— C'est bien un tueur psychopathe, m'a fait Sampson, dont je ne voyais plus que les belles dents blanches. Ne te laisse pas abuser par ses tartelettes en paquet. Pour manger des merdes pareilles, il faut déjà être sérieusement atteint.

— Je ne suis pas du genre à tomber dans ce type de piège grossier.

— Je sais bien. Alors, on y va, ma poule ? L'heure est venue de jouer, une fois de plus, les héros de l'ombre...

On s'est accroupis sous les fenêtres de la cuisine, ce qui n'était pas une mince affaire. Ils ne pouvaient plus nous voir et nous, on ne les voyait plus.

Sampson a attrapé le bouton de porte et l'a lentement tourné.

65

La porte, qui n'était pas verrouillée, s'est largement ouverte et nous nous sommes tous les deux rués dans la cuisine qui fleurait bon la pâtisserie chaude et le café. Ici, on voyait tout de suite qu'on était dans un quartier huppé, à deux pas du Capitole : la maison, la cuisine, les Moore eux-mêmes respiraient l'aisance. Mais il en fallait plus pour nous leurrer. Sampson et moi avions déjà eu l'occasion de nous en rendre compte : certains psychopathes mènent des vies d'apparence tout à fait normale.

— Mains sur la tête! hurle Sampson. Tous les deux! On lève les bras lentement, sans gestes brusques.

Nos Glock étaient braqués sur le colonel Moore, qui n'avait pas l'air bien dangereux. Nous avions en face de nous un type à lunettes pas très grand ni très costaud, avec une petite bedaine, un crâne légèrement dégarni, et un uniforme qui ne l'arrangeait guère.

Sampson fait les présentations.

— Police de Washington.

Consternation compréhensible chez les Moore. Sampson et moi, on est capables de terroriser les gens quand on intervient de façon intempestive, et c'était hélas le cas, comme nous n'allions pas tarder à le comprendre.

Lentement, avec précaution, en détachant soigneusement ses mots, le colonel Moore nous dit :

— Il y a eu une terrible méprise. Je suis le colonel Franklin Moore et voici ma femme, Connie Moore. Ici, vous êtes au 418 Seward Square North. Veuillez baisser vos armes, messieurs. Vous vous êtes trompés d'endroit.

— Nous sommes à la bonne adresse, colonel, lui fais-je.

(*Et vous êtes bien le petit plaisantin auquel nous souhaitons parler. Un plaisantin, ou un assassin.*)

— Et nous recherchons le colonel Frank Moore, ajoute Sampson qui n'a pas baissé son automatique d'un millimètre. (Moi non plus, d'ailleurs.)

Le colonel Moore ne se départissait pas de son calme, ce qui commençait à m'inquiéter sérieusement.

— Dans ce cas, peut-être pourriez-vous m'expliquer les raisons de votre intervention, et vite si possible. Nous n'avons jamais fait l'objet d'une arrestation; je ne me suis même jamais fait verbaliser.

— Êtes-vous abonné au serveur Prodigy, colonel? l'interroge Sampson.

Comme tout ce que nous avions vécu récemment, la question même avait quelque chose de bizarre.

Le colonel Moore s'est tourné vers sa femme avant de nous répondre :

— Effectivement, nous sommes abonnés à ce service, mais c'est pour notre fils, Sumner. Nous n'avons ni l'un, ni l'autre le loisir de jouer sur un ordinateur. Je n'y comprends pas grand-chose et cela ne me manque pas du tout.

— Quel âge a votre fils? ai-je demandé au colonel Moore.

— Quelle importance cela peut-il avoir? Sumner a treize ans. Il est en troisième à Theodore Roosevelt et vient de recevoir des félicitations. C'est un gosse formidable. Qu'est-ce qui vous amène ici, messieurs? Allez-vous enfin me dire ce qui se passe?

D'une voix très grave et lourde de menaces, Sampson lui demande :

— Où se trouve Sumner actuellement?

Parce que le jeune Sumner était peut-être en train de nous épier, non loin de la maison. En ce moment même, le tueur de Sojourner Truth nous écoutait peut-être.

— Il se lève en général trois quarts d'heure, une heure après nous. Son bus passe à six heures et demie. S'il vous plaît, pourriez-vous m'expliquer ce qui se passe?

— Colonel Moore, il faut que nous parlions à votre fils, lui ai-je répondu.

Inutile d'entrer dans les détails pour l'instant.

— Vous devez m'en dire plus... commence le colonel.

— Non, nous ne devons rien du tout, l'interrompt Sampson. Il faut qu'on voie votre fils immédiatement. Nous sommes en train de mener une enquête criminelle, colonel. Deux jeunes enfants ont déjà été assassinés et votre fils pourrait être mêlé à cette affaire. Il faut qu'on voie votre fils.

Mme Moore a alors ouvert la bouche pour la première fois. Connie, si je me souvenais bien.

— Oh! mon Dieu, Frank, ce n'est pas possible. Jamais Sumner n'aurait fait quoi que ce soit.

Le colonel paraissait encore plus retourné qu'au moment de notre intrusion, mais il nous accordait à présent toute son attention.

— Je vais vous conduire à sa chambre. Pourriez-vous au moins avoir l'obligeance d'abaisser vos armes?

— Désolés, lui ai-je répondu. Nous ne pouvons pas.

Dans son regard, l'angoisse le cédait maintenant à la panique.

— Conduisez-nous à sa chambre, si vous voulez bien, insiste Sampson. Il faut y aller sans faire trop de bruit, dans l'intérêt de Sumner. Vous comprenez ce que je suis en train de vous dire?

Le colonel Moore hochait lentement la tête. Son visage n'était plus qu'un écran vide.

— Frank? a fait sa femme, livide.

On est montés à l'étage, en file indienne. Moi devant, suivi du colonel Moore; Sampson fermait la marche. Il était trop tôt pour rayer Franklin Moore de la liste des suspects; pour moi, il pouvait encore être le fou, le tueur que nous recherchions.

— Sa chambre, c'est laquelle? a demandé Sampson, d'une voix à peine audible.

Le dernier des guerriers masaï enquêtait sur un meurtre, au cœur de Washington.

— Deuxième porte à gauche. Je vous assure que Sumner n'a jamais rien fait. Il n'a que treize ans, il est premier de sa classe.

— Il y a une serrure sur la porte? ai-je voulu savoir.

— Non... je ne pense pas... un crochet, peut-être. Je ne sais pas au juste. C'est un brave gosse, inspecteur.

Sampson et moi, on s'est postés de chaque côté de la porte, sachant qu'à l'intérieur de la pièce, un meurtrier pouvait nous attendre. Leur brave gosse était peut-être un tueur d'enfants récidiviste. Le colonel Moore et son épouse méconnaissaient peut-être la nature profonde de leur fils...

Treize ans... J'étais encore un peu abasourdi. Est-ce que l'auteur de ces deux crimes atroces pouvait être un gamin de treize ans ? Cela aurait expliqué le côté brouillon des meurtres. Mais comment comprendre un tel déchaînement de violence, un tel acharnement, tant de haine ?

« C'est un brave gosse, inspecteur. »

Sur la porte, il n'y avait ni serrure, ni crochet. *C'est parti.* On a déboulé dans la chambre, pistolet au poing.

La chambre ressemblait à toutes les chambres d'adolescents, mais j'avais rarement vu autant de matériel informatique et hi-fi dans un espace aussi restreint. Sur un cintre accroché à la porte du placard, resté ouvert, un uniforme de cadet. Entièrement lacéré !

Sumner Moore n'était pas dans sa chambre. Il ne profitait pas du répit supplémentaire que lui accordaient ses parents pour dormir.

La chambre était déserte.

Sur les draps froissés du lit, bien en évidence, un message tapé à la machine. Trois mots, pas un de plus.

Personne est parti.

– Qu'est-ce que c'est que ça ? murmura le colonel en le lisant. Qu'est-ce qui se passe ? Qu'est-ce qui se passe ici ? Quelqu'un peut m'expliquer ? C'est quoi, cette histoire ?

J'ai cru comprendre ce que signifiaient ces mots. Sumner Moore était le *Personne* en question ; c'était ainsi qu'il se voyait. Et *Personne* était parti.

A côté de la feuille, il avait laissé un vêtement : la seconde partie du message adressé à la première personne qui pénétrerait dans sa chambre. C'était le petit chemisier de Shanelle Green, celui que les enquêteurs n'avaient pu retrouver. Un tout petit chemisier bleu maculé de sang.

Le tueur de l'école Sojourner Truth était un adolescent de treize ans. Un gamin forcené lâché dans les rues de Washington.

Personne était parti.

66

Le tueur de l'école Sojourner Truth se baladait dans la rue M en épluchant le *Washington Post*, histoire de voir s'il était déjà célèbre. Il avait passé la matinée à faire la manche, ce qui lui avait rapporté pas loin de dix dollars. C'était la belle vie !

Il avançait sans trop regarder où il allait, son journal entièrement déplié, et bien évidemment, quelques abrutis ne purent s'empêcher de le bousculer. Le *Post* consacrait d'innombrables articles à ces cons de Jack et Jill, mais ne parlait pas de lui. Pas le moindre entrefilet, pas la moindre ligne sur ce qu'il avait fait. Quelle fumisterie, la presse ! Ce n'étaient que mensonges sur mensonges et pourtant tout le monde, soi-disant, y croyait...

Soudain, il se sentit si mal, si désemparé qu'il n'eut plus qu'une envie : s'allonger sur le trottoir et pleurer. Il n'aurait pas dû tuer ces mômes et sans doute ne l'aurait-il jamais fait s'il avait poursuivi son traitement. Mais il ne supportait pas le Depakote, qui le rendait vaseux ; chaque fois, il avait l'impression d'avaler de la strychnine.

Désormais, sa vie était totalement fichue, terminée avant même d'avoir vraiment commencé. Il était cuit.

Il se retrouvait à la rue avec la perspective d'y rester indéfiniment. Personne est là. Et personne ne peut arrêter Personne.

Il avait décidé d'aller refaire un tour du côté de Sojourner Truth. C'était l'école que fréquentait le fils d'Alex Cross, et il en voulait à mort à Cross. L'inspecteur le méprisait, pas de doute. Il n'était même pas venu à Teddy Roosevelt avec Sampson. Chaque fois, Cross prenait un malin plaisir à l'ignorer.

L'heure de la pause de midi allait bientôt sonner. Il allait longer l'école, ou même s'approcher de la cour grillagée où ils avaient retrouvé Shanelle Green. Où il avait déposé son corps. Il était peut-être temps de tenter le sort, de voir s'il y avait un Dieu...

Il avait du rock plein la tête, à s'en faire exploser le crâne. Les Nine Inch Nails, Green Day, Oasis. Il se passa *Black Hole Sun* et *Like Suicide* de Soundgarden, puis *Chump* et *Basket Case* tirés de *Dookie*, le CD de Green Day.

Il se ressaisit, se rattrapa d'extrême justesse à la rambarde de la réalité !

Pendant quelques minutes, il avait quitté terre, il avait complètement disjoncté.

Maintenant, ça commençait à craindre. Ou bien était-ce le contraire ? Il avait peut-être intérêt à reprendre un peu de Depakote ; peut-être que ça lui aurait permis de réintégrer le système solaire...

Soudain, il vit cette salope d'amazone noire qui venait vers lui. Trop tard pour échapper à la tornade.

Il l'avait tout de suite reconnue. La directrice de Sojourner Truth, cette pimbêche arrogante. Elle l'avait dans le collimateur ; il ne lui manquait plus que le treillis de combat. *Fais gaffe, ma grande, si tu m'alignes, je t'aligne aussi. Et ça va pas te plaire, tu peux me croire.*

Elle criait, en tout cas elle haussait le ton.

— Tu es inscrit où ? Tu devrais être en cours ! Tu ne dois pas rester ici !

Elle avançait toujours.

Va te faire mettre, salope, occupe-toi de tes affaires !

A qui tu crois parler, comme ça ?

Tu me parles... comme ça... A moi ?

— Hé, tu m'entends ? Tu es sourd, ou quoi ? Ici, on ne veut pas de drogue, alors tu dégages, et tout de suite ! Il est absolument interdit de traîner près de l'école. Oui, c'est à toi que je m'adresse, toi avec la veste kaki ! Tu t'en vas, tu bouges de là.

Va te faire foutre, oui. Je bougerai quand j'en aurai envie.

Elle venait vers lui, et elle était grande. En tout cas, beaucoup plus grande que lui.

— Tu dégages ou ça va mal se passer. Tu ne joues pas à ce petit jeu avec moi, d'accord ? Allez, du vent, tu m'as entendue.

Alors il s'en alla sans lui laisser le plaisir d'ajouter un mot. En arrivant au bout de la rue, il vit de loin tous les enfants qui s'égaillaient dans la cour en s'imaginant que le grillage les protégeait de l'extérieur. *Moi, j'entre quand je veux*, songea-t-il.

Il chercha des yeux le gosse de Cross et le trouva très vite. Facile. Il était grand pour son âge. Un garçon mignon comme tout, hein ? Et qui portait le joli nom de Damon, Damon...

La directrice de l'école, qui n'avait pas bougé d'un pouce, le surveillait de loin, le regard noir. Et elle portait le joli nom de Mme Johnson, Mme Johnson...

Mais elle était déjà morte, elle appartenait déjà au passé, tout comme Sojourner Truth, l'esclave abolitionniste. Tous ces gens étaient déjà morts, se dit le tueur, et il reprit son chemin. Il avait mieux à faire qu'à perdre son précieux temps en traînant ici. Il était devenu une grande star. Maintenant, il était important, il était quelqu'un.

C'est la joie, c'est le bonheur.

« Pour croire des conneries pareilles, murmura-t-il à la seule intention des voix qui crépitaient dans sa tête, il faut être encore plus cinglé que moi. La joie, ça n'existe pas, et je ne suis pas heureux. »

En tournant à l'angle, il aperçut une voiture de police se dirigeant vers l'école. Il ne faisait pas bon rester là, mais il reviendrait.

67

L'après-midi même, j'ai rassemblé tous les dossiers et toutes les notes dont je disposais sur Jack et Jill et je suis reparti pour Langley, Virginie. Pas de musique pendant le trajet ; je me suis contenté d'écouter la berceuse des pneus sur le bitume. Jeanne Sterling voulait voir ce que j'avais réussi à réunir pour l'instant. Elle m'avait appelé une demi-douzaine fois, en promettant cette fois de me renvoyer l'ascenseur. *Tu me montres le tien, je te montre le mien, d'accord ?* Pourquoi pas ? C'était logique, après tout.

    Une secrétaire d'une vingtaine d'années, aux cheveux coupés très court, m'a conduit jusqu'à une salle de réunion au sixième étage, une pièce extraordinairement lumineuse qui contrastait avec mon placard à l'entresol de la Maison-Blanche, et je me suis fait l'impression d'une souris venant de sortir de son trou. D'ailleurs, je ne savais toujours pas si les services secrets avaient commencé à enquêter sur les ennemis potentiels du Président. Je me promettais de leur secouer les puces dès mon retour à Washington.

    Jeanne Sterling m'a emboîté le pas.

    – Avant, par temps clair, on arrivait à voir le monument de Washington. Aujourd'hui, l'air du comté est si pollué que ce n'est plus possible. Dites-moi, pour l'instant, que vous inspirent les dossiers de nos tueurs d'élite ? Horreur, surprise ou ennui ? Qu'en pensez-vous, Alex ?

    Je commençais à me faire à son débit ultrarapide et je la voyais très bien en professeur de droit.

    – D'emblée, je vous dirais qu'il nous faudrait plusieurs semaines pour déterminer si l'une de ces personnes est susceptible – et je dis bien susceptible – d'être un tueur psychopathe, et plus précisément notre fameux Jack.

    – Je suis de votre avis, m'a-t-elle répondu, mais supposons que nous n'ayons qu'une vingtaine d'heures devant nous, ce qui est quasiment le cas ? Quels sont les premiers noms qui vous viendraient à l'esprit ? Vous avez déjà une petite idée, Alex. Faites-m'en profiter.

    J'ai levé trois doigts. J'avais trois petites idées.

    On s'est tous les deux mis à rire. Que faire d'autre, si nous ne voulions pas nous laisser entraîner dans la folie, sans espoir de retour ?

    – D'accord. Très bien, voilà une réponse qui me plaît. Laissez-moi deviner... Jeffrey Daly, Howard Kamens, Kevin Hawkins.

    – Ah, intéressant. Voilà enfin quelque chose qui pourrait nous permettre d'avancer. Je suggère que nous commencions par le nom qui figure également sur ma liste. Parlez-moi de Kevin Hawkins.

68

Jeanne Sterling a passé une vingtaine de minutes à me briefer sur Kevin Hawkins et une fois dans l'ascenseur parfaitement silencieux qui nous descendait au parking souterrain, elle m'a dit :
— Au fait, vous serez content d'apprendre que nous avons déjà placé Hawkins sous surveillance.
— Vous voyez bien que vous n'avez pas besoin de moi !
La perspective d'une avancée dans l'enquête me remplissait d'excitation et pour la première fois depuis plusieurs jours, je redevenais optimiste.
— Oh, mais si, Alex. On ne l'a pas interrogé faute d'avoir quelque chose de concret à lui reprocher. Nous n'avons que d'horribles soupçons, or il nous faut un coupable. N'oubliez pas cela. Et puis, dans le genre paranoïaque, vous n'êtes pas mal non plus.
— C'est tout ce que j'ai pour l'instant. Des soupçons...
— Vous savez bien que parfois, ça suffit.
On est arrivés au petit parking souterrain réservé aux hauts responsables de la CIA. Il y avait beaucoup de voitures familiales style Taurus break, mais aussi quelques sportives de grosse cylindrée, Mustang, Bimmer et autres Viper, l'ensemble reflétant assez bien ce que j'avais vu dans les étages.
— Je propose qu'on prenne les deux voitures, suggéra Jeanne, ce qui me paraissait sensé. Comme ça, je pourrai rentrer au bureau et vous, vous repartirez directement sur Washington. Hawkins vit chez sa sœur, à Silver Spring. Il est chez lui en ce moment. Par le périphérique, on y sera en une demi-heure.
— Vous comptez l'embarquer maintenant ?

– Je pense qu'il vaut mieux, non ? Juste le temps d'une petite conversation.

Je suis allé jusqu'à ma voiture, elle s'est dirigée vers son break.

– Ce type qu'on va voir, c'est un tueur professionnel, lui ai-je lancé.

– Il paraît que c'est l'un de nos meilleurs éléments. Plutôt comique, non ?

L'écho de sa voix roulait dans le décor où tout n'était qu'acier et béton.

– Il a un alibi pour les heures où Jack et Jill ont frappé ?

– Pas à notre connaissance. Il faut qu'il nous en dise davantage, et dans le détail.

On a démarré en même temps. Je commençais à me rendre compte que l'inspecteur général de la CIA n'était pas une bureaucrate. Elle n'avait pas peur de se salir les mains, et moi non plus. Nous allions rencontrer un autre « fantôme ». S'agissait-il de Jack ? C'eût été trop beau... mais j'avais déjà vu bien des choses étranges au cours de ma carrière de flic.

Il nous a fallu une bonne demi-heure pour aller chez Hawkins, ou plutôt chez sa sœur, à Silver Spring, Maryland. Les maisons y étaient relativement chères, alors que la ville gardait une réputation de banlieue moyenne. Enfin, pour les nantis, pas pour les gens comme moi.

Jeanne a arrêté son break Volvo le long d'une Lincoln noire garée à moins d'une rue de la baraque ; je l'ai vue abaisser la vitre électrique côté passager et s'adresser aux deux occupants de la voiture. Une de ses équipes de surveillance. Ou alors elle demandait à des gens du voisinage comment pénétrer chez le suspect, ce qui aurait été plutôt cocasse. Les occasions de rire se faisaient rares, ces temps derniers.

Soudain, j'ai vu un homme sortir de la villa style Cape Cod.

C'était Kevin Hawkins. Aucun doute possible : ses photos figuraient dans le dossier que j'avais étudié.

Il jette un coup d'œil dans la rue et, nous ayant sans doute repérés, court jusqu'à l'allée où il enfourche une Harley.

J'ai juste eu le temps de hurler : « Jeanne ! » et d'enfoncer l'accélérateur.

J'ai pris le fuyard en chasse. Était-il notre Jack ?

69

A peine en selle, Kevin Hawkins a fait un virage à quatre-vingt-dix degrés, traversé la bande de gazon blanc de givre séparant les deux maisons voisines et continué comme ça à travers les pelouses, passant tout près d'une piscine recouverte d'une bâche d'hiver bleu ciel.

Ma vieille Porsche a suivi le même chemin. Par chance, les grands froids de ces derniers jours avaient durci le sol. Je me demandais si, dans ces maisons, quelqu'un était en train de nous regarder zigzaguer sur l'herbe.

Passé les dernières habitations, la moto a bifurqué sèchement à droite pour rejoindre la rue. Je n'étais pas très loin derrière et ma voiture a sauté comme un cabri. Quand j'ai voulu prendre la rue à mon tour, le bas de caisse a heurté violemment le trottoir et je me suis cogné la tête au plafond.

Juste avant le carrefour, la Volvo et la Lincoln se sont jointes à la course. Des gamins du quartier qui jouaient au foot malgré le froid glacial se sont arrêtés, médusés, pour assister à cette incroyable course-poursuite dans un quartier réputé calme.

J'avais dégainé mon Glock et baissé la vitre, mais je ne comptais faire feu que pour riposter, si nécessaire. Pour l'instant, Kevin Hawkins n'était pas accusé d'un crime particulier, ni sous le coup d'un mandat d'amener. Pourquoi avait-il pris la fuite ? Sa réaction était indéniablement celle d'un homme coupable.

Hawkins a rétrogradé pour attaquer une côte abrupte et à cet instant, je me suis souvenu d'une moto que j'avais essayée à une autre époque, dans une autre vie. Je me suis souvenu de son incroyable maniabilité, de cette formidable impression de vitesse, de ce que je ressentais quand la peau de mon crâne se contractait sous l'effet du vent. Je me suis souvenu de Jezzie Flanagan et de sa moto.

Celle de Hawkins montait la côte à la vitesse d'une fusée, avec un grondement impressionnant.

J'essayais de ne pas me laisser distancer et je ne m'en tirais pas trop mal. A ma grande surprise, la Volvo et l'autre berline suivaient. Et dans les rues de Silver Spring, c'était le délire le plus total.

L'homme que je pourchassais était-il Jack ?

Hawkins, couché sur son guidon, savait manifestement piloter une moto. J'aurais aimé connaître les autres talents de ce tueur...

Il accélérait encore, fonçant à près de cent quarante à l'heure dans une petite rue où la vitesse autorisée était limitée à soixante, quand tout à coup la plaie quotidienne de mon existence s'est muée en un divin spectacle : nous arrivions dans un bouchon ! Plusieurs voitures et fourgonnettes étaient déjà à l'arrêt.

Sur l'autre partie de la chaussée, un minibus scolaire orange déchargeait une procession d'enfants, comme chaque jour à la même heure, sans doute.

Sans ralentir, Hawkins s'est placé dans l'axe de la double ligne continue et j'ai alors compris qu'il avait l'intention de passer entre les deux files de véhicules. J'ai écrasé le frein en jurant. Il ne me restait plus qu'une chose à faire.

J'ai de nouveau quitté la route pour passer par les pelouses. Une bonne femme en jean et veste chinée s'est mise à m'insulter depuis sa véranda en agitant une pelle à neige.

Un peu plus bas, la route principale décrivait une grande courbe et rejoignait la rue encombrée que je venais de quitter.

Jeanne Sterling me suivait toujours et la Lincoln n'était pas loin derrière. Nous étions en train de mettre Silver Spring à feu et à sang.

Allions-nous enfin capturer Jack, le chasseur et tueur de stars ?

J'avais beaucoup d'espoir. Moins d'une centaine de mètres nous séparaient à présent de lui.

Mes yeux ne quittaient pas la moto qui filait à toute allure, en sautant sur les bosses. Et ce fut la chute !

L'engin s'est mis à déraper sur le côté en arrachant au

bitume des gerbes d'étincelles blanches et orange. Quelques écoliers marchaient encore en file indienne entre le car et les voitures à l'arrêt.

Et Hawkins est tombé !

Il avait donné un coup de guidon pour éviter les enfants et son geste l'avait fait chuter.

Jack aurait-il pu faire une chose pareille ? Et si ce n'était pas Jack, qui était-ce ?

Je me suis rué hors de ma voiture, Glock au poing, et j'ai couru comme un fou vers le lieu de l'étrange accident. Le sol enneigé et verglacé était traître, mais pas question de ralentir.

Jeanne Sterling et ses deux agents avaient également abandonné leurs véhicules sur place, mais ils couraient moins vite que moi. Bientôt, il n'y aurait plus personne pour me couvrir.

Kevin Hawkins réussit à se dégager. Il se retourne, nous voit foncer vers lui. Il y a des armes partout.

Il en a une à la main, mais ne s'en sert pas. Il ne se trouve qu'à quelques pas du bus scolaire et des enfants. Mais au lieu de s'en prendre à eux, il court vers une Camaro décapotable noire placée en tête de file.

Que nous mijote-t-il ?

Je le vois hurler quelque chose au conducteur de la Camaro à l'arrêt et *blam !* il tire.

Hawkins ouvre violemment la portière ; un corps s'écroule sur la chaussée.

Il venait d'abattre froidement un automobiliste.

Je n'en croyais pas mes yeux.

Le tueur à gages est parti au volant de la décapotable. Il venait de descendre quelqu'un pour lui prendre sa voiture, mais avait lui-même failli se tuer pour éviter un groupe d'enfants.

Pas de règles, ou plutôt, à chacun les siennes.

Je me suis arrêté, planté au milieu de la rue, les bras ballants, impuissant.

Avions-nous failli mettre la main sur Jack ? Étions-nous passés à deux doigts du succès ?

70

Quand je suis arrivé à la maison vers onze heures et demie, ce soir-là, Nana Mama était encore debout. Et Sampson se trouvait avec elle.

Dès que je les ai vus qui m'attendaient, mon sang n'a fait qu'un tour. Ils avaient l'air encore plus abattus que moi.

Il y avait un problème à la maison, un gros problème. J'en aurais mis ma main à couper. Sampson et Nana n'avaient pas pour habitude de se rendre des visites de courtoisie après onze heures du soir.

– Que se passe-t-il ? Qu'est-ce qu'il y a eu ?

En entrant dans la cuisine, j'ai senti mon estomac se nouer. Assis à la petite table, Nana et Sampson discutaient avec des airs de conspirateurs.

– Que se passe-t-il ? ai-je insisté. Vous pouvez me dire ce qu'il y a ?

– Quelqu'un n'a pas arrêté de téléphoner toute la soirée, Alex, m'a expliqué ma grand-mère. Quand je veux répondre, ça raccroche.

Je me suis installé à côté d'eux et gentiment, mais fermement, je lui ai demandé :

– Pourquoi ne m'as-tu pas appelé tout de suite ? Tu as mon numéro de bipeur, non ? C'est fait pour ça, Nana.

– J'ai appelé John. (Bonne réponse.) Je savais que tu étais très occupé à protéger le Président et sa famille.

J'ai préféré ignorer ses sarcasmes. Nana restait égale à elle-même, mais l'heure n'était pas à la discussion.

– Le type qui appelait disait quelque chose ? Tu as parlé à quelqu'un ?

– Non. Il y a eu douze coups de téléphone entre huit

heures et demie et environ dix heures. Depuis, plus rien. Alex, j'entendais quelqu'un respirer à l'autre bout du fil. J'ai failli siffler.

Nana conserve toujours un sifflet d'arbitre argenté à proximité du téléphone, ce qui lui permet de répondre à sa manière aux appels obscènes. Cette fois-ci, je regrettais presque qu'elle ne s'en soit pas servie.

– Bon, je vais me coucher, a-t-elle annoncé avec un soupir tout juste audible. (Pour une fois, je trouvais qu'elle faisait vraiment son âge.) Maintenant que vous êtes là tous les deux...

Elle s'est levée péniblement de sa chaise de cuisine qui grinçait, s'est d'abord dirigée vers Sampson qu'elle a embrassé sur la joue en se penchant à peine.

– Bonne nuit, Nana, lui a-t-il chuchoté. Ne vous inquiétez pas. On va se charger de tout ça. Ce n'est rien de grave, vous savez...

Mais Nana ne s'en laissait pas compter.

– John, John, vous savez aussi bien que moi qu'il y a de sérieuses raisons de s'inquiéter. Non ?

Puis elle est venue me faire une bise.

– Bonne nuit, Alex. Je suis contente que tu sois enfin rentré. Tu ne peux pas savoir comme ce tueur qui s'attaque à notre quartier m'angoisse. C'est vraiment inquiétant, cette histoire, je le sens bien.

En serrant son petit corps frêle quelques secondes dans mes bras, j'ai senti toute la colère qui bouillonnait en elle et j'ai mesuré alors l'horreur de ses sous-entendus. L'incarnation du mal me pourchassait jusque chez moi. Pour s'attaquer à la famille d'un flic, il faut avoir perdu l'esprit, mais j'inclinais à penser que le tueur ne jouissait pas de toutes ses facultés.

– Bonne nuit, Nana, j'ai chuchoté contre sa joue qui sentait le talc au lilas. Merci de nous avoir attendus. Je comprends ce que tu veux dire, et je suis de ton avis.

Après son départ, Sampson a hoché la tête, perplexe. Puis il s'est enfin mis à sourire.

– Toujours aussi coriace, dis donc. Un sacré numéro, ta grand-mère, mais je l'adore. Oui, j'adore ta grand-mère.

– Moi aussi. La plupart du temps.

Les yeux au plafond, j'essayais de fixer quelque chose que mon cerveau pouvait assimiler, comme l'électricité, les ampoules, les moulures. Il est quasiment impossible de comprendre ce qui se passe dans le crâne d'un tueur fou. C'est un extraterrestre, au sens propre du terme.

Je crois que pour la première fois de ma vie, je suis resté sans voix. C'était comme si on m'avait violenté ; je suffoquais de rage et j'avais peur pour ma famille. Les coups de fil que Nana avait reçus étaient peut-être sans importance, mais comment en être certain ?

J'ai sorti deux bières du frigo et je les ai décapsulées. De toute façon, il fallait que je parle à Sampson ; je n'avais pas eu une minute de libre depuis que je m'étais levé.

Sampson a pris une longue gorgée de bière, puis il m'a dit :

— Elle se fait du mouron pour les gosses. Cette histoire la rend folle, alors elle sort les griffes.

— Et il faut voir quelles griffes...

En dépit de ma fatigue physique et morale, j'ai réussi à composer un demi-sourire. On est restés un long moment à écouter le silence de ma vieille bicoque jusqu'à ce qu'enfin, la tuyauterie du chauffage se mette à cliqueter. On sirotait nos bières. Pas de coups de fil désagréables. Le sifflet de Nana, ce n'était peut-être pas une si mauvaise idée...

— Alors les vedettes, on en est où avec le fils Moore ? Rien de neuf aujourd'hui ? Les autres n'ont rien trouvé ? Je sais que notre planque est en train de se casser la gueule ; on n'est pas assez nombreux.

Sampson remue sur sa chaise en haussant ses larges épaules. Son regard se durcit, noircit.

— On a trouvé des traces de maquillage dans sa chambre ; il s'est peut-être déguisé en vieux. On va le trouver, Alex. Tu crois que c'est lui qui a appelé ce soir ?

J'écarte les mains, je hoche la tête.

— Ce serait cohérent. Il veut qu'on s'intéresse à lui, John, il a besoin de se sentir important. Il a peut-être le sentiment que Jack et Jill lui volent la vedette, il sait peut-être que je m'occupe du dossier et il m'en veut.

— Il faudra qu'on demande tout ça à notre petit cadet, fait Sampson, avec un sourire plus méchant que jamais. Moi, j'aimerais bien être aussi populaire. Il n'y a pas de fous qui m'appellent tard dans la nuit ou qui m'envoient des messages sur des feuilles de papier chiffonnées. Moi, je n'ai droit à rien de tout ça.

— Ils n'oseraient pas. Ce serait de la folie pure, même pour le tueur de Sojourner Truth.

On s'est mis à rire en forçant un peu. Généralement, il n'y a pas mieux qu'une bonne tranche de rire pour reprendre le dessus pendant une enquête difficile, quand les assassins nous échappent. C'étaient peut-être Jack et Jill qui avaient appelé chez moi. Ou bien Kevin Hawkins. Ou encore Gary Soneji qui, terré quelque part, attendait de régler ses comptes avec moi.

– Demain à la première heure, un technicien viendra poser un mouchard sur ton téléphone. On t'envoie également un collègue, au moins jusqu'à ce qu'on ait mis la main sur le petit prodige. J'en ai parlé à Rakeem Powell, il se fera un plaisir de surveiller la maison.

– C'est bien. Merci d'être venu épauler Nana.

La situation avait pris un tour dramatique. Désormais, on me menaçait chez moi, on menaçait ma famille. Les fous étaient à ma porte.

Sampson parti, je n'ai pas réussi à trouver le sommeil.

Je n'avais pas envie de jouer du piano – l'inspiration me faisait défaut – et je n'osais pas téléphoner à Christine Johnson. Alors je me suis relevé, suivi par Rosie qui ne cessait de bâiller et de s'étirer, pour aller voir les enfants, et je les ai contemplés un peu comme Jannie m'avait regardé dormir, l'autre matin. J'avais peur pour eux.

Vers les trois heures du matin, j'ai enfin commencé à piquer du nez. Par bonheur, il n'y a pas eu d'autres coups de fil.

J'ai dormi dans la véranda, le Glock sur le ventre. *Home, sweet home.*

71

La première chose que j'ai entendue, le matin, ce sont les cris et les piaillements des enfants. Leurs rires sonores me faisaient du bien, et pourtant je sentais une pointe de mélancolie me gagner.

Je me suis aussitôt rappelé la situation : les monstres étaient à notre porte. Ils savaient où nous habitions. Désormais, plus de règles. Plus personne n'était à l'abri, pas même ma famille.

Allongé sur mon vieux canapé, je pensais au fils Moore. Curieusement, rien dans son récent passé ne semblait annoncer les deux meurtres. Le parcours n'était pas cohérent, et j'en venais à me demander, avec un certain sentiment d'horreur, si un gamin de treize ans pouvait commettre des crimes purement existentiels. J'avais déjà emmagasiné un bon nombre de choses sur ce sujet, et je me souvenais vaguement d'un livre d'André Gide, *Les Caves du Vatican*, lu au lycée et où le personnage principal, profondément pervers, poussait un inconnu hors d'un train dans le seul but de se prouver qu'il était vivant.

Le réveille-matin de poche qui se trouvait près de ma tête affichait sept heures dix et le redoutable café de Nana embaumait déjà toute la maison. Pas question de me laisser abattre par nos maigres résultats ; dans ce genre de situation, je ressortais toujours une de mes phrases fétiches : « Échouer, ce n'est pas chuter, c'est rester au fond. »

Je me suis levé, je suis allé dans ma chambre, je me suis douché, je me suis changé et je suis redescendu en dévalant les marches quatre à quatre. Je n'avais pas l'intention de rester au fond.

J'ai retrouvé mes deux Martiens préférés en train de se

courir après dans la cuisine dans un épouvantable vacarme. A sept heures du matin... La bouche grande ouverte, je leur ai fait mon hurlement muet façon Munch dans son tableau, *Le Cri*.

Jannie a éclaté de rire; Damon, lui, préférait m'imiter. Ils étaient ravis de me voir et on était toujours les meilleurs copains du monde.

Quelqu'un avait appelé chez nous la veille.
Sumner Moore?
Kevin Hawkins?
– Bonjour, Nana.

Je me suis servi une tasse de café fumant et j'en ai bu une gorgée, prudemment. Il était encore meilleur à boire qu'à humer. Cette petite bonne femme sait faire la cuisine. Mais elle sait aussi parler, réfléchir, guider et irriter.

– Bonjour, Alex, m'a-t-elle répondu comme s'il ne s'était rien passé la veille.

J'avais une grand-mère en acier trempé. Comme moi, elle voulait éviter de perturber les enfants. Je lui ai raconté ma discussion avec Sampson.

– Quelqu'un va venir s'occuper de notre téléphone. Et un inspecteur passera quelques jours ici. Ce sera sûrement Rakeem Powell. Tu le connais, Rakeem.

Nana, ça ne lui a pas plu, mais vraiment pas.

– Évidemment que je connais Rakeem, je l'ai eu comme élève. Mais Rakeem n'a rien à faire ici. Ici, Alex, c'est chez nous. Mon Dieu, quelle horreur! Ce que je ne supporte pas... c'est que ça se passe ici même.

– Qu'est-ce qu'il a, le téléphone? voulait savoir Jannie.

– T'en fais pas, il marche, lui ai-je répondu.

72

Mes deux affaires criminelles commençaient à me faire l'effet d'un cauchemar, un seul et interminable cauchemar. J'avais l'estomac noué et il le resterait sans doute jusqu'au terme de l'enquête. Les forces de police de Washington, sursollicitées, épuisées, à bout de nerfs, n'avaient jamais connu une situation aussi kafkaïenne.

Par mesure de précaution, j'avais décidé de garder Damon quelques jours à la maison, avec Nana et l'inspecteur Rakeem Powell, en espérant qu'on ne tarderait pas à arrêter le jeuner Sumner Moore et que le premier volet de notre histoire d'horreur prendrait fin.

Je persistais à penser que l'interpellation de Sumner Moore était imminente et à voir le peu de précautions qu'il avait prises en perpétrant ses deux meurtres, je me disais qu'il n'attendait peut-être que cela. Il ne restait qu'à prier pour qu'il n'assassine pas un autre enfant d'ici là.

J'avais momentanément envisagé d'envoyer Nana et les gosses chez l'une de mes tantes, mais j'avais vite renoncé à cette idée. Rakeem Powell resterait avec eux à la maison et leur vie serait déjà suffisamment bouleversée. En tout cas, pour l'instant.

En outre, si Nana avait dû emménager chez l'une de ses sœurs, cela se serait sans doute fait dans la douleur, après d'âpres combats et au prix de lourdes pertes. Sa rue, c'était la Cinquième rue, et elle aurait préféré se battre qu'abandonner sa position. Je l'ai rarement vue faire des concessions.

De très bonne heure, je me suis rendu à la Maison-Blanche et je me suis installé dans un bureau du sous-sol avec un grand café et une pile de dossiers confidentiels. Il existait des centaines de rapports et autres notes internes sur Kevin Hawkins et tous les « fantômes » de la CIA.

J'avais rendez-vous un peu après neuf heures avec Don Hamerman, le ministre de la Justice James Dowd, et Jay Grayer. On s'est réunis dans une salle de conférences à la décoration chargée qui me rappelait qu'à l'origine, l'agencement de la Maison-Blanche avait été conçu de manière à intimider les visiteurs, et plus spécialement les dignitaires de puissances étrangères. Aujourd'hui, l'effet produit était le même, surtout en de pareilles circonstances. L'esprit très officiel de chacune des pièces de ce fameux « manoir américain » démesuré n'incitait guère à la décontraction.

Hamerman m'a paru étonnamment mesuré.

– Vous avez fait grande impression sur le Président. Et je pense que vous l'avez convaincu.

– Et maintenant, que fait-on ? Comme vous vous en doutez, j'aimerais servir à quelque chose.

– Nous avons lancé une série d'enquêtes extrêmement sensibles. C'est le FBI qui s'en chargera.

Le regard d'Hamerman a fait le tour de la table. J'ai cru comprendre qu'il cherchait à réaffirmer son pouvoir. Et au bout de quelques secondes de silence, je lui ai demandé :

– C'est tout ? C'est pour ça que vous m'avez fait venir ?

– C'est tout pour l'instant, mais c'est déjà beaucoup. C'est vous qui avez déclenché les opérations. Attention, ce n'est pas une mince affaire.

– C'est ça, oui... Moi, je vous parle d'une enquête criminelle à la Maison-Blanche !

Je me suis levé et je suis retourné dans mon placard. J'avais du boulot. Il fallait que je m'enfonce dans le crâne que je faisais partie de l'« équipe ».

Vers onze heures et demie, Hamerman a passé la tête dans le bureau. Les yeux ronds, plus injectés qu'à l'ordinaire. J'ai d'abord cru qu'il avait changé d'avis, ou bien qu'on lui avait fermement recommandé de changer d'avis.

Il n'était pas lui-même.

– Le Président veut nous voir immédiatement.

73

Le Président Byrnes avait choisi d'accueillir personnellement chacun des membres de la cellule de crise à son entrée dans le Bureau ovale, qui méritait parfaitement son nom.

– Merci d'être venus. Bonjour Jay, Ann, Jeanne, Alex. Je sais que vous avez tous fort à faire et que vous êtes soumis à une pression intense.

On s'est tous assis. La cellule de crise était au complet, mais le Président Byrnes avait indiscutablement choisi de piloter cette réunion impromptue. Complet bleu nuit, barbe poivre et sel fraîchement taillée. Je me demandais comment il avait pu trouver le temps de voir son coiffeur...

Que s'était-il passé ? Est-ce que Jack et Jill avaient une nouvelle fois contacté la Maison-Blanche ?

D'un regard, j'ai consulté Jeanne Sterling, qui m'a fait de grands yeux en arrondissant les épaules. Elle n'avait pas l'air d'en savoir plus que moi. Personne, pas même Hamerman, n'était dans la confidence.

Une fois tout le monde installé, le Président Byrnes a pris la parole, encadré par deux drapeaux, l'un de l'armée de terre, l'autre de l'armée de l'air, et donnant l'impression d'être parfaitement maître de lui-même, ce qu'on pouvait considérer comme un petit exploit.

– Harry Truman disait toujours : « Si vous voulez avoir un ami à Washington, prenez un chien. » Eh bien, je crois savoir ce qui a pu lui inspirer ce trait d'esprit ; j'ai vécu la même chose.

Comme j'avais déjà pu le constater lors de son investiture ou à l'occasion d'entretiens télévisés proches des « conversations au coin du feu » qu'affectionnait tant Roosevelt, le Président s'exprimait avec beaucoup de chaleur et même devant un parterre aussi restreint, difficile et cynique que le nôtre, ses talents oratoires demeuraient intacts.

— Vous n'imaginez pas à quel point ma fonction peut être parfois pénible. Je ne sais plus qui a dit : « Si on me choisit, je ne me présenterai pas ; si on m'élit, je ne gouvernerai pas », mais croyez-moi, il avait bien raison.

Le Président souriait. Il avait la faculté de donner une coloration très personnelle à chacune de ses paroles. Était-il sincère, ou excellent acteur ?

Son regard perçant a fait le tour de la table, s'arrêtant brièvement sur chaque visage, comme si Byrnes cherchait à nous sonder et, chose plus importante, à communiquer seul à seul avec chacun d'entre nous.

— J'ai longuement réfléchi aux difficultés que nous rencontrons actuellement. Sally et moi en discutons jusque tard dans la nuit, et ce depuis plusieurs jours. En fait, j'ai passé beaucoup trop de temps à penser à Jack et Jill. Ces temps derniers, ce cirque misérable monopolise toutes les attentions, y compris celles des responsables du gouvernement. Il perturbe les réunions ministérielles et bouleverse tous les agendas. Cette situation ne peut pas durer. Elle est préjudiciable à notre pays, à nos concitoyens et à la santé mentale de chacun, y compris la mienne et celle de Sally. Aux yeux du monde, elle nous affaiblit et nous déstabilise.

« En conséquence, j'ai pris une décision difficile, mais qu'il m'appartenait seul de prendre. J'ai choisi de vous en parler ce matin car c'est une décision qui touchera chacun d'entre vous autant que Sally et moi.

Son regard balaya une fois de plus, sans s'attarder, tous les participants de la réunion. J'ignorais où nous allions en venir, mais le processus me fascinait. Chaque fois qu'il faisait un pas en avant, le Président s'assurait que nous le suivions toujours. Il était indéniablement en train d'édicter un ordre, mais donnait l'impression de rechercher un consensus.

— La vie à la Maison-Blanche doit reprendre son cours normal, c'est impératif. Les États-Unis ne peuvent être l'otage d'un danger, d'une menace réels ou supposés. Ma décision prendra donc effet à la fin de cette journée. Il faut que nous poursuivions notre chemin, que nous fassions notre travail.

A l'annonce de cette résolution, il y a eu comme un mouvement de malaise dans la salle. Ann Roper, des services secrets, a poussé un grand soupir. Don Hamerman avait quasiment la tête sur les genoux. Moi, je gardais les yeux rivés sur le Président.

— Je comprends parfaitement que cela va rendre votre tâche beaucoup plus délicate, et c'est un euphémisme. Comment assurer ma protection si je ne vous aide pas, si je ne suis pas vos recommandations ? Eh bien, je ne suis plus en mesure de vous aider. Pas si cela implique de clamer au monde entier qu'un couple de psychopathes est capable d'entraver l'action du gouvernement. Et c'est exactement ce qui est en train de se produire.

« Dès demain, donc, je reprends mon emploi du temps habituel. Nous ne reviendrons pas sur cette question. Désolé, Don. (Il lança un regard en direction du secrétaire général dont il venait officiellement d'écarter les conseils.) J'ai également décidé d'effectuer ma visite à New York jeudi, comme prévu initialement. Encore une fois, Don, Jay, je suis navré. Bonne chance à chacun. Faites votre travail et je vais m'efforcer de faire le mien. Quoi qu'il puisse se passer à compter de cet instant, nous n'aurons *pas le moindre regret*. Est-ce bien clair ?

— Parfaitement, monsieur le Président.

Autour de la table, tout le monde hochait la tête, le regard rivé sur Byrnes dont la passion et la force de conviction nous laissaient pantois.

Pas le moindre regret, ne cessais-je de me répéter ; des mots qui resteraient sans doute à jamais gravés dans ma mémoire, quels que pussent être les projets de Jack et Jill.

Thomas Byrnes venait de mettre sa vie en jeu.

Désormais, son destin était entre nos mains.

— A propos, Don... dit-il à Hamerman alors que l'assemblée commençait à se disperser. Envoyez donc quelqu'un m'acheter un chien. Je crois que je vais avoir besoin d'un ami.

Et tout le monde s'est mis à rire, un peu jaune.

74

Cette nuit-là, la température dégringola et plusieurs centimètres de neige recouvrirent la ville de Washington. Le tueur de l'école Sojourner Truth se réveilla en proie à un sentiment diffus de peur, de solitude, d'oppression. Il était très triste.

Ce n'était pas la joie, ce n'était pas le bonheur.

Il baignait dans une couche de sueur grasse et froide qui l'écœurait. Le rêve qu'il venait de faire lui revint à l'esprit. Il tuait des gens, puis il les enterrait sous une cheminée en pierre, dans la maison de campagne de ses grands-parents, à Leesburg. Un rêve qu'il faisait depuis toujours, depuis qu'il était gosse.

En ouvrant les yeux, il se demanda si ce n'était qu'un rêve ou s'il avait réellement commis ces meurtres épouvantables. Il essaya de distinguer ce qu'il y avait autour de lui. *Mais où suis-je ?*

Et aussitôt, il se souvint de l'endroit où il était, de l'endroit où il avait choisi de passer la nuit. Génial! Super, comme idée...

Dans sa tête, un morceau, *son* morceau, retentissait : « Je suis un perdant, *baby*. Alors pourquoi tu ne me tues pas ? »

Il s'était trouvé une planque d'enfer. Ou n'était-il qu'un idiot, un imprudent ? Alors, génial ou débile ? Aux autres de juger...

Il était chez lui, au dernier étage.

Il était « sain et sauf » et cette notion, pour provisoire qu'elle fût, lui procura une délicieuse sensation.

Il maîtrisait totalement la situation. Il tenait les commandes. Il pouvait devenir aussi important que Jack et Jill, plus important même que ces tarés nullissimes. Il savait qu'il en était capable, qu'il pouvait les enfoncer sans problème.

A tâtons, il chercha son bon vieux sac à dos. Où étaient passées ses affaires ? Bon, okay, tout était là. Super. Il fouilla, trouva enfin sa lampe électrique, l'alluma.

« Que la lumière soit », chuchota-t-il. Voilà !

Eh oui, tant pis pour les amateurs de suspense, il était bien chez lui, dans son grenier. Ce n'était pas un rêve ; il était bien le tueur de l'école Sojourner Truth. Il braqua le faisceau de sa torche sur sa montre-bracelet, un cadeau qu'on lui avait offert pour ses douze ans, une montre très sophistiquée comme en portaient les pilotes. Une vraie merveille ! Quand tout cela serait fini, peut-être pourrait-il s'inscrire à l'École de l'air et apprendre à piloter un F-16...

Sa montre de pilote de chasse indiquait quatre heures du matin. Il devait donc être quatre heures.

« L'heure du loup-garou », murmura-t-il.

Il était temps pour lui de s'extraire du grenier, de recommencer à apposer son empreinte sur le monde. Le prochain acte allait être étonnant et *hyper cool*.

Il allait réaliser un crime parfait.

C'était impératif.

75

Très lentement, il entreprit de déployer la lourde échelle à glissière qui lui avait permis d'accéder à son repaire. Il était chez lui. Et s'il venait à ses parents adoptifs la malencontreuse idée d'aller aux toilettes maintenant, il risquait d'avoir de gros problèmes.

Mais eux, en revanche, risquaient d'avoir une énorme surprise.

Bref, tout le monde dégusterait.

Il respirait avec difficulté, car sa tâche était délicate. L'échelle, qui pesait une tonne, n'était pas simple à manier s'il voulait éviter de faire du bruit, et lorsque ses pieds se posèrent sur le plancher du premier étage, il y eut un choc sourd.

« Fais chier, le perdant », maugréa-t-il à mi-voix.

Il avait encore le souffle court et un voile de transpiration lui collait à la peau, comme chez les chevaux à l'entraînement, le matin. Un phénomène qu'il avait déjà observé dans la propriété de ses grands-parents. Jamais il n'avait oublié le spectacle de cette sueur grasse se transformant en givre sous ses yeux.

« Enfantillages, murmura-t-il en se moquant de sa couardise. Espèce de poltron. Le raté du mois. T'es un perdant, mec. »

Sa mélodie préférée.

Il attendit que s'estompent la panique et la nervosité qui lui glaçaient le corps et s'immobilisa au sommet de l'échelle en prenant de longues inspirations. C'était complètement fou. Le délire total.

Finalement, il se résolut à descendre l'échelle de bois branlante; ses jambes, de bois elles aussi, flageolaient comme des échasses. Tout doucement, barreau après barreau, sans faire le moindre bruit.

Arrivé en bas, sur le plancher des vaches, il se sentit un peu mieux.

Sur la pointe des pieds, il longea le couloir jusqu'à la chambre parentale. Il ouvrit la porte et fut aussitôt cueilli par une gifle d'air froid. Son père adoptif dormait la fenêtre ouverte, même en décembre, même lorsqu'il neigeait. C'était bien dans son style. Le froid glacial empêchait sans doute sa brosse de cheveux blond argent de pousser, lui permettant ainsi de faire des économies de coiffeur. Quel gros con !

— Et tu la sautes comme ça, dans le froid, dans le noir ? souffla-t-il. Sûrement, oui.

Il s'approcha du grand lit, s'arrêta à quelques centimètres de leur autel d'amour, de leur trône sacré.

Combien de fois avait-il rêvé de vivre cet instant ?

Combien d'autres jeunes avaient mille fois, dix mille fois rêvé de vivre la même chose ? Sans jamais rien faire. Tous des perdants. Le monde en regorgeait.

Il allait bientôt s'offrir l'une de ses pires crises. Celle-ci ferait très, très mal. Les poils de sa nuque étaient déjà hérissés. Au garde-à-vous.

Il voyait déjà du rouge dans toute la pièce, un rouge flou, brumeux, comme s'il avait l'œil collé contre une lunette à infrarouge.

Il... se... sentit... partir...

Il... se... sentit... exploser... en... un... milliard... de... particules...

D'un seul coup, il se mit à hurler :

— Réveillez-vous et sentez cette bonne odeur de café !

Et presque aussitôt, il fondit en larmes, sans vraiment savoir pourquoi. Il ne se souvenait pas avoir pleuré comme ça depuis qu'il était tout petit.

Il avait mal à la poitrine, comme si on venait de lui donner un violent coup de poing. Ou bien comme si on l'avait frappé avec une petite batte de base-ball. Il comprit qu'il commençait à faiblir. Monsieur Ramollo était de retour. Il avait déjà des regrets. Il fallait toujours qu'il ressasse chacun de ses gestes trois fois avant, trois fois après.

Bam ! hurla-t-il à pleins poumons.

Bam ! fit-il encore.

Bam !

Bam !

Bam !

Bam !

Bam !

Bam !

Bam !

Bam !

Bam !

A chaque cri, il appuya sur la détente et logea une balle de 9 mm dans les deux corps assoupis. Douze coups, si ses calculs étaient exacts, et ses calculs étaient toujours exacts. Douze coups, comme pour Jose et Kitty Menendez.

Finalement, se dit-il, l'éducation militaire qu'on lui dispensait à Roosevelt se révélait profitable et ses profs avaient vu juste. Le colonel Wilson aurait été fier de lui : il avait réussi un beau tir groupé mais surtout, il avait su faire preuve de détermination, il avait conçu un plan d'attaque simple et parfaitement net, il s'était montré particulièrement courageux.

Son extraordinaire puissance de feu lui avait permis de vaincre, d'annihiler, pour ne pas dire désintégrer, ses parents adoptifs. Et il ne ressentait pour ainsi dire rien, si ce n'était la fierté d'être passé à l'acte et d'avoir fait du bon travail.

Personne était ici. Personne a fait ça.

Des mots qu'il écrivit en lettres de sang.

Puis il sortit jouer dans la neige. Il mit du sang dans tout le jardin, partout. Rien de plus facile pour lui. Désormais, il pouvait faire tout ce qu'il voulait. Il n'y avait personne pour arrêter Personne.

76

On venait de trouver le corps d'un autre enfant assassiné.

Un petit garçon. La découverte remontait à une heure.

Il était environ dix-neuf heures lorsque John Sampson apprit la nouvelle. Il refusait d'y croire. Un vendredi 13. Était-ce délibéré ?

Un autre enfant assassiné dans Garfield Park. Ou du moins retrouvé dans Garfield Park. Il fallait mettre la main sur Sumner Moore, et vite.

Sampson se gara dans la Sixième rue, pénétra dans le parc où régnait une atmosphère de désolation et se dirigea vers la nuée de gyrophares. *C'est de pire en pire*, songea-t-il.

– Inspecteur Sampson. Laissez-moi passer.

Il franchit le cordon d'agents en uniforme. L'un tenait en laisse un petit chien gris et blanc qui ne cessait de japper, détail insolite qui accentuait le côté irréel de la scène. Sampson lui demanda :

– Qu'est-ce qu'il fait là, ce chien ? Il est à qui ?

– C'est le chien qui a trouvé le gosse. Sa proprio l'a laissé courir dans le parc en rentrant de son boulot. Le corps de la victime était simplement recouvert avec des branches, comme si on avait tout fait pour qu'on le retrouve.

Sampson écouta les explications en hochant la tête, pensif. Puis il s'approcha du cadavre. Manifestement, la victime était plus âgée que Vernon Wheatley ou Shanelle Green. Sumner Moore avait décidé de s'attaquer à des proies un peu plus difficiles ; rien, désormais, ne semblait pouvoir freiner le petit monstre.

Un photographe de la police prenait des clichés du corps et le tapis de neige qui recouvrait le parc rendait les éclairs de son flash encore plus aveuglants.

Le meurtrier avait littéralement bandé la bouche et le nez du gamin avec du ruban isolant argenté. Sampson avala une grande goulée d'air frais avant de s'accroupir aux côtés du médecin légiste, Esther Lee, une jeune femme qu'il connaissait déjà.

– La mort remonte à quand, selon vous ? lui demanda-t-il.

– C'est difficile à dire. Trente-six heures, peut-être. Avec un froid pareil, la décomposition est plus lente. Le gosse s'est fait massacrer avec un bout de tuyau, une clé anglaise, un objet de ce genre, lourd et contondant. Il a essayé de repousser son agresseur ; on le voit aux ecchymoses sur les mains et les bras. Pauvre môme. J'en suis malade...

– Je sais, Esther. Moi aussi.

John Sampson ne distinguait pour l'instant qu'une nuque blême horriblement boursouflée. Des petits insectes noirs se baladaient à la naissance des cheveux ; sur la tempe droite, une blessure ouverte vomissait une procession d'asticots.

Sampson déglutit, fit une grimace et se força à passer de l'autre côté afin de voir la victime de face. Nul, pas même Alex, ne savait qu'il y avait une chose dans les affaires de meurtres à laquelle il demeurait totalement, irrémédiablement allergique : les cadavres en état de décomposition.

– Ça ne va pas vous plaire, l'avertit Esther Lee avant même qu'il regarde. Je vous préviens.

– Oui, je sais, bougonna-t-il en soufflant inutilement dans ses mains.

Il vit le visage du gosse et n'en crut pas ses yeux. Esther Lee ne s'était pas trompée : ça ne lui plaisait pas du tout.

– Oh, merde ! Oh, putain de merde... Mais quand va s'arrêter ce cauchemar ?

Sampson se redressa de toute sa hauteur, mais il n'était pas assez grand, pas assez fort. Ce qu'il venait d'entrevoir – le visage du gamin – échappait à son entendement.

C'était un meurtre incompréhensible, même pour lui qui en avait tant vu à Washington.

La victime n'était autre que Sumner Moore.

CINQUIÈME PARTIE

PAS DE RÈGLES.
PAS DE REGRETS.

77

Rien ne commence jamais au moment où on le croit, mais je considère tout de même que tout a démarré là.

Je me trouvais dans la cuisine avec Jannie et on échangeait nos confidences très spéciales. Les mots n'avaient pas d'importance; seuls comptaient les sentiments.

– Tu sais, lui ai-je dit, aujourd'hui n'est pas un jour comme les autres. C'est un anniversaire.

J'ai caressé sa joue, douce comme le ventre d'un papillon.

– Ah bon ? m'a fait Jannie en empruntant les airs hautement sceptiques de Nana Mama. Et tu peux me dire lequel ?

– Bien sûr, que je vais te le dire. C'est très exactement la cinq centième fois que je te raconte *Le Monsieur en fromage qui pue*.

– Bon, d'accord. (Et elle a ajouté avec un sourire innocent :) Alors t'as qu'à me la lire encore une fois. Tu sais, j'adore quand tu me la racontes.

Et je me suis exécuté, évidemment.

Quand j'en ai eu fini avec mon histoire de fromage qui pue, j'ai passé un peu de temps avec Damon, puis j'ai bavardé un peu avec Nana. Ensuite, je suis monté faire ma valise.

En redescendant, je suis allé voir Rakeem dans la véranda; il attendait Sampson, qui allait le relever pour la nuit. Comme d'habitude, l'Armoire à glace était en retard. Nous n'avions pas eu de nouvelles de lui, ce qui était moins normal, mais je savais qu'il finirait bien par arriver.

– Ça va, toi ? ai-je demandé à Rakeem.

– Ouais, ça va. Sampson va arriver. Bonne chance à toi.

Je me suis installé au volant de ma voiture, j'ai mis une

cassette qui me paraissait de circonstance : le finale du *Deuxième Concerto pour piano* de Saint-Saëns, une œuvre que j'aurais aimé, et ce depuis toujours, être capable de jouer sur l'antiquité qui orne ma véranda. On peut toujours rêver...

Musique à fond, j'ai pris la direction de la base d'Andrews d'où Air Force One, l'avion présidentiel, se préparait à décoller.

Thomas Byrnes allait à New York et j'étais du voyage.
Quoi qu'il arrive, pas de regrets.

78

Les événements ont été relatés de manière contradictoire, mais voici ce qui s'est passé, et voici comment. Je le sais, parce que j'y étais.

Le lundi soir, neuf jours avant Noël, nous atterrissions à l'aéroport de La Guardia, à Long Island, dans un brouillard bleuté, sous une petite pluie froide. La presse n'avait pas été informée des détails du voyage du Président Byrnes, mais la conférence le lendemain matin à New York devait avoir lieu comme prévu. Thomas Byrnes avait la réputation de tenir ses engagements.

Il avait été décidé de faire le trajet de La Guardia à Manhattan en voiture, et non en hélicoptère. Le Président ne se cachait plus. Jack et Jill avaient-ils envisagé qu'il ferait preuve d'un tel courage, d'un tel orgueil ? Le suivraient-ils à New York ? Pour moi, c'était une quasi-certitude. Cela entrait dans la logique de leur comportement.

– Montez avec nous, Alex, m'a lancé Don Hamerman comme nous courions sur le tarmac, le visage fouetté par la glaciale pluie de décembre.

Nous avions débarqué ensemble d'Air Force One, avec Jay

Grayer. Pendant toute la durée du vol, nous avions évoqué les divers moyens d'empêcher une tentative d'assassinat contre le Président Byrnes durant son séjour à New York et l'enjeu de cette intense discussion ne m'avait pas permis d'apprécier à sa juste valeur ce voyage pas comme les autres.

– On sera juste derrière la voiture du Président, me dit Hamerman. On pourra poursuivre notre petite conversation pendant le trajet.

Nous nous sommes engouffrés dans une Lincoln Town Car bleu marine garée à une quinzaine de mètres de l'avion. Il était près de dix heures du soir. Toute une partie de l'aéroport avait été placée sous haute sécurité et l'endroit fourmillait de membres des services secrets, d'agents du FBI et de policiers de la ville de New York.

Une bonne quarantaine de voitures bleu et blanc de la police new-yorkaise, et quelques Harley, encadraient les cinq limousines du cortège officiel. Les agents des services secrets scrutaient la brume comme si Jack et Jill pouvaient, en pleine nuit, comme par enchantement, se matérialiser sur la piste de La Guardia.

On m'avait informé que les autorités municipales avaient mobilisé plus de cinq mille hommes en tenue ainsi qu'une centaine d'enquêteurs en civil. Les services secrets s'étaient efforcés de convaincre le Président de séjourner à la base des gardes-côtes, sur Governors Island, ou à Fort Hamilton, dans Brooklyn, mais Thomas Byrnes, inflexible, tenait à rester à Manhattan afin d'envoyer un message clair. *Pas le moindre regret.* Les mots qu'il avait prononcés dans le Bureau ovale me revenaient sans cesse à l'esprit.

En m'enfonçant dans le cuir moelleux de la grosse berline, j'ai senti le parfum du pouvoir. Voilà ce qu'on ressentait en circulant dans un cortège, juste derrière la voiture du président des États-Unis, la « diligence » comme l'appellent les services secrets.

En tête de la caravane, les gyrophares rouges et jaunes de deux voitures de patrouille du NYPD[1] se sont mis à tournoyer tels des kaléidoscopes emballés, et le cortège présidentiel a lentement pris la route.

Dès que la voiture a démarré, Don Hamerman nous a dit :

---

1. New York Police Department. (N.D.T.)

– On n'a vu Kevin Hawkins nulle part depuis trois jours, n'est-ce pas ? Il a carrément disparu de la circulation. (Je le sentais frustré, énervé, et toujours aussi excité. Il aimait bien enfoncer les gens qui étaient en dessous de lui, mais Grayer et moi ne nous laissions pas faire.) Notre itinéraire n'est connu de personne ; nous n'avons eu le tracé définitif qu'il y a quelques minutes.

Impossible de ne pas réagir.

– Nous, lui ai-je rétorqué, nous connaissons l'itinéraire et un certain nombre de flics new-yorkais le connaissent également, ou vont momentanément en avoir connaissance. Or Kevin Hawkins n'a pas son pareil pour obtenir des informations confidentielles. Kevin Hawkins est exceptionnellement doué. C'est l'un de nos meilleurs éléments.

On filait sur la voie rapide. Le nez collé à la vitre griffée par la pluie, Jay Grayer m'a demandé, d'une voix qui paraissait lointaine :

– Et vous, que pensez-vous d'Hawkins ?

– Je crois qu'il est dans le coup, d'une manière ou d'une autre. Ses sympathies vont à l'extrême droite. Il s'est lié à des groupes opposés à la politique et aux projets du Président. Il a déjà eu des problèmes. On le soupçonne d'un meurtre au sein de la CIA. Tout concorde.

– Mais il y a quelque chose qui vous chagrine...

Jay Grayer avait vite appris à me déchiffrer.

– Si j'en crois tout ce que j'ai pu lire, il n'a encore jamais travaillé en collaboration étroite avec quelqu'un. Il a toujours été seul, du moins jusqu'à maintenant. Il semblerait qu'il ait des difficultés relationnelles avec les femmes, sauf sa sœur de Silver Spring. Je ne comprends pas comment Jill aurait pu s'associer avec lui ; je ne le vois pas faire équipe avec une femme, du jour au lendemain.

– Il a peut-être enfin trouvé l'âme sœur, me fait Hamerman. Ce sont des choses qui arrivent.

Lui, à mon avis, ça n'avait jamais dû lui arriver...

– Et quoi d'autre, sur Hawkins ? insiste Jay Grayer, qui ferme les yeux en attendant ma réponse.

– Tous les profils psychologiques et simulations établis par le FBI laissent à penser qu'on a affaire à un franc-tireur potentiel. Je me demande pourquoi on l'a gardé aussi longtemps en service actif en Asie et en Amérique du Sud. Mais voilà le plus intéressant : Hawkins est capable de s'investir totalement dans une cause. Il a la conviction que les services de renseignements sont la clé de voûte de notre Défense nationale. Le Président Byrnes, lui, est d'un autre avis et l'a fait savoir publiquement en plusieurs occasions. Cela pourrait expliquer le scénario Jack et Jill – je dis bien « pourrait ». Hawkins a suffisamment d'expérience et de ressources pour commettre un assassinat de cette envergure. Il pourrait bien être Jack et si c'est le cas, il va être très difficile à arrêter.

Nous arrivions au pont de la Cinquante-neuvième rue. New York, New York. Sirènes hurlantes, gyrophares aveuglants, une bien étrange procession se préparait à entrer dans l'île de Manhattan.

Devant nous se dressaient les tours colossales d'une ville qui semblait capable de nous engloutir tout entiers. Je me suis dit qu'ici, tout pouvait arriver, et j'étais prêt à parier que Don Hamerman et Jay Grayer partageaient mon sentiment.

Bam !
Bam !
Bam !

Sur la banquette arrière de la berline, nous sommes trois à bondir simultanément. J'ai dégainé mon arme, prêt à tout ou presque, prêt à affronter Jack et Jill.

Horrifiés, nous regardons la limousine présidentielle qui nous précède – la « diligence ». Dans la voiture, c'est le silence total. Un silence de mort. Et tout le monde éclate de rire.

Fausse alerte. Les détonations n'étaient pas dues à des coups de feu, mais aux plaques d'acier recouvrant la rampe d'accès au pont, et déformées par les ans. Un bruit si soudain et si inattendu que nous avions tous cru faire une attaque, et la même chose avait dû se produire dans le véhicule présidentiel.

– Nom de Dieu, gémit Hamerman. Voilà ce qui nous attend peut-être. Nom de Dieu de merde.

– Moi, j'étais là, à Washington, devant le Hilton, quand Hinckley a tiré sur Reagan et Brady, commente Jay Grayer, un frisson dans la gorge.

Je savais qu'il était en train de se revoir au moment de l'attentat, et je n'aurais pas aimé être à sa place. Mais aujourd'hui, pour lui, quel était l'enjeu de la situation ? Et pour les autres membres de l'équipe ?

J'ai regardé la voiture présidentielle s'engouffrer dans les

rues animées et scintillantes de New York ; sur chaque aile, un drapeau américain claquait frénétiquement, fouetté par le vent du fleuve.
Pas de regrets.

79

Le reporter-photographe était arrivé à New York le lundi 16 décembre, en début de matinée.

Par mesure de prudence, il avait choisi de venir en voiture depuis Washington et il se promenait à présent tranquillement dans Park Avenue, sur le trajet qu'emprunterait le cortège présidentiel le lendemain matin, soit dans quelques heures à peine. En attendant ce jour historique, détendu, il profitait pleinement du spectacle de New York où chacun s'affairait bruyamment à préparer les fêtes.

Par instants, Kevin Hawkins se projetait mentalement des documents qu'il avait longuement étudiés, des images des assassinats de John Fitzgerald Kennedy, de Martin Luther King, de Robert Kennedy, et même de la tentative manquée contre Ronald Reagan.

Une chose était certaine : lui ne manquerait pas son coup. L'affaire était entendue. Thomas Byrnes n'en sortirait pas vivant.

Il se rapprochait du Waldorf-Astoria, l'hôtel où séjourneraient, selon ses informations, le Président et son épouse. Un Président qui, conformément à ses habitudes, s'était bien gardé de suivre les consignes de son service de sécurité.

Un Président qui refusait d'écouter les experts, qui s'obstinait à vouloir corriger ce qui n'avait pas besoin de l'être, un imbécile prétentieux, un inutile crétin. Coupable d'avoir trahi le peuple américain.

C'était une belle nuit un peu fraîche, et le crachin avait enfin cessé. L'air vif lui picotait délicieusement la peau. Il savait qu'on ne le repérerait pas, car il avait fait le nécessaire. Il devait bien y avoir quelques centaines de flics en uniforme aux abords de l'hôtel, mais cela n'avait aucune importance. Personne ne pouvait désormais reconnaître Kevin Hawkins, pas même son père, pas même sa mère.

Malgré l'heure, une certaine animation régnait sur la pittoresque avenue divisée par un terre-plein central. Des badauds étaient venus dans l'espoir de voir le Président se faire assassiner. Ils ignoraient quand le Président viendrait, mais connaissaient les hôtels du centre de Manhattan où il était susceptible de descendre. Et le Waldorf arrivait généralement en tête de liste.

Les quotidiens locaux ainsi que le *New York Times* avaient consacré d'innombrables articles à l'affaire Jack et Jill. Comme d'habitude, c'était n'importe quoi, mais l'incompétence des journalistes allait lui rendre service.

Kevin Hawkins se mêla à la foule étrangement bruyante, presque à la fête. Il y avait, dans le nombre, quelques touristes venus initialement contempler l'arbre de Noël du Rockefeller Center. Les badauds et amateurs de faits divers échangeaient de vive voix des plaisanteries irrévérencieuses où l'on sentait tout le cynisme, toute la morgue des grandes villes. Il les méprisait plus encore qu'il ne méprisait l'inefficace Président qu'il était venu abattre.

Afin de pouvoir se déplacer rapidement si les circonstances l'exigeaient, il demeura à la périphérie de la foule. Il ne s'agissait certes pas de manquer l'arrivée du Président, mais le cortège était en retard sur l'horaire. *L'horaire qu'on lui avait communiqué.*

Puis enfin, sur sa gauche, il vit des cous se hausser, des têtes se tourner, entendit un grondement de véhicules sur Park Avenue. Ce ne pouvait être que le cortège présidentiel...

Une douzaine de voitures s'immobilisèrent devant la marquise du Waldorf. Et Kevin Hawkins eut du mal à croire ce qu'il voyait.

Ce con prétentieux avait choisi d'emprunter l'entrée principale de l'hôtel au lieu de passer par le garage en sous-sol. Il voulait qu'on le voie, qu'on le prenne en photo. Il voulait montrer au monde entier que Thomas Byrnes était un homme de courage, qui n'avait pas peur de Jack et Jill.

Le reporter-photographe regarda l'arrogant et téméraire chef de l'exécutif sortir de sa limousine. Il aurait pu l'abattre sur-le-champ ! En décidant que la vie à la Maison-Blanche devait « reprendre son cours normal », l'ancien bouillonnant dirigeant de groupe automobile avait signé son arrêt de mort.

Les amateurs prennent toujours des décisions d'amateurs, songea Hawkins. Une donnée qu'il prenait en compte et qui allait faciliter sa mission.

Je pourrais descendre le président des États-Unis là, maintenant, en plein Park Avenue, se dit-il. *Comment décrire ce que j'éprouve ? Je me sens fébrile, remonté à bloc, parfaitement à l'aise avec ma conscience. Quel étrange personnage je suis devenu...*

En vérité, ce soir, il était là pour mettre ses réactions à l'épreuve.

Une sorte de générale avant le grand soir. Une occasion unique, dans tous les sens du terme, de répéter son rôle.

Encadré par une équipe discrète et efficace, le Président parvint sans encombre à l'intérieur de l'hôtel. Les services secrets faisaient un excellent travail en maintenant toujours trois cercles étanches autour de leur protégé.

Le Président bénéficiait d'une solide protection, mais cela ne suffirait pas pour lui permettre d'échapper au sort que Kevin Hawkins lui réservait.

Une attaque de kamikaze ! Un attentat-suicide dont il ne sortirait pas vivant ! Le résultat était inéluctable...

Hawkins regarda les autres véhicules bleus et noirs aux carrosseries étincelantes se vider de leurs occupants. Presque tous les visages lui étaient familiers ; comme à son habitude, il les enregistra dans son fichier mental.

Et enfin, au milieu des badauds qui se bousculaient pour mieux voir, il aperçut Jill qui contemplait le spectacle, imperturbable, l'air parfaitement détaché. Une vraie cinglée, cette fille.

Le reporter-photographe la regarda s'engouffrer à l'intérieur du Waldorf dans le sillage des officiels, puis il s'éloigna d'un pas nonchalant en direction de l'ancienne tour Pan Am, désormais propriété des assurances MetLife, surplombée d'une immense baudruche représentant Snoopy sur le traîneau du Père Noël.

Le Président ferait bien de souscrire un contrat d'assurance vie dès ce soir, quel que soit le montant de la prime, songea Kevin Hawkins. *Son assassinat n'est plus qu'une question d'heures. L'issue est inéluctable.*

Mais Kevin Hawkins était loin de suspecter qu'on l'observait, lui aussi. En ce moment même, à New York, quelqu'un le surveillait de près.

Kevin Hawkins se promenait dans Park Avenue sous le regard attentif de Jack.

80

Jack est le plus habile.
Jack est le plus rapide.

Sam Harrison regarda Kevin Hawkins s'éloigner, puis il quitta l'attroupement qui s'était formé devant le Waldorf. Après Washington, Jack et Jill avaient réussi à affoler New York. Tant mieux : sa tâche n'en serait que plus aisée.

Dans l'immédiat, il avait quelque chose à faire. Une opération risquée, mais vitale.

A l'angle de Lexington Avenue et de la Quarante-septième rue, il s'arrêta devant un téléphone public. Curieusement, l'appareil était en état de fonctionnement ; en plein Manhattan, cela tenait quasiment du miracle.

Tout en composant son numéro, il regarda une prostituée aguichant les passants sur Lexington. Non loin, un homosexuel d'âge mur était en train d'embarquer un blondinet qui ne devait pas avoir vingt ans. A quelques mètres de là, des clients se pressaient à l'entrée du *Ride'm High*, un bar western. En voyant tous ces clowns en bottes et chemise à carreaux, Sam se prit à regretter le New York d'antan, l'Amérique des beaux jours, celle des vrais cow-boys, à l'époque où il existait encore des hommes dignes de ce nom.

Sa mission à New York était de la plus haute importance. Bientôt, la grande aventure de Jack et Jill atteindrait son point culminant. Et Sam avait toutes les raisons de penser que la vérité l'accompagnerait dans la tombe. Il ne pouvait en être autrement.

La vérité était bien trop dangereuse pour être confiée au grand public, et ce depuis toujours. Le plus souvent, la vérité ne faisait qu'affoler le peuple au lieu de le libérer. Rares étaient ceux qui savaient la gérer.

Il appelait dans le Maryland. Ce coup de téléphone pouvait se révéler dangereux, mais il lui fallait prendre ce risque. Pour lui, c'était une question d'équilibre mental.

Lorsqu'à l'autre bout du fil, il entendit une voix de petite fille, il éprouva aussitôt un immense soulagement, puis une bouffée de joie comme il n'en avait pas connu depuis des jours. Le son était si net qu'il aurait juré que la petite était là, à New York.

– Karon à l'appareil. Que puis-je faire pour vous ?

C'était lui qui lui avait appris à répondre au téléphone.

Il ferma les yeux. Aussitôt, New York la clinquante, New York la vulgaire, la horde de soucis qui l'attendait, tout s'effaça. Durant un bref instant, Jack et Jill eux-mêmes s'éclipsèrent de ses pensées. Il venait d'entrer en territoire protégé. Il était chez lui.

Seule comptait désormais sa petite fille et le reste n'avait plus d'importance. Exceptionnellement, en prévision de son appel, elle avait eu la permission de veiller tard.

Il cala le combiné contre son menton. Jack et Sam Harrison avaient disparu.

– C'est papa, dit-il à la benjamine de ses enfants. Bonsoir, ma petite croqueuse de citrouilles ! Tu ne peux pas savoir comme tu me manques. Tu vas bien ? Où est maman ? Tu es gentille avec elle et elle est gentille avec toi, j'espère. Je rentre bientôt. Est-ce que je te manque ? Toi, en tout cas, tu me manques beaucoup, tu sais.

Il bavarda encore un peu avec sa fille, puis avec sa femme, sans cesser de penser. *Il faut que je m'en sorte. Il faut que Jack et Jill réussissent. Il faut modifier le cours de l'Histoire.*

Pas question de rentrer chez lui dans un sac en plastique, hué par l'Amérique tout entière pour avoir trahi son pays comme nul ne l'avait fait depuis Benedict Arnold.

Non, le sac en plastique, c'était pour le Président Thomas Byrnes. Lui méritait de mourir, comme tous les autres avant lui. Tous, à leur manière, avaient trahi.

*Jack et Jill sont venus sur la Colline
Pour faire couler l'hémoglobine.*

Et bientôt, très bientôt, tout serait terminé.

81

Manifestement, il y avait un problème. Nous étions au Waldorf depuis quelques minutes à peine. En voyant le dispositif de protection se resserrer autour du couple présidentiel au moment de son entrée dans le hall, j'ai tout de suite compris que quelqu'un avait réussi à déjouer nos mesures de sécurité.

Thomas et Sally Byrnes ont été escortés en toute hâte jusqu'à leurs appartements au vingtième étage. La procédure, je la connaissais par cœur. En étroite collaboration, la police new-yorkaise et les services secrets avaient contrôlé toutes les voies d'accès possibles et imaginables, y compris les tunnels de métro, les égouts et les passages souterrains. Juste avant notre arrivée, des chiens entraînés à la détection des explosifs avaient exploré l'hôtel jusque dans ses moindres recoins ; un peu plus tôt dans l'après-midi, on leur avait également infligé une visite forcée du Plaza et du Pierre, les deux autres options envisagées pour le séjour du couple présidentiel.

Une voix, soudain, dans mon dos :

– Alex. Alex, par ici. Venez. (Signe de la main.) On a déjà un petit problème. Je ne sais pas comment ils s'y sont pris, mais ils sont bel et bien à New York. Jack et Jill sont ici.

– Que se passe-t-il, Jay ?

Je l'ai suivi au pas de course, sans prendre le temps d'admirer les flacons de parfum géants et les accessoires de mode aux prix prohibitifs exposés dans de larges vitrines, et je me suis retrouvé dans les bureaux de l'hôtel, juste derrière la réception. Une nuée de types des services secrets, d'agents du FBI et d'hommes en tenue du NYPD avaient déjà pris possession des lieux, chacun suspendu à son oreillette ou à son micro, dans un climat d'extrême nervosité ; la direction de l'établissement, en pleine discussion avec le responsable de la sécurité, ne savait plus à quels saints se vouer. Depuis Hoover, le Waldorf-Astoria se targuait en effet d'avoir accueilli en ses vénérables murs tous les présidents des États-Unis.

Grayer s'est tourné vers moi, m'a chuchoté :

– Il y a environ dix minutes, on a livré des fleurs de la part de nos amis Jack et Jill. Avec un nouveau poème.

– Je veux le voir. Il faut que je le lise...

Le message se trouvait sur un bureau d'acajou, au pied d'un bouquet de roses rouge sang. Je l'ai examiné ; Grayer en a profité pour le relire par-dessus mon épaule.

Jack et Jill ont délaissé la Colline
Pour venir offrir ces quelques fleurs au Chef
Qu'il se rassure
Nous en sommes sûrs
Son calvaire sera bref.

– Ils veulent absolument se faire passer pour des illuminés, ai-je dit à Grayer.

– Vous y croyez ?

– Moi, non, mais ils ont mis au point une stratégie et ils s'y tiennent. Ils savent parfaitement ce qu'ils font et nous, nous sommes en plein brouillard.

Une chose était certaine : Jack et Jill se trouvaient bien à New York.

82

La suite présidentielle du Waldorf, située dans la partie la plus élevée de l'hôtel, comprenait quatre chambres et deux salons. On avait pris soin de ne loger aucun client ni à cet étage, ni aux étages proches. Peu après minuit, la lourde porte de la chambre occupée par le Président Thomas Byrnes s'ouvrit lentement.

– Qui est-ce ?

Surpris, le Président faillit lâcher le livre dans lequel il s'était plongé dans l'espoir de retrouver un semblant de sérénité. Une énorme biographie de Truman, signée David McCullough.

Mais voyant qui lui rendait visite, il sourit.

– Ah, c'est toi. J'ai pensé que ça pouvait être Jill. J'ai l'impression que quelque part, elle m'aime bien. Une espèce d'intuition.

– Ce n'est que moi, lui répondit Sally Byrnes en s'efforçant tant bien que mal de paraître décontractée. Je voulais juste te dire bonne nuit, et voir si tout allait bien, Tom.

Le Président lança à sa femme un regard plein de tendresse. Depuis quelques années, ils faisaient chambre à part, mais leurs problèmes de couple ne les avaient pas empêchés de demeurer amis. Thomas Byrnes avait la conviction qu'ils s'aimaient et s'aimeraient toujours.

– Tu n'es pas venue pour me border ? l'interrogea-t-il. Dommage...

– Si, si. Ce soir, tu mérites qu'on te borde.

Cela le fit sourire, et le souvenir de jours meilleurs, bien meilleurs, leur revint à l'esprit. Thomas Byrnes pouvait être un redoutable charmeur ; Sally ne le savait que trop bien, comme elle savait qu'il n'avait pas son pareil pour faire pleurer une femme. Ils avaient ainsi vécu, le plus clair du temps, une relation qu'elle qualifiait de « mélange de souffrances et de bonheurs », tout en reconnaissant volontiers – comme lui – que les joies l'emportaient sur les peines. Et ils se savaient unis par un lien tout à fait particulier.

Thomas Byrnes tapota le bord de son grand lit dont un dais surmontait la tête; Sally vint s'asseoir à côté de lui. Elle lui tendit la main qu'il réclamait. Elle avait toujours aimé prendre sa main. En dépit de tout ce qu'elle avait pu subir, elle savait qu'elle aimait encore Thomas. Elle lui pardonnait ses aventures, car pour lui elles ne représentaient rien. Sally Byrnes se sentait forte, et elle comprenait son mari mieux que quiconque. Elle seule savait le désarroi, la peur profonde, le sentiment de vulnérabilité qu'il éprouvait actuellement.

Elle l'aimait tout entier, avec son arrogance, sa défiance, ses angoisses et ses crises d'orgueil. Elle savait qu'il l'aimait, qu'ils resteraient toujours amis et complices.

– Il faut que je te dise quelque chose de bizarre, dit-il en attirant à lui la femme qui partageait sa vie depuis vingt-six ans.

– J'écoute. Et j'ose espérer que vous ne me cacherez rien, monsieur le roi.

Elle s'inspirait des dialogues d'une pièce qu'ils avaient vue à Londres, *La Folie du roi George*, qui les avait fait beaucoup rire.

– Je crois que c'est quelqu'un que nous connaissons. J'en ai discuté avec le flic de la brigade criminelle, le seul qui ait eu le courage de m'annoncer les mauvaises nouvelles. Il pourrait s'agir de quelqu'un de notre entourage, Sally. C'est encore pire...

Sally leva les yeux au plafond, en s'efforçant de ne rien montrer de la peur qui l'étreignait. Son regard redescendit jusqu'à la rampe pour fauteuil électrique qui courait à mi-hauteur du mur, là où s'arrêtait le papier peint bleu pastel. Dieu! elle aurait tout donné pour qu'ils puissent rentrer chez eux, dans le Michigan.

– Tu en as parlé à Don Hamerman?

– Non, lui répondit-il dans un souffle. Je t'en parle à toi, parce que je peux te faire confiance.

Sally déposa un baiser sur son front, puis sa joue, puis enfin sa bouche.

— En es-tu bien sûr?
— Totalement. Bien que tu aies de bonnes raisons de vouloir me supprimer. Je suis persuadé que tes arguments seraient plus convaincants que ceux de Jack et Jill.
— Prends-moi dans tes bras, l'implora-t-elle. Ne me lâche pas.
— C'est moi qui devrais te dire ça, dit-il, toujours à mi-voix. Je pourrais rester indéfiniment blotti comme ça, contre toi. Et tu sais, Sally, il faut que tu me pardonnes.

Et tandis qu'il serrait sa femme dans ses bras, le Président Thomas Byrnes se répétait : *C'est quelqu'un de mon entourage. Quelqu'un qui m'est très proche.*

— Que voudrais-tu pour Noël, Tom? Tu connais les journalistes; ils vont te poser la question.
— La paix, répondit le Président Byrnes au bout d'un instant de réflexion. Je voudrais que tout ça ne soit plus qu'un mauvais souvenir.

83

Le moment était venu de prouver qu'il était plus fort que Jack et Jill. En son for intérieur, il savait que la question ne se posait même pas; Jack et Jill ne valaient pas grand-chose.

Il se trouvait à Washington. A Southeast, et plus précisément dans la Cinquième rue. Des ombres flottaient sur la maison des Cross, dont les occupants avaient dû enfin s'endormir. *On sera bientôt fixés*, songea le tueur.

Il s'appelait Danny Boudreaux et il s'était posté derrière un bosquet de gommiers, sur une parcelle déserte.

Il vouait à Cross et à sa famille une haine sans bornes. Alex Cross lui rappelait son vrai père, un flic lui aussi qui, à force de ne penser qu'à son boulot de merde, avait fini par les abandonner, sa mère et lui, par les oublier comme de vulgaires crachats sur le trottoir. Et après le suicide de sa mère, on l'avait confié à la garde de parents adoptifs.

La famille, ça l'horripilait. Mais le grand Alex Cross faisait tout pour être un papa modèle. Quel cinéma! Un escroc de première, ce type. Et qui, par-dessus le marché, à plusieurs reprises, s'était permis de le sous-estimer, de le prendre pour un moins-que-rien, lui, Danny Boudreaux.

Danny Boudreaux était dans la même classe que Sumner Moore à Theodore Roosevelt. Sumner Moore, la caricature du cadet sérieux, bûcheur et propre sur lui. Et comme cet imbécile était son tuteur depuis la rentrée, Danny avait dû se rendre chez les Moore deux fois par semaine. Dès le premier jour, il avait trouvé ce petit morveux maniéré et condescendant totalement insupportable, il avait détesté toute cette famille de prétentieux. Et il avait décidé de leur donner une leçon. En fait, c'était lui qui avait joué le rôle du tuteur.

Sa première idée délirante : faire passer Sumner Moore, le cadet modèle, pour le tueur d'enfants. Il avait trouvé le code d'accès des Moore au serveur Prodigy, ce qui avait amené les flics directement chez eux. Le gag proprement génial! Puis, deuxième plan d'enfer, il avait choisi de se débarrasser de Sumner. Et le meurtre de Sumner Moore lui avait procuré encore plus de joie que celui des deux mômes.

A présent, il lui tardait de donner également une petite leçon à Cross qui, manifestement, estimait que le tueur de l'école Sojourner Truth ne valait pas qu'il gaspille son précieux temps. Aux yeux d'Alex Cross, Danny Boudreaux n'avait rien d'un Gary Soneji. Il n'était pas Jack et Jill. Danny Boudreaux, c'était Personne.

Eh bien, nous allons voir ça, docteur Cross. Nous allons comparer avec Jack, Jill et les autres. Regardez bien ce qui va se passer, monsieur l'inspecteur de mes deux, cela risque d'être très instructif...

D'ici une heure environ, beaucoup de gens apprendraient à ne pas sous-estimer Danny Boudreaux et cesseraient de le prendre de haut.

Danny Boudreaux traversa la Cinquième rue en prenant soin de rester dans l'ombre des grands arbres qui le protégeaient des lampadaires et pénétra sur la pelouse bien entretenue qui bordait la maison de la famille Cross.

Pas de règles. Pas de regrets.

Il était plutôt petit, pour ses treize ans. Un mètre cinquante-sept et à peine cinquante-cinq kilos. Pas de quoi impressionner les foules. Les autres cadets le surnommaient la Petite Chose parce qu'il fondait en larmes dès qu'on le taquinait un peu, ce qui se produisait en permanence. Le bizutage de Danny Boudreaux avait duré toute une année scolaire. Non, en fait, il avait commencé le jour de sa naissance. Tuer Sumner Moore avait été un vrai bonheur ! C'était comme s'il avait tué toute son école !

Il se barbouilla le visage, le cou et les mains d'ombre à paupières grise. Il s'était habillé en noir : jean, chemise, et masque de camouflage signé Treebark. Après tout, il était dans un quartier noir, non ? Et jusqu'ici, personne ne semblait lui avoir prêté la moindre attention.

Danny Boudreaux caressa la crosse du Smith & Wesson, au fond de l'immense poche de son poncho. Douze cartouches dans le chargeur, des munitions de forte puissance. La sécurité était enlevée. Il se remit à pleurer. Des larmes brûlantes ruisselaient sur son visage ; il les balaya d'un revers de manche. La Petite Chose, c'était du passé.

Il commettait des crimes parfaits.

84

Plus rien, désormais, ne pouvait sauver la sympathique petite famille d'Alex Cross. Ce seraient ses prochaines victimes. Son nouveau coup d'éclat, parfaitement minuté. « *Hey, hey, what do you say ?* »

Sans faire le moindre bruit, Danny Boudreaux gravit lentement les marches de la véranda qui flanquait l'arrière de la maison. Il était capable de faire un très bon cadet si la situation l'exigeait. Un parfait petit soldat. Ce soir, il était tout bonnement en manœuvres. Mission de nuit.

Recherche et destruction de l'objectif.

Aucun son ne lui parvenait de l'intérieur de la maison. Pas de télévision ; pas de talk-shows de fin de soirée genre Letterman ou Leno, pas de dessins animés de Beavis et Butthead, pas de pubs Nordic Track. Et pas de notes de piano, ce qui signifiait vraisemblablement que Cross dormait, lui aussi. Du sommeil des morts...

Quand ses doigts effleurèrent la poignée de la porte, il eut l'impression que le métal s'était mué en glace et faillit retirer sa main. Il se ressaisit, fit lentement tourner le bouton, tira la porte vers lui.

Cette fichue porte était verrouillée ! Il avait été assez fou pour imaginer qu'elle serait ouverte. Cela ne suffirait pas pour l'empêcher de pénétrer dans la maison, mais il risquait à présent de faire du bruit.

Ce qui n'allait pas du tout.

Ce n'était pas parfait.

Il décida donc de contourner la maison pour voir comment les choses se présentaient de l'autre côté. Il savait en effet qu'il y avait une autre terrasse, côté sud, avec le fameux piano sur lequel Cross jouait du blues. Pour le bon docteur, le blues ne faisait que commencer ; après la nuit qu'il allait vivre, il ne connaîtrait plus que le blues.

Un silence total régnait dans la maison. Danny Boudreaux savait que Cross n'avait pas jugé bon de mettre sa famille au vert, ce qui démontrait le mépris qu'il témoignait à son égard. Cross n'avait pas peur de lui. Grave erreur. Il aurait dû être terrorisé !

Danny Boudreaux ouvrit lentement la porte du solarium. Et se figea instantanément, incapable de respirer, transpirant à grosses gouttes. Il vivait l'un de ses pires cauchemars, et ses cauchemars étaient toujours horribles.

L'inspecteur John Sampson le dévisageait ! L'énorme Noir était là, sur la terrasse. Il l'attendait tranquillement, l'air crâne, bien installé dans son fauteuil.

Il était coincé ! On l'avait piégé, et il s'était laissé avoir comme un imbécile.

Minute... minute...

Un détail clochait. Un détail plutôt rassurant, en fait.

Danny Boudreaux cligna des yeux, regarda fixement Sampson. Campé dans le grand fauteuil confortable, tout près du piano, Sampson dormait.

Il était en chaussettes et avait étendu ses jambes sur un pouf assorti au fauteuil. Son arme était posée sur une petite table, à quarante centimètres de sa main droite. Il l'avait laissée dans son étui.

Quarante centimètres, songea le tueur. Quarante centimètres à peine.

Danny Boudreaux resta cramponné à la porte, tétanisé, la poitrine en feu comme si on venait de lui broyer les côtes.

Que faire? Mais que faire? Quarante malheureux centimètres...

Son cerveau en ébullition menaçait d'exploser. Il n'avait qu'une envie : se ruer sur Sampson et rayer cette grande brute de la surface de la terre. Puis foncer à l'étage et éliminer toute la famille. Il en rêvait tellement que cette idée lui taraudait le crâne, lui brûlait littéralement la cervelle.

Sa formation militaire lui revenait par échos. La bravoure et autres conneries de ce genre, la logique conquérante. Lui savait ce qu'il avait à faire.

Avec d'infinies précautions, plus lentement encore qu'à son arrivée, il rebroussa chemin, encore sous le choc de sa rencontre avec le flic endormi.

Peut-être aurait-il pu faire sauter la cervelle du type. Quoique non, ça n'aurait sans doute pas été une bonne idée. Sampson était vraiment monstrueux.

Non, le tueur de l'école Sojourner ne pouvait prendre un pareil risque. Il s'amusait trop, avait encore trop de jeux excitants en perspective pour se permettre de tout fiche en l'air en deux minutes.

Il n'était plus un novice. Chaque jour, il devenait un peu plus efficace.

Il s'enfonça dans la nuit. D'autres options, d'autres projets s'offraient à lui. Danny Boudreaux avait toute la ville de Washington à portée de sa main, une sensation grisante qui exigeait d'être savourée dans l'instant. Cross et sa famille de crétins pouvaient bien attendre un peu.

Il avait déjà oublié ses effusions de larmes. Voilà sept jours qu'il n'avait pas pris son traitement, son maudit Depakote, au goût affreux, censé améliorer son état psychique.

Et il portait son sweat préféré. C'EST LA JOIE, C'EST LE BONHEUR.

85

Je me suis réveillé brutalement, tremblant, avec la chair de poule, le cœur battant à tout rompre.

Un cauchemar? Des visions malsaines, réelles ou imaginaires? Il faisait nuit noire dans ma chambre, et il m'a fallu quelques secondes pour trouver mes repères.

Puis tout m'est revenu. Je faisais partie de l'équipe chargée de la protection du président des États-Unis, lequel, malheureusement, ne nous simplifiait pas la tâche puisqu'il avait décidé de voyager, histoire d'annoncer la couleur et de faire comprendre aux terroristes et illuminés de tout poil qu'il n'avait pas peur d'eux.

Je me trouvais à New York, à l'hôtel Waldorf-Astoria, sur Park Avenue. Jack et Jill étaient eux aussi à New York, et ils faisaient preuve d'une telle assurance qu'ils s'étaient permis de nous adresser une carte de visite.

A tâtons, non sans mal, j'ai fini par trouver l'interrupteur de la lampe de chevet, j'ai allumé, j'ai regardé l'heure. Deux heures cinquante-cinq du matin.

« Génial. Vraiment génial... »

J'ai d'abord songé à donner un coup de fil à la maison, à dire deux mots à Nana. Une idée un peu folle, qui m'a tout de même traversé l'esprit. Puis j'ai songé à Christine Johnson. Non, pas question de l'appeler chez elle, surtout à pareille heure. Mais lui parler au téléphone aurait été bien agréable.

J'ai fini par enfiler un pantalon de brousse, un vieux sweat-shirt et mes Converse usées jusqu'à la corde, et je suis sorti. J'avais besoin de m'évader de ma chambre d'hôtel, de sortir de mon corps.

Le Waldorf-Astoria était aussi silencieux qu'un cimetière, mais dans tous les couloirs, des agents des services secrets montaient la garde. Carrures d'athlètes, mâchoires crispées ; on aurait dit une armée de jeunes comptables férus de sport.

— On se sent d'attaque pour un jogging de nuit, inspecteur Cross ? m'a demandé Camille Robinson, une jeune femme sérieuse et toute vouée à sa mission qui, comme la plupart de ses collègues des services secrets, paraissait prête à écoper d'une balle pour sauver la vie du Président Thomas Byrnes.

— C'est là-dedans que ça galope, lui ai-je répondu en pointant l'index sur mon front. Je sens que je vais boucler quelques marathons avant le petit déjeuner. Et vous, ça va ? Voulez-vous du café, ou autre chose ?

Camille m'a fait non d'un signe de tête. Toujours le même masque. Eh oui, il y a aussi des femmes chez les cerbères, et j'en ai rencontré suffisamment. Un salut au consciencieux agent Robinson et j'ai repris mon chemin.

Le silence qui régnait dans les couloirs de l'hôtel avait quelque chose d'irréel et de lugubre à la fois mais dans mon crâne, ça turbinait méchamment. Trop de points d'interrogation ; j'étais à la limite de la surchauffe.

Le meurtre de Charlotte Kinsey était l'une des pièces du puzzle qui me laissaient perplexe. Ce crime pouvait en effet avoir été commis par quelqu'un d'autre que Jack et Jill. Pouvait-il y avoir un troisième tueur et le cas échéant, pourquoi ? Quel rôle était-il censé jouer ?

J'ai emprunté un autre couloir qui n'en finissait plus. Et dans ma tête, j'ai suivi une autre piste.

J'ai repensé à d'autres conspirations plus vastes encore, plus complexes. L'assassinat de John Kennedy à Dallas. Celui de Robert Kennedy à Los Angeles. Celui de Martin Luther King à Memphis. Il y avait de quoi sombrer dans la folie ou la dépression, car la liste complète de toutes les personnes ayant pu prendre part à ces complots était impossible à établir et de toute manière, pour m'intéresser à la plupart des suspects figurant dans les dossiers, il aurait fallu des moyens dont je ne disposais pas. On parlait beaucoup complots au sein de la cellule de crise et au FBI comme à la CIA, ce mot était devenu, depuis longtemps, une véritable obsession. Il n'en restait pas moins que trente ans après l'assassinat des Kennedy, tout le monde s'interrogeait encore sur la véritable identité des commanditaires.

Plus j'explorais les différentes thèses de complots, plus je comprenais que chaque fois, parvenir au cœur de l'énigme relevait de la mission impossible. Personne, à ce jour, n'avait réussi. J'avais eu l'occasion de m'entretenir avec plusieurs responsables de l'Assassination Archives and Research Center, à Washington, et ils étaient parvenus exactement aux mêmes conclusions. Chaque fois, l'impasse.

En errant dans le couloir du vingtième étage, où dormait le Président, j'ai eu comme un frisson en me disant qu'il était peut-être déjà mort, que Jack et Jill avaient peut-être déjà frappé en laissant en guise de message un nouveau poème que nous trouverions au matin.

— Tout va bien ? ai-je demandé aux agents postés devant la porte de la suite présidentielle.

Ils m'observaient comme s'ils se demandaient ce que je fichais là.

— Ici, pour l'instant, pas de problème, m'a rétorqué sèchement l'un d'eux.

Et j'ai poursuivi ma ronde. Retour à la case départ. Il était presque quatre heures du matin.

Je suis entré dans ma chambre sans faire de bruit, je me suis allongé sur le lit, j'ai réfléchi à la conversation que j'avais eue avec Sampson en début de soirée. Il m'avait appris le meurtre de Sumner Moore et apparemment, le jeune Moore n'était pas le tueur de l'école Sojourner Truth. J'ai tout fait pour effacer les deux affaires de mon esprit.

Et j'ai somnolé jusqu'à six heures du matin. Jusqu'au moment où le radio-réveil s'est cru obligé de me balancer du rock dans les tympans, à pleins tubes. J'étais sur K-Rock, une station locale, et l'animateur s'adressait directement à moi, semblait-il. C'était Howard Stern, qui avait travaillé sur Washington plusieurs années auparavant. « Le Président est à New York. On peut en déduire que Jack et Jill ne sont pas bien loin. »

Tout le monde était au courant. A onze heures, le cortège présidentiel entamerait la traversée de Manhattan. La « diligence » était prête à reprendre la route.

86

New York allait vivre une journée exceptionnelle, une journée qui marquerait l'Histoire. Une journée sous très haute tension. Le jeu avait cessé d'être un jeu.

Jack courait dans Central Park à petites foulées appuyées et régulières. Il était bientôt six heures et il faisait son jogging depuis près d'une heure. Dans sa tête, les images se bousculaient. Le jour J était enfin arrivé et New York allait devenir la plus formidable des zones de combat.

Il longeait la Cinquième avenue, vers le sud, en contemplant cet horizon accidenté qui constituait l'un des charmes très particuliers de Manhattan ; une herse d'édifices de toutes hauteurs dentelait un ciel voilé, couleur de houille, gavé par les flots de fumée tourbillonnants que les lourdes cheminées de bâtisses nées avec le siècle vomissaient sans relâche.

Il y avait quelque chose de grandiose dans ce paysage d'une beauté presque apocalyptique, bien loin de l'image qu'il se faisait habituellement de New York. *Mais ce n'est qu'une façade*, songea-t-il, *comme Jack et Jill*. Un bus le dépassa dans un bruit de tonnerre. Il se demanda s'il allait mourir au cours des prochaines heures. Après tout, il devait se préparer à toutes les éventualités, dont celle-ci.

Il allait jouer les kamikazes. Sa dernière mission sèmerait inéluctablement la mort. Il ne concevait pas que sa cible pût survivre à cet ultime assaut. Bien sûr, il y aurait forcément d'autres victimes. Difficile de faire autrement, puisqu'il s'agissait d'une guerre...

Jack émergea du parc à l'intersection de la Cinquième avenue et de la Cinquante-neuvième rue et poursuivit sa course, plein sud.

Quelques instants plus tard, il pénétrait dans le hall cossu du Peninsula. Il était six heures dix. Le Peninsula se trouvait dans les quartiers ouest, à une vingtaine de rues du Madison Square Garden où le Président Byrnes devait prononcer une allocution à onze heures vingt-cinq. On était en train de livrer des paquets de *New York Times* sur lesquels il lut, à la une : La menace de Jack et Jill pèse sur la visite du Président a New York. Tant d'égards l'impressionnaient.

Puis Jack aperçut Jill dans le hall. Jill était à l'heure et à l'endroit prévu. Jill était toujours dans les temps, Jill respectait toujours son programme.

Elle portait une tenue de jogging bleu et argent, mais ne donnait guère l'impression d'avoir transpiré entre le Waldorf et le Peninsula. Avait-elle couru ou bien marché? Ou peut-être s'était-elle rabattue sur un taxi?

Faisant mine de ne pas l'avoir vue, il entra dans une cabine d'ascenseur qui n'attendait que lui et monta à son étage. Sara prendrait l'ascenseur suivant.

Une fois dans sa chambre, il l'attendit. Un petit coup à la porte, un seul. Moins de soixante secondes : horaire respecté.

— J'ai une mine de déterrée, furent ses premiers mots.

Toujours ce ton si modeste, cette tendance à l'autodépréciation, cette fragilité. Sara, la pauvre nunuche.

— Mais non, la rassura-t-il. Tu as une mine superbe, parce que tu es superbe.

En réalité, il l'avait déjà vue en meilleure forme. La tension des dernières heures se lisait sur son visage marqué par le doute et l'anxiété, surchargé de fond de teint, de mascara et de rouge à lèvres. C'était le jour J. Elle avait libéré sa crinière blonde, et ses cheveux paraissaient secs, cassants.

— Le Waldorf est déjà en pleine ébullition, lui rapporta-t-elle. Ils sont persuadés qu'une tentative d'assassinat va avoir lieu aujourd'hui. Ils sont parés à réagir, ou du moins pensent l'être. Cinq mille hommes de la police new-yorkaise, plus les services secrets et le FBI. Une véritable armée.

— Laissons-les continuer à croire qu'ils sont parés, fit Jack. On verra bien assez tôt qui a raison, non? (Un sourire se dessina sur son visage.) Approche. Dis donc, je te trouve en forme. Toi, mauvaise mine, impossible. Tu es à croquer, Sara. Tu permets que je te croque?

— Là, tout de suite?

Un murmure, plutôt qu'une protestation. Sara était si menue, si vulnérable, si peu sûre d'elle; comment aurait-elle pu résister à son étreinte puissante, rassurante ? Jamais elle ne s'en était montrée capable, et cela aussi faisait partie du plan. Il avait tout prévu, ce qui garantissait leur succès.

Il enleva son sweat, exhibant un torse luisant, aux poils lourds de sueur, et attira Sara à lui. Le corps de la jeune femme se cambra violemment. Leurs pouls s'accélérèrent. *Jack et Jill, à New York, si proches du dénouement.*

Il sentait le cœur de Sara palpiter comme celui d'un petit animal traqué. C'était plus fort qu'elle. Elle mourait de peur, ce qui n'avait rien de surprenant.

– S'il te plaît, promets-moi qu'on se reverra, même si ce n'est pas vrai. Dis-moi que tout ne va pas s'arrêter aujourd'hui, Sam.

– Ce n'est pas fini, ma petite guenon, et j'ai aussi peur que toi en ce moment. C'est une réaction tout à fait normale et saine. Tu es quelqu'un de très sain, comme moi.

– Dans quelques heures, chuchota-t-elle, nous serons en train de quitter New York. Toute cette histoire de Jack et Jill sera derrière nous. Oh, Sam, je t'aime. Je t'aime tellement que ça m'effraie.

Sara ignorait à quel point ses craintes étaient justifiées. Personne, d'ailleurs, n'avait à le savoir. Les dessous de l'Histoire ne concernaient pas le grand public.

Lentement, avec précaution, il sortit le Ruger P 89 glissé sous la ceinture de son pantalon de survêtement, dans le dos. Ses mains étaient moites. Il retint son souffle, posa le canon de l'arme, légèrement pointé vers le bas, contre la tempe de Sara, et tira. Une seule fois.

Une exécution de professionnel.

Réalisée froidement.

Ou presque.

Le Ruger était équipé d'un silencieux. Dans la chambre d'hôtel, le coup de feu ne produisit qu'un bruit insignifiant, mais la force d'impact de la balle de 9 mm arracha Sara à l'emprise de Jack. Pris d'un frisson involontaire, il contempla le corps sans vie qui gisait sur le tapis.

« Maintenant, c'est fini, fit-il. Te voici libérée des souffrances et des désillusions de la vie. Désolé, ma petite guenon. »

Il plaça le dernier message dans la main droite de Jill puis lui referma le poing de manière à bien froisser la feuille. C'était la dernière fois qu'il tenait la main de Sara.

Et Jill dégringola à son tour, songea-t-il en se remémorant la comptine pour enfants.

Mais Jack, lui, ne tomberait pas.

Ce jour allait être le jour de tous les délires.

Le jeu de Jack et Jill avait enfin commencé.

SIXIÈME PARTIE

***PLUS PERSONNE
N'EST À L'ABRI.
PLUS PERSONNE.***

87

J'avais entre les mains un épais document intitulé : *Visite du président des États-Unis, New York, 16 et 17 décembre.* Quatre-vingt-neuf pages détaillant chaque instant du voyage présidentiel, depuis la seconde où Thomas Byrnes débarquait de son avion spécial à La Guardia jusqu'au moment où il repartait pour Washington, à environ quatorze heures.

Le dossier comprenait des croquis de tous les lieux concernés : l'aéroport de La Guardia, le Waldorf, le Felt Forum à l'intérieur du Madison Square Garden, l'itinéraire du cortège officiel et les itinéraires de substitution. Il avait été rédigé par les services secrets, et on y lisait notamment :

10 h 55 : Le Président et Mme Byrnes montent à bord de la voiture officielle.

Note : Le Président et Mme Byrnes sortent du Waldorf-Astoria encadrés par une haie d'agents du NYPD.

11 h 00 : Le cortège quitte le Waldorf en direction du Felt Forum, au Madison Square Garden, par l'itinéraire (code C).

Bouclage à l'arrivée.
Pas de pool de presse.

En attendant l'heure du départ, l'énigme Jack et Jill me donnait largement de quoi m'occuper. Une fois sorti du Waldorf, le Président traverserait Manhattan au milieu d'un cortège de limousines, de voitures de police et de motos. Le FBI, les services secrets et la police new-yorkaise avaient passé les trois derniers jours à mettre au point un gigantesque plan d'action pour tenter de mettre la main sur Jack et Jill si ceux-ci décidaient de se manifester au Madison Square Garden. Près d'un millier d'hommes en civil veilleraient sur la sécurité du Président pendant son allocution, mais nous doutions tous que ces mesures fussent suffisantes.

Depuis le début de la matinée, une pensée m'obsédait : personne ne peut arrêter la balle d'un assassin. La victime est toujours en fin de trajectoire.

Que nous réservaient Jack et Jill ? Qu'allait-il se passer ? J'avais la conviction qu'ils se manifesteraient au Madison Square Garden. Quelque chose me disait qu'ils prévoyaient une action rapprochée et qu'ils avaient imaginé un moyen de prendre la fuite.

A onze heures moins cinq très précises, le Président et Mme Byrnes furent priés de rejoindre leur véhicule. Une douzaine d'agents des services secrets les escortèrent de la suite jusqu'à la limousine blindée qui les attendait dans le parking souterrain de l'hôtel.

Je leur ai emboîté le pas. Mon rôle ne consistait pas à jouer les gardes du corps et j'avais déjà fait part à Grayer de la manière dont les choses, à mon avis, se passeraient : une action très rapprochée et très spectaculaire, suivie d'un repli programmé.

Le programme officiel avait déjà subi quelques modifications. Pas de haie de gradés de la police à la sortie de l'hôtel, qui se ferait par l'arrière. Pas de poses pour les photographes. Devant notre insistance, le Président avait renoncé à traverser une nouvelle fois à découvert le grand hall du Waldorf.

J'ai regardé Sally et Thomas Byrnes s'engouffrer dans la limousine pour un trajet d'un peu plus de trois kilomètres. Ils se tenaient la main et j'ai trouvé cette image très touchante. Elle illustrait parfaitement ce que je savais d'eux.

Pas de regrets.

Le cortège s'est mis en branle à l'heure prévue. C'était ce que les services secrets appelaient le « format officiel ». Vingt-huit voitures, dont six réservées à des équipes de contre-attaque. L'un des véhicules, affecté au renseignement, bardé d'ordinateurs et de systèmes de communication, était en liaison permanente avec les hommes chargés de surveiller tout ce qui représentait une menace pour le Président. Je me demandais si Jack et Jill connaissaient les détails du déplacement, minute par minute, voire le nombre exact de véhicules composant le cortège.

Plus personne n'est à l'abri. Plus personne.

Une à une, les limousines et les berlines quittèrent à angle droit la rampe du parking souterrain de l'hôtel. Des plaques d'égouts claquèrent sous nos roues. L'itinéraire prévu passait par Park Avenue, puis bifurquait sur la Quarante-septième pour rejoindre la Cinquième avenue.

J'avais pris place aux côtés de Don Hamerman, deux voitures derrière le Président. Ce matin-là, Hamerman lui-même me paraissait calme et distant. Il ne s'était encore rien passé. Jack et Jill pouvaient-ils avoir modifié leurs projets? Cherchaient-ils à effacer leurs traces? Allaient-ils refaire surface au moment où nous ne nous y attendrions plus? Contrairement à ce que je prévoyais, risquaient-ils de passer à l'attaque pendant le déplacement du cortège?

Le nez collé à la vitre, j'avais l'impression d'être dans un autre monde. Le long des rues, une foule enthousiaste acclamait notre cortège. C'était l'une des raisons qui avaient poussé le Président Byrnes à décréter qu'il ne pouvait plus rester terré à la Maison-Blanche. Même à New York, le peuple américain voulait le voir de près; jusqu'à présent, il s'était montré bon président, à la fois populaire et courageux.

Qui voulait tuer Thomas Byrnes, et pourquoi? Les ennemis potentiels ne manquaient pas, mais la liste établie par le Président lui-même m'intéressait tout particulièrement: le sénateur Glass, le vice-président Mahoney, quelques membres extrémistes du Congrès et diverses personnalités du monde de la finance. Le Président m'avait déclaré qu'il s'efforçait de changer l'ordre établi, mais que l'ordre établi s'opposait résolument à tout changement.

L'ordre établi s'opposait résolument à tout changement...

La pathétique symphonie des sirènes de police qui ululaient autour de moi me paraissait de circonstance. Je regardais tantôt les New-Yorkais enthousiastes agglutinés sur les trottoirs, tantôt l'interminable succession de limousines et de berlines officielles filant à vive allure. Je faisais partie du cortège présidentiel et pourtant, j'avais l'impression d'être ailleurs. Je ne pouvais m'empêcher de songer à Dallas, à John et à Robert Kennedy, à Martin Luther King. Les grandes tragédies de notre pays, blessures de l'Histoire. Et je ne quittais pas des yeux la « diligence ».

Que deux des trois meurtres qui avaient le plus marqué le siècle pussent rester inexpliqués aux yeux de la plupart des Américains me semblait impensable. Nul n'avait pu apporter une réponse satisfaisante à ces énigmes criminelles.

Sous le Madison Square Garden, il y avait un parking réservé aux VIP, tout en blanc, un vrai bunker de béton. Une centaine d'hommes des services secrets et de la police new-yorkaise nous y attendaient, les premiers étant faciles à reconnaître grâce aux oreillettes qui les reliaient à leur réseau cellulaire.

J'ai regardé Thomas et Sally Byrnes sortir lentement de leur voiture blindée. J'ai observé le regard du Président, qui m'a paru calme, confiant et concentré. Peut-être savait-il parfaitement ce qu'il faisait, peut-être n'avait-il pas d'autre choix.

Je me trouvais à quelques mètres à peine du couple présidentiel. Chaque seconde passée à découvert semblait durer une éternité. Il y avait beaucoup trop de monde dans ce parking et n'importe qui pouvait se révéler être un tueur.

Le Président et madame, très souriants, conversaient avec des notables new-yorkais comptant au nombre de leurs sympathisants. Ils pratiquaient cet exercice avec une belle aisance, ayant tous deux compris l'importance de leur rôle protocolaire. Ils étaient à la fois un symbole, et l'incarnation du pouvoir absolu. J'appréciais énormément leur sens du devoir et des responsabilités et les critiques de Nana à leur égard me paraissaient injustes. C'étaient des gens honnêtes qui faisaient de leur mieux, j'en étais persuadé, et il m'avait fallu venir à la Maison-Blanche pour réellement comprendre la difficulté de leur tâche.

Rien ne doit arriver au Président Byrnes et à son épouse, me disais-je comme si une pensée pouvait arrêter la balle d'un assassin, pouvait empêcher un drame ici, dans le parking souterrain, ou plus haut, dans l'amphithéâtre bondé du Felt Forum.

Je scrutais les visages en me disant : *N'importe laquelle de ces personnes pourrait être Jack ou Jill.*

Il faut évacuer le Président et sa femme d'ici. Tout de suite.

Le Kennedy Center, à Washington! L'étudiante en droit, Charlotte Kinsey, qu'on a abattue dans un lieu public, comme ici! Je ne cessais d'y songer.

Il s'était passé là-bas quelque chose de révélateur. Jack et Jill avaient changé de tactique. Mais quelle était leur stratégie?

On a emprunté l'escalier menant à l'auditorium bourré de monde.

Si Jack et Jill avaient l'intention de mourir, ici, ce serait un jeu d'enfant.

Et pourtant, j'avais dans l'idée qu'ils comptaient s'échapper une fois leur forfait accompli, comme ils l'avaient toujours fait. C'était la seule constante dans tous les crimes commis jusqu'à présent. Mais s'ils choisissaient de passer à l'attaque au beau milieu du Madison Square Garden, je voyais mal comment ils pourraient s'en tirer.

Les vrais Jack et Jill – le président des États-Unis et la première dame – venaient, eux, d'arriver. Pile à l'heure.

88

Une gouttelette de transpiration perlait au bout de mon nez.

J'avais l'impression qu'un poids lourd me broyait la poitrine.

Une pagaille indescriptible, assortie d'un brouhaha assourdissant, régnait à l'intérieur de l'amphithéâtre de béton et d'acier et les choses n'avaient pas l'air de s'arranger. A notre arrivée, près de dix mille personnes s'étaient déjà massées dans l'enceinte.

Je me suis dirigé vers la grande scène avec le reste des membres de la sécurité. Le Président était cerné d'agents des services secrets et du FBI, et de policiers new-yorkais. J'essayais désespérément de dénicher Kevin Hawkins. En espérant que Jill se trouverait à ses côtés.

Le Président Byrnes pénétra dans l'auditorium d'un pas assuré, sans se départir de son sourire. Je me souvenais de ses paroles : « Pas question de laisser un couple de psychopathes entraver l'action du gouvernement. »

Malgré la chaleur ambiante, j'avais des sueurs froides et je grelottais comme si le vent de l'Hudson s'était levé. Moins de dix mètres nous séparaient désormais de l'imposante scène sur laquelle se pressaient diverses personnalités et hommes politiques, dont le gouverneur et le maire.

Des flashes fusaient dans tous les sens, et l'un des micros laissa échapper un sifflement strident. J'ai ajusté l'étoile à cinq branches épinglée sur le revers gauche de mon veston, qui m'assimilait aux membres des services secrets. Le code-couleur du jour était le vert. Vert comme l'espoir ?

Jusqu'à présent, Jack et Jill avaient toujours tenu parole et il était permis de penser qu'ils avaient trouvé un moyen de se procurer des armes à l'intérieur même du Madison Square Garden. Dans l'enceinte de l'immense amphithéâtre, il devait bien y avoir un millier d'armes de poing, sans compter les fusils d'assaut et fusils à pompe, entre les mains de la police et des diverses équipes de sécurité.

Parmi tous ces hommes et ces femmes se trouvait peut-être Jack, ou bien Jill.

Parmi tous ces hommes et ces femmes se trouvait peut-être Kevin Hawkins.

Don Hamerman se tenait à mes côtés, mais le brouhaha général nous empêchait de nous parler normalement. De temps à autre, nous nous penchions l'un vers l'autre pour nous hurler quelque chose à l'oreille.

Et même alors, il nous était difficile de saisir plus d'un mot ou une phrase.

– Il met beaucoup trop de temps à rejoindre le podium ! hurla Hamerman – enfin, c'est ce que j'ai cru entendre.

– Je sais ! Que voulez-vous qu'on fasse ?

– Surveillez les mouvements de foule ! Si quelqu'un sort une arme, il y aura forcément une bousculade. Le Président passe beaucoup trop de temps dans la foule ! Il cherche à provoquer les tueurs, ou quoi ? Comme s'il avait quelque chose à prouver !

Le secrétaire général de la Maison-Blanche avait raison, bien entendu : le Président donnait l'impression de défier Jack et Jill. Mais le véritable piège que constituait cette salle bondée pouvait également fonctionner...

Soudain, je vois la foule s'écarter ! Mouvement de panique !

– Tuez ce salopard ! Il faut le tuer ! crie quelqu'un, deux rangées plus loin.

Aussitôt, je fonce droit devant en écartant tout le monde comme je peux.

– Hé! ça va pas, non! me hurle une bonne femme en plein visage.
– Descendez-le! répète quelqu'un.
Et moi, à pleins poumons :
– Laissez-moi passer!
Le type qui a tout déclenché est un blond aux cheveux longs vêtu d'un gros parka noir; il a un sac à dos noir sanglé sur les épaules. Je lui saute dessus en même temps qu'un gars venu de l'autre côté de l'allée. On plaque le blond brutalement au sol; son crâne heurte le sol en ciment.
– Police de New York! beugle mon partenaire improvisé.
– Police de Washington, détaché à la Maison-Blanche! je renchéris.
J'étais déjà en train de fouiller le suspect pendant que le flic new-yorkais lui braquait son arme en pleine poire. Difficile de dire si le blond était Kevin Hawkins, mais nous ne pouvions prendre le moindre risque. Il fallait impérativement le neutraliser.
Et l'autre qui continuait à hurler :
– Il faut tuer ce salaud! Tuez le Président!
Il était complètement hystérique, à l'image de toute la salle. Et il s'est mis à nous lancer, au flic new-yorkais et à moi :
– Putain, vous m'avez fait mal! Vous m'avez démoli le crâne!
Avions-nous affaire à un déséquilibré?
A quelqu'un qui cherchait à imiter Jack et Jill?
Ou bien s'agissait-il d'une diversion?

89

L'attaque-suicide était imminente ! Impossible d'arrêter un tueur prêt à jouer les kamikazes ! Le Président était un mort en sursis...

Kevin Hawkins n'avait eu aucune difficulté à trouver un emplacement de choix dans l'auditorium surpeuplé et bruyant. Mettant son imagination et ses talents visuels à contribution, il s'était fabriqué un nouveau personnage. Le résultat était assez insolite.

Hawkins s'était réincarné en grande femme brune vêtue d'un tailleur-pantalon bleu nuit. Pas très sexy, il fallait bien l'avouer, mais il diminuait ainsi les risques de se faire remarquer.

En outre, il était en possession d'une carte du FBI parfaitement authentique, jusqu'au tampon et à l'épaisseur du carton. Elle attestait qu'il était Lynda Cole, agent spécial en poste à New York. Debout, au sixième rang, à la place qui était réservée à Lynda Cole, le reporter-photographe scrutait calmement la foule.

Clic !
Clic !

Il prit plusieurs clichés mentaux, en s'intéressant principalement au FBI, aux services secrets ainsi qu'au NYPD. Mais ses concurrents ne l'impressionnaient guère.

Qui pouvait arrêter une attaque-suicide ? Personne. Dieu, peut-être. Et encore...

En revanche, les moyens déployés par ses adversaires, tant en personnel qu'en matériel, démontraient leur détermination à mettre Jack et Jill hors course. Et peut-être y parviendraient-ils. Après tout, on avait déjà vu des choses bien plus bizarres.

Mais Hawkins n'y croyait guère. Ils avaient laissé passer leur dernière chance; ils auraient dû le coincer avant qu'il entre dans le bâtiment, pas maintenant, Le reporter-photographe contre le FBI, les services secrets et le NYPD. Les chances lui paraissaient équitables.

Leurs précautions le faisaient sourire. Pour sa part, il attendait que la cible se présente. Leur stratégie constituait en effet un élément essentiel de sa propre stratégie. Chacun de leurs gestes, chaque stade de leur plan avait été anticipé et était indispensable à la réalisation de la mission-suicide.

Quand l'hymne au drapeau retentit dans la salle, Hawkins applaudit à tout rompre comme le reste de l'assistance. Après tout, il était patriote. Le lendemain, il ne se trouverait sans doute personne pour le croire, et pourtant c'était la vérité.

Kevin Hawkins était l'un des derniers vrais patriotes.

90

Personne ne peut arrêter la balle d'un assassin.
Un brasier me dévorait la poitrine. Je sillonnais la foule, cherchant désespérément Hawkins.

J'avais les nerfs à vif. Je gardais la main droite posée sur la crosse de mon Glock, en me répétant que n'importe lesquels de ces visages pouvaient être ceux de Jack et Jill. Mon arme de poing me paraissait bien dérisoire au milieu de cette marée humaine vociférante.

J'étais parvenu au niveau de la seconde rangée, à droite de la scène haute de trois ou quatre mètres. L'éclairage de la salle semblait diminuer d'intensité, mais peut-être était-ce dans ma tête? Dans mon cœur?

Le Président a posé un pied sur la première marche métallique de l'escalier gris, s'est arrêté pour serrer la main d'un sympathisant, donner une tape amicale sur l'épaule d'un autre, comme s'il avait évacué de son esprit toute notion de danger.

Sally Byrnes précédait son mari. Je distinguais nettement les traits de son visage, en me disant que Jack et Jill étaient peut-être aussi bien placés que moi. Sur la scène, les agents des services secrets donnaient l'impression d'occuper tout l'espace disponible.

J'étais là quand ça s'est passé. A quelques mètres du Président Byrnes.

Jack et Jill ont frappé un coup terrible.

Une bombe. Une déflagration d'une inimaginable violence a secoué la scène, prenant au dépourvu tous les gardes du corps qui entouraient le Président. L'explosion avait en effet eu lieu à l'intérieur même du périmètre de sécurité.

Vent de panique! Ils avaient eu recours à un engin explosif, alors que nous redoutions un attentat par balles! Et pourtant, toute la salle avait été soigneusement fouillée le matin même. Je me suis rué en avant, en notant que ma main saignait. J'avais dû me blesser en alpaguant l'autre tordu, à moins que ce ne fût suite à l'explosion.

J'ai alors assisté à une succession de scènes de cauchemar, défilant en accéléré. Pistolets automatiques et fusils à pompe surgissaient de partout, mais personne ne semblait savoir ni où ni comment l'explosion s'était produite. Y avait-il des victimes? Et dans quel but avait-on fait sauter cette bombe?

Les occupants de la scène et des vingt premières rangées avaient plongé au sol.

Une épaisse fumée noire s'élevait jusqu'aux poutrelles d'acier et au toit de verre. Une odeur de cheveux brûlés flottait dans l'air. Partout, des gens hurlaient. Impossible de savoir combien de personnes avaient pu été blessées. Je ne voyais plus le Président.

L'engin avait explosé à proximité de la scène, tout près de l'endroit où, quelques secondes plus tôt, le Président Byrnes serrait des mains et bavardait. Mes oreilles bourdonnaient encore.

Je me suis frayé un chemin jusqu'à la scène, comme j'ai

Plus personne n'est à l'abri. Plus personne. 309

pu, ignorant s'il y avait des blessés ou des morts. La fumée et l'agitation générale m'empêchaient de voir le Président et Mme Byrnes. Des cameramen essayaient de se rapprocher du lieu de l'attentat en enjambant les corps prostrés.

Puis j'ai enfin aperçu un groupe d'agents des services secrets agglutinés autour du Président. Ils l'aidaient à se redresser ; il était apparemment sain et sauf. On était en train de l'évacuer. Ses gardes du corps formaient un véritable bouclier humain.

Le Glock au poing, canon en l'air par mesure de sécurité, j'ai crié : « Police ! »

D'autres agents des services secrets et des inspecteurs du NYPD faisaient de même. Chacun annonçait la couleur, histoire de ne pas se faire tirer dessus ou de tirer sur quelqu'un par erreur, car la confusion régnait. Des hurlements hystériques montaient de la foule.

Conformément à ce que prévoyait la procédure d'évacuation, j'essayais de me frayer un chemin jusqu'à l'entrée sud-ouest, par laquelle le Président était arrivé.

Signalé par un caisson lumineux rouge Sortie de secours, un immense couloir souterrain en béton permettait de rejoindre un parking spécial réservé aux visiteurs de marque, du côté de l'Hudson. Une armada de voitures blindées nous y attendait. Et qui d'autre encore ? J'entendais une petite voix me dire : *Jack et Jill ont toujours eu une longueur d'avance sur nous. Et ils l'ont manqué ! Pourquoi ?*

Ils ne commettent jamais d'erreur.

Je n'étais plus qu'à une douzaine de mètres du Président et de ses gardes du corps quand j'ai soudain compris. Tout le monde était tombé dans le panneau.

Je me suis mis à hurler :

— Il faut prendre un autre itinéraire ! Modifiez la procédure d'évacuation !

91

Noyés dans le vacarme général, mes appels restaient vains. Le Madison Square Garden avait basculé dans une indicible confusion et c'était tout juste si je m'entendais hurler.

J'essayais désespérément de suivre le groupe. On aurait dit des spectateurs surexcités pendant un match de boxe et la fumée dégagée par l'explosion créait une sorte d'effet stroboscopique qui donnait à la scène un aspect fantasmagorique.

– Il faut prendre un autre chemin! Il faut changer l'itinéraire d'évacuation!

Mais nul n'entendait mes cris. On s'est retrouvés dans le passage souterrain aux murs blanchis à la chaux, où tout faisait écho. Impression bizarre. J'étais juste derrière le dernier des agents des services secrets et je n'arrêtais pas de hurler.

– Ne passez pas par là! Arrêtez le Président!

Peine perdue.

Le couloir était plein de monde. Des invités arrivés en retard et surtout des types de la sécurité, et nous avancions à contre-courant.

Il était désormais trop tard pour modifier l'itinéraire. Je me rapprochais peu à peu du couple présidentiel tout en scrutant la foule à la recherche du visage de Kevin Hawkins. Nous avions encore une petite chance de l'intercepter.

Sur chaque visage, je lisais la stupeur; je ne croisais que des regards écarquillés par la peur, et ces regards me soupçonnaient, moi...

Et soudain, au cœur du souterrain, des détonations sourdes. Des coups de feu!

Cinq détonations venaient de retentir à l'intérieur du groupe qui accompagnait le Président. Quelqu'un avait réussi à pénétrer le périmètre de protection. Je me suis senti fléchir, comme si j'avais moi-même été touché.

Cinq coups. Trois très rapprochés, puis deux autres.

Impossible de voir ce qui venait de se produire. Puis j'ai entendu une sorte de plainte suraiguë, un gémissement étrange qui m'a fait frissonner.

Cinq coups de feu. Trois détonations, puis deux autres, à l'endroit même où j'avais auparavant entraperçu le Président et ses gardes du corps.

Je me suis jeté de tout mon poids dans la marée humaine pour essayer d'atteindre l'épicentre du drame, mais j'avais l'impression d'être enlisé dans des sables mouvants dont je ne parvenais pas à m'extraire. J'avais beau jouer des coudes, j'avançais très difficilement.

Cinq coups de feu. Que s'était-il passé ?

Et brusquement, j'ai tout vu.

J'avais la bouche horriblement sèche. Les larmes me montaient aux yeux. Un silence de mort avait envahi le souterrain. Le Président Thomas Byrnes gisait sur le béton et les ruisselets de sang rouge vif qui s'échappaient du côté droit de son visage – à moins que ce ne fût du haut de sa nuque – inondaient sa chemise blanche.

Une véritable exécution.

Du travail de professionnel.

Jack et Jill, ces ordures !

C'était bien leur signature, du moins cela y ressemblait.

Je me suis rapproché en poussant tout le monde et j'ai aperçu Don Hamerman, Jay Grayer, puis Sally Byrnes. On aurait dit que la scène se passait au ralenti.

Sally Byrnes tentait de venir au secours de son mari. Elle paraissait saine et sauve, mais je me suis demandé si elle faisait partie des cibles initialement désignées. Celle de Jill, peut-être ? Les gardes du corps retenaient l'épouse du Président, essayaient de faire écran autant pour l'empêcher de voir le corps ensanglanté de son mari que pour la protéger des balles d'un assassin.

Puis j'ai aperçu une autre personne gisant au sol, et ça m'a fait l'effet d'un grand coup dans l'estomac. Personne n'aurait pu imaginer une pareille scène.

La femme allongée non loin du Président avait reçu une balle dans l'œil droit, et sa gorge portait la marque d'une autre blessure. Elle était apparemment morte. Près de son corps, il y avait un pistolet.

Était-ce elle l'assassin ?

Jill ?

De qui d'autre aurait-il pu s'agir ?

Mon regard est revenu se poser sur le corps immobile du Président. Je redoutais de le voir mort. A mon avis, il avait été touché à trois reprises au moins.

Quand Sally Byrnes a enfin pu se pencher sur son mari, elle sanglotait sans retenue. Elle n'était pas la seule.

92

Collé sur son siège, Jack contemplait l'enchevêtrement de voitures et de semi-remorques à l'arrêt sur West Street, juste avant l'entrée du Holland Tunnel.

Des deux côtés de sa Jeep noire, il entendait la radio. Il observa les visages crispés et inquiets dans les véhicules. Une femme d'âge moyen, au volant d'une Lexus, était en larmes, et dans les rues de Manhattan, mille sirènes hurlaient à la mort.

Jack et Jill sont venus sur la Colline.

Désormais, chacun savait pourquoi, ou du moins pensait le savoir.

Désormais, chacun avait compris que ce jeu était très sérieux.

« Arrêtez d'écouter les informations, avait-il envie de dire à tous les automobilistes qui s'engageaient dans le tunnel pour quitter New York. Ce qui se passe en ce moment ne concerne aucun d'entre vous, je vous l'assure. Vous ne connaîtrez jamais la vérité ; personne ne la connaîtra. D'ailleurs, vous seriez incapables de la gérer. Si je descendais de ma voiture maintenant pour tout vous expliquer, vous ne comprendriez pas. »

Il essaya de ne pas penser à Sara Rosen lorsqu'il s'engagea enfin dans l'immense et oppressant tunnel qui serpentait sous l'Hudson. Puis une fois arrivé à l'échangeur du New Jersey, il prit la 95 en direction du Sud, vers le Delaware.

Sara représentait le passé, et le passé ne comptait pas. Le passé n'existait pas ; il ne servait qu'à préparer l'avenir. Sara n'était plus. Pauvre Sara... Lorsqu'il s'arrêta pour déjeuner au *Country Cupboard*, non loin de la sortie de Talleyville, il ne put s'empêcher de penser à elle. Une période de deuil s'imposait. Pas pour le Président Byrnes, mais pour elle, qui le valait douze fois. Elle avait fait un travail excellent, proche de la perfection, même s'il devait bien avouer qu'il s'était servi d'elle depuis le début. Ah ça! pour ce qui était de se servir d'elle, il avait fait très fort. Sara Rosen avait été ses yeux et ses oreilles à la Maison-Blanche, Sara Rosen avait été sa maîtresse. Pauvre petite guenon.

En arrivant à Washington ce soir-là, vers dix-neuf heures, il fit un vœu : il cesserait, désormais, de s'apitoyer sur le sort de Sara. Il s'en savait capable. Il pouvait maîtriser ses pensées. Il avait davantage de ressources que Kevin Hawkins, qui s'était pourtant montré bon soldat.

Il s'était appelé Jack.

Mais c'était du passé.

Jack n'existait plus.

Sam Harrison avait, lui aussi, disparu. Sam Harrison n'était qu'une façade, une précaution nécessaire, une petite pièce dans un rouage complexe. Sam Harrison n'existait plus.

Maintenant, il allait retrouver une vie simple et le plus souvent agréable. Bientôt, il serait chez lui. Il était parvenu au terme de sa mission impossible et pouvait se vanter d'avoir réussi. Tout s'était déroulé comme prévu, ou presque.

Il vit enfin sa maison, s'engagea dans l'allée en demi-cercle pleine de coquillages, de petits cailloux et de jouets d'enfants.

Il vit sa petite fille toute blonde se précipiter vers lui, les cheveux dans le vent. Il vit sa femme courant derrière, les joues striées de larmes, et se mit à pleurer, lui aussi, sans honte. Désormais, il n'avait plus peur de rien.

Dieu merci, la guerre était enfin terminée. L'ennemi, le

mal, avait succombé. Les bons avaient gagné et la plus précieuse des civilisations était provisoirement sauvée. Au moins pour une génération, celle de ses enfants.

Nul ne saurait jamais comment et pourquoi cette opération avait été montée, nul ne connaîtrait jamais le nom des véritables responsables.

Il en avait été de même pour John Kennedy à Dallas.

Et pour Robert Kennedy à Los Angeles.

Ainsi que pour les scandales du Watergate et de Whitewater et la plupart des faits marquants de l'histoire récente des États-Unis. En fait, on respectait la grande tradition américaine : surtout, ne pas savoir. La vérité restait soigneusement occultée.

– Je t'aime, je t'aime, lui murmura sa femme, contre sa joue. Pour moi, tu es un vrai héros. Ce que tu as fait est si bien, si courageux.

Un avis qu'il partageait. Il savait, au fond de son cœur, qu'il avait fait ce qu'il fallait.

Il ne s'appelait plus Jack. Jack avait cessé d'exister.

93

Ce n'était pas terminé !

Juste après midi, la police new-yorkaise a informé les services secrets d'un meurtre qui, selon elle, était vraisemblablement lié à la tentative d'assassinat du Président Byrnes.

Jay Grayer et moi, on a foncé jusqu'au Peninsula, en plein centre de Manhattan, à deux pas de la Cinquième avenue. Encore sous le choc des événements de la matinée, nous ne pouvions nous résoudre à croire qu'on avait tiré sur le Président. On nous avait donné tous les détails du dernier meurtre. Une femme de chambre de l'hôtel avait découvert un cadavre dans une suite du onzième étage, accompagné d'un poème signé Jack et Jill. Les ultimes vers du couple maudit ?

— Que dit le NYPD ? ai-je demandé à Jay pendant le trajet.

— D'après le rapport préliminaire, la victime pourrait être Jill. Soit qu'elle ait été exécutée, soit qu'elle ait choisi de se suicider. Ils sont certains de l'authenticité du poème.

Une fois de plus, une énigme en cachait une autre. J'avais le sentiment que ce meurtre avait été lui aussi programmé et qu'il nous faudrait soulever bien des voiles encore avant de découvrir le véritable fond de l'histoire, dans toute son horreur.

La cabine d'ascenseur se la jouait plaqué or. Quand on a débarqué à l'étage où avait eu lieu le crime, on s'est retrouvés au milieu d'une pagaille sans nom. Les couloirs grouillaient de toubibs, d'hommes du SWAT avec leurs casques et leurs visières en Plexiglas, de flics en tenue et d'inspecteurs de la criminelle. Ils étaient partout et ma réaction immédiate a été de me dire qu'il y avait un sérieux risque de dégradation d'indices et de fuites à la presse.

A notre arrivée, un inspecteur a voulu savoir :

— Et le Président ? Des nouvelles ? Il y a de l'espoir ?

— Il s'accroche, il s'accroche, lui a répondu Jay Grayer. Bien sûr, qu'il y a de l'espoir.

Et on s'est éloignés du groupe des inspecteurs. Une bonne douzaine de flics et d'agents du FBI avaient envahi la suite de l'hôtel. Dehors, on entendait le chant funèbre des sirènes de police et des cloches, sans doute celles de la cathédrale Saint-Patrick toute proche, sur la Cinquième avenue, sonnaient à toute volée.

Une jeune femme blonde gisait sur l'épaisse moquette grise, près du lit qui n'avait pas été défait. Son visage, sa nuque et sa poitrine étaient couverts de sang. Elle portait un survêtement argent et bleu.

Près de ses Nike, il y avait une paire de lunettes à monture fine.

Elle avait été proprement exécutée, comme les premières victimes de Jack et Jill.

Une seule balle, en pleine tête, tirée à bout portant.

Du travail de professionnel.

On l'avait abattue froidement.

Sans états d'âme.

– Figurait-elle sur nos listes de suspects ? ai-je demandé à Grayer.

Nous savions qu'elle s'appelait Sara Rosen et qu'elle faisait partie du staff de la Maison-Blanche. Nous avions passé tout le personnel au crible à deux reprises, et elle avait réussi à déjouer nos tests, ce qui faisait froid dans le dos.

– Pas que je sache. Au service communication de la Maison-Blanche, elle faisait partie des meubles. Tout le monde appréciait son efficacité et son professionnalisme. On lui faisait confiance. Nom de Dieu, quel bordel... Quelle merde... On lui faisait confiance, Alex.

Le côté gauche de son visage avait été partiellement emporté, comme arraché par la gueule d'un animal. Jill semblait avoir été abattue par surprise. Ses sourcils étaient écarquillés et on ne lisait dans ses yeux aucune marque de peur.

Celui qui l'avait tuée était certainement un familier. Jack avait-il pressé la détente ? Autour de la blessure, il y avait comme un cercle grisâtre. On avait placé le canon de l'arme à quelques centimètres à peine de sa tête. Jack, forcément. Un meurtre de sang-froid, l'œuvre d'un professionnel. Encore une exécution.

Je me suis penché sur le corps. Était-ce bien la Jill que nous recherchions ? Kevin Hawkins, tueur professionnel, était mort à l'hôpital Saint-Vincent. Nous savions qu'il s'était grimé et déguisé en femme du FBI afin de pouvoir pénétrer au Madison Square Garden. Grâce à la bombe, il avait fait venir sa cible à l'endroit voulu, au moment voulu. Il n'avait eu qu'à attendre dans le souterrain. Son piège avait parfaitement fonctionné. Mais quels étaient les rapports entre Hawkins et cette femme ? Qu'est-ce que cela signifiait ?

– Il a laissé un poème, me dit Grayer en me tendant la pochette en plastique contenant la pièce à conviction. Le testament stipulant les dernières volontés de Jack et Jill.

– L'assassinat parfait, fais-je à mi-voix, comme si je parlais tout seul. Jack et Jill sont tous les deux morts à New York. Affaire classée, c'est ça ?

Il me regarde, puis lentement, il secoue la tête.

– Cette affaire ne sera jamais classée. Pas de notre vivant, en tout cas.

– Je plaisantais.

Je lis le dernier message.

*Jack et Jill sont venus sur la Colline
Et n'écoutant que sa raison
Jill a rempli sa mission
Jill s'en est allée, la partie est finie
Mais noble est la cause qu'elle a toujours servie.*

Alors, au-dessus du corps, je crache dans un murmure :
– Je t'emmerde, Jill. J'espère que ce que tu as fait aujourd'hui te vaudra une place en enfer. Rien que pour toi et Jack, j'espère que l'enfer existe.

94

A Washington plus que n'importe où ailleurs, la nouvelle de la tentative d'assassinat dirigée contre le Président ébranla tous les esprits. On aimait ou on détestait Thomas Byrnes, mais cette ville était la sienne. Surtout maintenant...

Christine Johnson était sous le choc, à l'instar de ses amis les plus proches et de la plupart des gens qu'elle connaissait. A l'école Sojourner Truth, enseignants comme élèves paraissaient anéantis. L'attentat perpétré à New York contre le président des États-Unis était un drame épouvantable auquel chacun avait du mal à croire.

Suite à cet événement tragique, tous les établissements scolaires de Washington avaient fermé leurs portes pour l'après-midi. Sitôt rentrée chez elle, Christine Johnson s'était plantée devant son téléviseur pour regarder les reportages des différentes chaînes. Un déferlement d'images cauchemardesques qui la laissait incrédule, et elle n'était pas la seule à réagir ainsi. Aux dernières nouvelles, le Président était toujours en vie. Les médecins se refusaient à faire de nouvelles déclarations.

Alex Cross était-il, lui aussi, au Madison Square Garden? songea Christine Johnson. Sans doute. Elle se faisait du souci pour lui. Elle appréciait sa sincérité et sa force tranquille, mais plus encore son sens de la compassion et sa fragilité. Elle aimait son allure, sa façon de parler, ses gestes. Elle aimait également sa manière d'élever son fils, Damon, ce qui lui donnait encore plus envie d'avoir des enfants. Il fallait qu'elle en discute avec George. Oui, il fallait absolument qu'ils en parlent.

Ce soir-là, il rentra vers dix-neuf heures, soit une ou deux heures plus tôt que d'habitude. Comme beaucoup d'avocats d'affaires, George Johnson était un stakhanoviste. Agé de trente-sept ans, il avait un vrai visage de bambin, bien lisse. C'était un homme bien, mais beaucoup trop égocentrique et pour tout dire, un peu ennuyeux par moments.

Mais Christine l'aimait; elle acceptait ses bons et ses mauvais côtés. Un lien qu'elle ressentit au plus profond d'elle-même lorsqu'elle l'étreignit sur le pas de la porte. Elle et George s'étaient rencontrés à Howard et depuis la fac, ils ne s'étaient jamais quittés. C'était ainsi qu'elle voyait les choses et en ce qui la concernait, il en serait ainsi indéfiniment.

— Je n'ai pas arrêté de croiser des gens en pleurs, lui dit George.

Il se débarrassa de sa veste, dénoua sa cravate, ne monta pas se changer. Ce soir n'était pas un soir comme les autres, et George sortait de sa routine. Tant mieux.

— Je n'ai pas voté pour Byrnes, mais ça m'a vraiment fichu un coup, tu sais, Chris. Quelle saloperie...

Il avait les larmes aux yeux. Elle sentit qu'elle allait se remettre à pleurer, elle aussi.

George était généralement peu expansif; il gardait tout pour lui. Sa réaction inattendue touchait profondément Christine.

— J'ai déjà fondu en larmes une ou deux fois, confia-t-elle à George. Tu me connais. Moi, j'ai voté pour lui, mais la question n'est pas là. J'ai l'impression qu'on ne respecte plus tout ce qui ressemble de près ou de loin à une institution, tout ce qui est permanent. Plus ça va, moins on respecte la vie

Plus personne n'est à l'abri. Plus personne.

humaine. Je le vois même dans le regard des gosses de six ans, à l'école, tous les jours.

George Johnson serra sa femme dans ses bras. Ils avaient quasiment tous les deux la même taille. Christine posa sa tête contre la sienne. Un parfum légèrement citronné flottait autour de ses épaules ; c'était l'eau de toilette qu'elle mettait chaque matin avant d'aller travailler. George adorait sa femme. Elle était différente de toutes les autres femmes, de toutes les personnes qu'il avait pu connaître. Quelle chance il avait de l'avoir, de pouvoir la prendre dans ses bras, de savoir qu'elle l'aimait !

– Tu comprends ce que je veux dire ? insista-t-elle.

Ce soir, elle tenait à discuter avec lui. Elle ne voulait pas le voir s'éclipser au bout de quelques minutes, comme il avait coutume de le faire.

– Bien sûr. Je crois que tout le monde le sent, Chrissie, mais que personne ne sait comment enrayer le phénomène.

– Je vais nous préparer quelque chose à manger. On n'a qu'à regarder les détails sur CNN. En fait, je n'ai pas vraiment envie de savoir, mais je ne peux pas m'en empêcher.

– Je te donne un coup de main, proposa George.

Voilà qui était exceptionnel. Elle aurait aimé le voir plus souvent sous ce jour, regrettant qu'il fallût une tragédie d'ampleur nationale pour fendiller sa carapace. Cela dit, elle savait bien que la plupart des hommes étaient ainsi faits et il y avait pire dans une vie de couple.

Ils se mijotèrent un gombo de légumes, débouchèrent une bouteille de chardonnay. Vers neuf heures, alors qu'ils achevaient de dîner devant la télé, on sonna à la porte. Ils n'attendaient personne, mais il arrivait que des voisins passent à l'improviste.

CNN diffusait des images en direct de l'hôpital universitaire de New York où le Président avait été admis dans les minutes qui avaient suivi le drame. Alex Cross avait fait une apparition à l'antenne aux côtés d'autres membres des forces de l'ordre présents lors de la fusillade, sans révéler grand-chose. Elle avait reconnu un homme bouleversé, épuisé, mais néanmoins très digne. Curieusement, elle n'avait pas dit à George qu'elle connaissait Alex Cross, ni que celui-ci était venu lui rendre visite quelques jours plus tôt. George, qui dormait, n'avait rien entendu. Comme d'habitude.

Avant que George ait eu le temps de se lever, on sonna une deuxième fois. Puis une troisième.

– J'y vais, Chrissie, lui dit-il. Je ne vois pas qui ça peut être, à une heure pareille. Tu as une idée ?

– Aucune.

– Bon, allez, je me sacrifie. (A ces mots, Christine se surprit à sourire. George l'impatient était de retour.) J'y vais parce que c'est Noël. J'arrive, j'arrive, pas de panique.

Il trottina en chaussettes jusqu'à la porte, colla l'œil au judas et se retourna vers Christine, l'air perplexe.

– C'est un jeune, un Blanc.

95

Danny Boudreaux attendait sous l'auvent blanc, couvert d'un poncho des surplus de l'armée, un poncho vert si grand qu'il épaississait sa silhouette et lui donnait un peu plus d'autorité. Le tueur de l'école Sojourner Truth était bien là, en chair et en os, dans toute sa splendeur. Et pourtant, malgré sa surexcitation, il sentait confusément qu'il avait un problème.

Il ne se sentait pas très bien. Une vague de mélancolie le gagnait. En fait, il déprimait méchamment. La machine était en train de fatiguer. Puisque les toubibs étaient incapables de déterminer s'il souffrait d'une psychose bipolaire ou schizoaffective, comment aurait-il pu savoir, lui ? D'accord, il était un peu impulsif, il passait par des changements d'humeur brutaux, il vivait maintenant en marge de la société. Et alors ? La mèche était allumée et il était prêt à exploser. C'était son problème, après tout...

Il avait arrêté de prendre son Depakote. Logique, puisque d'après tout le monde, il fallait dire non à la drogue. Il n'arrêtait pas de fredonner toujours et toujours le même morceau des Crash Test Dummies, un air violent et désespéré qui lui squattait le crâne comme la guimauve de MTV.

Sa touche « Je vais tout casser » était enfoncée, bloquée. Perpétuellement bloquée.

Il en voulait tellement à Jack et Jill. Et plus encore à Alex Cross. Il en voulait à la directrice de Sojourner Truth. Il en voulait à la planète entière. Il s'en voulait à lui-même. Il était archi-nul, comme toujours, et ça ne changerait jamais.

« Je suis un perdant, *baby*. Alors pourquoi tu ne me tues pas ? »

Il revint à un semblant de réalité lorsqu'un connard black lui ouvrit la porte. Chemise bleue à rayures fines, pantalon de costard, bretelles jaunes. Bonjour les quartiers chics !

Danny Boudreaux ne comprit pas immédiatement. Qui était ce type au visage poupin ? Il s'attendait à tomber sur Mme Johnson, la directrice de l'école qui voulait lui en mettre plein la vue, ou même sur Alex Cross, si Alex Cross n'était pas allé à New York. Il avait déjà aperçu Cross et la directrice ensemble à plusieurs reprises ; à son avis, l'affaire était dans le sac.

Il ne savait pas pourquoi, mais ça, ça l'énervait particulièrement. Cross ressemblait à son enfoiré de père, son vrai père. Encore un flic bien naze, qui l'avait laissé tomber, qui le prenait pour de la merde. Et voilà que Cross s'amusait à sauter la prof.

Attends, là, attends. Soudain, Danny Boudreaux eut un éclair. Tout devint clair. *Cette espèce de Kunta Kinte BCBG doit être son mari, non ? Oui, bien sûr...*

– Oui ? Puis-je faire quelque chose pour vous ? lui demanda George Johnson.

A la vue de cet adolescent débraillé, à l'allure un peu bizarre, planté sur le seuil de sa porte, il se dit qu'il s'agissait peut-être du gosse qui livrait le journal dans le quartier. Ce gamin blanc lui rappelait pour quelque obscure raison un film qu'il était allé voir avec Christine, *Kids*. Il donnait l'impression d'avoir des problèmes.

Danny Boudreaux, lui, trouva – à son humble opinion – ce type franchement antipathique et snobinard. Surtout pour le mari insignifiant d'une prof insignifiante. Et ça, ça l'excitait encore plus, ça lui faisait voir rouge en douze nuances différentes, ça le mettait carrément hors de lui.

Il sentit qu'il allait exploser. L'une de ses pires colères. La tornade Daniel allait s'abattre sur Mitchellville.

— Noooon! glapit-il. Vous n'êtes pas capable de le faire pour vous-même! Alors pour moi, ça m'étonnerait!

Et Danny Boudreaux sortit son arme. George Johnson regarda le pistolet, médusé, et recula aussitôt, en tentant vainement de se protéger de ses bras.

Sans la moindre hésitation, Boudreaux fit feu. Deux fois.

— Tiens, prends ça, Black de mes deux!

Les deux balles frappèrent George Johnson en pleine poitrine.

L'avocat partit en arrière comme si un marteau-pilon venait de lui défoncer le thorax, et s'écroula sur le marbre couleur crème.

Bon pour la morgue, le coco. Du sang ruisselait des deux plaies, au milieu de sa chemise.

Le tueur de l'école Sojourner Truth entra alors dans la maison en enjambant le corps comme si de rien n'était. D'ailleurs, il ne ressentait strictement *rien*.

— Non, ça ira, dit-il à l'adresse du mort gisant au sol. Je ne fais que passer. Merci de votre aide.

Christine Johnson s'était levée du canapé lorsqu'elle avait entendu les coups de feu. Il avait oublié qu'elle était aussi grande. Danny Boudreaux l'aperçut depuis l'entrée. Elle le vit, elle vit le corps de son mari.

Elle n'avait plus ses airs de grande responsable. Ah! il lui avait bien rabattu son caquet, mais il faut dire qu'elle ne l'avait pas volé. La première fois qu'ils s'étaient rencontrés, elle l'avait vexé. Un incident dont elle ne se souvenait sans doute même pas.

— Tu te souviens de moi? lui lança-t-il. Tu te souviens du jour où tu m'as cherché, salope? A Sojourner Truth? Tu te souviens de moi, hein?

— Oh! mon Dieu, George. George.. Oh! mon Dieu... hoqueta-t-elle en tremblant de tout son corps, à deux doigts de s'évanouir.

Il vit que la télé parlait de Jack et Jill. Ces enfoirés... Ils essayaient toujours de le doubler. Même ici, même dans un moment pareil!

Danny Boudreaux voyait bien que la prof n'avait qu'une idée en tête : prendre la fuite. Mais il n'y avait aucune issue, sauf si elle décidait de passer à travers la baie vitrée pour atterrir sur la pelouse. Elle avait la main plaquée sur la bouche, comme scotchée. Elle devait être en état de choc.

Tu sais, ma belle, ces jours-ci, on en est tous là...

— Arrête de crier, la menaça-t-il de sa voix de fausset, haut perchée. Si je t'entends crier encore une fois, je te descends aussi. Je suis capable de le faire et je n'hésiterai pas. Je te descendrai comme le portier.

Il se rapprocha d'elle, le Smith & Wesson toujours pointé devant lui. Il voulait lui montrer qu'il savait parfaitement s'en servir et que les armes à feu n'avaient aucun secret pour lui grâce à l'instruction que lui avait généreusement dispensée l'école Teddy Roosevelt.

Sa main tremblait légèrement, mais ce n'était pas très grave. A pareille distance, il ne pouvait pas la manquer.

— Bonsoir, madame Johnson. (Il lui fit son plus beau sourire de détraqué.) C'est moi qui ai tué Shanelle Green et Vernon Wheatley. Tout le monde me cherche partout mais je crois bien que c'est vous qui m'avez trouvé. Félicitations, ma grande. Bien joué.

Danny Boudreaux pleurait et il ne se souvenait même plus de la raison pour laquelle il était aussi triste. Tout ce dont il était certain, c'est qu'il était furieux. Il en voulait au monde entier. Cette fois-ci, tout le monde avait méchamment merdé. C'était pire que jamais.

Pas la joie, pas le bonheur.

— C'est moi, le tueur de l'école Sojourner Truth, répéta-t-il. Il faut me croire. Vous saisissez ? C'est une histoire vraie. Aussi pathétique que véridique. Et vous ne vous souvenez même pas de moi ? Je suis donc si facile à oublier ? Pourtant, moi, je me souviens parfaitement de vous.

96

Le soir même, vers onze heures, je repartais en catastrophe pour Washington. Le tueur de l'école Sojourner Truth faisait des siennes. J'avais annoncé qu'il finirait par péter les plombs, mais voir ma prédiction se réaliser ne me satisfaisait guère. Si je parvenais à empêcher l'explosion finale, en revanche...

Ce n'était peut-être pas un hasard s'il disjonctait le jour même de l'attentat commis par Jack et Jill. Il cherchait à les surpasser, il voulait être important, célèbre, sous les projecteurs. Il ne supportait pas d'être Personne.

J'avais embarqué sur un vol militaire et, coincé dans mon siège, j'essayais désespérément de penser à autre chose. Mon moral était au plus bas. J'ai brièvement parcouru la presse du soir. Tous les journaux, bien entendu, consacraient leur une à l'attentat. Le Président luttait toujours contre la mort à l'hôpital de l'université de New York, sur la Trente-troisième rue est. Les médecins ne se prononçaient pas sur ses chances de passer la nuit. Jack et Jill, quant à eux, étaient officiellement décédés.

Hagard, déboussolé, à bout de nerfs, j'étais moi-même au bord du choc traumatique. Et la situation n'allait pas s'arranger. Allais-je pouvoir m'en sortir? Difficile à dire, mais on ne me laissait pas le choix.

Le tueur avait exigé de me rencontrer. Il prétendait que j'étais *son* inspecteur et qu'il m'avait appelé à plusieurs reprises au cours des derniers jours.

Une voiture de patrouille devait venir me prendre à la base aérienne d'Andrews. De là, on me conduirait jusqu'à Mitchellville où Danny Boudreaux retenait Christine Johnson en otage. Boudreaux avait déjà tué deux enfants, l'un de ses condisciples nommé Sumner Moore, ainsi que ses parents adoptifs. Une série de meurtres impressionnante. La faiblesse des moyens mis en œuvre dès le départ prouvait bien que la police de Washington avait largement sous-estimé cette affaire.

Comme promis, une voiture de police m'attendait à Andrews. Quelqu'un m'avait préparé un topo sur Daniel Boudreaux. Suivi par un psychiatre depuis l'âge de sept ans, époque où il avait apparemment commis des actes de barbarie sur des animaux, le gosse souffrait de troubles dépressifs graves. Sa mère était morte pendant sa petite enfance, drame dont il ne cessait de s'accuser. Son père, qui faisait partie de la police montée en Virginie, s'était suicidé. C'était un flic, lui aussi... Le môme avait dû faire un transfert.

Dès qu'on est sortis de la route John Hanson, j'ai reconnu Summer Street. Un inspecteur de St George County, Henry Fornier, qui avait pris place avec moi à l'arrière du véhicule, faisait de son mieux pour me briefer sur la situation. Dans d'aussi particulières circonstances, cela tenait de l'exploit.

– D'après ce que nous croyons savoir, docteur Cross, George Johnson a été blessé par balles et il est peut-être mort à l'heure actuelle. Le gosse refuse qu'on l'emporte ou qu'on lui donne des soins. C'est vraiment une ordure, je vous le dis, moi. Un sale petit con.

Moi, je réfléchissais à voix haute pour me préparer à ce qui m'attendait quelques centaines de mètres plus loin, dans cette rue d'apparence si paisible.

– Boudreaux suivait un traitement pour ses crises de colère et de dépression. On lui administrait du Depakote. Je parierais qu'il a arrêté de le prendre.

Peu importait, désormais, que le petit Boudreaux n'eût que treize ans. Il avait tué à cinq reprises. C'était un monstre. Un monstre très jeune et néanmoins abominable.

J'ai vite repéré Sampson qui dépassait d'une demi-tête les autres flics postés devant la maison des Johnson. Il fallait que j'enregistre tout sans perdre de temps. Il y avait des flics en pagaille, des soldats camouflés et bardés d'un équipement anti-émeutes, des dizaines de voitures et de camions portant des plaques d'immatriculation gouvernementales.

Sans attendre, je suis allé trouver Sampson. Lui savait ce

que j'avais besoin d'apprendre et saurait comment me l'exposer.

— Salut, ma poule. (Toujours son grand sourire ironique.) Content que t'aies pu venir à la fête.

— Moi aussi, ça me fait plaisir de te voir.

— Y'a un copain à toi qui te réclame. Il veut parler au docteur Cross, d'homme à homme. Dis donc, ils sont gratinés, tes amis.

— Oui, je sais. (J'avais envie de lui dire qu'il était du nombre.) Alors, si j'ai bien compris, pour l'instant, personne ne tire parce que c'est un gosse. C'est bien ça ?

Sampson a hoché la tête. Jusque-là, j'étais bon.

— C'est un tueur qui ne se pose pas de questions, Alex. N'oublie pas ça : c'est un tueur, point final.

97

Un assassin de treize ans.

J'ai commencé à m'intéresser de près au décor qu'on avait mis en place autour de la maison. Même si leurs moyens en hommes restaient limités, les forces de police locales avaient acquis un certain savoir-faire. Normal, puisque de nos jours, même des petites villes comme Ruby Ridge, Waco et aujourd'hui Mitchellville basculaient dans l'horreur.

Il y avait une fourgonnette bleu marine très récente, l'arrière ouvert, bourrée de moniteurs, de matériel de prise de son hautement sophistiqué et de téléphones, le tout relié à une console centrale portable. Accroupi au pied d'un saule courbé par le vent, un technicien épiait les bruits en provenance de la maison avec un micro directionnel capable de capter des voix à cent mètres.

Plus personne n'est à l'abri. Plus personne.

Sur un tableau dressé contre une voiture de patrouille, on avait affiché des photos des alentours ainsi que divers portraits du suspect. Un hélicoptère balayait continuellement les toits et la cime des arbres du faisceau de son phare aveuglant. Une vraie prise d'otages, comme on les aime.

Mais cette fois, dans une banlieue chic.

Son auteur était un gamin de treize ans nommé Daniel Boudreaux.

Un tueur sans états d'âme.

— Qui a-t-on pris pour lui parler ? Qui fait office de négociateur ? ai-je demandé à Sampson comme nous nous rapprochions de la maison.

Il y avait une Lexus noire garée dans l'allée. La voiture de George Johnson ?

— Dès qu'ils ont su qu'il y avait prise d'otages et que c'était grave, ils ont fait venir Paul Losi.

— Bien vu, ai-je fait en opinant, plutôt soulagé par ce choix. Losi est redoutable et sous pression, il assure également. Et le gosse communique comment, depuis l'intérieur de la baraque ?

— Au début, au téléphone, puis il a exigé qu'on lui file un mégaphone. Il a fait tout un cirque. Il menaçait de descendre la prof et de se flinguer sur place. Alors la petite teigne a eu son cornet et maintenant, il se sert de ça. On ne peut pas dire qu'entre lui et Paul Losi, c'est le grand amour.

— Et Christine Johnson ? Elle tient le coup ? Que sait-on ?

— Pour l'instant, il semblerait que ça aille. Elle a réussi à ne pas trop s'affoler. On pense qu'elle a encore un peu d'ascendant sur le sale gosse, mais c'est limite. C'est une coriace.

Ça, je le savais déjà. « Elle est encore plus coriace que toi, papa. » Il ne me restait qu'à espérer que Damon ait entièrement raison et qu'elle soit plus forte que nous tous.

Pendant que je discutais avec Sampson, George Pittman est venu nous rejoindre. Le divisionnaire était vraiment la dernière personne que j'avais envie de voir, et je le soupçonnais toujours d'être à l'origine de la « candidature spontanée » qui m'avait valu d'être affecté à la protection de la Maison-Blanche. Je me suis forcé à ravaler ma rancœur et mon orgueil.

— Le FBI a placé des tireurs d'élite, nous a informé Pittman. Le problème, c'est qu'en haut lieu, ils ne veulent pas de casse. Quand je pense que ce petit con s'est déjà montré deux fois à découvert.

Face à Pittman, je suis resté posé et très calme. Il pouvait me sabrer quand il le voulait et le savait aussi bien que moi.

— Le problème, c'est que le tueur a treize ans et qu'il est sûrement prêt à se suicider.

Je prenais quelques risques, mais j'étais quasiment certain de ce que j'avançais. Daniel Boudreaux s'était réfugié chez les Johnson et une fois coincé, s'était mis à hurler « Venez me chercher! »

Le visage de Pittman s'est brusquement assombri et empourpré jusqu'à sa nuque de bovin.

— Il trouve les cinq meurtres qu'il a déjà commis « amusants ». C'est ce que ce petit enfoiré a raconté au négociateur. Les meurtres, ça le fait rire. Il veut que ce soit vous, et personne d'autre, qui alliez le voir. (Et juste avant de s'éloigner, histoire de m'allumer :) Alors, toujours contre les tireurs d'élite?

Sampson secoua la tête.

— Pas question que t'ailles là-bas faire joujou avec Denis-la-Malice.

— Il faut que je le comprenne mieux, ai-je murmuré. Et pour ça, il faut que je lui parle.

En même temps, je regardais la maison. Beaucoup de lumière au rez-de-chaussée. Le noir total à l'étage.

— Tu le comprends déjà beaucoup trop, même si tu refuses de l'avouer. Tu comprends tellement de choses chez les dingues que tu es toi-même en train de péter les plombs. Tu m'entends? Tu saisis ce que je veux dire?

Je saisissais parfaitement. Je connaissais assez bien mes points forts et mes points faibles. Enfin, en temps normal. Ce soir, c'était peut-être moins sûr.

Un appel tonitruant nous a interrompus. Le tueur de Sojourner Truth avait décidé de parler.

— Hé! hé! vous, là-dehors! Bande de pourris! On n'a rien oublié? On se souvient de moi?

C'était la première fois que j'entendais la voix de Danny Boudreaux. Une vraie voix de gosse, nasillarde, haut perchée, normale, quoi. La voix de crécelle d'un adolescent de treize ans.

— Vous êtes en train de chercher à me baiser, hein? Pas la

peine de répondre, je le sais! Mais moi, je vous le dis, vous vous foutez le doigt dans l'œil!

Paul Losi a brandi son mégaphone.

— Minute, Danny, c'est tout sauf ça. Jusqu'à maintenant, c'est toi qui as tout décidé et tu le sais très bien. Reconnais-le, Danny.

Réplique de Boudreaux, fou de rage :

— N'importe quoi! Quand j'entends des conneries pareilles, j'ai envie de gerber! Tu me donnes envie de gerber, Losi. Et tu m'énerves à un point que tu ne peux pas imaginer, Losi, tu sais ça?

— Dis-moi quel est le problème, poursuit le négociateur sans se départir de son calme. Parle-moi, Danny. Moi, je veux te parler. Je sais que tu ne me crois peut-être pas, mais c'est pourtant vrai.

— Je sais bien que tu veux me parler, connard. Ton boulot, c'est de faire en sorte que je reste en ligne, hein! L'ennui, c'est que tu m'as trompé, t'as menti, t'as dit que tu m'aimais. T'as menti! Alors maintenant, je te débarque, compris? Si je t'entends dire encore un mot, un seul, je descends Mme Johnson. Ce sera de ta faute. Je vais la tuer. Je te jure que je vais la tuer, même si elle a été assez sympa pour me faire un sandwich à l'œuf juste avant. Bam!... Bam!... Morte!

Une nuée d'hommes en armes encerclait la maison. Chacun d'abaisser sa visière noire, de relever son bouclier. L'heure de l'assaut approchait. S'ils passaient à l'action, Christine Johnson risquait fort d'y laisser sa peau.

Le négociateur revint prudemment à la charge.

— Quel est ton problème? Parle-moi, Danny, on va arranger ça. On trouvera une solution qui te conviendra. C'est quoi, le problème?

Pendant quelques instants, un silence étrange s'est abattu sur les lieux. J'entendais le vent siffler dans les frondaisons des aulnes et des pins.

Puis Danny Boudreaux s'est mis à hurler :

— C'est quoi, mon problème? Quel est mon problème? Mon problème, c'est d'abord que t'es complètement bidon, pauvre pomme, et ensuite que l'homme que j'attends est là! Alex Cross est arrivé, et tu ne me l'as même pas dit! Il a fallu que je l'apprenne par la télé! Je vous donne très exactement trente secondes, inspecteur Cross. Disons vingt-neuf. Vingt-huit. Je suis pressé de te voir, enflure. Vingt-sept. Vingt-six. Vingt-cinq...

Le tueur de Sojourner Truth menait la danse. Un gamin de treize ans allait me faire entrer en piste pour son seul plaisir.

98

Pas besoin de mégaphone pour me faire entendre de Danny Boudreaux. Je me suis arrêté à quelques mètres de la maison, sur la pelouse couverte de givre. *Ton inspecteur est là. Tu vas voir, tout va se passer comme tu le souhaites.*

— C'est Alex Cross. Inspecteur Cross. Tu as raison, je suis là. Je viens tout juste d'arriver. Je suis venu parce que tu m'as fait demander. On prend cette affaire très au sérieux. Personne ne va s'amuser à te jouer un tour. Personne ne ferait une chose pareille.

Pas dans l'immédiat, en tout cas. Mais donne-moi l'ombre d'une occasion, et je vais t'en jouer un dont tu te souviendras. Je revoyais la pauvre petite Shanelle Green, je revoyais Vernon Wheatley, ce gamin de sept ans. Je pensais à Christine Johnson, prisonnière du jeune tueur qui n'avait pas hésité à abattre son mari sous ses yeux. J'attendais impatiemment l'instant où je pourrais enfin sauter sur Daniel Boudreaux.

Soudain, il a éclaté de rire dans son mégaphone. Un ricanement aigu, efféminé, qui avait quelque chose de terrifiant. Dans la foule des badauds et des curieux, il s'est trouvé quelques personnes pour rire aussi. C'est toujours sympa de savoir qu'on a des amis.

— Eh bien, pas trop tôt, inspecteur Cross. Je suis heureux d'apprendre que vous avez réussi à me ménager une petite place dans votre emploi du temps ô combien chargé. Mme Johnson est ravie, elle aussi. On vous attend de pied ferme... alors, venez, entrez donc. On va faire la fête !

Ma personne et mon autorité étaient directement visées. Le môme avait visiblement besoin de se sentir aux commandes. J'emmagasinais tout, enregistrant chaque mot ainsi que l'enchaînement du discours. Nous avions sans doute affaire à un schizophrène paranoïaque, mais il fallait que je puisse lui parler pour en savoir plus.

Au demeurant, Danny Boudreaux semblait relativement cohérent ; il percevait le déroulement des événements en temps réel. S'était-il remis à prendre du Depakote ?

Juste derrière moi, une voix m'a fait :

— Alex, viens là, bon sang. Il faut que je te parle. Alex, amène-toi !

Je me suis retourné. C'était Sampson, qui tirait une tête jusque par terre. Il m'en voulait déjà. Des grosses billes noires à la place des yeux, le front raviné.

— On ne tient pas à lui donner un otage de plus. Tu ne ne l'as pas entendu délirer, toi, pendant presque toute la soirée, avant que tu arrives. Le sale gosse est complètement frappé. Frappé à mort, Alex. Tout ce qu'il veut, c'est tuer quelqu'un d'autre.

— Je crois que je m'en sortirai, lui ai-je tranquillement répondu. C'est dans mes cordes : Gary Soneji, Casanova, Danny Boudreaux, même combat. Qui plus est, je n'ai pas le choix.

— Si, tu as le choix, ma poule. Ce qui te manque, c'est la jugeote.

J'ai fait demi-tour et j'ai regardé la maison. Christine Johnson était là, avec le tueur. Si je ne venais pas, il l'abattrait. Je croyais à sa menace. Quelle alternative s'offrait à moi ? Et puis, comme chacun sait, un bienfait ne reste jamais impuni...

D'un signe, le chef Pittman m'a fait savoir que j'avais le feu vert. La décision m'appartenait. *Docteur-inspecteur Cross*.

Je me suis offert une grande goulée d'air frais et j'ai traversé la pelouse humide et craquante. Quelques secondes que les photographes ont mises à profit pour me mitrailler de leurs flashes. Toutes les caméras venaient de se braquer sur moi.

Danny Boudreaux m'inquiétait au plus haut point. Il était devenu extrêmement dangereux. Il avait assassiné cinq personnes sans motif apparent au cours des dernières semaines et au terme de ce véritable carnage, il se retrouvait dans un cul-de-sac. Pire, il s'y était engagé consciemment.

J'ai tendu la main vers la poignée de la porte. Je me sentais anesthésié, j'avais l'impression d'être sur une autre planète. Mon champ de vision se rétrécissait. J'ai essayé de me concentrer sur cette porte toute blanche.

– C'est ouvert, a fait une voix, derrière.

Une voix de gosse, légèrement éraillée, bien frêle et fluette sans l'effet du mégaphone.

Alors j'ai poussé la porte et j'ai enfin découvert le tueur de l'école Sojourner Truth dans toute sa splendeur, dans toute sa folie.

Danny Boudreaux devait faire moins d'un mètre soixante. Il avait des petits yeux de rongeur, très étroits, de grandes oreilles, des cheveux complètement ébouriffés. On voyait tout de suite qu'on avait affaire à un gosse bizarre, exclu, à un cas social. Je devinais que les autres jeunes ne devaient pas l'aimer et que depuis toujours, il avait dû se sentir isolé.

Il braquait sur ma poitrine un Smith & Wesson automatique.

– École militaire, a-t-il cru bon de me rappeler. Je suis excellent tireur, inspecteur Cross, et je suis très à l'aise devant une cible humaine.

99

Mon cœur était en train de tout casser à l'intérieur de la minuscule cage d'acier qui me tenait lieu de poitrine et un bourdonnement infernal persistait à me miner la tête, comme si j'écoutais une station de radio à travers un mur de parasites.

Je me voyais mal dans le rôle du policier héroïque, j'avais peur. C'était bien pire que d'habitude. Peut-être parce que j'affrontais un tueur de treize ans.

Danny Boudreaux savait se servir du pistolet qu'il tenait fermement et tôt ou tard, il en ferait usage. Par conséquent, la seule question qui importait en cet instant était : Comment lui faire lâcher ce Smith & Wesson ?

La scène à laquelle j'étais confronté exigeait toute mon attention : un gamin de treize ans, fluet et malingre, pointant droit sur mon cœur une arme de gros calibre. Si sa main ne semblait pas trembler, Boudreaux se révélait, tant sur le plan psychologique que physique, beaucoup plus atteint que je ne l'avais imaginé. Il devait être en train de décompresser, ce qui signifiait que son comportement allait sans doute devenir de plus en plus irrationnel. Son instabilité flagrante me faisait frissonner. Tout était dans le regard : ses yeux voletaient dans leurs orbites comme des oiseaux prisonniers d'une bulle de verre.

On était toujours dans le vestibule. Il tanguait légèrement, décrivait des petits cercles du bout de son arme, sans cesser de me viser. Il portait un curieux sweat-shirt sur lequel on lisait C'EST LA JOIE, C'EST LE BONHEUR.

Ses cheveux courts étaient trempés de sueur et derrière ses verres de lunettes au pourtour embué, ses yeux vitreux brillaient. Le tueur de Sojourner Truth avait tout à fait la tête de l'emploi. J'aurais parié que jamais personne ne l'avait trouvé sympathique. Moi, en tout cas, je ne l'aimais pas beaucoup.

Son corps filiforme s'est brusquement contracté.

– Bienvenue à bord, monsieur l'inspecteur Cross !

– Bonsoir, Danny. (Je m'efforçais d'adopter un ton aussi détendu et pacifique que possible.) Tu m'as appelé, me voilà.

Et c'est moi qui vais te régler ton compte...

Il gardait ses distances. Véritable pelote de nerfs, il bouillonnait de rage. On aurait dit une marionnette privée de son maître, livrée à elle-même. Comment prédire, alors, la suite des événements ?

A n'en pas douter, Danny Boudreaux avait interrompu son traitement et supportait très mal le sevrage. Agressivité, dépression, psychose, hyperactivité, comportement de plus en plus irrationnel : tous les symptômes étaient réunis.

Un tueur de treize ans, capable de tirer froidement sur quelqu'un. Comment faire pour lui prendre son arme ?

Derrière lui, dans la pénombre du salon, Christine Johnson ne faisait pas le moindre geste. Elle me paraissait très loin et petite, malgré sa taille. Sur son visage, on lisait l'angoisse, le désespoir et la fatigue.

A sa droite trônait une magnifique cheminée sculptée qui semblait venir tout droit d'un de ces immeubles de pierre de taille qu'on ne trouve que dans les grandes villes. N'ayant pas eu l'occasion de le faire lors de ma première visite, j'examinais la pièce dans le détail, en quête d'une arme quelconque, de tout ce qui serait susceptible de nous aider.

George Johnson gisait sur le marbre du vestibule. On l'avait recouvert d'une couverture rouge. Comme s'il avait décidé de faire une sieste à même le sol.

– Christine, ça va ? ai-je lancé.

Elle allait répondre, elle s'est ravisée.

– Elle va très bien, fait Boudreaux, sèchement, en avalant ses mots. Elle est en super forme ; tout va très, très bien pour elle. C'est moi qui commence à fatiguer. C'est de moi qu'il s'agit.

En toute logique, il devait commencer à éprouver des vertiges, à avoir la bouche pâteuse, à perdre ses facultés de concentration.

– J'imagine l'état de fatigue dans lequel tu dois être, Danny, lui dis-je.

– Ouais, tout juste. Et qu'est-ce que tu vas me sortir d'autre ? Encore une perle de sagesse sur mes tendances au délire ?

Vlam ! Brusquement, d'un coup de pied, il claque la porte derrière nous. Son comportement devenait de plus en plus imprévisible. Décidément, la soirée promettait d'être passionnante. Son arme toujours pointée sur moi, il veillait à rester à bonne distance.

Et au cas où je ne l'aurais pas compris, il ajouta :

– Cet enfoiré, je peux le descendre sans problème.

Voilà qui renforçait mon sentiment. Paranoïa, agitation, extrême nervosité, la totale.

Il était très soucieux de savoir comment je le voyais, comment je jugeais ses aptitudes. Dans son esprit, j'avais pris la place de son vrai père, le policier qui les avait lâchement abandonnés à leur sort, sa mère et lui. Des éléments qui m'avaient été communiqués une heure plus tôt, pendant le trajet, mais dont l'incidence me paraissait évidente. Le schéma était parfaitement cohérent.

Je me suis vite rappelé que ce garçon efflanqué, nerveux et pathétique, était un meurtrier. Haïr un être aussi détestable n'avait rien de difficile, et pourtant il émanait de lui un sentiment de tristesse proprement tragique. Daniel Boudreaux inspirait la répulsion, et on le sentait si seul...

– Je te crois, quand tu dis que tu tires admirablement bien, lui dis-je calmement, sachant que c'était ce qu'il souhaitait entendre.

Je crois tout ce que tu m'as dit.

Je crois que tu tues les gens de sang-froid. Je crois que tu es un monstre, un jeune monstre, et que tu ne changeras sans doute jamais.

Comment faire pour m'emparer de ton arme?

Je crois qu'il va peut-être falloir que je te tue avant que tu ne me tues, moi, ou Christine Johnson.

100

J'ai regardé le texte sur son sweat. C'EST LA JOIE, C'EST LE BONHEUR. Je savais d'où ça venait.

Nickelodeon. Une émission de télé pour enfants, que Damon et Jannie adoraient. Moi aussi, d'ailleurs. Il y était question de familles, ce qui mettait sans doute Danny Boudreaux hors de lui.

Il me souriait! Un rictus pervers, malsain.

Puis il m'a parlé tout doucement, comme je l'avais fait, en prenant les mêmes airs, pleins de sollicitude. Sa réaction perspicace, empreinte d'un plaisir sadique, réveillait ma peur. Et j'avais très envie de me jeter sur lui pour l'assommer définitivement.

— Inutile de chuchoter. Personne ne dort, ici. Enfin, personne sauf George le portier.

Et d'éclater de rire, très fier de cette repartie aussi cynique que saugrenue. J'en avais froid dans le dos. C'était bien un psychopathe. Foncièrement, Danny tuait pour le plaisir, même s'il n'avait que treize ans.

— Vous tenez le coup? fais-je à Christine.

— Euh, non, pas vraiment, me répond-elle dans un soupir.

— On la ferme! gueule Boudreaux en pointant son arme sur elle, puis sur moi. Quand je dis quelque chose, je ne plaisante pas.

J'ai compris que je ne parviendrais pas à lui faire lâcher son pistolet. Il fallait que je tente autre chose, car j'avais le sentiment qu'il risquait de disjoncter complètement d'une minute à l'autre.

J'ai donc décidé de passer immédiatement à l'action.

Je me suis concentré sur le gosse en essayant de jauger ses faiblesses. Je l'ai observé sans le lui montrer.

Lentement, délibérément, j'ai fait deux pas en direction de la baie du salon. Il y avait là une petite antiquité africaine, un tabouret pour la traite des vaches. J'ai regardé ce qui se passait dehors. Toutes les forces de police s'étaient déployées. Un véritable océan de boucliers et de visières antiémeutes, d'uniformes de combat, de gilets pare-balles, d'armes de toutes sortes. Mon Dieu, quel spectacle! Et tout cela à cause d'un adolescent déséquilibré...

— Pas d'initiatives déplacées, me lance-t-il.

J'ai déjà pris une initiative, mon petit Danny. J'ai déjà avancé mon pion. C'est fait! As-tu deviné? Es-tu aussi intelligent que tu le penses, espèce de taré?

— Et pourquoi?

Il ne m'a pas répondu. Il allait nous tuer tous les deux. Qu'aurait-il pu faire de plus?

J'avais une excellente raison de m'approcher de la fenêtre. Je voulais faire en sorte de me placer dans l'alignement de Christine Johnson et de Boudreaux.

Mission accomplie.

Boudreaux n'avait apparemment rien remarqué.

Plus personne n'est à l'abri. Plus personne.

— Et qu'est-ce que vous pensez de moi, alors ? m'a-t-il dit d'un air crâne. Si on me compare à ces abrutis de Jack et Jill ? Ou à l'immense Gary Soneji ? Vous pouvez me dire la vérité. Vous ne risquez pas de me vexer, vu que rien ne me touche.

— Je vais te dire la vérité, puisque tu veux l'entendre. Je ne me suis jamais laissé impressionner par un tueur, quel qu'il soit, et tu ne m'impressionnes pas. Pas en t'y prenant de cette manière, en tout cas.

J'ai vu sa bouche se tordre.

— Ah ouais ? Eh bien, vous non plus, vous ne m'impressionnez pas, monsieur le grand docteur Cross. Cela dit, question : Qui tient le flingue ?

Danny Boudreaux m'a longuement dévisagé. Derrière ses lunettes, ses yeux semblaient loucher et ses pupilles étaient littéralement rivées sur moi. On aurait dit qu'il allait m'abattre dans la minute. Mon cœur battait à tout rompre. J'ai lancé un regard à Christine Johnson.

— Je dois vous tuer et vous le savez, m'a-t-il déclaré comme si c'était la chose la plus naturelle du monde. (Puis, d'un ton blasé totalement déconcertant :) Vous et Christine, vous devez y passer.

Coup d'œil en direction de Christine Johnson. Ses yeux n'étaient plus que des trous noirs.

— Sale garce noire ! Sournoise et manipulatrice. Quand je pense que tu m'as viré comme un malpropre de ton école à la con ! Qui t'es, pour oser me traiter comme ça, hein ?

— Ce n'est pas vrai, a protesté Christine Johnson, sans craindre d'élever la voix. Je voulais simplement protéger les enfants qui jouaient dans la cour. Cela n'avait rien à voir avec toi. Je ne savais même pas qui tu étais. Comment l'aurais-je su ?

Il frappe violemment le sol de son pied botté de noir. Surexcité, impatient, impitoyable. Une belle petite ordure.

— Ne me dis pas ce que je sais ! Tu ne sais pas ce que je pense ! Tu ne peux pas entrer dans ma tête ! Personne ne peut.

— Qu'est-ce qui te fait dire que tu dois tuer d'autres personnes ? ai-je demandé à Boudreaux.

L'arme braquée sur moi, il s'est mis à vociférer :

— Vous, n'essayez pas de m'entourlouper avec vos méthodes de psy ! Pas de ça !

J'ai secoué la tête.

— Ce n'est pas mon genre. Les mensonges et les coups fourrés, ça n'intéresse personne. Moi, j'évite.

Brusquement, c'est Christine qui s'est retrouvée dans sa ligne de mire.

— Il faut que je tue des gens parce que... parce que c'est mon truc.

Et là, il est reparti d'un rire saccadé, asthmatique, tel un démon anémique.

Christine Johnson avait deviné la suite. Elle savait qu'il fallait absolument faire quelque chose avant que Danny Boudreaux n'explose.

Le gosse s'est de nouveau tourné vers moi, en roulant des hanches, avec un air bravache. *Il se regarde jouer*, me suis-je dit. *Il se régale.*

— Vous avez essayé de me piéger, hein ? D'où ce ton extrêmement calme. On se la joue profil bas pour avoir l'air moins imposant, moins menaçant. Je vous vois venir.

— Tu as raison, lui fais-je, mais en partie seulement. Si depuis tout à l'heure, je te parle comme ça... tout doucement... c'est pour que tu ne fasses pas attention à ce que je suis en train de faire.

Tu t'es fichu dedans ! Tu viens de te planter, petit merdeux !

101

— Tu ne pourras pas nous descendre tous les deux.

J'ai annoncé la couleur d'une voix nette et assurée, tout en tournant légèrement sur le côté, histoire d'offrir une cible plus réduite, puis j'ai fait un pas de plus pour augmenter la distance qui me séparait de Christine Johnson.

— Qu'est-ce que c'est que cette histoire ? Qu'est-ce que vous me chantez, Cross ? Allez, Cross, parlez ! C'est un ordre !

Plus personne n'est à l'abri. Plus personne.

Je n'ai pas répondu. Il n'avait qu'à trouver tout seul. Je savais qu'il finirait par comprendre. C'était une ordure, mais pas un con.

Daniel Boudreaux m'a regardé, puis il a tourné la tête vers Christine. Il avait compris. Mon subtil stratagème lui apparaissait enfin.

Ses yeux me vrillaient le crâne. Il savait à présent ce que j'avais fait. S'il tirait sur l'un de nous deux, l'autre aurait le temps de lui sauter dessus. Il pouvait dire adieu à son feu d'artifice final.

— Sale enfoiré, gronde-t-il à mi-voix, menaçant. Puisque c'est comme ça, tu vas déguster le premier !

Il lève le Smith & Wesson ; j'ai la gueule du canon juste devant les yeux.

— Parle-moi, salaud !

— Ça suffit comme ça ! hurle Christine, à l'autre bout de la pièce, faisant preuve d'une incroyable force dans d'aussi difficiles circonstances. Tu as déjà commis suffisamment de meurtres !

Danny Boudreaux commençait à paniquer. Il dodelinait de la tête, les yeux injectés de sang, les traits tirés.

— Non, j'en ai pas encore assez tué, des robots minables ! Je commence à peine !

Il braque le Smith & Wesson sur Christine, les deux bras tendus, le corps tremblotant, penché sur la gauche.

— Danny ! je crie, et je me jette sur lui.

Il a eu un instant d'hésitation, puis sa main a tressauté et il a fait feu. Dans l'espace confiné du salon, la détonation a été assourdissante.

Il avait tiré sur Christine.

Elle avait tenté d'esquiver le coup, mais j'ignorais si elle avait réussi.

Moi, j'étais sur ma lancée.

Danny Boudreaux s'est tourné vers moi, l'arme au poing, les yeux emplis de terreur et de haine, tremblant de rage, de peur et de désespoir. En se disant qu'il parviendrait peut-être à nous avoir tous les deux.

Mais j'étais beaucoup plus rapide qu'il ne le pensait.

Je l'ai percuté comme si je m'attaquais à un adulte armé et dangereux, pour reprendre l'expression consacrée. Je me suis jeté sur lui de tout mon poids. Délicieuse sensation.

On s'est débattus. Il y a eu un autre coup de feu. Je n'ai pas senti de douleur fulgurante, mais j'avais un goût de sang dans la bouche.

Le gosse s'est mis à hurler, à gémir. Je lui ai arraché son arme. Il essayait de me mordre, de me déchirer. Puis je l'ai entendu grogner comme un animal blessé.

Il était victime d'une crise, peut-être due au sevrage de son traitement. Un flot d'activité cérébrale était en train de se répandre dans son corps. Il battait frénétiquement des bras et des jambes comme un pantin, son bassin se soulevait.

Je l'ai vu rouler des yeux, et son corps s'est soudain détendu, n'offrant plus aucune résistance. Il écumait, ses membres s'agitaient encore. Peut-être avait-il perdu conscience, l'espace d'une ou deux secondes. Sa bouche festonnée de bave laissait échapper des gargouillis étranglés.

Je l'ai retourné sur le côté. Ses lèvres étaient bleuâtres. Ses yeux se sont remis en place, il battait à présent des paupières. La crise avait cessé aussi rapidement qu'elle était apparue. Danny Boudreaux gisait mollement sur le sol : le jeune criminel déséquilibré n'était plus qu'une pauvre loque affalée sur la moquette.

Les forces de l'ordre avaient entendu les coups de feu. En une fraction de seconde, le salon a été envahi. Je ne voyais plus que des fusils à pompe et des pistolets, ça criait dans tous les coins, on entendait crachoter des radios. Christine s'est précipitée vers le corps de son mari, auprès duquel deux secouristes s'étaient déjà agenouillés.

Un instant plus tard, je l'ai retrouvée accroupie près de moi. Elle ne semblait pas avoir été blessée.

– Ça va, Alex ?

Elle n'avait plus qu'un filet de voix.

Je maintenais toujours Boudreaux plaqué au sol. Ruisselant d'une sueur grasse et froide, il n'avait pas l'air de savoir où il se trouvait. Le tueur de l'école Sojourner Truth n'était plus qu'un gosse triste et terriblement désemparé. Treize ans. Et déjà cinq meurtres, sinon plus, à son actif.

– Un malaise ? s'est enquise Christine.

J'ai hoché la tête.

– Je pense. C'est peut-être un effet de la surexcitation.

Danny Boudreaux voulait me dire quelque chose, mais je ne parvenais pas à l'entendre. Seule une mousse blanchâtre hérissée de bulles sortait de sa bouche.

Plus personne n'est à l'abri. Plus personne.

— Tu m'as dit quoi ? Qu'est-ce qu'il y a ?

J'avais mal à la gorge, je parlais d'une voix rauque. Les vêtements trempés de sueur, je tremblais, moi aussi.

Et, comme s'il n'y avait plus personne à l'intérieur de son corps, il m'a murmuré à l'oreille, faiblement :

— J'ai peur. Je ne sais pas où je suis. J'ai toujours tellement peur.

Alors, penché au-dessus de cet horrible visage rabougri, j'ai hoché la tête et j'ai dit au petit assassin :

— Je sais ce que tu ressens.

C'était bien cela le plus effrayant.

102

Le tueur de dragons est toujours en vie, me disais-je, *mais combien de vies me reste-t-il ? Pourquoi prendre autant de risques ? Médecin, guéris-toi...*

Je suis resté plus d'une heure dans la maison, le temps de poser à Christine Johnson quelques questions, rapport oblige. Quand on a enfin emporté le corps de son mari et embarqué Boudreaux, j'ai appelé chez moi et j'ai supplié Nana d'aller se coucher en lui disant que j'étais sain et sauf et que tout allait bien. Pour l'instant, en tout cas.

— Je t'aime, Alex, m'a-t-elle chuchoté.

Elle avait l'air presque aussi épuisée que moi.

— Moi aussi, je t'aime, vieille femme.

Et ce soir-là, ô miracle, elle m'a laissé avoir le dernier mot.

Dans Summer Street, la foule des curieux a fini par se disperser. Même les journalistes et les photographes les plus obstinés s'étaient décidés à lever le camp. Christine était en compagnie d'une de ses sœurs, venue la soutenir en ces moments difficiles. Avant de partir, je l'ai serrée contre moi.

Elle tremblait encore. Nous sortions de l'enfer, mais elle venait de perdre son mari, assassiné presque sous ses yeux. Un drame épouvantable auquel elle avait du mal à croire.

– Je suis incapable de ressentir quoi que ce soit. Tout cela me paraît tellement irréel. Je n'arrête pas de me dire que c'est un cauchemar, même si je sais que ça n'en est pas un.

A une heure du matin, Sampson m'a reconduit chez moi. J'avais l'impression qu'on m'avait enlevé les paupières. Je gambergeais comme un malade; dans ma tête, le bourdonnement infernal se prolongeait. Il y avait surchauffe.

Où allait notre monde? Gary Soneji, Ted Bundy, l'étrangleur de Hillside, Koresh, McVeigh – ça n'en finissait plus. Gandhi, à qui l'on demandait un jour ce qu'il pensait de la civilisation occidentale, avait répondu : « Je trouve que ça pourrait être une bonne idée. »

Je ne pleure quasiment jamais. J'en suis incapable. Et il en va de même pour la plupart des officiers de police que je connais. Parfois, j'aimerais pouvoir laisser couler mes larmes, me libérer, évacuer l'angoisse et le venin que j'ai accumulés, mais ça m'est extrêmement difficile. Quelque chose en moi s'est coincé.

Je me suis assis dans l'escalier. J'étais monté me coucher, mais je n'ai pas réussi à aller jusqu'à la chambre. J'essayais de pleurer, et je n'y arrivais pas.

Je pensais à ma femme, Maria, abattue en pleine rue, quelques années plus tôt, par les occupants d'une voiture. Maria et moi formions un couple très harmonieux. On parle souvent de mémoire sélective, mais en l'occurrence, ce n'était pas le cas. J'avais connu les joies de l'amour, je savais que c'était ce que j'avais accompli de mieux dans ma vie, et cependant, j'étais seul. Je mettais ma vie en jeu. Je passais mon temps à raconter à tout le monde que tout allait bien, mais ce n'était pas vrai.

J'ignore combien de temps je suis resté là, dans le noir, à ressasser mes pensées. Dix minutes, peut-être, ou peut-être beaucoup plus. Il régnait dans la maison un silence familier, presque douillet, mais rien, cette nuit-là, n'aurait pu me réconforter.

J'écoutais les petits bruits qui me berçaient depuis des

années, en me rappelant l'époque où, tout petit, confié aux bons soins de Nana, je me demandais ce que je deviendrais plus tard. Aujourd'hui, je connaissais la réponse : j'étais un expert en meurtres multiples, un criminologue auquel on s'adressait dans les affaires les plus sordides, les plus graves. J'étais le tueur de dragons.

Puis je me suis résigné à gravir les dernières marches de l'escalier et j'ai fait une halte dans la chambre de Damon et de Jannie. Tous deux dormaient profondément.

J'adore leur façon de dormir, en toute confiance, en toute innocence. Je peux passer des heures à les regarder, ces petits bouts de chou, même par une nuit aussi insoutenable que celle-ci. Je ne sais combien de fois j'ai simplement ouvert la porte et je suis resté là, comme ça, sans bouger, à les observer. Ce sont eux qui me donnent la force de tenir et qui m'empêchent, certains soirs, de perdre la tête.

Ils s'étaient endormis avec leurs lunettes de soleil bariolées, en forme de cœurs, comme celles que portent les petits chanteurs de la chorale Innocence. Très, très chic. Ils étaient mignons à croquer. Je me suis assis au bord du lit de Jannie, j'ai doucement enlevé mes bottes et je les ai posées par terre sans faire de bruit.

Puis je me suis allongé en travers des deux lits, près de leurs pieds, en écoutant mes os craquer. J'avais envie d'être à proximité de mes enfants, de rester tout près d'eux pour être sûr qu'il ne nous arrive rien. Ce n'était pas trop demander, après la journée que je venais de vivre...

J'ai déposé un baiser sur le pied de Jannie, bien au chaud dans sa barboteuse à semelles caoutchoutées.

J'ai effleuré la jambe nue de Damon.

Et j'ai ensuite fermé les yeux en essayant de chasser de ma tête toutes ces images de meurtres et de désolation qui dansaient la sarabande. Peine perdue. Cette nuit-là, les monstres étaient partout. J'étais littéralement encerclé.

Ils étaient si nombreux... Ils semblaient se succéder par vagues entières, de tous âges. D'où venaient tous ces monstres qui envahissaient l'Amérique ? Qui les avait engendrés ?

Allongé auprès de mes enfants, j'ai tout de même fini par trouver le sommeil. Et, quelques heures durant, j'ai réussi à oublier l'événement le plus tragique de la journée, la nouvelle qui m'avait plongé dans un désarroi sans précédent.

Juste avant de quitter la maison des Johnson, j'avais appris le décès, tôt dans la matinée, du Président Thomas Byrnes.

103

J'étais en train de caresser Rosie. La porte de la cuisine était ouverte et j'ai aperçu Sampson, dehors, tel un gros rocher noir, bravant une pluie glaciale. A moins que ce ne fût de la grêle...

— Le cauchemar continue, m'a-t-il annoncé.

Laconique, mais efficace.

— Eh oui, forcément. Mais peut-être que ça ne me fait plus ni chaud ni froid.

— Ben voyons. Et c'est peut-être cette année que les Bullets vont gagner le championnat de basket, les Orioles celui de base-ball et les Redskins, ou plutôt ce qu'il en reste, le Super Bowl. Tout est toujours possible.

Une journée à peine s'était écoulée depuis le drame de New York et celui de Mitchellville. Bien peu de temps. Pas assez pour que les plaies commencent à cicatriser, et encore moins pour pleurer décemment la disparition de Thomas Byrnes, mais comme le prévoyait la loi, le nouveau président des États-Unis, Edward Mahoney, avait prêté serment la veille. Je trouvais cela presque choquant.

Vêtu d'un T-shirt blanc et d'un bleu de travail, je me baladais pieds nus sur le linoléum glacé, un gobelet de café brûlant à la main. Ma convalescence ne se passait pas trop mal. Je ne m'étais même pas donné la peine de « tailler mes moustaches », expression par laquelle Jannie désigne l'exercice du rasage. Je me sentais presque redevenir humain.

Je n'avais toujours pas invité Sampson à entrer.
— Bonjour, ma poule.

Il insistait. Retroussant sa lèvre supérieure, il a alors décidé d'exhiber ses dents. Et là, face à cette bouille hilare, j'ai dû déclarer forfait et sourire enfin à mon ami et ennemi juré.

Il était un peu plus de neuf heures et je venais à peine de me lever. Pour moi, c'était tard. Selon les critères de Nana, en revanche, ça frôlait l'indélicatesse. J'étais encore en manque de sommeil, sous le choc des récents événements, à deux doigts de perdre ce qui me restait de raison et souffrais de nausées, mais j'allais beaucoup mieux. J'avais bonne mine.

— Tu ne comptes même pas me dire bonjour?

Il feignait d'être vexé.

— Bonjour, John. Je ne veux pas savoir ce qui t'amène en cette froide et sinistre matinée.

— C'est la première chose intelligente que j'entends sortir de ta bouche depuis des années, mais j'ai un peu de mal à te croire. Tu veux tout savoir, Alex; tu as besoin de tout savoir. C'est pour ça que tu te farcis quatre journaux différents chaque matin.

Derrière moi, dans la cuisine, Nana s'en est mêlée. Elle, elle était debout depuis des heures, bien entendu.

— Moi non plus, je ne veux pas savoir. Et je n'ai pas besoin de savoir. Allez, du vent! Allez jouer ailleurs, allez faire un tour, oiseau de mauvais augure.

— On a le temps de prendre un petit déj'? lui ai-je finalement demandé.

— Pas vraiment, m'a-t-il répondu en veillant à ne pas se départir de son sourire, mais prenons-le tout de même. Qui pourrait résister à ce genre d'invitation?

— C'est lui qui veut que vous entriez, pas moi, l'a prévenu Nana, penchée au-dessus de sa gamelle.

Elle ne faisait que le taquiner. Elle l'aime comme s'il était son propre fils, ou comme s'il était mon grand frère, un grand frère encore plus baraqué que moi. Alors elle nous a préparé des œufs brouillés garnis de saucisses maison, de frites maison et de pain grillé. Nana s'y connaît, en cuisine. Elle pourrait sans problème faire à manger pour l'équipe des Redskins au grand complet.

Sampson a attendu la fin du festin pour aborder le sujet qui motivait sa visite. Son petit secret. Cela peut paraître étrange, mais lorsqu'on passe sa vie à côtoyer la mort, on apprend à prendre son temps. Les meurtres peuvent attendre ; ils seront toujours là.

– Ton M. Grayer m'a appelé il n'y a pas longtemps, a commencé Sampson en se versant une troisième tasse de café. Il m'a dit qu'il fallait te laisser souffler un ou deux jours, qu'ils allaient s'occuper de tout. Tu sais, dans le genre « Dormez en paix, citoyens, la police secrète veille ».

– Ce que tu me dis là, à l'instant, m'inspire les plus grandes craintes. S'occuper de quoi ?

J'étais en train de faire un sort à la dernière tranche d'un demi-pain de mie maison. Les toasts à la cannelle de Nana ont, très sincèrement, un parfum de paradis. Nana prétend qu'elle y est allée subtiliser plusieurs recettes et j'inclinerais à la croire. Pour avoir goûté ses merveilles, je sais qu'elle dit vrai.

Sampson a consulté sa montre-bracelet, une antique Bulova que son père lui avait offerte pour ses quatorze ans.

– A l'heure qu'il est, ils sont en train de passer le bureau de Jill, à la Maison-Blanche, au peigne fin. Ensuite, ils iront chez elle, dans la Vingt-quatrième rue. Tu veux venir ? Je t'ai récupéré une invitation, au cas où.

Évidemment que je voulais y aller. Je devais impérativement être là. Il fallait que je sache tout sur Jill, comme l'avait deviné Sampson.

– Vous êtes le diable en personne, siffle Nana.

– Merci, Nana, lui répond Sampson, avec de grands yeux, en découvrant ses mille et une dents. C'est le plus beau des compliments.

104

On est allés chez Sara Rosen dans la Nissan noire de Sampson. Le copieux petit déjeuner de Nana avait eu le mérite de me ramener à la réalité et je me sentais quelque peu ragaillardi, ne fût-ce que physiquement.

J'étais déjà fébrile à la perspective d'inspecter l'appartement de Jill. Je souhaitais également voir son bureau à la Maison-Blanche, mais à mon avis, cela pouvait attendre un jour ou deux. En revanche, ni l'enquêteur ni le psychologue ne pouvaient résister à la tentation de visiter son domicile.

Sara Rosen habitait une résidence d'une dizaine d'étages, à l'intersection de la Vingt-quatrième et de la rue K. Un concierge très imbu de ses fonctions étudia longuement nos cartes avant de consentir à nous laisser passer. Plantes vertes à profusion, moquettes épaisses : ce n'était pas le genre d'immeuble dans lequel on s'attendait à découvrir un assassin.

Et pourtant, il s'agissait bien de l'adresse personnelle de Jill.

L'appartement correspondait assez bien à ce que nous savions de Sara Rosen. Fille unique d'un colonel de l'armée de terre et d'une prof de littérature, elle avait passé toute son enfance à Aberdeen, dans le Maryland, avant de s'inscrire au Hollins College, en Virginie. Diplômée en lettres et histoire avec mention, elle était venue s'installer à Washington à l'âge de vingt et un ans, il y avait de cela seize ans. Elle ne s'était jamais mariée mais avait eu plusieurs petits amis. Au service communication de la Maison-Blanche, on l'appelait parfois la « vieille fille canon ».

Son appartement, situé au quatrième étage, donnait sur un jardin. Le FBI était déjà à l'œuvre, sur fond de Chopin. La lumière pénétrait à flots dans toutes les pièces et l'enquête se déroulait dans une atmosphère détendue, presque plaisante, à la limite du je-m'en-foutisme. Après tout, l'affaire était bouclée.

Sampson et moi avons ainsi passé quelques heures en compagnie des experts du Bureau affairés à recueillir le moindre indice pouvant les renseigner sur la personnalité de Sara Rosen.

Jill avait habité ces lieux.

Qui étais-tu donc, Jill ? Comment es-tu devenue Jill ? Que s'est-il passé ? Parle-nous. Tu as envie de parler, Jill la solitaire, tu le sais.

Pas un centimètre carré du trois pièces n'échapperait aux investigations. La jeune femme qui avait occupé ces lieux avait collaboré à l'assassinat du Président Thomas Byrnes. Son petit bureau avait servi de salle de montage pour la cassette vidéo que nous avions reçue. L'appartement avait désormais une valeur historique. Tant que l'immeuble serait debout, les gens le montreraient du doigt en disant : « C'était là qu'habitait Jill. »

Le mobilier, de style country-club, était aussi BCBG qu'impersonnel. Un canapé et un fauteuil habillés de coton écru, des griffes de boutiques locales comme Mastercraft Interiors ou Colony House, à Arlington, des tons pastel ou ivoire, un tapis à motifs bleu métallique, une pitoyable armoire en pin clair.

Au mur, sous verre, des cartes de vœux et lettres émanant de personnalités de la Maison-Blanche : l'actuel porte-parole, le secrétaire général et même Nancy Reagan, qui avait envoyé un petit mot. Aucune photo des « ennemis » mentionnés par le Président Byrnes. Ainsi, Sara Rosen était une groupie qui cachait bien son jeu. Jack était-il l'une des stars qu'elle courtisait ? Kevin Hawkins et lui étaient-ils bien le même homme ?

Parle-nous, Jill. Je sais que tu as envie de parler. Dis-nous ce qui s'est réellement passé. Indique-nous une piste.

Sur un petit bureau à cylindre, il y avait des bulletins de l'Heritage Foundation et du Cato Institute, deux associations conservatrices, ainsi que des numéros du *U.S. News and World Report*, de *Southern Living* et de *Gourmet*.

Mais je voyais également des invitations à des lectures de poésie organisées par *Chapters* ou *Politics & Prose*, des librairies de Washington. Était-ce Jill qui avait signé les poèmes retrouvés après chacun des meurtres ?

Au-dessus du bureau, elle avait collé au mur, à l'aide de ruban adhésif, quelques vers découpés dans un livre.

Quoi de plus triste, qu'être... quelqu'un !
Et vulgairement, telle la grenouille,
Clamer son nom, beau mois de juin,
Au béat marigot des fripouilles !
　　　　　　　　Emily Dickinson

Apparemment, Emily Dickinson partageait le sentiment de Jack et Jill à l'égard des gens connus.

Les murs du bureau et de la chambre à coucher étaient tapissés de livres. Romans, documents, poésie, il y avait de tout, du très sérieux et de la littérature de gare. Jill la lectrice avide, Jill la solitaire, Jill la vieille fille canon.

Qui es-tu, Jill ? Qui es-tu, Sara Rosen ?

Un cadre, dans le couloir d'entrée, laissait même supposer qu'elle avait le sens de l'humour. On y lisait : « Quiconque jouera de l'accordéon sera passible d'une peine de prison. »

Qui es-tu, Sara-Jill ?

Quelqu'un s'est-il jamais soucié de toi avant ce jour ? Pourquoi avoir aidé à commettre ce crime atroce ? Est-ce que ça en valait la peine ? Tout cela pour que tu meures ainsi, toujours seule ? Qui t'a tuée, Jill ? Était-ce Jack ?

Il me suffisait de mettre à jour un fragment de vérité incontestable, un seul, et tout le reste suivrait. Alors, enfin, nous comprendrions. Je voulais croire que c'était possible.

En jetant un coup d'œil dans les placards à vêtements, je n'ai trouvé que des tailleurs de couleur sombre, griffés Brooks Brothers ou Ann Taylor. Des chaussures à talons plats, des baskets, des mocassins. Des vêtements de sport.

Peu de tenues de soirée.

Qui étais-tu, Sara ?

J'ai cherché une fausse cloison ou un double fond, une cache quelconque où elle aurait pu dissimuler des notes confidentielles, quelque chose qui aurait pu nous permettre de refermer à jamais ce dossier ou, au contraire, de l'ouvrir complètement.

Allez, Sara, livre-nous tes secrets. Dis-nous qui tu étais vraiment.

Qu'est-ce qui te motivait, Jill ? Qui étais-tu, Sara ? Une vieille fille canon ? Tu as envie qu'on le sache, j'en suis sûr. Tu es encore dans cet appartement. Je le sens. Partout où se porte mon regard, je sens ta solitude.

Tu veux nous faire découvrir quelque chose, Sara, mais quoi ? Donne encore un vers, rien qu'un.

J'étais près d'une des fenêtres de la chambre, contemplant le jardin, en train d'imaginer toutes les ramifications possibles de cette affaire, lorsque Sampson m'a rejoint.

– Alors, on a la solution ? On a réussi à recomposer le puzzle ?

– Pas encore. Mais il nous manque quelque chose. Il faudrait que je puisse passer un ou deux jours de plus ici.

Ma suggestion lui a arraché une lamentation. Je partageais son point de vue, mais je savais que j'allais revenir. Sara Rosen, j'en avais la quasi-certitude, nous avait laissé un petit souvenir.

Jill et ses poèmes...

105

Peut-être était-ce du vice, mais je suis revenu seul à l'appartement, le lendemain matin, dès huit heures, bien avant tout le monde. Je faisais les cent pas dans le petit trois pièces en picorant des céréales en guise de petit déjeuner.

Quelque chose me tracassait toujours à propos de la vieille fille canon et de son petit repaire. L'instinct du policier. L'intuition du psychologue.

Pendant près d'une heure, je suis resté prostré sur une chaise, près d'une fenêtre donnant sur la rue K, le regard rivé sur une affiche d'abribus vantant *Escape*, un parfum signé

Plus personne n'est à l'abri. Plus personne.   351

Calvin Klein. La fille qui avait posé pour la pub paraissait si triste, si désespérée, que quelqu'un avait ajouté au-dessus de sa tête une bulle disant : « Soyez gentil, donnez-moi quelque chose à manger. »

De quoi se nourrissait Sara Rosen ? m'interrogeais-je en scrutant le paysage urbain. Quel était son secret ? Qu'est-ce qui l'avait conduite à commettre une série de crimes insensés n'ayant pour point commun que la célébrité de leurs victimes ou d'autres méfaits encore, avant d'être tuée à son tour à l'hôtel Peninsula ? On l'avait abattue à New York. Quel lien y avait-il entre elle et Jack ?

Quels étaient les tenants et les aboutissants de l'histoire ? Quelle était la véritable histoire ? Quels secrets nous restait-il à exhumer ?

Je me suis donc attaqué à sa bibliothèque. Il y avait des livres partout, jusque dans la cuisine ; on pouvait raisonnablement dire que Sara était une lectrice insatiable. Les domaines les plus largement représentés restaient l'histoire et la littérature américaines. Sara l'intellectuelle, Sara la grosse tête.

Diplomacy d'Henry Kissinger, *Special Trust* de Robert McFarland, *Caveat* d'Alexander Haig, *Kissinger* de Walter Isaacson, et ainsi de suite. Des romans d'Anne Tyler, Robertson Davies, Annie Proulx, mais aussi Robert Ludlum ou John Grisham. Des recueils de poésie d'Emily Dickinson, de Sylvia Plath et d'Anne Sexton. Un livre intitulé *La Femme seule*.

J'ouvrais chaque volume et je le secouais soigneusement. L'appartement devait bien en receler un ou deux milliers. J'avais du pain sur la planche.

Dans certains ouvrages, je trouvais des notes manuscrites, sur des bouts de feuille. Je lisais tout, sans exception. Les heures défilaient. Tant pis pour les repas.

A l'intérieur d'une biographie consacrée à Napoléon et Joséphine, Sara avait écrit : « N. considérait que chez les femmes, l'intelligence aiguë était une aberration. Il caressait les seins de J. en public. Goujat. Mais il lui accordait ensuite ses faveurs. Salope. »

Jill et ses poèmes. Jill et ses livres. Une femme mystérieuse et fantasque. Une meurtrière énigmatique.

Dans le bureau, il y avait également de nombreux films sur cassettes. J'ai commencé à ouvrir les boîtes.

La vidéothèque de Sara Rosen comprenait essentiellement des titres connus : comédies sentimentales, policiers ou fresques romantiques. *Le Prince des marées*, *La Porte s'ouvre*, *Harcèlement*, la trilogie du *Parrain*, *Autant en emporte le vent*, *Officier et Gentleman*.

Elle accordait également une large place au cinéma d'hier, notamment aux films noirs : Raymond Chandler, James Cain, Hitchcock.

J'ouvrais toutes les boîtes, rangée après rangée. C'était important, me disais-je, surtout quand on avait affaire à une personne aussi méticuleuse que Sara. Si Sampson avait été là, j'en aurais entendu des vertes et des pas mûres. Il m'aurait sans doute jugé encore plus atteint que Jack et Jill.

Enfin, je suis tombé sur *Les Enchaînés* de Hitchcock. Un film que je ne me souvenais pas avoir jamais vu. Sur la jaquette, on voyait Cary Grant, l'un des acteurs fétiches de Sir Alfred.

Mais la cassette qui se trouvait à l'intérieur du coffret ne portait pas d'étiquette. C'était la quatrième ou la cinquième que je visionnais depuis le début.

Il ne s'agissait pas des *Enchaînés*.

J'étais en train de regarder l'enregistrement du meurtre du sénateur Daniel Fitzpatrick.

C'était, semblait-il, la version intégrale, non montée, beaucoup plus longue que celle qui avait été envoyée à CNN.

Les scènes inédites dépassaient en violence et en horreur ce que nous avions vu dans les locaux de la chaîne d'informations. D'une voix brisée par la peur, insoutenable, le sénateur Fitzpatrick implorait ses agresseurs de lui laisser la vie avant de fondre en larmes en sanglotant bruyamment. Un passage très dur, d'une sauvagerie inouïe, que Jack et Jill avaient préféré couper dans la version remise à CNN car ils y apparaissaient sous un jour beaucoup trop défavorable.

Ils tuaient froidement, sans états d'âme, sans la moindre pensée pour leurs victimes.

J'ai subitement enfoncé la touche « pause ». Jackpot ! Le plan suivant démarrait sur le sénateur Fitzpatrick, puis s'élargissait. Peut-être beaucoup plus que prévu.

On voyait Jack tirant le second coup de feu.

Et le tueur n'était pas Kevin Hawkins !

A cet instant, je me suis demandé si Jill avait intentionnellement laissé cette cassette en espérant que quelqu'un

Plus personne n'est à l'abri. Plus personne.

finirait par la trouver. Savait-elle qu'elle risquait d'être trahie ? Était-ce là sa vengeance ? Oui, tout me portait à croire que Jill, depuis l'enfer, avait réussi à planter Jack.

J'ai longuement examiné l'image figée sur laquelle apparaissait le véritable Jack. C'était un homme de trente-cinq, quarante ans, au physique avantageux, avec des cheveux courts, blond-roux. Il était en train de presser la détente, le visage totalement impassible.

« Jack, ai-je murmuré. Ça y est, Jack, on t'a trouvé ! »

106

Le FBI, les services secrets et la police de Washington lancèrent de concert une gigantesque chasse à l'homme. Chacun voulait sa part du gâteau. C'était l'affaire criminelle avec un grand A : on avait abattu le président des États-Unis, et l'assassin, le vrai, était quelque part dans la nature. Jack était toujours en vie, ou du moins l'espérais-je.

Et mes espoirs n'allaient pas être déçus.

Le 20 décembre, en début de matinée, j'ai enfin pu observer Jack à la jumelle. J'avais du mal à quitter des yeux le tueur diabolique.

J'avais envie de le descendre, de me réserver ses derniers instants, mais nous devions attendre. C'était le plan de Jay Grayer. C'était son jour, c'était son tour de piste, c'était son projet.

Jack sortait d'une villa de style colonial pour rejoindre une Ford Bronco rouge vif garée dans une allée en arc de cercle. Nous savions à présent qui il était, où il habitait ; nous savions presque tout de lui. Désormais, nous comprenions bien mieux Jack et Jill. On nous avait ouvert les yeux, et pas qu'un peu.

– Voilà Jack, m'a glissé Grayer. Voilà notre coco.

– Il n'a pas une gueule de tueur, hein ? Mais ça ne l'a pas empêché de faire son boulot. Il a réussi. C'est lui qui a exécuté tout le monde, y compris Jill.

Jack emmenait à sa suite un petit garçon et une petite fille, deux adorables bambins dont je connaissais les noms : Alix et Artie. Les deux chiens de la famille étaient également de sortie. Il y avait Shepherd, un retriever noir de dix ans, et Wise Man, un jeune colley tout frétillant.

Les enfants de Jack.

Les chiens de Jack.

La belle villa de Jack, dans les faubourgs huppés de Washington.

Jack et Jill étaient venus sur la Colline... pour tuer le Président. Puis Jack avait assassiné sa partenaire et maîtresse, Jill. Il avait exécuté Sara Rosen de sang-froid. Jack était persuadé d'avoir commis des crimes parfaits. Le stratagème de Jack avait failli fonctionner. Mais aujourd'hui, nous tenions Jack dans notre viseur. J'étais en train de l'observer. Comme tout le monde.

Il avait tout du père de famille modèle comme on en voit chaque matin dans la banlieue de Washington. Sous son parka de marine à capuchon, qu'il avait gardé ouvert en dépit du froid, il portait une chemise de flanelle bleue et une salopette assortie. Des chaussettes grises et de grosses Topsiders marron complétaient le tableau.

Il avait les cheveux très courts, et châtain foncé, cette fois-ci. Une coupe presque réglementaire. C'était un bel homme, solidement taillé. Il avait trente-neuf ans. Il avait assassiné le président des États-Unis. Il avait abattu de sang-froid plusieurs de ses ennemis politiques.

C'était un comploteur.

Un traître comme le monde en avait rarement connu.

Une ordure pour qui la vie des autres ne comptait pas.

Le tueur américain dans toute sa perfection, me dis-je en le regardant piloter sa petite troupe obéissante. L'assassin idéal, bon père de famille, bon mari, bien sous tous rapports. Un homme au-dessus de tout soupçon. Il disposait même d'un certain nombre d'alibis qui, malheureusement, ne lui serviraient à rien puisque nous possédions la bande sur laquelle on le voyait abattre le sénateur Fitzpatrick. Un Chacal moderne, adapté à notre pays, à notre mode de vie naïf et si dangereux.

Je me demandais s'il avait suivi la cérémonie d'enterrement du Président ou si, comme moi, il y avait assisté en personne.

— Décontracté, cet enculé, hein? a fait Jay Grayer.

Il était assis à côté de moi dans la voiture banalisée. C'était la première fois que je l'entendais utiliser ce genre de vocabulaire. Il lui tardait de pouvoir faire tomber Jack, le plus brutalement possible.

Et c'était bien ce que nous allions faire. La matinée promettait d'être mémorable.

Notre intervention resterait dans l'Histoire.

— Préparez-vous à prendre Jack en chasse, a annoncé Grayer dans son micro. Si un seul de vous le perd, inutile de rentrer au bureau. Vous continuez tout droit et vous ne vous arrêtez pas, d'accord?

— On ne le perdra pas, l'ai-je rassuré. Je ne pense même pas qu'il essaiera de s'enfuir. C'est un gars du coin, notre Jack. Il est père de famille. Ses racines sont ici.

Dans quel curieux pays nous vivons. Tous ces meurtriers, tous ces monstres, et tous ces gens bien sur lesquels ils peuvent se jeter quand bon leur semble.

— Je crois que vous avez raison, Alex. Oui, c'est ça. Il y a encore des choses qui m'échappent, je ne comprends pas tout, mais je pense que c'est vous qui avez raison. On le tient. Mais qu'y a-t-il derrière? Qu'est-ce qui motive Jack? Qu'est-ce qui l'a poussé à faire ça?

— L'argent. (C'était l'une de mes théories.) Il faut chercher l'argent. C'est le fil conducteur qui simplifie tout le reste. Un peu de politique, un peu d'idéalisme et beaucoup d'argent. Le bénéfice est autant idéologique que financier; en ces temps rudes où tout se vend, on peut difficilement faire mieux.

— Vous croyez?

— Je crois, oui. Je serais prêt à parier gros. Il a des convictions très fortes, l'une d'entre elles étant que lui et sa famille méritent de vivre confortablement. Donc je pense que l'argent joue un rôle important dans cette histoire. A mon avis, il est en relation avec un certain nombre de personnes qui ont de l'argent et du pouvoir, mais pas autant de pouvoir qu'elles le souhaiteraient.

La Bronco a démarré et on l'a suivie à distance raisonnable. Jack transportait sa précieuse cargaison avec précaution. Il devait énormément impressionner ses enfants, peut-être même ses chiens. Ses voisins, sans aucun doute.

Jack le Chacal...

Je me demandais quelle avait pu être la dernière pensée de Jill quand son amant l'avait trahie, à New York ? S'y attendait-elle ? Savait-elle qu'il la trahirait ? Était-ce la raison pour laquelle elle avait laissé chez elle la fameuse cassette ?

Jay avait envie de parler. Une manière, peut-être, d'occuper son esprit.

— Il les emmène à l'école. Sa vie a repris un cours tout à fait normal. D'ailleurs, c'est parfaitement logique. Il a simplement monté un complot contre un président et participé à son assassinat. C'est tout. Pas de quoi en faire un plat. La vie continue...

— D'après son livret militaire, c'était un homme de valeur. Il a quitté l'armée de terre avec le grade de colonel. Rendu à la vie civile avec les honneurs. Il a participé à l'opération Tempête du désert.

— Jack, un héros de la guerre. Je suis extrêmement impressionné. J'aurais du mal à te dire à quel point, mais je vais peut-être lui dire à lui.

Officiellement, Jack était un héros de la guerre.

Officieusement, Jack était un patriote.

Je me suis souvenu de l'inscription qui figure sur la tombe du Soldat inconnu au cimetière national d'Arlington : « Ici repose dans les honneurs et la gloire un soldat américain connu de Dieu seul. » J'avais le sentiment que c'était la vision que Jack avait de lui-même. Un soldat héroïque connu de Dieu seul.

Sans doute était-il persuadé que les nombreux meurtres qu'il avait commis, pour une « juste » cause, resteraient impunis.

Mais il se trompait lourdement. Sa chute était imminente.

Il a déposé ses deux enfants à l'école Bayard-Wellington. Un très bel établissement : murs en pierre de taille, immenses pelouses couvertes de givre, le genre d'école où j'aurais rêvé de pouvoir inscrire Damon et Jannie, le genre d'école où Christine Johnson aurait mérité d'obtenir un poste.

En regardant Jack embrasser ses enfants, je me suis dit : *Tu sais, tu pourrais quitter Washington.*

Pourquoi ne pas le faire ? Pourquoi ne pas emmener

Damon et Jannie loin de la Cinquième rue ? Pourquoi ne pas faire pour tes enfants ce que cette crapule fait pour les siens ?

Jay Grayer avait repris le micro.

— Il quitte maintenant l'école. Il reprend la route principale. Dites donc, c'est sympa, Jackville, vous ne trouvez pas ? On va le coincer aux feux, là-bas ! Un impératif : il nous le faut vivant ! Il y aura quatre voitures à nous aux feux. On le serre et on le prend vivant.

— Vous avez le droit de garder le silence, j'ai fait.

— Qu'est-ce que vous me racontez ? s'est inquiété Grayer en se tournant vers moi.

— Rien, je voulais juste m'en débarrasser maintenant. Il n'a aucun droit. On va le faire tomber.

Sourire en coin de Grayer. Nous savions tous deux que le meilleur était pour tout de suite. Dans quelques secondes, nous allions vivre le seul épisode jouissif de toute cette affaire.

— Ça va être un grand moment, hein ? Allez, on fonce. On va serrer ce salaud.

— Absolument. Moi, j'ai envie de faire gentiment causette avec notre ami Jack.

J'ai envie de lui botter le cul d'ici jusqu'à Washington.

J'avais surtout envie de faire la connaissance du vrai Jack.

107

A ce jour, personne ne connaissait les détails du complot dirigé contre le Président Byrnes et nous étions dans le vague. Personne n'avait réussi à résoudre à temps l'énigme Jack et Jill. Maintenant, peut-être allait-on enfin tirer cette affaire au clair, en organisant une sorte de rétrospective Jack et Jill...

Une centaine de mètres nous séparaient de la capture de

Jack. Sa Bronco descendait une côte abrupte. En bas, il y avait des feux.

La scène était très pittoresque, vue à travers une longue focale, comme dans un film à gros budget. Quand le feu est passé au rouge, Jack s'est arrêté, en bon citoyen qu'il était, respectueux des lois, le plus tranquillement du monde.

C'était un homme libre.

On s'est placés juste derrière son beau 4 × 4. Sur le pare-chocs arrière, un autocollant : « Apprenez aux gosses à dire non à la drogue. »

Le nom de code de l'opération était *Piège à ours*. Nous avions quatre véhicules d'intervention, plus une demi-douzaine de voitures et deux hélicos en couverture. Je voyais mal comment Jack pouvait nous échapper. Je pensais déjà aux conséquences de son arrestation. Sans compter les surprises de taille que la suite de l'enquête réservait au peuple américain...

Le pire restait à venir.

– A trois, on se le fait, a prévenu Jay Grayer.

Il avait retrouvé son calme habituel, celui du professionnel aguerri que j'avais côtoyé dès le premier jour. J'aimais beaucoup travailler avec lui ; ce n'était pas un égocentrique, il faisait simplement très bien son boulot.

– On se le fait, et en douceur, ai-je ajouté.

Le piège était armé.

Je faisais partie des six hommes qui allaient profiter du feu rouge, à cette intersection d'apparence si paisible, pour bondir hors de leur véhicule et appréhender Jack. Ce n'était pas un mince honneur.

Deux autres automobilistes, des particuliers, s'étaient également arrêtés au feu. Il y avait une Honda grise, et une Saab.

Ils n'ont pas dû en croire leurs yeux et pourtant, les apparences étaient bien en deçà de la réalité. Le conducteur de la Bronco avait tué le président des États-Unis. C'était comme si nous arrêtions Lee Harvey Oswald, Sirhan Sirhan ou John Wilkes Booth. A un carrefour comme les autres de Friendship Heights, Maryland.

Dans un coin aussi perdu...

J'y étais, et je n'étais pas peu fier d'y être. J'aurais été prêt à payer une fortune pour faire partie de la fête.

J'ai ouvert la portière avant droite du Bronco en même

temps qu'un agent des services secrets intervenait côté conducteur. Nous avions été les plus rapides à réagir, ou peut-être étions-nous tout bonnement les plus motivés.

Jack s'est tourné vers moi pour se retrouver nez à nez avec le canon de mon Glock.

Ce qui lui donnait, l'espace d'une seconde, l'occasion de voir la mort de très près.

Un simulacre d'exécution.

Par les mains d'un professionnel !

– On ne fait plus un geste, lui dis-je. On ne respire pas trop fort. On ne bouge pas d'un millimètre. Je serais trop content d'avoir un prétexte, alors ne m'en donnez pas.

A voir son visage décomposé, j'ai compris qu'il était loin de s'attendre à pareille visite. Il était persuadé que nul ne pourrait le soupçonner et s'imaginait être sorti d'affaire.

Pour une fois, il se trompait totalement.

Jack avait enfin commis sa première erreur.

– Services secrets. Vous êtes en état d'arrestation. Vous avez le droit de garder le silence et ce serait même une excellente idée !

L'agent avait le visage empourpré de fureur face à cet homme qui avait assassiné le Président Thomas Byrnes.

Jack l'a regardé, puis s'est tourné vers moi. Il me reconnaissait, il savait qui j'étais. Que savait-il encore ?

Le moment de surprise passé, il refroidissait. L'aisance avec laquelle il recouvrait son flegme me stupéfiait. *Il est calme comme la mort*, me suis-je dit.

Cela n'avait rien d'étonnant. C'était Jack, le vrai, l'homme qui avait abattu le président des États-Unis.

Et pour la première fois, on l'a entendu.

– Excellent. (Ce salaud se permettait de nous féliciter, de saluer notre efficacité et notre professionnalisme !) Je suis fier de vous. Vraiment, vous avez bien fait votre boulot.

J'ai senti mon sang bouillir, mais je connaissais la consigne du jour : le prendre en douceur.

Le piège à ours ne devait pas faire trop de dégâts.

Il est sorti lentement de son véhicule rouge vif, les mains en l'air, sans offrir la moindre résistance. Il ne voulait pas qu'on lui tire dessus.

Brusquement, l'un des types des services secrets l'a brutalement gratifié d'un grand crochet en pleine mâchoire. J'en suis resté médusé, mais plutôt réjoui.

La tête de Jack est partie en arrière et il s'est aussitôt effondré. Jack était rusé. Il est resté allongé par terre. Il n'y avait pas eu provocation de sa part et l'agent n'avait pas d'excuse, si ce n'était que l'individu gisant au sol avait tué, de sang-froid, le Président Thomas Byrnes.

Jack nous a regardés en secouant la tête et en se frottant la mâchoire, puis nous a demandé :

– Que savez-vous, au juste ?

Il n'y a pas eu de réponse. Aucun de nous n'a prononcé le moindre mot. A notre tour de jouer au plus fin. Et nous tenions quelques surprises en réserve pour Jack.

108

Jack n'était qu'un début. Nous savions qu'il ne constituait que l'une des pièces du puzzle que nous nous acharnions à compléter. Nous avions décidé de commencer par lui, avant de passer à la deuxième étape, tout aussi cruciale.

Quand on a repris la route en direction de son domicile, sur Oxford Street, j'ai ressenti un énorme décalage, comme si je me voyais évoluer dans un rêve. Je me suis rappelé les deux ou trois entretiens que j'avais eus avec le Président. Thomas Byrnes nous avait dit de ne pas avoir de regrets, mais son conseil restait inopérant dans la réalité. Le Président était mort, et même si je n'y étais strictement pour rien, je savais que toute ma vie, le poids de sa disparition resterait sur ma conscience.

Je ne pensais toutefois pas qu'à l'assassinat du Président. Il y avait aussi Danny Boudreaux, ce gamin de treize ans. Il existait entre ces deux affaires un lien obscur, étrange, que je ne parvenais pas à isoler, et ce sentiment me hantait depuis le début. Les meurtres et les actes de violence se multipliaient, tel un incompréhensible fléau s'abattant sur le monde et notamment chez nous, aux États-Unis. J'en avais déjà beaucoup trop vu. J'ignorais comment mettre un terme à ce cauchemar et malheureusement, personne n'avait de solution à me proposer.

Ce n'était pas terminé.

D'ici quelques minutes, nous allions retrouver la case départ de ce terrible mystère.

Là où tout avait commencé.

Dans la maison qui se profilait à l'horizon.

Jay Grayer a repris son micro.

— Le docteur Cross et moi allons passer par la porte de devant. Vous nous couvrez. Personne ne tire, même pour riposter, dans la mesure du possible. Tout le monde a compris?

Ses collègues avaient pleinement saisi l'importance des enjeux. La procédure serait suivie. L'opération *Piège à ours* n'était pas encore terminée.

Grayer a garé sa berline noire juste devant la maison, le long du trottoir.

— Prêt pour un dernier baroud, Alex? Tout se passe comme vous le voulez?

— Pour l'instant, tout va bien. Merci de me permettre d'être du voyage. J'avais vraiment besoin de venir.

— Sans vous, nous ne serions même pas ici. Allez, on y va.

On est sortis de la voiture banalisée et d'un pas rapide, à la même cadence, on a remonté la petite allée de brique rouge.

C'était ici que tout avait commencé.

Cette grande demeure, à l'instar de toute la rue, respirait l'innocence et le bonheur. C'était une grande maison blanche, dans le style colonial, flanquée d'une large véranda soutenue par des colonnes. On voyait des vélos d'enfants, bien rangés. Tout était à l'avenant, propre, à sa place. Une habile façace? Sans aucun doute.

Quand Jay Grayer a appuyé sur la sonnette et que j'ai entendu le carillon, j'ai eu l'impression de voir un délégué Avon en train de faire du porte-à-porte. *Jack et Jill étaient venus sur la Colline...* Mais Jack et Jill avaient commencé ici même, dans cette maison.

La femme qui nous a accueillis portait une robe en coton écossais rouge qui semblait sortir tout droit d'un catalogue de vente par correspondance.

Sur la porte, il y avait une énorme tresse de lierre agrémentée d'un gros nœud rouge, une de ces décorations de Noël qui ressemblent à la couronne d'épines du Christ.

Voici enfin Jill, me suis-je dit.
La vraie Jill.

109

– Alex, Jay. Allons bon, qu'y a-t-il? Que s'est-il encore passé? Ne me dites pas que vous passiez par hasard?

Derrière Jeanne Sterling, je voyais briller un escalier en chêne. A côté, des portes, en chêne elles aussi, s'ouvraient sur une salle à manger traditionnelle. Dans le vestibule, entre un bureau et un miroir de deux mètres de haut, s'élevait une pile de cadeaux de Noël emballés.

La maison de Jill était également celle de l'inspecteur général de la CIA, Jeanne l'honnête.

– Quelles nouvelles? Je viens juste de faire du café. Entrez, je vous en prie.

Elle nous parlait comme si Jay Grayer et moi étions des voisins de quartier. Une petite visite, comme ça, en passant. Elle souriait, mais ses incisives lui donnaient un air grimaçant.

Quelles nouvelles? Un petit accrochage entre deux voitures? Je viens juste de faire du café. Vous verrez, il se boit comme un rien. Entrez, qu'on bavarde un peu.

– Je suis partant pour un café, lui répond Jay, pour montrer qu'il est capable de discuter avec les adversaires les plus redoutables.

Et nous sommes entrés chez elle, dans la maison qu'elle partageait avec ses trois enfants et son mari, Jack.

Des détails me sautaient aux yeux. A présent, tout me semblait important, révélateur, riche en indices. Les couleurs vives et le style exubérant de la décoration intérieure étaient typiquement américains, mais on sentait, par touches, que les propriétaires avaient sillonné le monde. Eaux-fortes françaises, broderies hollandaises, porcelaines chinoises.

Jill la voyageuse. Jill l'espionne.

Dans les vieux romans policiers, on dit toujours – et d'ailleurs j'ignore pourquoi – « Cherchez la femme ». Moi, lorsque je suis confronté à une énigme plus contemporaine, j'ai tendance à dire : « Cherchez l'argent ».

J'avais du mal à croire que Jeanne Sterling et son mari avaient agi de leur propre initiative, pas plus que je n'avais cru à l'hypothèse voulant que Jack et Jill fussent des psychopathes obsédés par les vedettes de la politique et du spectacle. Aldrich Ames avait, disait-on, reçu deux millions et demi de dollars pour avoir donné à l'Est les noms d'une douzaine d'agents américains. Combien avaient reçu les Sterling pour éliminer un président américain devenu gênant ? Un homme de conviction, anticonformiste, qui avait osé s'attaquer au système en place ?

Et qui les avait payés ? « Cherchez l'argent. » Si on lui tordait légèrement le bras, ce que je comptais bien faire, Jeanne consentirait peut-être à nous livrer quelques confidences...

A qui pouvait profiter le meurtre du Président Thomas Byrnes ? Au vice-président, qui venait de lui succéder à la tête du pays ? A Wall Street ? A la mafia ? A la CIA ? Il fallait que j'interroge Jeanne. En lui chauffant les pieds avec des cafetières brûlantes, peut-être ? Un beau sujet de conversation autour d'une tasse, en tout cas.

Elle a tourné les talons et nous a entraînés vers sa cuisine, très calme, très maîtresse d'elle-même. Je continuais à étudier son intérieur qui, malgré la présence de trois enfants, était aussi ordonné qu'immaculé. Pas un objet ne traînait, tout brillait. J'avais une petite idée de ce qui avait permis à Jeanne et à son mari de s'acheter une aussi belle maison à Chevy Chase. « Cherchez l'argent. »

– Alors, il y a du nouveau, c'est cela ? (Elle se tourna vers nous.) Je n'ai pas la moindre idée de ce que vous allez m'annoncer. Que s'est-il passé ? Dites-moi tout.

Elle se frottait joyeusement les mains. Quel numéro! Quelle comédienne!

– Il y a effectivement du nouveau, lui ai-je répondu. Nous avons découvert des choses intéressantes sur Jack.

Nous venons de l'arrêter. Vous êtes la suivante.

– Voilà d'excellentes nouvelles. Allez, racontez-moi tout ça. Après tout, Kevin Hawkins était l'un des nôtres.

Nous sommes entrés dans une immense cuisine dont je me souvenais pour y avoir déjà mis les pieds lors de ma première visite en ces lieux. Murs carrelés aux teintes chaudes, luxueux placards en bois massif, six fenêtres donnant sur un belvédère et un court de tennis.

D'un ton monocorde, Jay Grayer lui a dit :

– Nous avons interpellé votre mari, Brett, pour le meurtre du Président Byrnes. Il est actuellement en garde à vue. Nous sommes venus vous arrêter.

– Difficile de tout maîtriser jusqu'au moindre détail! ai-je ajouté. Sara a commis une erreur. Je crois qu'elle est tombée amoureuse de votre mari. Le saviez-vous? Vous étiez au courant de la liaison entre Sara et Brett?

– De quoi parlez-vous, Alex? De quoi parlez-vous, Jay? Vous racontez n'importe quoi.

– Oh que non, Jeanne! Sara Rosen a conservé une copie de l'enregistrement vidéo du meurtre du sénateur Fitzpatrick, dans son appartement de Washington. Votre mari apparaît sur la bande. Pauvre fille, elle était amoureuse de lui. Mais peut-être l'aviez-vous prévu? Ou du moins soupçonné? Nous disposons même d'un fragment d'empreinte digitale de votre mari, relevé chez elle. Et comme nous savons désormais ce que nous cherchons, il est probable que nous allons recueillir bientôt d'autres indices.

Son visage s'est assombri, ses yeux se sont rétrécis. Quelque chose me disait qu'elle ne savait peut-être pas tout des relations très étroites que son mari entretenait avec Sara Rosen.

Mais elle connaissait bien Sara, évidemment. Au cours des derniers jours, nous avions découvert que depuis huit ans, Sara Rosen profitait de ses fonctions à la Maison-Blanche pour renseigner la CIA. C'était une taupe. Il était facile de comprendre, alors, comment Jack l'avait dénichée. Il savait qu'il pourrait compter sur elle. Sara Rosen était parfaite dans le rôle de Jill. Elle croyait à leur « cause », ou du moins à ce qu'on avait bien voulu lui en dire. Ses sympathies allait à l'extrême droite.

Thomas Byrnes souhaitait réorganiser en profondeur le Pentagone et la CIA, bouleversements qui, aux yeux de certaines personnes, risquaient de détruire le pays. Ce groupe très puissant avait décidé de prendre les devants en éliminant le Président Byrnes. Ainsi étaient nés Jack et Jill.

— Cela va faire plus de ravages que l'affaire Aldrich Ames, vous savez, lui a dit Jay Grayer. Beaucoup plus...

Lentement, Jeanne Sterling a hoché la tête.

— Oui, sans doute. (Son regard faisait la navette entre Jay et moi.) Je suppose que vous êtes fiers d'avoir contribué à détruire l'un des rares, très rares avantages que les États-Unis possèdent sur le reste du monde. Notre réseau de renseignements était le meilleur de la planète et je persiste à penser qu'il l'est toujours. Le Président n'était qu'un dangereux amateur qui projetait de démanteler les renseignements et l'armée. Au nom de quoi ? Par démagogie ? Quelle sinistre mascarade, quelle douteuse plaisanterie ! Thomas Byrnes était fait pour vendre des voitures, pas pour diriger un pays ; il s'est hasardé à prendre des décisions qui le dépassaient. La plupart de ses prédécesseurs avaient compris le danger et s'étaient abstenus de commettre ce genre d'erreur. Ce que vous pensez de nous m'importe peu. Mon mari et moi sommes des patriotes. Compris ? *Compris, messieurs ?*

Jay Grayer l'avait poliment laissée achever.

— Vous et votre mari n'êtes que des traîtres de la pire espèce. Des assassins. Est-ce bien clair ? *Compris ?* Mais il y a un point sur lequel je ne vous démentirai pas. Je suis très fier de vous arrêter. Heureux, même. Je vous assure, Jeanne.

Un éclair de lumière blanche a subitement illuminé la cuisine. Un coup de feu.

Il y a eu une détonation assourdissante, et j'ai vu Jay Grayer voler en arrière et heurter le comptoir de la cuisine en envoyant valser les tabourets.

Jeanne Sterling avait tiré sur lui à bout portant à l'aide d'une arme dissimulée dans sa robe. Elle avait tiré à travers la poche. Peut-être nous avait-elle vus approcher de sa maison, peut-être conservait-elle toujours une arme à portée de main. Après tout, c'était Jill.

Ensuite, elle a dirigé son arme vers moi. J'étais déjà en train de plonger derrière le comptoir.

Ce qui ne l'a pas empêchée de presser une nouvelle fois la détente.

Une deuxième déflagration a secoué la cuisine. Puis une autre encore.

Jeanne est sortie de la cuisine à reculons, puis elle s'est enfuie en courant. Sa robe voletait autour d'elle comme une cape.

Je me suis précipité vers Jay Grayer. Il avait été touché sous la clavicule et son visage était livide, mais il n'avait pas perdu conscience.

— Rattrapez-la, Alex, me souffle-t-il avec ce qui lui reste de voix. Il faut l'avoir vivante. Coincez-les. Ils savent tout.

Je suis sorti de la pièce sans attendre, mais en prenant des précautions. *Ne la tue pas. Elle connaît la vérité. Il faut qu'on l'entende de sa bouche, ne serait-ce qu'une fois. Elle sait pourquoi on a assassiné le Président et qui a commandité le meurtre. Elle le sait!*

Soudain, j'ai vu un agent des services secrets surgir par la porte d'entrée, suivi de près par l'un de ses collègues.

Deux autres hommes sont arrivés du côté de la cuisine. Ils avaient tous l'arme au poing, l'air à la fois inquiets et consternés.

— Qu'est-ce qui s'est passé ici, merde? a gueulé quelqu'un.

— Jeanne Sterling est armée, mais il faut qu'on l'ait vivante. Il faut qu'on l'ait vivante!

J'ai entendu du bruit du côté de l'entrée. Deux bruits, à vrai dire. J'ai compris ce qui se passait. Catastrophe!

Un moteur qu'on mettait en route.

Une porte de garage électrique en train de s'ouvrir.

Jill allait nous échapper.

110

Une tempête faisait rage dans ma poitrine, qui menaçait d'éclater, mais mon cœur était devenu froid comme la glace.

La capturer vivante, quoi qu'il arrive ! Elle est encore plus importante que Jack !

Pour rejoindre le garage, il fallait emprunter un couloir longeant un solarium inondé de lumière. Presque aveuglé, j'ai pris une profonde inspiration et j'ai lentement ouvert la porte du fond, comme si elle risquait d'exploser. Ce qui, d'ailleurs, n'était pas impossible. Désormais, tout pouvait arriver. J'étais tombé dans une maison piégée.

Entre la maison et le garage, il y avait un passage assez étroit long d'environ un mètre cinquante. Je m'y suis enfilé, accroupi.

Au bout, il y avait une autre porte.

La prendre vivante. Impératif.

J'ai ouvert la porte et j'ai déboulé à l'intérieur de ce qui, d'après mes estimations, devait être le garage. Je ne m'étais pas trompé.

Aussitôt, j'ai entendu trois détonations. Je me suis jeté au sol.

On me tirait dessus !

Dans cet espace clos, le vacarme était énorme. Mais Dieu merci, pas de choc sourd au niveau de la poitrine ou de la tête. Elle m'avait manqué.

J'ai vu Jeanne penchée par la vitre de son break, son automatique au poing. Je me suis relevé.

Prends-la vivante ! hurlait une voix dans ma tête. J'ai plongé pour me mettre à couvert.

J'avais aperçu autre chose dans la voiture. La benjamine,

Karon, trois ans. Jeanne avait pris sa fille comme bouclier, sachant que nous ne tirerions pas. La petite poussait des cris de terreur. Comment Jeanne Sterling pouvait-elle faire une chose pareille à un enfant ?

Recroquevillé dans l'obscurité, juste derrière la cuve à mazout, j'essayais de rassembler mes esprits.

J'ai brièvement fermé les yeux. Un demi-seconde, tout au plus.

J'ai aspiré une grande goulée d'air froid et de vapeurs d'essence, j'ai essayé de réfléchir et j'ai pris une décision en espérant que ce serait la bonne.

Quand je me suis relevé, j'ai tiré en prenant soin de ne pas risquer de toucher la petite.

J'ai de nouveau plongé derrière la cuve noire. Je savais que je n'avais touché personne. C'était un coup de semonce, le premier et le dernier. Andrew Klauk, le « fantôme » de la CIA avec lequel je m'étais entretenu dans le jardin des Sterling, avait raison. Il m'avait appris tout ce dont j'avais besoin en ce moment : dans ce genre de jeu, il n'y a pas de règles.

J'ai lancé :

– Jeanne, posez votre arme ! Votre petite fille est en danger !

Pas de réponse. Silence de mort.

Jeanne Sterling était prête à tout pour couvrir sa fuite. Elle avait assassiné un président, fomenté un complot et participé à chacune de ses étapes. Mais irait-elle vraiment jusqu'à sacrifier sa propre fille ? Pour quoi ? Pour l'argent ? Pour une cause ? Quelle cause pouvait justifier qu'on tue un président ? Ou son propre enfant ?

Il faut la prendre vivante. Même si elle mérite de mourir ici, dans son garage. Exécutée !

Je me suis redressé et j'ai tiré une seconde fois, dans l'angle du pare-brise, côté conducteur. Une gerbe de débris de verre a jailli jusqu'au plafond pour retomber en pluie dans tout le garage.

Affolée par la détonation assourdissante, Karon hurlait entre deux sanglots.

J'ai aperçu Jeanne Sterling derrière la mosaïque du pare-brise éventré, la moitié du visage ensanglantée, l'air totalement hébétée. C'est une chose que de concevoir un meurtre, c'en est une autre que d'essuyer des coups de feu, d'être blessé, touché, de sentir son corps tressaillir sous un impact.

Plus personne n'est à l'abri. Plus personne.

En trois bonds, je me suis rué vers le break Volvo, j'ai violemment ouvert la portière. Je gardais la tête rentrée dans les épaules et je serrais les mâchoires à en avoir mal.

J'ai saisi les cheveux de Jeanne Sterling à pleine main et je l'ai frappée de toutes mes forces. Un coup de poing semblable à celui auquel son mari avait eu droit. J'ai senti le côté droit de son visage craquer sous mes jointures.

Jeanne Sterling s'est affalée sur son volant. Elle devait avoir une mâchoire de verre. C'était peut-être une meurtrière, mais sur un ring, elle ne valait pas grand-chose. Un bon coup de poing, un seul, avait suffi à la mettre hors de combat. Maintenant, elle était à nous. J'avais réussi à la prendre vivante.

Nous avions enfin capturé Jack et Jill.

La petite fille assise côté passager pleurait, mais elle n'avait pas été blessée. Sa mère non plus. Il n'y avait pas trop de casse ; j'aurais difficilement pu faire mieux. Nous tenions déjà Jack, et maintenant Jill. Peut-être allions-nous enfin apprendre la vérité. Non, pas « peut-être » !

J'ai attrapé la petite et je l'ai serrée contre moi. J'avais envie d'effacer tout ce qu'elle venait de vivre, de faire en sorte qu'elle n'en garde aucun souvenir. Je répétais : « Tout va bien, tout va bien, c'est fini maintenant, tout va bien. »

Mais je mentais. Rien ne serait jamais plus comme avant pour les petits Sterling, pour mes enfants, pour chacun d'entre nous.

Il n'y avait plus de règles.

111

Le soir même, toutes les chaînes de télévision ouvraient leur journal sur l'arrestation mouvementée de Jeanne et Brett Sterling. J'ai accordé une brève interview à CNN puis, sans répondre aux autres sollicitations, je suis rentré m'enfermer chez moi.

A neuf heures, le Président Mahoney a fait une allocution et en le regardant s'adresser à des centaines de millions de spectateurs dans le monde, je n'ai pu m'empêcher de penser qu'il avait accédé à la magistrature suprême grâce à Jack et Jill. Rien ne permettait d'affirmer qu'Edward Mahoney était mêlé au complot qui avait coûté la vie à son prédécesseur, mais quelqu'un avait rêvé de le voir remplacer Thomas Byrnes et Byrnes avait fait savoir qu'il se défiait de Mahoney.

Tout ce que je savais de Mahoney, c'était qu'il s'était associé à deux Cubains et avait fait fortune dans le secteur du câble. Élu par la suite gouverneur de Floride, il avait bénéficié d'une grande popularité durant toute la durée de son mandat. Si mes souvenirs étaient exacts, sa campagne avait été très généreusement financée. « Cherchez l'argent. »

J'ai regardé les reportages avec Nana et les enfants. Damon et Jannie en savaient désormais trop pour que je leur cache la vérité. Pour eux, leur père était un héros. J'étais quelqu'un dont on pouvait être fier, quelqu'un qu'on pouvait même écouter de temps à autre, quelqu'un à qui on pouvait parfois obéir. Enfin, j'exagère...

Jannie et Rosie s'étaient blotties contre moi, sur le canapé. On se farcissait tous les sujets sur l'assassinat du Président et la capture des vrais Jack et Jill et chaque fois que je faisais une apparition à l'image, Jannie m'embrassait sur la joue. Après un baiser particulièrement appuyé et sonore, je lui ai demandé :

– Alors, on est fière de son petit papa ?

– Oh, oui, très, très fière. J'adore te voir à la télé, papa. Et Rosie aussi. T'es beau et tu parles vraiment bien. Tu es mon héros.

– Et toi, Damon, tu en dis quoi ?

J'avais hâte de connaître la réaction de Son Altesse en ces temps troublés.

Damon s'est fendu d'un grand sourire, en concédant :

– Pas mal. Ça me fait du bien à l'intérieur.

– Je vois ce que tu veux dire. Tu viens dans mes bras ?

Et mon petit ourson est venu se réfugier sur mes genoux. Je savais que pour l'instant, je lui apportais du bonheur et pour moi, c'était important.

Le tour de table s'est achevé par Nana qui, pelotonnée sur son fauteuil préféré, un coussin sous les fesses, ne perdait pas une miette des reportages et commentaires au ton dramatique, en les agrémentant çà et là de réflexions caustiques.

– Et qu'en pense notre mère à tous ?

– Une mère qui ne voit pas souvent ses enfants. (Et vlan !) Moi, en gros, je suis d'accord avec Jannie et Damon. Mais j'aimerais qu'on me dise pourquoi c'est le type des services secrets, le Blanc, qui a droit à tous les honneurs, ou presque. Quand le Président s'est fait tuer, il était pourtant chargé de le protéger, non ?

– Je crois que nous étions tous chargés de le protéger, tu sais...

Haussement d'épaules. Les épaules de Nana ont l'air très frêles, mais ne vous fiez surtout pas aux apparences.

– Quoi qu'il en soit, comme d'habitude, je suis très fière de toi, Alex. Mais ça n'a rien à voir avec tes exploits. Je suis fière de toi parce que c'est toi.

– Merci. C'est le plus beau compliment qu'on puisse faire à quelqu'un.

– Je sais, je sais. (Il fallait qu'elle ait le dernier mot, la sale bête.) Pourquoi crois-tu que je dise ça ?

J'avais été presque tout le temps absent au cours des quatre dernières semaines et nous avions tous terriblement besoin de nous retrouver. Nous étions en manque. Et maintenant, je ne pouvais plus faire un pas dans la maison sans traîner Jannie ou Damon accrochés à mon bras ou à ma jambe.

Même Rosie la chatte s'était mise au diapason. Elle faisait définitivement partie de la famille et nous étions tous contents qu'elle eût un jour choisi de prendre pension chez nous.

Je savourais chaque minute de ces élans d'affection, qui m'avaient tant manqué. L'espace d'un instant, je me suis pris à regretter que ma femme Maria ne pût être des nôtres en une aussi belle soirée, mais pour le reste, je ne me plaignais pas. Tout se passait plutôt bien. Notre vie allait redevenir normale et cette fois-ci, promis, juré, rien ne viendrait contrecarrer mes projets familiaux.

Le lendemain matin, je me suis levé de bonne heure pour conduire Damon à Sojourner Truth. L'innocence a la mémoire courte, et l'école avait retrouvé sa gaieté habituelle. Je me suis arrêté à tout hasard au bureau de Christine Johnson, mais elle n'avait pas encore repris le travail.

Personne ne savait quand elle reviendrait, et son absence se faisait cruellement sentir. J'étais d'ailleurs le premier à la regretter. Cette femme avait quelque chose de spécial et j'espérais qu'elle s'en sortirait.

Je suis rentré chez moi vers neuf heures moins le quart. Un silence étonnant régnait dans la maison et cette atmosphère de paix me remplissait d'aise. Je me suis passé du Billie Holiday, *The Legacy 1933-1958*. Un des disques que j'ai toujours préférés.

Vers neuf heures, coup de fil. Maudit téléphone.

C'était Jay Grayer. Je ne voyais pas ce qu'il pouvait me vouloir à une heure pareille, chez moi, et en fait, je ne tenais pas tellement à le savoir.

Voix stressée :

– Alex, il faut que vous veniez à la prison de Lorton. Tout de suite, c'est important.

112

Je suis parti pour la Virginie, où se trouvait la prison fédérale, sans me soucier des limitations de vitesse. J'avais la tête qui tournoyait, prête à se détacher pour aller se fracasser contre le pare-brise. Quand on travaille à la criminelle, on se persuade qu'on est fort et qu'on peut quasiment tout supporter, mais un jour ou l'autre on finit par s'apercevoir que c'est faux. Personne n'est hors d'atteinte.

J'étais déjà allé plusieurs fois à la prison de Lorton. Gary Soneji, auteur d'un enlèvement et de plusieurs meurtres, y avait purgé une partie de sa peine en quartier de haute sécurité.

Je suis arrivé sur place vers dix heures. Il y avait un beau

Plus personne n'est à l'abri. Plus personne. 373

ciel bleu, l'air était vif. Quelques journalistes attendaient sur le parking et les pelouses avoisinantes.

– Que savez-vous, inspecteur Cross ? m'a demandé l'un d'eux.

– Très belle matinée, lui ai-je répondu. N'hésitez pas à me citer si ça peut vous rendre service.

C'était ici que les autorités avaient choisi de détenir le couple Sterling en attendant le procès qui ferait toute la lumière sur l'assassinat du Président Thomas Byrnes.

« Alex, il faut que vous veniez à la prison de Lorton. Tout de suite, c'est important. »

J'ai retrouvé Jay Grayer au troisième étage, accompagné du docteur Marion Campbell. Ils étaient aussi pâles que les murs de stuc de l'établissement.

A ma vue, le docteur Campbell s'est bornée à grogner :

– Oh, Alex, si vous saviez... Venez, on monte.

Au quatrième, des policiers et des gardiens montaient la garde à la porte d'une salle d'infirmerie. Grayer et moi avons emboîté le pas du directeur flanqué de ses proches collaborateurs. J'avais la gorge nouée.

On nous a demandé de mettre des masques de chirurgien et des gants en plastique transparent. Même sans les masques, nous avions déjà du mal à respirer.

– Oh merde, j'ai fait quand on est entrés dans la pièce.

Jeanne et Brett Sterling étaient morts.

Les deux corps, entièrement nus, reposaient sur deux tables à dissection en acier inox. La réverbération de la lumière des plafonniers sur les plateaux faisait presque mal aux yeux.

Je n'y comprenais rien, et tout le monde semblait être dans le même cas que moi.

Jack et Jill étaient morts.

Assassinés à l'intérieur même d'une prison fédérale.

– Mais ce n'est pas vrai ! me suis-je écrié dans mon masque.

Même mort, Brett Sterling restait un homme solidement bâti, impressionnant. Je l'imaginais aisément en amant de Sara Rosen. J'ai remarqué qu'il avait les plantes des pieds sales. Il avait dû passer la nuit à arpenter sa cellule, pieds nus. Il faisait les cent pas ? Il attendait quelqu'un ?

Qui avait pu s'introduire dans la prison de Lorton pour le

tuer? Était-ce bien un meurtre? Que s'était-il passé, nom de Dieu? Comment une chose pareille avait-elle pu se produire ici?

Jeanne Sterling, livide, n'était pas en grande forme physique. Je la préférais en tailleur gris ou en veste bleue.

Au-dessus du pubis noir, son ventre accusait un bon bourrelet et ses jambes étaient sillonnées de varices. Elle avait saigné du nez au moment du décès, ou juste avant.

Les Sterling ne semblaient pas avoir beaucoup souffert. Fallait-il y voir un indice? On les avait retrouvés sans vie, dans leurs cellules respectives, au contrôle de cinq heures. Les constatations avaient été faites par le même gardien.

Tout indiquait qu'ils étaient presque morts en même temps. Comme prévu? Vraisemblablement. Mais prévu par qui?

Jack et Jill étaient venus à la prison de Lorton... et que leur était-il arrivé ensuite? Que s'était-il passé ici, tard dans la nuit? Qui avait définitivement fermé les yeux de Jack et Jill?

– A leur arrivée, ils ont tous les deux été soumis à une fouille corporelle complète, nous indiquait le directeur. Il pourrait s'agir d'un suicide concerté, mais même dans cette hypothèse, ils ont eu besoin d'une aide extérieure. Quelqu'un leur a fourni le poison entre dix-huit heures, hier soir, et l'aube. Quelqu'un a pénétré dans leurs cellules.

Le docteur Marion Campbell m'a fixé de ses yeux rougis à l'extrême, dans lesquels on lisait l'épuisement et la consternation.

– Sous l'index droit de Jeanne Sterling, on a relevé de minuscules fragments de peau et des traces de sang. Elle s'est battue avec quelqu'un. Elle a voulu se défendre. A mon avis, elle a bien été assassinée. Elle ne voulait pas mourir, Alex.

J'ai fermé les yeux quelques secondes, mais cela n'a servi à rien. Quand je les ai rouverts, le décor était le même. Jeanne et Brett Sterling gisaient toujours, dénudés, sur leurs tables de dissection en inox.

On les avait exécutés. De façon très professionnelle. Le plus froidement du monde. Curieusement, on aurait dit que Jack et Jill avaient reçu la fatale visite de Jack et Jill.

Un « fantôme » s'était-il chargé de les supprimer? Nous ne le saurions sans doute jamais, malheureusement. Nous n'étions pas censés savoir. Nous n'étions pas assez importants pour connaître la vérité.

Seul un dogme, un principe, nous avait été révélé.
Pour certaines personnes, il n'y a pas de règles.

113

Moi, j'aime que tout soit toujours bien emballé, dans un joli paquet, avec un joli ruban. Dans chaque affaire, je veux être le grand tueur de dragons. Hélas, cela ne se passe pas comme ça et je me console en me disant que si c'était toujours aussi facile, la vie n'aurait aucun charme.

J'ai passé les deux jours suivants et une partie du troisième dans la maison du couple diabolique, à Chevy Chase, aux côtés des hommes du FBI et des services secrets. Jay Grayer et Kyle Craig m'y avaient rejoint. Une petite voix me disait que Jeanne Sterling avait peut-être laissé une indication qui nous permettrait de remonter la piste de ses meurtriers. Au cas où. Je l'imaginais bien manigançant une vacherie de ce genre pour se venger – son ultime coup fourré !

Mais au bout de deux journées et demie, nous étions toujours bredouilles. Si elle avait effectivement laissé un indice, alors quelqu'un était passé ici avant nous. Une possibilité que je ne pouvais écarter.

Le troisième jour, en fin d'après-midi, j'ai retrouvé Kyle Craig dans la cuisine pour discuter un peu. On était sur les rotules. On s'est ouvert deux bouteilles de bière artisanale piquées dans le frigo de Brett Sterling et on a commencé à délirer sur la vie, la mort et l'infini.

– Tu connais l'expression : « trop de coupables potentiels » ?

– Pas dans ces termes-là, mais je vois ce que tu veux dire. On a imaginé des scénarios qui impliquent la CIA, l'armée, voire des grands groupes industriels, et même le Président Mahoney en personne. L'Histoire n'est pas un long fleuve tranquille.

J'ai hoché la tête. Comme toujours, Kyle était le roi de l'analyse express.

— Trente-cinq ans après l'assassinat de Kennedy, lui ai-je fait remarquer, la seule chose dont on est sûr, c'est qu'il y a eu complot.

— Et les indices matériels, qu'il s'agisse de la balistique ou des conclusions médicales, invalident la thèse du tueur isolé.

— On en revient donc au même problème : trop de coupables potentiels. A ce jour, personne ne peut écarter une implication possible de Lyndon Johnson, de l'armée, d'un sous-traitant de la CIA, de la mafia ou de ton ancien patron. Il y a vraiment des similitudes avec ce qui s'est passé ici, Kyle. Dans les deux cas, il pourrait s'agir d'une forme de coup d'État destinée à éliminer un dirigeant gênant et à le faire remplacer par un homme plus conciliant ; hier, Lyndon Johnson et aujourd'hui, Mahoney. La CIA et le FBI détestaient autant Kennedy que Thomas Byrnes. Le système est résolument opposé à tout changement.

— Et n'oublie pas une chose, Alex, il s'oppose résolument non seulement au changement, mais aussi aux empêcheurs de tourner en rond.

J'ai froncé les sourcils tout en opinant.

— J'en suis bien conscient. Merci pour ton aide.

On s'est serré la main. Je suis revenu une dernière fois à la charge :

— Et le fait qu'il y ait autant de coupables potentiels joue peut-être un rôle déterminant dans la machination, non ? Un moyen idéal de se couvrir, au grand jour... Cela ne me surprendrait pas. D'ailleurs, plus rien ne me surprend. Bon, allez, je rentre retrouver mes gosses.

— Profites-en bien, m'a fait Kyle avec un grand sourire.

Et d'un geste, il m'a congédié.

114

Je suis rentré à la maison et j'ai joué avec les enfants ; je voulais être à leurs côtés. Mais par instants, je revoyais surgir devant mes yeux le visage de Thomas Byrnes, je revoyais la jolie petite Shanelle Green, ou Vernon Wheatley, ou même le pauvre George Johnson, le mari de Christine. Je revoyais les corps de Jeanne et Brett Sterling gisant sur leurs tables de dissection, à la prison de Lorton.

Les jours suivants, je suis allé donner un peu de mon temps à la soupe populaire de Saint-Anthony. Là-bas, j'ai un poste important : je suis chef du beurre de cacahuète et de la confiture. C'est moi qui fais les portions et de temps en temps, je me fends d'un petit conseil pour aider les plus malheureux que moi. J'adore ce travail de bénévolat. Il m'apporte encore plus que je ne donne.

J'avais néanmoins du mal à me concentrer sur ma tâche ; j'étais là sans y être. *Pas de règles*. Cette idée me restait en travers de la gorge. Il y avait trop de pistes à suivre ; remonter jusqu'aux commanditaires de l'assassinat de Thomas Byrnes relevait de la mission impossible. Et puis, sur une affaire de cette dimension, un flic de la police urbaine de Washington ne pouvait pas faire ce qu'il voulait. *C'est terminé*, ne cessais-je de me dire. *Seules resteront les cicatrices*.

Cette semaine-là, un soir, je m'étais installé dans la véranda. Il était tard. J'étais en train de gratter le dos de Rosie qui ronronnait de satisfaction. J'avais renoncé à jouer du piano. Pas de Billie Smith, pas de Gershwin, pas d'Oscar Peterson. Les monstres, les furies, les démons avaient envahi ma tête. Des créatures de toutes formes, de toutes tailles et de tous sexes, mais des créatures humaines. C'était la *Divine*

Comédie de Dante au grand complet, les neuf cercles, et nous y étions tous réunis.

Au bout d'un moment, j'ai tout de même fini par me mettre au clavier. J'ai joué *Stardust*, puis *Body and Soul*, et très vite, je me suis laissé emporter par la magie du swing. Je ne pensais plus au coup de téléphone que j'avais reçu quelques jours plus tôt : on me suspendait. Une mesure disciplinaire prise à la suite du coup que j'avais porté à mon supérieur hiérarchique, le chef George Pittman.

Oui, c'était vrai, je l'avais agressé. La faute était établie. Et alors ? Et maintenant ?

J'ai entendu frapper à la porte de la véranda. Un coup. Puis un autre.

Je n'attendais personne et je n'avais envie de voir personne. *Pourvu que ce ne soit pas Sampson*, me suis-je dit. A cette heure-là, on ne pouvait rien m'annoncer de bon.

J'ai attrapé mon arme, autant par réflexe que par habitude. Ce qui est bien triste quand on y pense, ce qui m'arrive parfois.

Je me suis levé de mon tabouret pour aller voir qui c'était. Après toutes les horreurs que j'avais vécues, je m'attendais presque à tomber sur Gary Soneji, l'assassin qui rêvait de prendre sa revanche ou de tenter au moins sa chance.

Quand j'ai ouvert la porte de derrière, un sourire s'est dessiné sur mes lèvres. Je devrais même dire un sourire radieux. Dans ma tête, une petite lumière s'est rallumée. Merveilleuse surprise. Je me suis tout de suite senti beaucoup, beaucoup mieux.

En une fraction de seconde, tous mes soucis se sont envolés.

– Je n'arrivais pas à trouver le sommeil, m'a dit Christine Johnson.

C'était le prétexte que je lui avais servi en débarquant chez elle le premier soir.

J'ai repensé à ce que Damon m'avait dit. « Elle est encore plus coriace que toi, papa. »

– Ah, bonsoir, Christine. Comment ça va ? Je suis vraiment content que ce soit vous.

– Pourquoi, vous craigniez de voir qui ?

– N'importe qui d'autre.

J'ai pris sa main, et nous sommes allés à l'intérieur.

Chez moi, dans ma maison de la Cinquième rue.

Où il existe encore des règles, où personne ne risque rien, où veille le tueur de dragons.

115

Cela ne s'arrête jamais. Chaque fois, le cauchemar revient, dans toute son horreur, comme un train fantôme qui surgirait en cahotant de l'enfer.

C'était la veille de Noël et nous avions déjà amoureusement pendu les chaussettes devant la cheminée. Le sapin était presque prêt; Damon, Jannie et moi étions en train d'y accrocher, en guise de touche finale, de longues guirlandes de popcorn et de baies.

Le téléphone a sonné. J'ai décroché. En fond, Nat King Cole susurrait des chansons de Noël et devant la maison, une belle couverture de neige fraîche recouvrait la pelouse.

— Bonsoir, j'ai fait.

— Tiens donc, ne serait-ce pas ce bon docteur-inspecteur Cross en personne? Quelle agréable surprise...

Je n'ai pas eu besoin de demander l'identité de mon correspondant, j'avais reconnu sa voix. Une voix qui me hantait depuis des années.

— Ça fait un bail qu'on ne s'est parlé, a poursuivi Gary Soneji. Vous m'avez manqué, docteur Cross. Et moi, vous ai-je manqué?

Quelques années plus tôt, Gary Soneji avait enlevé deux jeunes enfants à Washington, déclenchant une invraisemblable chasse à l'homme qui allait durer des mois. Soneji était le plus brillant de tous les tueurs dont j'avais croisé la route. Il avait même réussi à persuader certains d'entre nous qu'il était schizophrène, et s'était évadé à deux reprises.

– J'ai pensé à toi, ai-je fini par répondre. Souvent, d'ailleurs.

Je ne mentais pas.

– Eh bien, voilà, je voulais juste vous souhaiter de bonnes fêtes, à vous et à votre famille. Je recommence une nouvelle vie, vous savez.

Je n'ai rien dit. J'ai attendu. Les enfants, ayant deviné qu'il y avait un problème, m'observaient. Alors je leur ai fait signe de terminer le sapin.

Il y a eu un grand silence, puis Soneji a murmuré :

– Ah, une dernière chose, docteur Cross.

Je me doutais que ce n'était pas tout.

– Oui, Gary. Quoi ?

– *Est-ce qu'elle vous plaît ?* Il fallait que je vous pose la question, j'ai besoin de savoir. *Vous l'aimez bien ?*

J'ai retenu mon souffle. Ce salaud savait, pour Christine !

– Voyez-vous, c'est moi qui vous ai offert Rosie, la petite chatte. C'était pour vous et vos enfants. Plutôt sympa, non ? Comme ça, chaque fois que vous la voyez, vous n'avez qu'à vous dire : Gary est dans la maison ! Gary n'est pas loin ! D'ailleurs, c'est vrai. Bon, je vous souhaite une nouvelle année joyeuse et prospère. On se revoit bientôt !

Puis Gary Soneji a gentiment raccroché.

J'en ai fait autant et j'ai rejoint Jannie, Damon et Nat King Cole autour de notre magnifique sapin.

En attendant que tout recommence.

TABLE DES MATIÈRES

Prologue : Ouverture des jeux 11
   I. Déjà demain 25
  II. Le tueur de dragons 99
 III. Le reporter-photographe 141
  IV. En chasse 203
   V. Pas de règles. Pas de regrets 269
  VI. Plus personne n'est à l'abri. Plus personne 297

COLLECTION
«SUSPENSE & CIE»

Ed Mc Bain
Mary Mary
La Maison de Jacques

Alexandra Frye
Une épouse et une mère parfaite

Tabitha King
Traquée

Evan Hùnter
Conversations criminelles

Alfio Caruso
Les Pénitents

Judith Kelman
Le Rôdeur
Phobies

Philippe Luber
Pardonnez-nous nos péchés

Andrew Klavan
Jugé coupable

Enzo Russo
Tous sans exception

William Diehl
La Stratégie de l'hydre

Sandra Brown
Faux semblant

Ryne Douglas Pearson
Simon, pas si simple

Terri Holbrook
Meurtre dans un village anglais

COLLECTION
«SUSPENSE & CIE»

Rosamond Smith
Le Département de musique

Joy Fielding
Qu'est-ce qui fait courir Jane?

Dominique Dunne
Une femme encombrante
Une saison au purgatoire

Henry Meigs
La Porte des Tigres

Stephen King
Shining
L'Accident
Le Fléau
Danse macabre

Arturo Pérez-Reverte
Le Tableau du Maître flamand,
Prix de la littérature policière
Le club Dumas

James Patterson
Le Masque de l'araignée
Et tombent les filles

Edward Stewart
Privilèges
Avec la bénédiction du ciel

Steven Hartov
La Fièvre du Ramadan

Paul Wilson
Mort clinique